Buch

Dr. Steve Rawlings, Leiter eines Instituts für Delphinforschung an der Küste von Florida, und seine Mitarbeiter haben jahrelang das Leben der Delphine studiert und wissenschaftlich belegt, daß diese großen, schnellen Meerestiere zu den intelligentesten Lebewesen gehören, die wir kennen: Sie verfügen über eine eigene Sprache und eine ausgeprägte Lernfähigkeit und besitzen darüber hinaus eine hochempfindliche Zentrale im Körper, die feinste elektromagnetische Schwingungen auffangen kann, dem »Sonar« der U-Boot-Abwehr vergleichbar und doch unvergleichlich genauer, schneller und störungsunempfindlicher als alle von menschlichen Gehirnen ersonnenen und entwickelten Geräte.

Als die Forschergruppe nachweisen kann, daß sich besonders ausgebildete Delphine wirksamer als andere Hilfsmittel zum Schutz militärischer Stützpunkte vor feindlichen Tauchern, Sabotagetrupps und U-Booten eignen, unterrichtet Dr. Rawlings das Pentagon in Washington, die Verteidigungszentrale des Landes. An diesem Punkt des aufregenden Geschehens tritt der sowjetische Geheimdienst auf den Plan. Er kann jedoch auch mit raschen Aktionen nicht verhindern, daß die Amerikaner einige Delphin-»Kompanien« in den Pazifik schicken und damit die russischen U-Boote in Panik versetzen. Selbst einer rassigen Agentin gelingt es nicht, den Mitarbeitern von Dr. Rawlings im Bett das Geheimnis der Delphine, der unschlagbaren U-Boot-Abwehr der Amerikaner, zu entlocken . . .

Autor

Heinz G. Konsalik, 1921 in Köln geboren, begann schon früh zu schreiben. Der Durchbruch kam 1958 mit der Veröffentlichung des Romans »Der Arzt von Stalingrad«. Konsalik, der heute zu den erfolgreichsten deutschen Schriftstellern gehört – wenn er nicht sogar der erfolgreichste ist –, hat inzwischen rund hundert Bücher geschrieben, die in viele Sprachen übersetzt wurden. Die Weltauflage beträgt über siebenundfünzig Millionen Exemplare. Ein Dutzend Romane wurden verfilmt.

Eine Übersicht über die außer dem vorliegenden Band als Goldmann-Taschenbücher erschienenen Werke von Heinz G. Konsalik finden Sie am Schluß dieses Buchs.

Heinz G. Konsalik

Unternehmen Delphin

Roman

Originalausgabe

Wilhelm Goldmann Verlag

1. Auflage · September 1983 · 1.–150. Tsd.

Made in Germany

Umschlagentwurf: Atelier Adolf & Angelika Bachmann, München
Umschlagfoto: Photodesign Mall, Stuttgart
Satz: Filmsatz Schröter GmbH, München
Druck: Elsnerdruck GmbH, Berlin
Verlagsnummer 6616
Lektorat: Hans-Dietrich Weiss · Herstellung: Peter Papenbrok
ISBN 3-442-06616-6

1

Wie alle, die an diesem sonnigen, schon recht warmen Frühlingsmorgen am nördlichen Strand des Key Largo im Kies und Korallensand standen, wußte auch Admiral Josuah Bouwie nicht, was er eigentlich hier auf dieser kleinen Insel südlich von Miami sollte. Das Oberkommando der Marine hatte ihm lapidar mitgeteilt, daß man ihn und andere Herren morgens um 7 Uhr im Örtchen Key Largo erwarte, um ihn an einer Vorführung teilnehmen zu lassen. Auf die Frage, was das für eine Vorführung sei, bekam er die nichtssagende Antwort: »Sir, es ist der Wunsch des Verteidigungsministers. Mehr wissen wir auch nicht.«

Bouwie, ein Mann mit einem eckigen Kinn und grauen, dichten Augenbrauen, dem man nachsagte, er könne Eisen fressen, ohne zu rülpsen, war baß erstaunt, am morgendlichen Treffpunkt seine Kameraden – die Admiräle Linkerton, Atkins und Hammersmith – zu finden, die ebenso ahnungslos waren wie er und die man auf die gleiche Weise zu der Zusammenkunft beordert hatte. Empfangen wurden sie von einem Zivilisten, einem mittelgroßen Mann mit Goldbrille und Halbglatze, der sich als Dr. Steve Rawlings vorstellte und erwähnte, er sei Meeresbiologe. Als Treffpunkt war ein Parkplatz außerhalb des Ortes angegeben worden, und Bouwie sah voller Verwunderung, daß die unausgebaute Straße, die von Key Largo nach Norden führte, von Militärpolizei abgesperrt war. Die Abriegelung war vollkommen. Links und rechts der Straße parkte im freien Gelände zwischen Bay und offenem Meer eine Kette von Jeeps mit Marineinfanterie. Zwei Hubschrauber kreisten niedrig über dem Parkplatz. Und auf See dümpelte ein Schnellboot jenseits des Riffs; Bouwies geübtes Auge sah sofort, daß die Bordwaffen feuerklar waren.

»Nanu, was ist denn das?« hatte Bouwie in seiner polternden Art gerufen. »Sind die Kubaner gelandet?« Es sollte ein Witz sein, aber der Major, der die Absperrung kommandierte, grinste nicht einmal.

Bouwies Admiralsstreifen beeindruckten ihn gar nicht. Er kontrollierte die Papiere des Admirals, tat dem verblüfften Bouwie kund, daß er seinen Wagen verlassen müsse, denn es ginge in einem Jeep weiter, und als er so den Parkplatz erreichte, wo die anderen Admiräle schon herumstanden, begriff er gar nichts mehr, als ihn Dr. Rawlings begrüßte.

»Meeresbiologe!« sagte Bouwie dröhnend. »Sind wir hier, um die Vermehrung der Seesterne zu beobachten?«

»Das wäre uninteressant, Sir«, antwortete Dr. Rawlings höflich. »Die Vermehrung findet außergeschlechtlich statt. Die Männchen und Weibchen entleeren ihre Geschlechtsprodukte ins Wasser. Außerdem gibt es etwa 1500 Arten...«

Bouwie grunzte tief, stellte sich zu seinen Kameraden und kratzte sich die Nasenwurzel. »Herbert«, fragte er Admiral Linkerton, der links neben ihm stand, »haben Sie eine Ahnung, was wir hier sollen? Das Ganze sieht nach Top secret aus – aber wenn's das wäre, müßte man mir längst etwas geflüstert haben. Was wissen Sie?«

»Nichts.« Admiral Linkerton, der durch Puccinis Oper »Madame Butterfly«, in der ein Leutnant Linkerton die Hauptrolle spielt, zeit seines Lebens zu leiden hatte, weil jeder ihn fragte: »Wo haben Sie denn Ihre Geisha?«, zeigte mit dem Daumen zu Dr. Rawlings. »Von dem muß es ausgehen.«

»Ein Zivilist? Nie von ihm gehört.«

»Niemand kannte auch den Namen Dr. Fermi, bis er in Los Alamos die erste Atombombe vorstellte. Ich mache mich auf einiges gefaßt.«

»Sie glauben...« Bouwie riß die grauen Augen auf und starrte hinüber zu Dr. Rawlings. »Hier, auf den Keys? Und warum gerade wir von der Marine? Herbert, das ist unglaublich. Das wüßte ich! Man kann doch nicht am Telefon sagen: Kommen Sie morgens um sieben auf diese gottverlassene Insel – und dann ändert sich die Weltgeschichte! Nein! Nie!«

Admiral Atkins, der gerade von Rawlings kam, der neben einem Jeep in seinen Walkie-Talkie sprach, winkte Bouwie und Linkerton zu. »Es geht los, Jungs!« rief er fröhlich. »Dr. Rawlings hat mir versprochen, daß es später ein kühles Bier und einen gepflegten Whiskey gibt.«

»Und sonst?« Bouwie kratzte sich wieder die Nasenwurzel. Der Himmel war wolkenlos blau, die Sonne eine weißliche verschwommene Scheibe – das versprach ein heißer Tag zu werden. Bouwie schwitzte schon jetzt auf dem ungeschützten Parkplatz. »Was sagt der Zivilist sonst noch?«

»Nichts.«

»Zum Teufel, er macht es spannend wie Hitchcock! Was denkt ihr euch? Was kann man hier auf diesem Inselchen der Marine vorführen, das den Seekrieg umkrempelt? David!« Bouwie wandte sich an Admiral Hammersmith, der an einem Jeep lehnte und in Fernschreiben blätterte, die ihm eine Ordonnanz auf einem Motorrad gebracht hatte – Hammersmith gehörte zum taktischen Stab der Marinebasis Key West und hatte ebensowenig Ahnung, was er hier sollte, wie seine Kameraden. »David, haben Sie was läuten gehört von neuen Marinewaffen? Neuen Torpedos, Granaten, Raketen, Panzerungen, elektronischen Geräten? Ich nicht!«

»Lassen wir uns überraschen, Josuah«, sagte Hammersmith geduldig und steckte die Fernschreiben in seine Uniformtasche. »Vom Oberkommando der Marine weiß ich nur, daß wir verblüfft sein werden. Das Ganze ist jedenfalls Geheimstufe Eins. An dem Ding, das wir sehen sollen, muß man schon Jahre arbeiten.«

»Und wir, die Admiräle, stehen herum wie die Bettnässer«, brummte Bouwie mit bösem Augenzucken. »Ich frage mich wirklich, ob wir nur dazu da sind, Formulare zu unterschreiben. Aha, es geht los. Der Zivilist winkt, und die Admiräle müssen spurten – wo sind wir hingekommen, Freunde!«

Nun standen sie also am Strand. Angeschwemmte Korallen und Muscheln knirschten unter ihren Schuhsohlen. Vor ihnen glitzerte blauweiß der Ozean; seine Wellen brachen sich schäumend an den vorgelagerten Korallenriffen. Es war sehr warm und fast windstill. Möven und Tölpel kreischten. Der Korallensand blendete, man mußte Sonnenbrillen aufsetzen.

Die nächste Überraschung erlebten die Admiräle, als sie mit den Jeeps an der einsamen Nordspitze der Insel eintrafen. Hier stand ein riesiger Truck, einem gewaltigen Möbelwagen ähnlich, und auf den Seiten der hohen Aufbauten aus Leichtmetall stand in großer Schrift: MÖBEL- und EINRICHTUNGS-CENTER MIAMI. Das hörte sich gut an, auch wenn es dieses Center in Miami gar nicht gab. Das Innere dieses mächtigen Trucks war nämlich ein großes, temperiertes Wasserbassin, das aus breiten Milchglasfenstern im Dachaufbau Licht erhielt. Von außen sah man davon gar nichts, und so war es verständlich, daß Bouwie sarkastisch sagte, als er aus dem Jeep sprang: »Habe ich es doch geahnt. Man will uns neue Kojenbetten vorführen. Die Revolution der US-Marine: Jedem sein französisches Himmelbettchen! Nur genehmigt nach einem Probeliegen der Admiräle.«

Um den riesigen Truck herum standen noch drei Zivilwagen. Aus einem von ihnen stiegen bei der Ankunft der vier Admiräle ein großer, stämmiger, braungebrannter Mann, dem Typ nach ein formidabler Baseballspieler, und eine Frau, die, kaum daß sie im Freien stand, die Herren von der Marine zu strafferer Haltung ermunterte. Ihr langes, blondes Haar warf sie mit beiden Händen über die Schulter zurück, und da sie nur weiße Shorts und eine weiße Bluse trug, war unschwer zu erkennen, daß zwei Drittel ihres Körpers aus Beinen bestand und das restliche Drittel von jenen Formen war, die auch abgebrühten Männern einen schnelleren Pulsschlag bescheren. Bouwie stieß Linkerton in die Seite.

»Ich verzeihe dem Ministerium alles«, flüsterte er. »Wenn so etwas Verführerisches für das Probeliegen verantwortlich zeichnet...«

»Wirklich erstaunlich«, nickte Linkerton. Er zog seinen Uniformrock gerade und bemühte sich, seinen Bauch einzuziehen. »Aber keine Euphorie, Josuah, das dicke Ende kommt noch. Wir kennen doch unsere Marine.«

Das Mädchen lief mit wehenden Haaren die paar Schritte zum Meer, gefolgt von dem Baseball-Typ, der einen Koffer schleppte. Im Fahrerhaus des riesigen Trucks lümmelte sich ein schwarzer Fahrer und kaute Gummi. Zwei andere Männer in weißen Overalls warteten im dritten Wagen, der unmittelbar hinter der Ladetür geparkt war.

»Meine Herren!« sagte Dr. Rawlings, als die Admiräle am Strand standen und das Mädchen und der andere Mann sie erreicht hatten, »darf ich Ihnen meine Assistenten vorstellen: Dr. Helen Morero und Dr. James Finley. Auf ihrem Gebiet sind sie absolute Spitze, auch wenn noch niemand von ihnen gehört hat. Ohne ihre Arbeit und Forschung wären wir jetzt nicht hier.«

»Bravo!« sagte Bouwie laut und schlug die Hände einmal zusammen. Er machte vor Helen Morero eine knappe Verbeugung und bemühte sich, sehr höflich zu sein. »Das hört sich vorzüglich an, wie bei einem Koch, der sagt: ›Jetzt werden Sie etwas ganz Besonderes auf die Zunge bekommen!‹, aber keiner weiß, was es ist. Sie sehen uns völlig uneingeweiht...«

»So war es auch gedacht.« Dr. Rawlings lächelte verhalten, aber es genügte, um in Bouwie den Wunsch aufkommen zu lassen, diesen widerlichen Zivilisten zu zeigen, wie ein amerikanischer Admiral brüllen kann – zwei Meilen weit gegen Windstärke 9. »Darf ich zunächst einige Erklärungen geben?«

»Darauf warten wir seit einer Stunde«, rief Admiral Atkins dazwischen. Bouwie nickte. Brav, mein lieber Ronald, dachte er, dafür möchte ich dich umarmen; diese Halbglatze Rawlings soll sich nicht einbilden, uns mit solchen Tricks neue Möbel andrehen zu können, auch wenn dahinter – rätselhaft genug – das Oberkommando steckt. Aber das kennt man ja: Da wird geschmiert, da reiben sie sich im Dunkeln die Hände. Vielleicht hat Rawlings eine gutgebaute Schwester, die im Bett irgendeines Ministerialen turnt. Da genügt ein Wink, und schon springen die Kassen auf. Zum Kotzen, Kameraden.

Dr. Rawlings nahm den Zwischenruf nicht krumm. Er hatte volles Verständnis für die Admiräle. Mit einer Stimme, der man den Universitätsdozenten anmerkte, klar, pointiert und genau in dem Zeitmaß, daß man mühelos folgen konnte, begann er seine Erklärungen. Dr. Finley hatte unterdessen den Koffer geöffnet – zum Erstaunen der Admiräle enthielt er nichts anderes als Ferngläser. Starke Marine-Ferngläser, mit denen sie praktisch aufgewachsen waren und die sie fast dreißig Jahre begleitet hatten, von der Ausbildung über den Einsatz auf allen Meeren bis zum letzten großen Kommando. Nun waren sie alle an Land in den Stäben – bis auf Admiral Linkerton, der die 11. Flotte im Pazifik befehligte und in San Diego stationiert war. Bouwie schielte in den Koffer. Ferngläser haben mit Möbeln nichts zu tun, das war nun sicher. Man mußte umdenken, aber in welche Richtung? Er starrte Helen Morero an. Sie lächelte zu ihm zurück; ein junges, offenes, schönes Gesicht mit großen blauen Augen und einer schmalen Nase. Sie hat Grübchen in den Wangen, dachte Bouwie verzückt. Reiß den Blick von ihr los, du alter Seehund. Du bist zweiundsechzig und neunfacher Großvater! Nur durch eine Sonderverfügung bist du noch im aktiven Dienst, ein unentbehrlicher Fachmann – ansonsten altes Eisen, vor allem in den Augen solch junger Göttinnen wie dieser Helen ...

»Ich möchte nicht so weit ausholen und die Situation der Marine im Zweiten Weltkrieg rekapitulieren«, sagte Dr. Rawlings mit seiner klaren Stimme. »Alles, aber auch wirklich alles ist seitdem anders geworden. Die Kriegsführung von 1945 ist heute nicht bloß Historie, sondern im Ganzen gesehen museumsreif wie der Kampf mit Schwert oder Hellebarde. Gelernt haben wir in der letzten Zeit vor allem durch den Vietnamkrieg, und wir lernen noch immer, tagtäglich, durch die Präsenz der sowjetischen Flotten auf allen Meeren und durch ihre oft erschreckenden technischen Neuerungen und elektronischen Entwicklungen. Ich brauche dabei nur an drei Beispiele zu erinnern: die Flugzeugträger der Kiew-Klasse, die U-Boote der Charlie-Klasse, die unter Wasser 33 Knoten machen, und die Kreuzer der Kresta-II-Klasse mit ihren beiden Vierfach-Startrampen für SS-N-10-Raketen.«

»Wir schlafen auch nicht!« warf David Hammersmith dazwischen. »Wenn Sie andeuten wollen, Rawlings, daß wir uns fürchten sollten, liegen Sie schief. Auch der Russe kocht seinen Tee nur mit Wasser.«

»Schon in Vietnam hat sich gezeigt«, fuhr Dr. Rawlings unbeirrt fort, »daß vorwiegend bei der Ortung von U-Booten alle bekannten Systeme große Fehlerquellen aufweisen. Ob Radar oder Sonarpeilung – es ist alles zu umgehen. Die besten Beweise liefern erneut die Sowjets. Mit ihren kleinen wendigen U-Booten der Whisky- und

Foxtrott-Klasse gelingt es ihnen immer wieder, unbemerkt in militärische Sperrgebiete einzudringen und Informationen zu sammeln. Denken Sie nur an die Ausspionierung der norwegischen Fjorde oder der schwedischen Schärengebiete, an das Umkreisen der Midway-Insel, an die Beobachtung unserer pazifischen Marinebasen – dies sind nur die Vorkommnisse, die uns bekannt wurden. Was Tag für Tag darüber hinaus heimlich gegen uns geschieht, kann man nur ahnen. Gerade der Fall Norwegen zeigt, daß trotz des Einsatzes aller bisher bekannten elektronischen Mittel eine Ortung sogar dann versagt, wenn man von der Anwesenheit eines U-Boots sichere Kenntnis hat. Es gelang den Russen immer wieder, ihre U-Boote unbeschädigt aus der Einkreisung herauszuziehen.«

»Bei uns würde ihnen das nicht gelingen«, sagte Bouwie laut und erregt. »Zum Teufel, bei uns nicht!«

»Doch, auch bei uns!« Rawlings sprach ohne Leidenschaft, er dozierte eben. »Halten Sie unsere NATO-Partner doch nicht für blöd! Sie haben keine anderen Geräte als wir. Wir kochen alle an der gleichen Suppe. Ich halte es durchaus für möglich, daß hier, in unserem Küstenbereich, ein fremdes U-Boot herumschleicht – und keiner merkt es.«

»Unerhört!« Bouwie schlug die geballten Fäuste zusammen und sah seine Kameraden an. Ein Zivilist schleudert Admirälen solche Frechheiten ins Gesicht! »Rawlings, Sie mögen vielleicht etwas von Seegurken verstehen, aber von Seekriegsführung ...«

»Wir stünden jetzt nicht hier am Strand, meine Herren«, sagte Rawlings ruhig und ohne beleidigten Ton, »wenn ich nicht in der Lage wäre, Beweise anzuführen. Aber davon später. Wenn es U-Boote von neunzig Meter Länge – entsprechend denen der sowjetischen Foxtrott-Serie – vermögen, Radar und Sonarpeilung lächerlich zu machen, um wieviel mehr kann es dann einem Mini-U-Boot gelingen, in Gewässer mit Militärgeheimnissen vorzudringen? Muß ich Ihnen erst sagen, daß es Zweimann-U-Boote gibt, losgeschickt von den größeren Mutterschiffen, vollgepackt mit Elektronik, die alles und jedes ausspionieren können und dann wie ein großer Fisch unbehelligt zurückschwimmen in ihr Basis-U-Boot? Da nutzt Ihnen kein Radar oder Sonar etwas. Da meldet unsere Elektronik nichts mehr. Es ist, als ziehe bloß ein Fischschwarm durch die Strahlen! Durch eine besonders präparierte Außenhaut wird auch der Sonarton völlig verfälscht. Der beste Sonarfachmann wird nicht erkennen: Da geistert ein Mini-U-Boot vor unseren Unterwasserbunkern herum . . . Das können wir doch hier, unter uns, zugeben, meine Herren.«

»Was heißt hier zugeben?« bellte Bouwie. »Ist das ein Verhör, in dem wir unsere Hosen runterlassen müssen? Verzeihung, Miß Moroso! Bisher ist noch kein Russe bei uns aufgetaucht – die wissen schon, warum sie es gar nicht erst wagen, hierher zu kommen.«

»Sagen wir es so: Wir haben keinen bemerkt.«

»Und Sie haben nun ein Ding entwickelt, das besser ist als Sonar und Radar?« sagte Admiral Atkins mit dickem Spott in der Stimme. »Ich nehme an, dazu hat man uns hierher geholt. Sie sind ein Erfinder, Mr. Rawlings, der uns beweisen will, daß uns bisher das Steak immer angebrannt war.« Er nickte nach rückwärts. »Und dort, in dem Möbeltruck, liegt das große Geheimnis, das die unschlagbare Überlegenheit der US-Marine über alle Marinen der Welt erkennen läßt. Wie heißt es doch: Das Einfachste ist oft das Genialste . . .«

»So ungefähr.« Dr. Rawlings lächelte still. »Aber ich habe nichts erfunden. Die Natur hat es erfunden. Ich habe es nur mit Hilfe von Helen und James entdeckt. Darf ich eine Wette abschließen? Innerhalb von drei Minuten werden Sie mich für verrückt erklären.« Rawlings wandte sich um und zeigte auf den riesigen Möbelwagen: »Was Sie da sehen, meine Herren, ist kein gewöhnlicher Truck. Die Aufmachung ist nur Tarnung. Im Inneren des Aufbaus befindet sich ein Wasserbassin, und in diesem Bassin schwimmt ›Ronny‹. Ronny ist drei Jahre alt und gehört einer berühmten Familie an: Er ist ein Delphin.«

»Gewonnen!« sagte Bouwie laut. »Sie *sind* verrückt!«

»Mir geht ein Licht auf.« Admiral Hammersmith nahm seine Mütze ab, wischte sich die Stirn und den Schweißrand der Mütze mit einem blauen Taschentuch ab und stülpte die Mütze dann wieder auf seinen weißhaarigen Schädel. »Im Marineland von Miami ziehen die ›Flipper‹ an Glockenseilen und springen durch papierbespannte Reifen. Die Kinder schreien vor Freude. Dr. Rawlings, man mag die Generalität nach Volkes Meinung für blöd halten, so senil sind wir aber noch nicht, um uns hier von Ihnen durch Flipperkunststückchen erfreuen zu lassen. Ich werde dem Oberkommando mitteilen . . .«

»Unsere jahrelangen Forschungen haben ergeben, daß bestimmte Gattungen der Delphine, vor allem die Weißseitendelphine und die Weißstreifendelphine, von größter Intelligenz und Aufnahmebereitschaft sind. Es ist hier nicht der Ort, den ganzen, ungeheuer interessanten und verblüffenden Delphinkomplex zu behandeln; Fräulein Dr. Morero hat darüber einen dreistündigen Film gedreht, den wir Ihnen später vorführen werden und der alle Erklärungen enthält«, fuhr Dr. Rawlings ungerührt fort. »Nur soviel: Der Delphin besitzt fast die doppelte Hirnmasse des Menschen – mit allen sensorischen Eigenschaften. Der Delphinforscher Grünthal machte dabei die Entdeckung, daß das sogenannte Säugerhirn – also die höchst entwickelte Hirnstufe der Natur, die man im Endstadium beim Menschen zu finden denkt – beim Delphin ebenfalls eine Primärstufe erreicht hat. Im Delphin entdeckte man zum Beispiel die sogenannte Schwarze Hirnsubstanz – die substantia nigra –, die sonst nur noch beim Menschen vorkommt. Selbst die Menschenaffen, die ja unserem gemeinsamen Urstamm entwuchsen, besitzen diese substantia nigra nicht! Der schweizer Hirnforscher Pilleri bewies 1962, daß die Hirnformen und Hirnfunktionen der Delphine einen Grad der Zentralisation erreicht haben, der weit über den des Menschen hinausgeht. Pilleri sagte noch etwas anderes, etwas Umwälzendes: ›Die Endstellung des menschlichen Gehirns ist in der Rangordnung der Säugetiere heute zweifelhaft geworden.‹«

»Ich werde Ihren lieben ›Ronny‹ nachher fragen, was er von der Montage der neuen Boden-Luft-Raketen auf unseren Fregatten hält«, sagte Admiral Linkerton spöttisch. »Wenn er ›pfiff-pfiff‹ antwortet, heißt das okay oder Finger weg davon?«

»Mir ist verständlich, daß es Ihnen schwer fällt, als Mensch an die Intelligenz eines Tieres zu glauben«, sagte Helen Morero plötzlich. Die Admiräle wandten sich ihr zu. Ihre Stimme war hell und hatte den singenden Klang der Südstaaten. Ihr zuzuhören war angenehmer, als dem trockenen Ton von Dr. Rawlings zu folgen. Sie sah dabei so entzückend aus, daß man es ihr verzeihen konnte, einen Vortrag über Delphine zu halten, hier, am Meeresufer, in der prallen Sonne, auf einer abgesperrten, verdammt eintönigen Insel.

»Ich beschäftige mich nun schon fünf Jahre mit den Delphinen, vor allem mit den Weißstreifendelphinen – Lagenorhynchus obliquidens – und habe dabei Intelligenzleistungen festgestellt, die zunächst unglaublich klingen. Es ist bekannt, daß Delphine über eine Sprache verfügen; ihr Reichtum an Lautäußerungen ist bis heute noch nicht voll erforscht. Die Delphine haben einerseits Laute, die im Bereich des menschlichen Hörbereiches liegen, aber zum großen Teil auch solche, die weit darüber hinausgehen. Ähnlich wie zum Beispiel die Fledermäuse bringen Delphine Ultraschallgeräusche hervor, die es ihnen ermöglichen, punktgenaue Echopeilungen unter Wasser vorzunehmen. Sie sind fähig, sich untereinander zu unterhalten. Der Nervenforscher John Lilly hat festgestellt, daß Delphine die menschliche Stimme und Sprache nachahmen können, wenn auch nicht so klar wie ein Papagei – weil sie nämlich die Angewohnheit haben, im Zeitraffer zu sprechen: so schnell, daß wir Menschen es nicht mehr verstehen. ›Entrafft‹ hat Lilly umwerfende Resultate notiert: Aufgrund der Hirnentwicklung und der damit verbundenen Intelligenz ist ein Delphin bei gutem Training in der Lage, die menschliche Sprache auf seine Art nachzusprechen und vor allem zu verstehen! Hinzu kommt ein phänomenales Gehörorgan, das Töne von nahezu 200000 Schwingungen pro Sekunde wahrnehmen kann. Wie armselig ist da der Mensch – seine obere Hörgrenze hört bei 20000 Schwingungen pro Sekunde auf. Bekannt ist auch die ungeheure Sensibilität der Delphine; sie haben ›Nerven‹, bekommen Migräne, Nervenzusammenbrüche, ›leiden‹ wie ein Mensch unter seelischen Belastungen und zeigen dann die gleichen Krankheitssymptome. Ganz grob gesagt: Was der Mensch an Land, ist der Delphin im Wasser. Eine Endstufe der Säugetiere.«

»Bravo!« Bouwie klatschte in die Hände. »Wie Sie das bringen, Miß Morero, begeisternd. Nur eine Frage: Soll die Marine bestimmte Stellen nun mit Delphinen besetzen?«

»Ja!« antwortete Dr. Rawlings klar und deutlich.

»Ich gehe und stelle mich jetzt unter eine kalte Dusche«, sagte Admiral Atkins. »Ich eigne mich nicht für einen Dick-und-Doof-Film.«

»Miß Morero erwähnte bereits, daß die Delphine aufgrund ihrer Ultraschallbegabung punktgenaue Peilungen vornehmen können. Diese Eigenschaft haben wir aufgegriffen, ausgebaut, trainiert, zur Perfektion gebracht, wie es nur mit einem Delphin und seiner Intelligenz möglich ist. Hinter uns, im Becken, wartet Ronny auf seinen Einsatz, und ich muß Sie ausdrücklich darauf aufmerksam machen, meine Herren, daß diese Vorführung unter größter Geheimhaltung stattfindet. Hier wird nämlich zum erstenmal gezeigt, daß alle Ortungssysteme von Radar und Sonar durch den Einsatz von Delphinen degradiert werden.« Dr. Rawlings bückte sich und nahm ein Fernglas aus dem Koffer. Der bisher schweigsame Dr. Finley holte die anderen Gläser heraus und gab sie an die Admiräle. Fast widerwillig nahmen sie die Geräte an. »Darf ich bitten, auf See zu blicken?« Rawlings zeigte in die hitzeflimmernde Weite des Ozeans. Schemenhaft hoben sich dort vier graue, schlanke Stahlkörper gegen den Horizont ab. »Sie sehen vier Schiffe: zwei Zerstörer und zwei unserer modernsten U-Boot-Jäger. Alle vollgepackt mit den modernsten elektronischen Geräten zur Unterwasserbekämpfung. Sie haben den Auftrag, ein in Küstennähe operierendes unbekanntes Unterwasserfahrzeug zu orten und zu vernichten. Das Fahrzeug ist da, meine Herren, ferngesteuert und zur Demonstration mit einer scharfen Mine bestückt. Sie haben Gelegenheit, mit dem Kommandeur dieser Einheit zu sprechen. Es ist Commander Valdez auf Zerstörer Q 14. Bitte...«

Dr. Finley hielt ein Funksprechgerät hoch. Die Admiräle verständigten sich durch ein paar Blicke, dann griff Admiral Bouwie zu.

»Hallo!« rief er mit seiner unverkennbaren Reibeisenstimme. »Hier Admiral Bouwie. Hören Sie mich, Commander?«

»Sehr gut, Sir.« Aus dem Lautsprecherverstärker kam klar die Antwort. Jeder konnte sie mithören.

»Was tun Sie jetzt?«

»Wir kreuzen in dem befohlenen Gebiet und suchen ein Unterwasserfahrzeug, das in das Küstengebiet eindringen soll. Sämtliche Ortungsgeräte sind eingesetzt. Noch keine Anzeichen von einer Annäherung des Objektes. Geortet sind drei Fischschwärme, sonst nichts. Sämtliche Echos negativ.«

»Es werden zusätzlich gleich zwei spezielle Jagd-Hubschrauber zum Einsatz kommen und das Meer abfliegen«, sagte Dr. Rawlings. »Wir haben bewußt das Einsatzgebiet eng und völlig übersehbar gehalten. Nach der Vorstellung der zuständigen militärischen Dienststellen kann auf gar keinen Fall ein Unterwasserfahrzeug in diese Planquadrate eindringen. Betrachten Sie die heutige Demonstration bitte wie einen Ernstfall. Hier an der Küste liegt eine geheime Forschungsstation, und nun kommen die Sowjets, um sich umzusehen ...«

»Blödsinn!« Admiral Hammersmith setzte sein Fernglas ab. »Sie kämen nicht einen einzigen Meter in den elektronischen Sperrriegel.«

»Gott segne Ihr Vertrauen in die Technik.« Dr. Rawlings lächelte nachsichtig. »In diesem Augenblick schwimmt der ›Feind‹ auf uns zu ...«

»Commander, was sehen und hören Sie?« schrie Bouwie in das Funksprechgerät. Sein Gesicht rötete sich, und nicht allein von der Sonne.

»Nichts, Sir ...«

»Schlafen Sie alle an Bord?« brüllte Bouwie. »Da kommt doch etwas ...«

»Alle Instrumente sind klar, Sir!« Commander Valdez schien irritiert. »Es ist nichts zu melden. Wir würden auch sofort mit der Bekämpfung einsetzen ... wie befohlen ... Die besten Spezialisten sind an Bord, Sir ...«

Bouwie setzte auch sein Glas ab und starrte Dr. Rawlings und dann Helen Morero entgeistert an. »Wollen Sie tatsächlich behaupten, daß jetzt, in diesen Minuten, ein Unterwasserfahrzeug im Übungsgebiet kreuzt?«

»Ja. Ein Mini-U-Boot, gesteuert mit lautlosen Elektromotoren und einer Spezialbeschichtung der Außenhaut. Es müßte jetzt zwischen den beiden Zerstörern und unserem Strand liegen. Auf Grund. Wassertiefe etwa 230 Meter. Es liegt da wie eine Katze vor dem Mauseloch und wartet, bis es sich näher anschleichen kann.«

»Eine Blamage«, sagte Admiral Linkerton gepreßt. »Wenn das bekannt wird...«

»Deshalb arbeiten wir heute auch unter strengsten Sicherheitsmaßnahmen.« Es waren die ersten zusammenhängenden Worte, die Dr. Finley sprach. »Dr. Morero und ich haben Ronny, den Delphin, ausgebildet, aber die letzten Monate stand er ganz unter meinem Kommando. Darf ich jetzt die Übung weiterführen? Ich werde mich mit Ronny unterhalten wie mit Ihnen. Sie werden sehen, daß er mich versteht und daß ich ihn verstehe.«

»Commander, was hören Sie jetzt?« brüllte Bouwie noch einmal in das Sprechgerät.

»Nichts, Sir...«

»Scheiße!« Bouwie ließ das Sprechgerät an dem Lederriemen vor seine Brust fallen. »Ich komme mir wie ohne Hose vor...«

Dr. Finley winkte. Der schwere Truck setzte sich in Bewegung, rollte über den Strand ans Meer und blieb dort stehen. Der Schwarze hinter dem Steuer grinste die Admiräle breit an. Die beiden Männer in den weißen Overalls schoben die Riegel der Ladetür weg und klappten eine Art Laufschiene heraus. Dahinter sah man die gewölbte Kunststoffwand des Bassins, in dem der Delphin Ronny schwamm. Dr. Finley trat an die Klappe, klatschte in die Hände und rief laut:

»Alter Gauner, wo bist du?«

Im Wasser klatschte es, dann schnellte ein dunkler glatter Leib mit silbernen Bauch- und Seitenstreifen hoch in die Luft, drehte sich in einer Pirouette, das schnabelartige Maul öffnete sich und stieß einen lauten, zirpenden Laut aus. Elegant tauchte Ronny darauf wieder in das Bassin zurück.

»Er freut sich«, sagte Dr. Finley mit einem so glücklichen Lächeln, als habe ihm jemand eine Liebeserklärung gemacht. »Ich habe ihm während der Fahrt genau erklärt, worauf es heute ankommt.«

»Davon werde ich bestimmt träumen«, knurrte Admiral Hammersmith. »Wie begrüßt man ihn?«

»Legen Sie die Hand an die Mütze und sagen Sie: Hallo, Ronny! – Dann dreht er sich auf die Seite, kommt zu Ihnen, und Sie dürfen ihn kraulen – falls Sie ihm sympathisch sind. Aber das wollen wir jetzt überspringen . . . Ronny soll sofort in den Einsatz.« Dr. Finley trat an die Laufschienen. »Wir lassen Ronny gleich in einem kleinen Rollbassin ins Wasser gleiten. Vorher montiere ich an seinen Körper ein Unterwassermikrophon, das uns seine Meldungen weitergibt.«

Finley ließ die sprachlosen Admiräle stehen, kletterte in den Truck und verschwand um das Bassin herum. Man hörte, wie Ronny seinen Freund mit lauten, pfeifenden und manchmal sogar fast menschlichen Lauten begrüßte. Finley sagte daraufhin ein paar Worte, die man nicht verstand. Dann klatschte es mehrmals im Wasser, ein kleiner Kran senkte sich in das Bassin und hob einen länglichen Behälter heraus, schwenkte ihn auf die Laufschienen und setzte ihn dort ab. Vorsichtig, mit Unterstützung der beiden weißgekleideten Helfer, rutschte Ronny in seiner Transportwanne dem offenen Meer entgegen.

Langsam, vorsichtig, als könnten sie den Delphin erschrecken, waren die Admiräle an die Gleitschienen herangetreten und verfolgten mit großen Augen Ronnys Rückkehr in den Ozean. Um seinen Hals lag eine dünne, blanke Stahlschlinge, an der ein kleiner, schwarzer Kasten befestigt war – ein unscheinbares Ding, aber jeder ahnte, daß es sich um eine Kombination höchstempfindlicher Instrumente handelte. Bouwie winkte Ronny freundlich zu, als er an ihm vorbeiglitt, und wandte sich dann zu Helen Morero um. »Ein strammer Knabe!« sagte er leise. »Trotzdem gestatten Sie, daß ich mich weigere, ihn auf eine Intelligenzstufe mit mir zu stellen.«

»Er ist von anderem Kaliber als Sie, Sir«, antwortete sie höflich und lächelte süß. »Sehen Sie nur, wie er sich freut.«

»Das täte ich beim Anblick von Wasser als Delphin auch.«

Ronny war ins offene Meer gesprungen, stieß Quietsch- und Pfeiflaute aus, schnellte sich ein paarmal hoch in die Luft, raste dann in einem unwahrscheinlichen Tempo in die Weite hinaus, kehrte zurück, wälzte sich um die eigene Achse, riß das Maul mit gurrenden Lauten auf und schoß dann wieder durch die sanften Wellen ins tiefere Wasser – ein silbern glitzernder, lebender Torpedo.

Dr. Finley, der einen Kopfhörer und ein Kehlkopfmikrophon umgeschnallt hatte, trat in den Kreis der Admiräle.

»Zunächst begrüßt Ronny Sie auf das herzlichste«, erklärte er völlig ohne Ironie. »Sie sind ihm keine Fremden mehr, er kennt Marineuniformen.«

»Wir bedanken uns«, sagte Linkerton und grinste schief. »Auch wir sind erfreut, seine Bekanntschaft zu machen. – Was bietet er uns jetzt dar?«

»Das in das Sperrgebiet eingedrungene Mini-U-Boot«, sagte Dr. Rawlings trocken. Bouwie zuckte wie gekniffen zusammen und brüllte wieder in sein Sprechfunkgerät.

»Commander Valdez, was stellen Sie fest?«

»Nichts, Sir!« kam die Antwort von dem vor der Küste kreuzenden Zerstörer. »Im Sonar nichts Außergewöhnliches.«

»Ich komme nachher an Bord, und wir sprechen darüber, Commander«, fauchte Bouwie wütend. »Du lieber Himmel, wenn das ein Ernstfall wäre!«

»Ich verstehe nicht, Sir . . .« sagte Commander Valdez betroffen.

»Das ist es ja eben! Ende!« Bouwie ließ das Sprechgerät wieder an seine Brust fallen. Er wandte sich zu Dr. Finley. »Und nun?«

»Jetzt passen Sie mal auf.« Finley stieß einen gurrenden Laut aus, und sofort kam Ronny nahe an die Küste geschwommen. Er drehte sich etwas auf die Seite, hob den Kopf aus dem Wasser und blickte hinüber zu den Menschen. Finley winkte ihm zu und sagte dann zum größten Erstaunen der Admiräle in völlig normaler Sprache: »Ronny, da draußen ist etwas! Such es . . . such . . . und melde es . . . Los!«

»Das versteht mein Jagdhund auch«, sagte Admiral Atkins sauer.

»Auch unter Wasser? Darauf kommt es uns an . . .«

Ronny antwortete mit einem lauten Pfiff, tauchte weg und schoß, ein silberner Pfeil, hinaus in den Ozean. Bouwie und Hammersmith wischten sich den Schweiß aus den Gesichtern. Linkerton versuchte, den Delphin mit dem starken Fernglas zu verfolgen, aber schon nach wenigen Metern nahm die Dunkelheit der Tiefe den glänzenden Körper auf. Dr. Finley drückte die Kopfhörer fester an und lauschte. Dr. Morero hielt ein kleines Tonband bereit. Dr. Rawlings blickte angestrengt auf eine elektronische Uhr, die mit einem Funkschreiber gekoppelt war.

»Ronny ändert seine Richtung«, sagte Finley plötzlich. Die Admiräle zuckten regelrecht zusammen. »Er hat etwas entdeckt. Sein phänomenales Empfinden auf Schwingungen spricht an! Einen isolierten Elektromotor, den kein Sonar wahrnimmt, hört Ronny wie einen Paukenwirbel dröhnen.«

»Tiefe 236 Meter«, sagte Dr. Rawlings nüchtern. »Ronny taucht weiter...«

»Wie bitte?« Admiral Linkerton wischte sich über die Augen. »Der Bursche geht so tief runter?«

»Ronny ist in der Lage, innerhalb von vier Minuten in eine Tiefe von 300 Meter zu tauchen. 300 Meter aber ist bekanntlich die U-Boot-Versteck-Tiefe, die noch innerhalb der Drucktoleranz für den Stahlkörper liegt. Bei größeren Tiefen wird jeder Stahl gewissermaßen dünn wie Papier, weil er den Druck nicht mehr aushält.«

»Wir haben unsere Ausbildung hinter uns«, knurrte Bouwie. »Und wir waren nicht gerade die Dämlichsten.«

»254 Meter!« Dr. Rawlings sah Dr. Finley an. »Was sagt Ronny?«

»Er ist aufgeregt. Die Funksignale seiner Muskelzuckungen verraten es.« Finley atmete ein paarmal tief durch und starrte die Admiräle an.

Hammersmith zwinkerte mit dem linken Auge, als habe ihn ein Sandkorn getroffen. Atkins suchte aufgeregt nach seiner Zigarettenpackung. Bouwie griff nach dem Funksprechgerät, winkte dann ab und ließ es wieder in den Lederriemen fallen – von den draußen kreisenden Zerstörern und U-Boot-Jägern kam kein Laut; für ihn war das beschämend. Linkerton knirschte mit den Zähnen; er hatte ein stabiles neues Gebiß, das ihm solche Erregung erlaubte.

»269 Meter«, sagte Rawlings rauh.

»Ronny hat ihn!« Finley zeigte nun doch Wirkung. Die Muskeln seines durchtrainierten Körpers spannten sich. Durch seine braune Gesichtshaut traten plötzlich die Kaumuskeln dick hervor. Helen Morero fuhr sich mit beiden Händen durch die langen, blonden Haare.

»Was hat er?« Bouwies Stimme war zu einem Seufzen abgesunken.

»Ronny meldet das entdeckte feindliche U-Boot in 273 Meter Tiefe.« Finley hielt den Atem an und lauschte auf die Funksignale, die der Delphin von sich gab. »Er umkreist es...«

»Das *hören* Sie?« stotterte Hammersmith.

»Er meldet es. Ronny und ich unterhalten uns doch.« Finley pfiff in sein Kehlkopfmikrophon, dann grunzte er in verschiedenen Tonlagen und sagte dann klar: »Junge, komm zurück. Ronny... zurück...«

»Wie in 'nem Flipper-Film«, knurrte Bouwie.

»So ähnlich!« nickte Dr. Rawlings. »Nur hat Ronny jetzt, im Ernstfall, vielleicht verhindert, daß in diesem Küstenabschnitt Atomminen gelegt werden, die nach elektromagnetischem Kontakt mit einem darüberziehenden Schiff sofort aufschwimmen und zünden. Sie wissen ja, daß die Sowjets Kleinst-U-Boote konstruiert haben nur zu dem Zweck, im Kriegsfall die Häfen, Zufahrten und Unterwasserdepots unbemerkt zu verminen.« Dr. Rawlings blickte auf sein neukonstruiertes Ortungsinstrument. »Ronny bleibt bei 273 Meter Tiefe und kreist noch immer. Ihm scheint seine Entdekkung ungemein Freude zu machen.«

»Uns auch!« Bouwie nahm seine Mütze ab und wedelte sich die heiße Luft zu. »Wer garantiert, daß dies alles stimmt?«

»Unsere Wachhunde über Wasser sehen und hören nichts.« Es war Helen Morero, die so etwas völlig ohne Respekt aussprach. Ihr Anblick hinderte Bouwie daran, mit scharfen Worten zu antworten. »Wir haben ihnen gesagt, daß unser Übungsboot Sprengstoff an Bord hat...«

»Ronny kommt zurück«, unterbrach Finley. »Du lieber Himmel, was quatscht der Bursche ein Zeug zusammen! Er ist außer Rand und Band.«

»Um das zu begreifen, bin ich entweder zu dumm oder zu

normal«, sagte Linkerton. »Ich kapituliere und lasse mich nur noch überraschen.«

Tatsächlich: Wie ein Torpedo kehrte Ronny zur Küste zurück. Plötzlich entdeckte ihn Atkins im Fernglas – der Delphin schnellte ein paarmal hoch und sauste dann knapp unter der Meeresoberfläche weiter.

»Hat der eine Fahrt drauf!« rief Atkins.

»Er kann bis zu 55 km pro Stunde aufdrehen.« Helen Morero klatschte in die Hände. »Dabei ist Ronny keine Ausnahme.«

»*Was* sagen Sie da?« knurrte Bouwie und setzte seine Mütze wieder auf. »Das ist kein einsamer Hollywood-Star?«

»Nein. Wir haben noch siebzehn Delphine mit gleicher Ausbildung in unserem Trainingscamp.«

»Und keiner weiß das?«

»Danken Sie dem Präsidenten und unserer Vorsicht dafür.« Dr. Rawlings legte seinen Meßapparat vorsichtig auf einen großen Stein am Strand. »Wir stehen noch nicht einmal auf der Gehaltsliste des Pentagon. Wir gelten als Privatwissenschaftler. Wir haben nur den völligen Schutz des Geheimdienstes – so geheim sind wir!« Er lachte und wedelte plötzlich mit beiden Armen hoch durch die Luft. Ronny kam in Küstennähe, vergaß seinen Auftrag und begann auf Sichtweite mit seinen Späßen. Er schnellte aus dem Wasser, sprang weite Bögen, tanzte auf der Schwanzflosse, klapperte mit dem schnabelartigen Maul, stieß schrille Töne aus. Und Finley lief in das seichte Wasser, bis zu den Hüften, und klatschte in die Hände vor Begeisterung.

»Verdammt, ich könnte heulen«, sagte Helen Morero ehrlich. »Er hat uns nicht blamiert. Ich könnte ihn dafür küssen.«

»Ich biete mich als Ersatz an, Miß Morero.« Bouwie schnaufte durch die Nase. »Auch ich könnte heulen – vor dieser Ansammlung von Idioten dort drüben auf den Kähnen! Aber das gibt noch einen Kreisel, das sage ich Ihnen ...«

»Die Männer auf den Schiffen tun ihr Bestes, aber das Beste ist eben anfällig oder – sagen wir es klar – überholt! So oft ist uns das bewiesen worden, und wir haben nur mit den Zähnen geknirscht.« Rawlings sah dabei Linkerton an, der sofort mit seiner Zahnmusik aufhörte. »Im Unterwasserbereich sind wir irgendwie an der Grenze unserer Technik angelangt und wären am Ende unseres Lateins – wenn wir nicht die Delphine hätten.«

»Ein modernes Märchen«, sagte Hammersmith gepreßt.

»Kein Märchen, sondern Wirklichkeit. Da ist unser Ronny!«

Der Delphin hatte das seichtere Wasser erreicht, umschwamm seinen Freund Finley und stieß ihn immer wieder mit der Schnauze an, genau dosiert, nie so stark, daß Finley umfiel. Dann legte er sich auf die Seite, sein silberner Bauch glitzerte in der Sonne, und Finley begann ihn zu kraulen. Ronny schloß wonnevoll die Augen und lag da wie tot. Sichtlich genoß er die Liebkosungen.

»Geil ist der Knabe auch!« sagte Bouwie dröhnend. »Unglaublich! Tatsächlich unglaublich. Wenn mir das einer erzählt hätte, ich hätte ihn zum Psychiater geschickt.«

Von den geparkten Wagen trugen jetzt die beiden Männer im weißen Overall einen stählernen Kasten zum Ufer und stellten ihn neben Rawlings in den Sand.

Linkerton, der nicht mehr mit den Zähnen knirschen wollte, zog die Luft durch die Nase ein, als quäle ihn ein starker Schnupfen.

»Das sieht wie eine Mine aus«, sagte er heiser.

»Erraten. Eine neue Magnetmine. Leicht, weil Ronny sie tragen muß. Mit einem Zeitzünder, der auf dreimaligen Druck scharf wird.« Dr. Rawlings nahm die Mine hoch, ging zu Finley ins Wasser und begrüßte Ronny, der wieder seine schrillen Freudenlaute ausstieß. Auch er tätschelte den glatten, geschmeidigen Leib, ließ sich von dem Schnabelmaul ein Küßchen geben und streifte dann dem plötzlich unbeweglich im Wasser liegenden Ronny einen dünnen Stahlring über den Kopf. An diesen Trägerring hakte Finley die Mine – man sah deutlich, wie der Delphin das neue Gewicht mit seinem ganzen Körper ausglich. Es war, als ob ein Athlet seine Muskeln zum Wettkampf anspannte.

»Mein Gott, Sie wollen den lieben Ronny pulverisieren?« stotterte Bouwie fast entsetzt. »Verzichten Sie auf die Vorführung eines Delphin-Kamikaze, Miß Morero. Wir glauben Ihnen, daß Ronny die Mine ans Ziel bringt.«

»Sie unterschätzen noch immer die Intelligenz der Delphine,

meine Herren.« Helen Morero schüttelte den Kopf und lachte die betroffen herumstehenden Admiräle an. »Ronny wird folgendes tun: Er schwimmt zurück zu dem getauchten U-Boot, heftet die Magnetmine an, drückt mit seiner Schnauze dreimal auf den Zeitzünder, schwimmt sofort zurück und wird hier bei uns sein, wenn die Ladung hochgeht. Die Zündung ist auf eine Verzögerung von 15 Minuten eingestellt. Lange genug, um Ronny in Sicherheit zu bringen – zu kurz, um bei Entdeckung vom U-Boot aus entfernt zu werden. Mit anderen Worten: Im Ernstfall gäbe es für den Feind kein Entrinnen mehr.«

»Solche Worte aus einem so schönen Mund!« sagte Bouwie. »Wie verroht wir doch alle sind.«

Rawlings und Finley hatten unterdessen Ronny die Mine umgeschnallt, gaben ihm einen Klaps auf den Rücken, und Finley küßte ihn noch einmal auf den Schnabel.

»Zeig, was du kannst! Und nun hau ab, alter Junge. So long!«

Der Delphin nickte mehrmals, stupste Finley und Rawlings zärtlich an und drehte dann ab. Wie ein langes Geschoß sauste er ins Meer hinaus, die Mine unter sich am Hals, und Bouwie, ausgerechnet Bouwie, war versucht, ihm nachzubrüllen: Paß auf dich auf, Bursche!

Rawlings kam aus dem Wasser zurück, schüttelte sich wie ein Hund und griff wieder zu seinem Spezialinstrument. Der Zeiger vibrierte, der kleine elektronische Schreiber zeichnete eine phosphoreszierende Linie und Kurve. Helen hatte die Hände gefaltet, als wolle sie beten, und als Bouwie das sah, faltete er ebenfalls die Hände. Es war die beste Art, das Zittern zu verbergen. Die Minuten tropften dahin.

»Jetzt ist er da!« rief Finley aus dem Wasser. Er stand mit Ronny im Funkkontakt. »Ich höre, wie er die Mine anklebt.«

»Der Teufel hole mich«, knurrte Admiral Hammersmith. »Mir zuckt das Arschloch!«

»Jetzt! Die Mine ist dran! Ronny macht kehrt und kommt zurück...«

»Stimmt!« Rawlings verfolgte alles auf seinem Instrument. »Hei, hat der jetzt ein Tempo drauf!«

Linkerton und Atkins tasteten mit ihren Ferngläsern die Meeresoberfläche ab. Von den Schiffen draußen auf See kam keine Meldung. Radar und Sonar orteten einen großen Fisch – das mitzuteilen, betrachtete Commander Valdez als zu blöd.

»Noch fünf Minuten«, sagte Helen Morero. »Und da ist schon Ronny aus der Reichweite. Er weiß das; sehen Sie, er springt hoch und wird übermütig.«

»Diese fünf Minuten zerren an meinen Nerven«, sagte Atkins gepreßt. »Verdammt, verdammt ...«

»Noch zwei Minuten!« rief Dr. Rawlings. Ronny kam in Küstennähe, schwamm langsamer und begann seine Tanzspielchen. Bouwie rang die gefalteten Hände.

»Nun komm doch her!« brüllte er plötzlich. »Ronny, du Rindvieh, laß die Dummheiten. Komm her!«

»Noch eine Minute!«

Der Delphin schnellte durch das Meer, tauchte weg und schoß elegant heran.

»Noch zehn Sekunden ... fünf ... drei ... zwei ... jetzt ...!« schrie Rawlings.

Zwischen der Küste und den patrouillierenden Schiffen schoß eine hohe, schäumende Wasserfontäne empor. Erst dann hörte man die Detonation. Ein paar Augenblicke stand die weiße Wassersäule gegen den blauen Himmel, dann fiel sie zusammen.

»Das war die Mine!« schrie Finley. »Und jetzt ...«

Eine noch breitere, höhere Fontäne jagte in den Himmel, ein gewaltiger Knall dröhnte zu ihnen herüber, das Meer schien an dieser Stelle zu kochen.

»Das war das Boot«, sagte Dr. Rawlings mit plötzlich müder, schlaffer Stimme. Er schluckte mehrmals, selbst überwältigt von diesem Experiment. »Haben wir Sie überzeugt, meine Herren?«

»Bravo!« brüllte Bouwie. Im Funksprechgerät plärrte die Stimme von Commander Valdez. Bouwie hieb gegen das Gerät, schrie: »Halt's Maul!« und klatschte in die Hände. Langsam schwamm Ronny ins Seichte, drehte sich wieder auf die Seite und wollte von Finley gekrault werden. »Bravo! Und wie soll's jetzt weitergehen?«

Dr. Rawlings legte den Arm um Helens Schulter und drückte sie an sich. Nun weinte sie doch, aber ihr Gesicht strahlte dabei vor Glück.

»Dr. Morero wird in fünf Tagen dem Präsidenten im Weißen Haus ihren Film vorführen«, sagte er fast feierlich. »Wir glauben, daß er überzeugt.«

»Das walte Gott!« Bouwie riß sein Funksprechgerät vom Hals und warf es weg in den weißen Korallensand. »Delphine retten die Marine – das ist zuviel für mich. Ich gehe in Pension und werde Dahlien züchten.«

Mikola Semjonowitsch Prassolow hatte es immer als eine Erniedrigung angesehen, mit dem Kommando in Petropawlowsk auf Kamtschatka betraut worden zu sein. Wen man hierhin, an den Arsch der Welt, versetzte, dem wollte man damit zeigen, wie unnütz er doch sei. Da half auch nicht das Wort des Oberbefehlshabers der sowjetischen Marine, Admiral Gortschkow, gerade Petropawlowsk sei eine Auszeichnung, denn im Nordpazifik werde sich in naher Zukunft Gewaltiges tun. Nein, Prassolow fühlte sich in den Leib getreten, auch wenn man ihm das Kommando einer Sondereinheit übergeben hatte, die sich poetisch »Schwäne des Nordens« nannte.

So saß er nun in seinem Kommandaturgebäude außerhalb der mistigen Stadt Petropawlowsk an der Bucht von Awaschinskoja, die man als Kriegshafen ausgebaut hatte, befehligte eine zusammengewürfelte Marineeinheit von sechs U-Booten der Whisky- und Foxtrott-Klasse, einen Zerstörer der Kriwak-Klasse, eine »Petja«-Fregatte, ein U-Boot-Versorgungsschiff vom Typ »Ugra«, ein mit Elektronik vollgestopftes Nachrichtenschiff der Primorje-Klasse und zwei Schnellboote vom Typ »P«. Die anderen Schiffe – ein Kreuzer der »Swerdlow-Klasse«, ein Kreuzer »Kresta II« und drei Kaschin-Zerstörer – unterstanden dem Kommando seines Freundes Admiral Jemschin, eines bulligen Mannes, der auf Prassolows stilles Leiden nur die Antwort hatte:

»Was willst du denn, Brüderchen? Das Beste ist, wenn man uns auf Kamtschatka einfach vergißt. Dann wird das Leben angenehm. Ein warmes Haus, ein brodelnder Samowar, ein Fäßchen

Wodka und weit, weit weg die Idiotie der großen Politik – ist doch so etwas wie ein Zipfelchen des Paradieses!«

Jemschin irrte sich. Das geruhsame Herumliegen und gelegentliche Patrouillieren zu den Kurilen-Inseln wurde jäh unterbrochen, als Prassolow die Mitteilung erhielt, er erhalte Verstärkung. Im Anmarsch seien ein U-Boot der Echo-Klasse, ein U-Boot der Victor-Klasse – und »Delta«, das größte Unterseeboot der Welt mit einer Reichweite von 7800 Kilometern; ein wahres Monsterschiff, vollgepackt mit Raketen, die einen Thermonuklearsprengkopf trugen. Aber nicht allein das Erscheinen der »Delta« machte Prassolow mobil, sondern daß man außerdem auch ein U-Boot ankündigte, das der gesamten übrigen Welt Rätsel aufgab und von dem man nahezu unglaubliche Dinge erzählte: Es führte neuartige Atomraketen mit sich und wurde von einem Nuklear-Reaktor angetrieben, der eine Fahrt unter Wasser von sagenhaften 33 Knoten erlaubte. Mit diesem Wunderding, dem besten aller sowjetischen U-Boote, kam auch ein Korvettenkapitän Jakowlew nach Petropawlowsk, den das Marine-Oberkommando so anpries:

»Der Genosse Iwan Victorowitsch wird Ihnen für spezielle Aufgaben zur Verfügung stehen. Detaillierte Angaben folgen. Stufe A.«

Prassolow fuhr durch den fast immer nebligen Tag hinüber zu seinem Freund Jemschin und setzte sich schwer in einen alten, zerschlissenen Sessel, den Jemschin aus seiner Heimat Leningrad mitgebracht hatte.

»Stufe A«, sagte Prassolow. »Bei uns! Was soll bei uns so geheimgehalten werden? Und Elite-Schiffe schicken sie uns. Als ob bei uns der große Knall beginnt...« Er reichte Jemschin den entschlüsselten Funkspruch über den Tisch und schlürfte den dampfenden Tee, der ihm gereicht wurde. »Bekommst du auch Verstärkung, Nikolai Iwanowitsch?«

»Noch keine Nachricht.« Jemschin las den Funkspruch. »Man könnte daraus auf ein Sonderkommando schließen, Mikola Semjonowitsch«, sagte er gedehnt. »Schließlich bist du hier, um Großes zu tun.«

»Bisher habe ich nur Tonnen von Bratfisch gefressen«, schnaubte

Prassolow wütend. »Hast du schon mal was von diesem Jakowlew gehört, der auf dem U-Boot mitkommen soll?«

»Völlig unbekannt. Das muß einer dieser widerlichen Menschen sein, die kein Gesicht besitzen dürfen und überall, wo sie auftauchen, Unruhe hinterlassen. Bereiten wir uns darauf vor. Was wissen wir schon von den Dingen, die um uns herum sich entwikkeln. Wie die Regenwürmer sind wir: Erst, wenn wir an der Angel hängen, wird plötzlich klar, daß sich vieles für uns ändert...«

Fünf Tage später lief die kleine U-Boot-Einheit im Hafen von Petropawlowsk ein. Nacht war es, der Nebel lag dicht und undurchsichtig über Meer und Land, alles klebte vor Nässe, und Prassolow blieb so lange im Befehlsbunker, bis die U-Boote an den überdachten Piers festgemacht hatten.

Mißmutig und bereit, diesen geheimnisvollen Jakowlew unfreundlich wie ein knurrender Hund zu empfangen, ging Admiral Prassolow schließlich hinüber, um die Meldungen der Boots-Kommandanten entgegenzunehmen.

Die Boote der Echo- und Victor-Klasse lagen nebeneinander, dann folgte der Riesenleib der »Delta«, und dann – zum erstenmal sah Prassolow dieses Wunderding – schimmerte in dem trüben Licht der Scheinwerfer der dicke, spindelförmige Stahlkörper von »Charlie«, wie das geheimnisvolle Boot bei der NATO hieß. Auf dem massigen Turm standen die Offiziere. Alle Mannschaften waren auf den Decks angetreten. Die Kommandanten warteten an den Stegen. Bei Prassolows Erscheinen gellten die Kommandos, die Hände der Offiziere flogen an die Mützen.

Prassolow grunzte in sich hinein. Er erwiderte den Gruß kurz und knapp, schritt dann zu dem »Charlie-U-Boot« und erkannte schon von weitem den Mann, der an dem Kommandanten vorbei über den Steg das Boot verließ. Er war noch reichlich jung. Nicht mehr als höchstens Mitte Dreißig, dachte Prassolow. Er trug eine Uniform, als habe sie ein Maßschneider gearbeitet, und kam dem Admiral mit elastischen Schritten entgegen. Mit einem Ruck blieb er dann stehen und grüßte.

»Korvettenkapitän Iwan Victorowitsch Jakowlew meldet sich zur Verfügung!« sagte er mit klarer, dunkel klingender Stimme. Kalte

Bärenaugen hat er, dachte Prassolow. Er lächelt freundlich, aber dieses Gesicht wird immer wie eine Maske sein. Man sollte auf der Hut bleiben.

Prassolow tippte an seine Mütze. »Willkommen in der Einsamkeit«, antwortete er. »Was bringen Sie mit, Iwan Victorowitsch?«

»Zehn Mini-U-Boote, Genosse Admiral!« Jakowlew stand wie ein Denkmal. »Und ein Handschreiben des Oberkommandierenden, des Genossen Admiral Gortschkow.«

Prassolow nickte schwer. Von diesem Augenblick an wußte er, daß Petropawlowsk auf Kamtschatka nicht mehr außerhalb des großen Weltgeschehens lag . . .

2

Die Nachrichten, die Jakowlew in einem versiegelten Umschlag mitgebracht hatte und deren Übergabe Admiral Prassolow mit seiner Unterschrift bestätigen mußte, waren tatsächlich von allergrößter Wichtigkeit und vor allem äußerst geheim. Prassolow las die Papiere langsam durch, als lerne er jeden Satz auswendig, legte dann die Seiten auf seinen Schoß und sah zu dem wartenden und Tee trinkenden Jakowlew hinüber.

»Sie kennen den Inhalt der Papiere, Iwan Victorowitsch?« fragte er und hatte, als er Jakowlew musterte, wieder das unangenehme Gefühl, in eisige Bärenaugen zu blicken. Wird Jemschin seine Freude an ihm haben, dachte er ein wenig gehässig. Auch mit deiner Ruhe ist's vorbei, mein lieber Nikolai Iwanowitsch. Was ich hier auf den Knien balanciere, verändert uns alle. Der Krieg im Dunkeln ist zu uns gekommen.

»Man hat mich eingeweiht, soweit das notwendig war«, antwortete Jakowlew vorsichtig. »Natürlich weiß ich nicht, was der Genosse Oberbefehlshaber geschrieben hat. Ich kenne nur meine Aufgaben.«

»Die Amerikaner – der Teufel hole sie! – bereiten geheime Versuche im Nordpazifik vor. Agentenmeldungen berichten vom Bau unterseeischer Bunker auf der Wake-Insel, was darauf hindeutet, daß in absehbarer Zeit irgendeine Sauerei passiert im Zusammenhang mit diesen Bunkern. Ein neuer U-Boot-Typ soll dort vielleicht erprobt ...«

»Man glaubt eher an eine neue Art von Marschflugkörpern und sich selbst steuernden Torpedos mit Atomsprengköpfen«, sagte Jakowlew so gelassen, als lese er aus der Zeitung vor. »Das Oberkommando hat ein großes Interesse daran, diese geheimnisvollen Aktivitäten der Amerikaner zu beobachten und zu enträtseln. Das Projekt gehört zu den geheimsten des Pentagon. Die Amerikaner unternehmen die größten Anstrengungen, um die Seeherrschaft, die sie schon lange mit uns teilen müssen, voll wieder zu erobern. Das Oberkommando betrachtet dies als eine aktive Bedrohung unserer Marine.«

»Ich habe es eben gelesen.« Prassolow faltete die Papiere zusammen und steckte sie in den braunen Umschlag zurück. »Man hat Sie mir zugeteilt, Iwan Victorowitsch, als Kommandeur eines neuen Sonderkommandos. Die Einsatzbefehle kommen aus dem Hauptquartier. Zunächst handelt es sich um eine Ausspähung der amerikanischen Aktivitäten.« Prassolow blickte Jakowlew wieder in die Bärenaugen: »Sie wissen, daß Sie in einer Woche umziehen?«

»Nein, Genosse Admiral.« Jakowlew war ehrlich verblüfft. »Das ist mir neu.«

»Petropawlowsk wird die Basis sein. Sie werden mit Ihrer Sondergruppe in das Marinelager von Kasatka verlegt. Kasatka ist eine winzige Stadt auf der Kurileninsel Iturup, nicht weit von Japan. Wenn Sie dort ankommen und an Land schwarze Flecken sehen, dann raten Sie nicht lange – es sind Ansammlungen weinender Seehunde, die ihr Schicksal beklagen, dort leben zu müssen! Von Kasatka aus werden Sie eingesetzt, Genosse Jakowlew. – Jetzt dürfen Sie einen Fluch loslassen, ich erlaube es Ihnen.«

Prassolow irrte sich. Jakowlew zeigte keine Erschütterungen. Das bewies: Iwan Victorowitsch besaß eine noch kältere Seele, als man bisher befürchten mußte. Er sah nur etwas nachdenklicher in eine Ecke des ungemütlichen Zimmers und legte die schmalen Hände zusammen.

»Ich habe zehn Mini-U-Boote mitgebracht, Genosse Admiral«,

sagte er gelassen. »Bisher unbekannte Neukonstruktionen. Vier bemannte Boote – drei Mann Besatzung – und sechs unbemannte, die ferngesteuert werden. Mit ihnen ist es möglich, in jedes Sperrgebiet unbemerkt einzudringen – sie sind lautlos und von Radar und Sonarpeilung nicht zu erfassen. Wir werden sie in großer Tiefe von unseren Großbooten aus zum Einsatz schicken. Es ist anzunehmen, daß die Amerikaner umfangreiche Schutzmaßnahmen treffen werden – es wird ihnen nichts nutzen.« Jakowlew beugte sich etwas vor: »Haben Sie schon eine Einsatzzeit, Genosse Admiral?«

»Nicht direkt.« Prassolow fühlte sich übergangen vom Oberkommando. Bin ich ein Trottel? dachte er verbittert. Wie behandelt man mich? Schickt mir eine neue Flottille mit völlig neuen Booten, und ich, der sie befehlen soll, habe keine Ahnung, wie sie aussehen, wie sie ausgerüstet sind, was sie können. Nichts weiß ich als nur dies, daß mir ein eiskalter Kerl gegenübersitzt, der den Amerikanern Schwierigkeiten machen soll. Ganz lautlos, ganz unsichtbar, und sollte man sich unter Wasser zerfleischen müssen, wird die Welt davon auch keinen Ton erfahren. Laut sagte er jetzt: »Für die Vorbereitungen hat man vier Monate angesetzt. Wo haben Sie den Einsatz geübt?«

»Die Miniboote wurden in der Ostsee und im Nordatlantik erprobt. Sie haben sich bewährt. Im Pazifik haben wir noch keine Erfahrungen.«

»Und die brauchen Sie, Iwan Victorowitsch. Hier ist alles anders! Nicht nur zehntausend Meter Wasser unter Ihnen und Weiten, die trübsinnig machen, sondern über Ihnen ein Himmel, der voller Überraschungen steckt. Haben Sie schon mal einen Taifun mitgemacht?«

»Nein, Genosse Admiral.«

»Sehen Sie, das fehlt Ihnen! Ich habe vier erlebt und mich viermal dabei erinnert, daß meine Mutter bei Gewitter betete: ›Heiliger Stephan, hab die Gnade und laß den Blitz beim Nachbarn, dem Lumpen, einschlagen ....‹« Prassolow dehnte sich und freute sich, Jakowlew doch überlegen zu sein. »Wir werden noch viel üben müssen, Genosse! Die Amerikaner kochen nicht mehr überm offenen Feuer. Zugegeben, wir haben vielleicht im Augenblick die besseren Waffen – aber wie bei einem Wettlauf bleibt die Zukunft ungewiß.«

»Wir werden verhindern, daß sie uns überrunden«, sagte Jakowlew ernst, und seine Bärenaugen glitzerten. »Dazu bin ich ja gekommen ...«

Die Vorführung des Delphinfilms im Weißen Haus von Washington war für Dr. Helen Morero ein voller Erfolg. Nur ein ganz kleiner Kreis war zu dieser Demonstration zugelassen. Der Präsident saß in einem Korbsessel, hinter ihm der Verteidigungsminister und der Oberkommandierende der US Navy. Auch Dr. Rawlings und Dr. Finley waren anwesend, um detaillierte Fragen zu beantworten, und schräg hinter Admiral Linkerton, der die ganze Zeit rätselte, warum man gerade ihn hierher gebeten hatte, hockte ein anderer Marineoffizier, der aussah, als würden ihn die goldenen Admiralsstreifen zu Boden ziehen. Er war ein kleiner, schmaler Mensch mit einem Bulldoggengesicht, der wußte, daß man sich in der Marine erzählte, er müsse bei seiner Ausbildung als Fähnrich während eines Übungsschießens versehentlich in ein 38er Geschützrohr gerutscht und dann übers Meer geschossen worden sein. Sein Name war Admiral William Crown, und er hatte gerade vor neun Tagen ein neues Kommando übernommen: den Ausbau der Marine-Basis Wake-Insel im Pazifik. Es war der einsamste Stützpunkt der Marine im fast unendlichen Ozean. Ein strategischer Vorposten, den die Welt kaum wahrnahm.

Helens Film wäre für jeden anderen Betrachter eine große Belustigung gewesen. Da tummelten sich Scharen von Delphinen in einem riesigen Wasserbecken oder in einer Meeresbucht, spielten miteinander, schnellten aus dem Wasser, schlugen Purzelbäume, brachten wie dressierte Hunde weggeschleuderte Bälle und andere Gegenstände zurück zu Dr. Finley und Helen Morero, die am Beckenrand oder am Strand standen und mit kleinen Signalgebern mit den Delphinen verbunden waren.

Man sah, wie die klugen Tiere Lasten trugen oder Kisten vor sich herschoben. Wie sie einen Matrosen, der einen Ertrinkenden spielte, umschwammen, unter ihn tauchten, ihn hochhoben und zu zweit sicher ins seichte Wasser schleppten. Und wie sie auf einen Befehl von Finley in einer geradezu militärischen Paradeformation, in Dreierreihen, durch das Becken schwammen, vorweg der »Kommandeur« Ronny, das Rüsselmaul aus dem Wasser gehoben und pfeifende Laute ausstoßend.

Am Ende des Films dann die große »Nummer«: Ein vorher gezeigtes, altes Klein-U-Boot tauchte weg. Vier Delphine der »Kompanie III« unter dem Befehl von Delphin Harry erhielten von Dr. Helen Morero Informationen und schossen wie silberne Pfeile unter der Wasseroberfläche davon. Im Bild sah man nun die an Land aufgestellten elektronischen Instrumente: die Entfernung, die Tiefenanzeige und die graphisch umgesetzten Signale, die von den Delphinen aufgefangen wurden. Dazu Helens Stimme: »Jetzt haben sie das getauchte Objekt gefunden. Beachten Sie die Zeiger V und VII. Die Reaktion der Delphine ist deutlich zu sehen. Das Objekt befindet sich in 179 Meter Tiefe, neun Meilen von der Küste entfernt. Es ist genau die vorgegebene Position.« Das Bild schwenkte zu Dr. Finley, der mit einem Impulsgeber den Delphinen Befehle gab. Die Schwingungen, die sie aufnahmen, wurden von ihnen in Begriffe umgesetzt – Finley unterhielt sich mit ihnen.

»Noch fünf Minuten!« hörte man Helens Stimme im Film. Es war die gleiche Situation wie am Strand von Key Largo. Der Präsident der Vereinigten Staaten beugte sich weit vor. Admiral Crown wurde noch kleiner in seinem Sessel. Im Bild erschien jetzt ein Sekundenzeiger ... drei ... zwei ... eins ... zero!

Weit draußen auf dem Meer schoß die Explosionswolke hoch, zerstäubte das Wasser, bildete sich in der Fontäne ein kleiner Regenbogen.

Der Präsident klatschte in die Hände, und er klatschte begeistert weiter, als die vier Delphine zurückkehrten an Land: drei nebeneinander und vorweg Kommandant Harry, in Sichtweite den Kopf stolz aus dem Wasser hebend. Dr. Finley rief ihnen etwas zu – sofort schwammen die vier Delphine in einer Reihe nebeneinander und zogen dann am Ufer entlang, wie winzige Kriegsschiffe in Kiellinie.

»Ungeheuerlich!« rief der Präsident und wandte sich zu Helen

Morero, die neben dem Filmapparat stand. »Miß Morero, das ist unglaublich! Ich gebe zu: Als man mir den Film ankündigte, habe ich mir gedacht: Du hast Wichtigeres zu tun, als Delphinen beim Spiel zuzusehen. – Jetzt bin ich überzeugt, daß es eine für Amerika sehr wichtige Stunde war.«

Er stand auf, gab Helen, Dr. Rawlings und Dr. Finley die Hand und wandte sich dann an die Admiräle. Crown saß noch zusammengesunken in seinem Sessel, Linkerton putzte sich die Nase.

»Was sagen die Fachleute?« fragte der Präsident.

»Als ich diesen Einsatz in Natur auf den Keys erlebte, war ich ebenso begeistert wie Sie, Mr. Präsident«, sagte Linkerton. »Dann sprach ich mit dem Chef des Projektes, Admiral Walkinson, und erfuhr, daß man den Plan hat, diese Delphine als wirkliche militärische Formation auszubilden und einzusetzen. In San Diego wird zur Zeit eine geheime Ausbildungsstätte gebaut, an der diese Kampfdelphine trainiert werden sollen.« Linkerton holte tief Luft. »Ich brauchte einige Zeit, um das zu begreifen. Aber langsam wird mir klar, daß hier das tollste Ding gedreht wird, das militärisch möglich ist. Delphine als Unterwasser-Frühwarnsysteme und als schwer auszumachende Kampfschwimmer. Mr. Präsident – das ist einfach phantastisch. Ein anderes Wort dafür gibt es nicht.«

»Und Sie meinen, daß hier eine echte Zukunft liegt?«

»Die Möglichkeiten des Delphin-Einsatzes sind noch lange nicht ausgeschöpft«, sagte Dr. Rawlings. »Was der Film zeigte und wir auf Key Largo vorführten, ist nur ein Teilgebiet. Wenn Sie erlauben, Sir, rechne ich einmal: Die Ausbildung eines Delphins kostet im Durchschnitt 50000 Dollar. Wir sind in der Lage, im Jahr, bei den uns zugesagten Bedingungen in San Diego, ungefähr vierzig Delphine zu trainieren. Das heißt, es können – militärisch gesprochen – vierzig Objekte eingesetzt werden zur Beobachtung, Ortung und Vernichtung. 40mal 50000 machen 2000000 Dollar. Was kosten ein Torpedo, eine Rakete, ein Spezial-U-Boot? Für ganze zwei Millionen Dollar haben wir vierzig Objekte! Vierzig hochsensible, ungeheuer bewegliche und fast ungreifbare ›Instrumente‹, die jeder Elektronik unter Wasser weit überlegen sind. Und die Wartung ist gering: Salzwasser und Heringe.«

»Und wirkliche Freundschaft«, sagte Helen Morero in die Stille hinein. »Ohne Freundschaft und ehrliche Sympathie ist auch ein Delphin nur ein Tier – mit einem Primärhirn wie der Mensch! Das sollte man nie vergessen. Der Mensch ist die Endstufe der Landtiere, der Delphin ist das gleiche für das Wasser. Wenn man das mit allen Konsequenzen akzeptiert, stoßen wir in völlig andere Lebensdimensionen vor.«

»Wenn ich daran denke, daß ich in Japan mehrmals Delphinsteaks gegessen habe, fühle ich mich von jetzt an als Kannibale!« sagte Admiral Crown mit seiner etwas heiseren Stimme. »Dessen ungeachtet gestehe ich, daß es vorzüglich geschmeckt hat.« Er blickte hinüber zu dem Präsidenten, der die Hände auf dem Rücken verschränkt hatte. »Wie komme ich zu der Ehre, in diesem Kreis zu sein?«

»Später, Admiral.« Der Präsident nickte zu Dr. Rawlings hin: »Ich verspreche Ihnen, Mr. Rawlings, daß wir diese Forschung mit allen Mitteln unterstützen werden und Ihnen alle nötigen Vollmachten erteilen. Wir werden alle erforderlichen Geldmittel zur Verfügung stellen. Außerdem werde ich mich laufend über Ihre Fortschritte unterrichten lassen.« Der Präsident lächelte nun Helen Morero freundlich zu: »Ich bin mit meinem ganzen Herzen dabei. Nicht nur wegen der militärischen Note ...« Er ging um seinen Schreibtisch herum und tippte auf eine rote Mappe, die Dr. Rawlings mitgebracht hatte. »Sehr wissenschaftlich?« fragte er mit einem jungenhaften Lachen.

»Nicht so sehr, Sir.« Dr. Rawlings lächelte zurück. »Der Bericht enthält alles, was man über Delphine wissen sollte, um unsere Erfolge verstehen zu können. Es liest sich wie ein Roman.«

»Sie werden von Admiral Walkinson alles Weitere hören.« Der Präsident nickte freundlich. »Es waren zwei sehr gute Stunden. Das Projekt bleibt in der höchsten Geheimstufe. Ich danke Ihnen.«

Später, in einem Ruheraum für Gäste des Weißen Hauses, fragte Admiral Crown zum wiederholten Male seinen Kameraden Linkerton, warum man ihn in dieses Geheimnis eingeweiht habe. »Ich fliege nächste Woche auf die Wake-Insel«, sagte er, »und werde dann zwischen Wake, Midway und Pearl Harbour hin und her pendeln und mit dem neuen Kommando meinen Kopf voll haben. Als ich ins Weiße Haus bestellt wurde, dachte ich, jetzt drückt mir der Präsident die Hand und spricht mir sein Beileid aus, weil ich mein Leben künftig auf einem Sandkorn fristen muß – und was führt er mir vor: den Flipper-Film! Verstehen Sie das, Herbert?«

Linkerton hob die Schultern. Für ihn war die Sachlage klar: Das neue, geheime Ausbildungslager wurde nach San Diego verlegt, also in seinen Befehlsbereich. Was Crown da draußen im Nordpazifik damit zu tun hatte, war völlig rätselhaft.

»Was machen Sie auf Wake?« fragte er.

»Top secret, Herbert.«

»Auch? Ob da was zusammenhängt?«

»Unmöglich! Ich baue kein Delphinaquarium. Was sollen diese Viecher da? Uns unterhalten? Für meine Jungs wäre ein Puff nützlicher.«

Die Herren bekamen Kaffee und Whiskey serviert, bis man ihnen schließlich sagte, ihre Wagen stünden bereit. Durch einen Seitenausgang ließ man sie aus dem Weißen Haus. Auch das Areal verließen sie durch ein seitliches Eisengittertor. Der Wagen der Admiräle bog sofort nach links ab, während Dr. Rawlings, Dr. Finley und Dr. Helen Morero zu ihrem Hotel fuhren.

»Auf diesen Erfolg hin spendiere ich eine Flasche Champagner«, sagte Rawlings gutgelaunt und legte den Arm um Helens Schulter. »Ich glaube, Mädchen, wir haben es geschafft. Was mich mit Sorge erfüllt, ist nur, daß jetzt schon zu viele Leute von uns wissen.«

»Das bleibt nie aus.« Finley suchte nach seinen Zigaretten und lenkte den Wagen mit einer Hand. »Die Konstruktion einer neuen Rakete bleibt auch nicht bei fünf Leuten hängen.«

»Und schon ist der gegnerische Geheimdienst zur Stelle...«

»Den erwarte ich bei uns auch«, sagte Finley ruhig. »Ich glaube, ihr Lieben, unsere ruhigste Zeit haben wir hinter uns...«

Sie ahnten nicht, daß sie bereits beim Verlassen des Weißen Hauses vom Balkon eines Mietshauses aus mit einem Teleobjektiv fotografiert worden waren. Aber die Auswertung der Fotos brachte der interessierten Stelle keinen Gewinn – noch nicht. Denn der

Wagen war ein einfacher Leihwagen der Firma Car-Service, Washington. Und in der Gästeliste des Hotels standen die drei Personen als Mr. Blith, Mr. Jakobson und Mrs. Radman, Architekten aus New York. Eine Blitznachfrage in New York bestätigte: Ja, es gab dieses Architektenteam, 43. Straße Ost auf Manhattan.

Ein völlig uninteressanter Besuch. Man hakte die Beobachtung ab.

Moskau war beruhigt.

Im »Marineland« von Miami gehört vor allem das Delphinarium zu den großen Attraktionen Floridas. Millionen kommen jedes Jahr dorthin und jubeln über die Vorführungen. Ungezählte Filme wurden gedreht, die »Flipper«-Serie eroberte im Fernsehen die ganze Welt, und wer in Miami war und kein Foto der Delphine geschossen hatte, dem konnte man getrost sagen: Du kennst Florida nicht!

Völlig einsam dagegen, von keinem beachtet, weil hermetisch abgeschlossen und zum Highway hin durch einen dichten Park vor allen Blicken geschützt, lag außerhalb von Miami, in einer kleinen Bucht von Biscayne Bay, ein flacher Gebäudekomplex. Er war um einen runden, künstlichen See gebaut und hatte zum offenen Meer hin eine Art Schleuse. Auch aus der Luft, vom Hubschrauber aus, sah alles sehr harmlos aus; man konnte denken, hier habe ein reicher Mann seinem Spleen ein Denkmal gesetzt mit einem riesigen Swimming-Pool, um den er sein Landhaus im spanischen Stil gebaut hatte.

Das erste Haus mit einem kleinen Becken war bereits im Vietnam-Krieg errichtet worden. Damals hatte man Dr. Rawlings bei der Admiralität scheel angeblickt, als er seine Theorien entwickelte, hatte ihn nicht ernst genommen und sein dünnes Memorandum vergessen und im Archiv verstauben lassen. Nur Admiral Walkinson aus der Forschungsabteilung der Navy fand Gefallen an Rawlings' Ideen und beschaffte ihm über einen Sonderfonds das nötige Geld für Grundstück und Haus an der Biscayne Bay. Jahr für Jahr wurde dann die kleine geheime Forschungsstation ausgebaut, bis 1978 mit Dr. Finley und Dr. Helen Morero das »Projekt D« sein

Endstadium erreichte: 69 Delphine ließen vor Admiral Walkinson, der wie immer allein gekommen war, an der Küste ein Manöver ablaufen, das Walkinson nie vergessen würde und nach dem er sagte: »Das glaubt uns auf der Welt niemand – und das darf auch keiner wissen und glauben! Rawlings, Sie haben Einmaliges geleistet, aber Sie werden niemals im Guinness-Buch der Rekorde stehen. Sie müssen unbekannt bleiben ...«

Nun kamen Rawlings, Finley und Helen nach Biscayne Bay zurück. Finley hatte von Miami aus angerufen und schlicht »Okay!« gesagt. Das reichte, um ihnen einen Empfang zu bereiten, als hätten sie auf Wasserskiern den Atlantik überquert: Rund um das große Becken wehten Fahnen im immer gegenwärtigen Wind. Die Laubengänge der Häuser waren mit Blumengirlanden – natürlich aus Papier oder Plastik – geschmückt. Aus einer Lautsprecheranlage dröhnte ein Marinemarsch, als der Wagen in die Auffahrt durch den dichten Park einfuhr und das elektronische Auge am Tor und die versteckten Fernsehkameras den Einzug der »Sieger« meldeten. Alles dies aber wurde übertroffen von den achtzig militärisch »angetretenen« Delphinen. Wie bei einer Parade schwammen sie gut ausgerichtet in Sechserreihe neben- und hintereinander durch das riesige Becken, vor jeder »Kompanie« der Kompaniechef: die Delphine Harry, Robby, John, Bobby und Henry. An der Spitze der gesamten Truppe paradierte, mit bunten Bändern geschmückt und ein schwimmendes Schild vor sich herdrückend, der »Bataillonskommandeur«, der Star Ronny.

»Helen – wir lieben dich!« stand auf dem Schild.

»Ihr bringt mich tatsächlich noch zum Heulen«, sagte Helen Morero. Sie trat an den Beckenrand, beugte sich vor, und Ronny schnellte mit seinen bunten Bändern um den glänzenden Leib stellvertretend für alle anderen Delphine aus dem Wasser, stieß helle Freudenlaute aus und klapperte mit dem Maul.

»Ihr alle habt an dem Erfolg mitgearbeitet!« rief Helen. Vor ihr zogen die Delphine vorbei. »Ich bin doch nur ein Rädchen in der großen Maschine.«

»Du warst die erste von uns, die mit John den Versuch machte, eine Haftmine anbringen zu lassen«, sagte Rawlings. »Wir alle hielten dich damals für verrückt – aber dann wurde dein Versuch das Modell für die gesamte neue Ausbildung.«

»Ohne deine Hirn- und Verhaltensforschungen wären die Delphine auch für uns noch nichts anderes als Zirkustiere.« Die Formation der Delphine schwenkte jetzt ab, für Menschen unhörbare Kommandos lösten die Reihen auf. Nun waren die Tiere wieder nichts als fröhliche, im Wasser herumschnellende, spielende, tobende, pfeifende und kreischende Leiber, die hoch in die Sonne sprangen, mit den Kiefern klapperten und auf ihre Belohnung für die gelungene Vorführung warteten – die Eimer mit Heringen.

Helen sah sich langsam im Kreise um. »Das müssen wir jetzt also alles aufgeben?« sagte sie leise.

»Eine kleine Stammgruppe bleibt hier.« Rawlings setzte sich auf einen der Gartenstühle unter den gelbgestreiften Sonnenschirmen. »Finley und ich werden nach San Diego gehen.«

»Und ich?«

»Du bleibst hier, Helen. Biscayne Bay ist deine zweite Heimat geworden, sie soll es bleiben . . .«

»Ihr geht weg und laßt mich zurück? Da habt ihr aber um die Ecke gedacht. Wo Ronny, John und Harry sind, da bin auch ich!«

Rawlings nickte und wischte sich mit beiden Händen über das schwitzende Gesicht. Er war darauf vorbereitet, er hatte diese Auseinandersetzung kommen sehen, nur hatte er sich gewünscht, daß sie viel später stattfinden würde. Mit Dr. Finley hatte er darüber schon gesprochen, und Finley hatte mit einem zweifelnden Kopfwiegen gemeint: »Ob das gut geht, Steve? Und ob das die Delphine mitmachen? Sie sind in Helen verliebt; du selbst hast es in unzähligen Beobachtungen festgehalten, daß die Kerle zu richtigen Gefühlen fähig sind. Wenn wir sie von Helen trennen – verdammt, das gibt Probleme.«

»Komm, setz dich zu mir, Helen«, sagte Rawlings jetzt, »und hör mir zu . . .«

»Nein!« antwortete sie wie ein trotziges Mädchen. »Ich denke nicht daran, darüber zu diskutieren. Wenn ihr mich nicht mitnehmt nach San Diego, fahre ich euch hinterher und bin einfach da! Mal sehen, ob ihr es fertigbringt, mich rauszuschmeißen!«

Rawlings sah hilfesuchend hinüber zu Finley, aber der hob nur die Schultern, grinste verlegen und begann, die Delphine zu füttern. Die Assistenten in ihren weißen Overalls, die bei ihrer Ankunft Spalier gestanden hatten und dreimal Hipp-hipp-hurra gebrüllt hatten, standen an der überdachten Poolbar und tranken Fruchtsäfte, mit Gin gemischt. Ein riesiger Neger, dem jeder bei einem Weltmeisterschaftskampf im Schwergewichtsboxen eine Chance gegeben hätte, machte den Barmixer. Es war Dr. David Abraham Clark, ein hervorragender Psychologe, Spezialist in der seelischen Betreuung der hochsensiblen Delphine. Rawlings hatte mehrfach beobachtet, wie dieser Mann zu den Delphinen ins Becken stieg, wenn sie erregt waren, wie er sich ihr Pfeifen, Schnattern, Quietschen und Klappern anhörte, beruhigend auf sie einsprach, sie streichelte und einen inneren Kontakt zu diesen Lebewesen offenbarte, der verstandesmäßig nicht zu begreifen war.

»Wir brauchen dich *hier*«, sagte Rawlings. »Die Forschungen laufen doch weiter.«

»Das kann David Abraham übernehmen.«

»Unser Psychologe muß mit nach San Diego.«

»Ach nein! Der auch? Und ich soll hier als Einsiedler zurückbleiben – wer ist denn auf diesen schiefen Gedanken gekommen?«

»Helen, überleg einmal...«

»Nein! Wenn du so anfängst, versuchst du mir Tricks unterzujubeln.«

»Da ist kein Trick dabei, Helen. Hier bleibt die Delphinforschung, du wirst noch neun neue Wissenschaftler dazu bekommen.«

»Und San Diego?«

»Das ist es ja! San Diego ist ein Marine-Camp. Ist militärische Ausbildung. Was du hier erforschst, wird dort in militärische Zwecke umgesetzt. Das ist ein ganz anderes Gebiet.«

»Wer hat die erste Haftmine...«, sagte Helen stur.

»Du lieber Himmel! Ja, du! Aber San Diego ist zu gefährlich für dich.«

»Das mußt du mir erklären.«

Rawlings zögerte. Von Finley kam keine Hilfe, der streute die Futterfische zwischen die tobenden Delphine. Jetzt fehlte Admiral

Linkerton, den man endlich eingeweiht hatte und der klar zu Helen sagen würde: Es geht nicht. Das ist ein Befehl! Fragen Sie nicht, Helen, es ist eben unmöglich.

»San Diego wird nur eine Zwischenstation sein«, sagte Rawlings und wünschte sich einen kalten Longdrink mit viel Gin oder weißem Rum. »In San Diego werden unsere Burschen den letzten Schliff bekommen. Sie werden auf ihren Unterwassereinsatz gedrillt werden...«

»Das ist mir klar.«

»Aha! Und es klingelt bei dir noch immer nicht?«

»Wieso? Ich übe mit ihnen jetzt auch schon simulierte Kampfhandlungen. Was soll sich da ändern?«

»Der Einsatz selbst!«

Nun war es heraus. Rawlings starrte Helen Morero forschend an, und Helen erwiderte seinen Blick mit einer Art Fassungslosigkeit. »Wieso Einsatz?« fragte sie nach einer Weile Schweigen. »Erwartet man Krieg?«

»Wir haben einen. Wir leben ständig mit ihm – alle Staaten! Der unsichtbare Krieg der Geheimdienste. Du hast selbst bei der Vorführung auf Key Largo einen Vortrag darüber gehalten.«

»Als Theorie. Was sein *könnte*...«

»Die Admiräle waren sprachlos über deine Kenntnis der Tatsachen, die hinter dicken Panzertüren verschlossen sind.«

»Mein Gott, Steve, es war doch alles nur eine Annahme...«, stotterte Helen.

»Die Wahrheit, mit der das Pentagon leben muß! Sie ist sogar noch viel heißer und dramatischer als die Theorie. Zum Beispiel sickert da die Information durch, daß die Russen neue Unterwasserraketen entwickelt haben mit speziell dazu konstruierten Unterwasserabschußbasen. Und auf der anderen Seite erfährt der Russe, Amerika sei dabei, neuartige Unterwasser-Frühwarngeräte aufzustellen. Jeder fragt sofort: Wo sind sie, wo kommen sie hin, wie sehen sie aus, die Unterwasserrohre und die neuen, schnellen Raketenwerfer? Warum konzentriert der Russe einen großen Flottenverband in der Bucht von Korsakow auf Sachalin? Sind auf die Kurileninseln wirklich 10000 Mann Verstärkung verlegt worden?

Warum tut der Russe das? Man zieht doch keine Truppen ohne Grund zusammen.«

»Woher weißt du das alles?« fragte Helen und schluckte mehrmals. Ihr Hals war plötzlich wie ledern geworden.

»Admiral Walkinson hat mir nur einen winzigen Einblick gegeben in das, was sich unbemerkt von der ganzen Welt im Untergrund tut. Da müssen viele Geheimnisse enträtselt werden – und das sind Aufgaben, die nur unsere Delphine lösen können. Es hat lange gedauert, bis die Admiräle begriffen, wie hilflos sie sind und daß ihnen in diesem speziellen Fall nur ein Tier helfen kann. Wenn sie endlich ihren Stolz überwunden und dies erkannt haben, dann war es auch mit dein Werk...«

»Na also! Und mich wollt ihr jetzt in die Ecke stellen?«

»Es ist einfach zu gefährlich für dich. Die Gegenseite schläft ja nicht. Es wird Sabotageakte geben, Anschläge. Man wird Spione einschleusen, Morde planen – und das schwächste Glied in einer Kette ist immer eine Frau.«

»Danke!« sagte sie fast fauchend. »Ihr Fatzken mit eurem Männlichkeitswahn! Wann soll der Umzug stattfinden? Weißt du das auch schon?«

»In San Diego arbeiten sie an den neuen Anlagen Tag und Nacht wie die alten Ägypter an den Pyramiden. Wenn sie die Zeit einhalten, geht es in vier Monaten los.«

»Noch vier Monate!« Helen Morero schien ruhiger zu werden. Sie schien zu denken: Was kann in vier Monaten alles geschehen, was kann sich da noch ändern. Rawlings konnte ihre Gedanken fast von ihrer Stirn und ihren Augen ablesen. »Ich werde um einen Platz in San Diego kämpfen, verlaß dich drauf, Steve.«

Rawlings nickte wortlos. Er hatte dieses Problem bereits mit Linkerton durchgesprochen, und der Admiral hatte eindeutig erklärt: In unseren Plänen sind Frauen, auch wenn es sich um Dr. Morero handelt, nicht vorgesehen. Es wird schwer werden, ich weiß es, doch wir sollten uns darüber im klaren sein, daß wir einen Feind auf uns ziehen, der gnadenlos sein wird. Zugegeben: Wir sind auch nicht anders. Aber damit müssen wir leben, die Welt ist nun mal so.

»Gehen wir jetzt an die Bar?« fragte Rawlings. »Meine Kehle ist korkentrocken.«

»Ich gehe zu John, Ronny und den anderen«, sagte Helen hart. Sie wandte sich brüsk ab, ging mit schnellen Schritten zu ihrem Bungalow und kam in einem goldfarbenen Badeanzug zurück, als Rawlings gerade die Bar erreicht hatte. Ihr Anblick war atemberaubend, aber da man ihn hier gewöhnt war, pfiff niemand durch die Zähne, sondern Finley sagte nur verblüfft:

»Was ist los? Helen-Darling sieht verdammt wütend aus!«

»Ich habe ihr gesagt, daß sie hier bleiben muß, wenn wir nach San Diego umziehen.«

»Mutig, mutig! Ein Wunder, daß du noch kein blaues Auge hast und keinerlei Kratzspuren.« Dr. Finley blickte zu Helen hinüber, die am Beckenrand saß und sich mit den Delphinen unterhielt, die vor ihr hin und her schwammen. »Sie gibt kampflos auf?«

»Im Gegenteil, sie hat ihre Offensive angedroht.« Rawlings trank durstig einen Cocktail aus Orangensaft, weißem Rum und Curaçao. David Abraham mixte ihn so, daß nach drei Longdrink-Gläsern die Wetten begannen, wie viel man noch schaffen würde. »Ich kann sie verstehen, wir nehmen ihr einen Teil ihres Lebens weg.«

Die Delphine empfingen Helen mit Geschnatter und Pfeifen, als sie ins Becken glitt und sich in ihre Mitte fallen ließ. Sofort war John bei ihr, drückte sich an ihre Seite und rieb seine Schnauze an ihrer Schulter. Seine kleinen Augen blinzelten sie an. Nicht aus dem Mund, sondern oben, aus dem »Spritzloch« auf dem Kopf, kamen girrende zärtliche Laute hervor, und Helen legte ihren Arm um Johns Hals, drückte sich an ihn und sagte zu ihm:

»Ihr sollt weg, und mich wollen sie hier lassen. Wie findest du das, mein Junge?«

John, der Delphin, der die erste Haftmine unter Wasser angebracht und gezündet hatte, klapperte mit den Zähnen, legte sich dann etwas auf die Seite und strich mit der Unterseite seines Schnabelmundes zärtlich über Helens Gesicht.

Finley, der inzwischen mit Rawlings an das Becken gekommen war, zeigte mit dem Glas in der Hand zum Wasser:

»Der Kerl knutscht Helen ab, man sollte es nicht für möglich halten! Delphin müßte man sein.«

»Du magst Helen, James?«

»Wie wir alle, Steve.«

»Mehr nicht?«

»Was würde das nutzen? Sind wir nicht alle in Helen verliebt? Sie aber kennt nur ihre Delphine. Sieh dir das an! Sie tragen sie übers Wasser. Eine lebende Sänfte. Ein Floß aus Delphinleibern. Und wie glücklich Helen ist! Wer hat da noch eine Chance?« Finley sah Rawlings von der Seite an. »Du liebst sie doch auch, Steve!«

»Ja. Zwangsläufig. Als Frau ist sie einfach wunderbar. Aber ich bin nun mal ganz und gar nicht ihr Typ, da genügt ein Blick in den Spiegel. Ihr beide aber paßt herrlich zusammen...«

»Laß uns davon träumen«, sagte Finley gepreßt und setzte sich an den Beckenrand. Helen schwebte über dem Wasser, von den Delphinleibern getragen. Ihr goldener Badeanzug warf die Sonnenstrahlen zurück, daß man wie geblendet die Augen zusammenkneifen mußte. »Ich bin gespannt, was sie alles anstellen wird, um mit nach San Diego zu kommen.«

Admiral Crown wurde auf der Wake-Insel mit einer kleinen Parade empfangen. Er kam mit einem Kampfbomber von Pearl Harbour herüber nach einer Zwischenlandung auf der Midway-Insel, dieser waffenstrotzenden Festung am Ostende der Hawaii-Inseln. In seinem Gepäck, in einem Stahlkoffer, trug er einen Teil der geheimsten Papiere, die das Pentagon und die Admiralität zur Zeit besaßen.

Auf Wake empfing ihn Colonel Thomas Hall, der Kommandeur dieser Basis, und begrüßte ihn mit den Worten: »Willkommen, Sir, auf einer Insel, die unsinkbar ist. Die Flüche von tausenden Mariners haben sie für alle Zeiten betoniert. Der Wunsch, Sie mögen sich hier wohlfühlen, wäre eine Beleidigung.«

Und Crown antwortete: »Mein lieber Tom! Wir haben einen Beruf gewählt, in dem wir uns mit tausend Teufeln herumschlagen müssen: mit Sturm und Regen, brüllender See und sengender

Sonne. Da werden wir das bißchen verdammte Einsamkeit auch noch schlucken. Außerdem verspreche ich Ihnen, daß hier bald Leben in die Kiste kommt – mehr, als uns lieb sein wird.«

Admiral Crown schritt dann die Front der einsamsten Garnison der US Navy ab, stieg in einen Jeep und fuhr an einem schneeweißen Korallensandstrand vorbei zu dem kleinen Ort Settlement, dem Sitz seiner neuen Kommandantur. Draußen vor der Küste schäumten die Wellenberge gegen das undurchdringliche Korallenriff; ein breiter, unüberwindlicher Wall, der auch die offene Seite der hufeisenförmigen Insel verschloß und dadurch eine große, stille Lagune bildete, ein vom weißlichen Grün bis zum tiefsten Blau schillerndes Wasser, rein und klar, so daß man den Korallenboden sehen konnte und die Schwärme der bunten, in allen Farben schimmernden Fische. Hier gab es keine Haie. Nur eine einzige schmale Einfahrt führte in die große Lagune, eine Durchfahrt zwischen der Hauptinsel und Wilkes Island, dem schmalen Land, das in das breite Korallenriff überging. Einmal, in Hunderttausenden von Jahren, würde auch aus diesem Riff Land werden. Geologisch war Wake eine noch wachsende Insel.

Ein Paradies war es, wenn man im weißen Sand unter den hohen, breitfächrigen, vom ewig wehenden Wind gebogenen Palmen an der blauen Lagune saß und über die Palmengürtel und das schäumende Riff hinüber in das weite Meer blickte. Boote mit bunten Segeln glitten lautlos durch die Lagune. Am Morgen schaukelten die Jollen der Navy außerhalb des Riffringes und fischten. Und zweimal im Monat ankerte vor der Einfahrt von Wilkes Island das Versorgungsschiff aus Pearl Harbour und lud den Nachschub auf die flachen Transportkähne um, die in die Lagune hineinfahren konnten.

Aber Wake hatte auch ein anderes Gesicht. Die Menschen bestimmten es. Das Militär. Die strategische Lage der Insel mitten im Nordpazifik. Vorposten war sie gegenüber Japan und den sowjetischen Kurilen, Kamtschatka und China. Vor allem aber lag hinter Wake die weite Inselgruppe der Marshall-Inseln mit den berühmt-berüchtigten Inseln Bikini und Eniwetok, wo die amerikanischen Atombombenversuche stattgefunden hatten und von denen man sagte, daß sie auf Menschengedenken unbewohnbar geworden waren. Unter hunderttausenden Tonnen Beton, die man hier aufgeschüttet hatte, schlief die radiumverseuchte Erde – grellweiße Inseln als Denkmäler menschlichen Wahnsinns.

Das Flugfeld von Wake war neben der Basis Midway die am meisten angeflogene militärische Air Station. Es war für schnelle Jäger und schwere Bomber ebenso eingerichtet wie für die dicken Jumbos und Atlas-Transporter, die ganze Hauswände heranbrachten, Klimaanlagen, Betonfertigteile für Bunker und montierbare Benzintanks. Zwei Spezialschiffe mit riesigen Baggern und Schaufelbändern fraßen sich seit Monaten durch die Korallenbarriere am Toki Point von Peal Island, dem nördlichen Landteil von Wake, und schaufelten eine Fahrtrinne in die Lagune. Colonel Hall hatte von den neuen Plänen vor etwa neun Monaten erfahren, und dann war plötzlich die verträumte Stille vorbei. Das Paradies verwandelte sich in eine Hölle der Technik. Das Rauschen des Windes und der Wellen wurde übertönt vom Donnern schwerer Flugmotoren, dem Rattern und Kreischen der Baggerschiffe, dem Dröhnen von Betonmischmaschinen. Von Hawaii kamen dreihundert Bauarbeiter herüber, Techniker, Ingenieure, Sprengfachleute, Militärarchitekten. Alles ausgesuchte Männer, mehrfach vom CIA überprüft, zur strengsten Geheimhaltung verpflichtet. Eine kleine neue Wohnstadt entstand auf Peal Island, umgeben von einer Ringstraße mit zwei Bars, einem Kino, einem Sportzentrum, einem Baseball-Platz, einem Football-Feld und einem Tennisplatz.

Nur Frauen fehlten. Es gab keine Sekretärinnen. Auch im Hospital arbeiteten nur Sanitäter. Wen wundert es, daß abendliche Schlägereien zum Abschluß jedes Tages gehörten . . .

Admiral Crown ließ sich am nächsten Morgen rund um die Insel fahren, besichtigte sein neues Reich und sagte dann zu Colonel Thomas Hall: »Das könnte wahrhaft noch immer ein Paradies sein, wenn der Mensch es nicht entdeckt hätte. Ich habe schon viele schöne Inseln und Lagunen gesehen – Wake übertrifft sie alle. Da kann selbst Bora Bora nicht mithalten. Die Palmenwälder sind höher, der Sand weißer, die Lagune ist größer und blauer, die Luft reiner – welch ein Pazifik-Traum!« Crown zog die schmalen Schultern zusammen, als friere er plötzlich. »Es wird sich ändern. Ich bin gekommen mit dem Befehl, das alles zusammenzuschlagen. Auf Wake werden wir jetzt neue militärische Möglichkeiten ausprobieren. Sehen Sie mich nicht so blöd an, Tom – die Palmen bleiben stehen, aber was in ihrem Schatten passiert, wird eine Fortsetzung des dunklen, unbegreiflichen menschlichen Dranges sein, immer neue, immer wirksamere, immer perfektere Mittel zur eigenen Vernichtung zu konstruieren. Vielleicht wird Wake mal neben dem Namen Bikini stehen.«

»Das verhüte Gott!« sagte Colonel Hall laut.

»Der am wenigsten.« Crown winkte sarkastisch ab. »Manchmal habe ich das Gefühl, daß dieser Gott bewußt und in Ruhe zusieht, wie seine Weltschöpfung endlich wieder verschwindet...«

Am Abend saß Admiral Crown allein auf einem Klappstuhl an der Lagune, in einer kleinen Bucht von Peal Island, blickte in den rotgolden flammenden Sonnenuntergang und das darin schwimmende, bizarre, grandiose Wolkengebirge, betrachtete das golden schimmernde Wasser und die wiegenden Palmen, die wie Scherenschnitte gegen den flammenden Himmel standen. Eine Schönheit, unfaßbar und ergreifend, zur Demut mahnend und zur Besinnung.

In drei Monaten liegen hier die U-Boote, dachte Crown und war versucht, die Lagune laut um Verzeihung zu bitten. Was werden wie mitbringen? Man hat mir vieles gesagt, aber *das* nicht.

Ich weiß nur, daß niemand erfahren darf, was hier geschieht.

Iwan Victorowitsch Jakowlew hatte ebenfalls in diesen Tagen seinen neuen Standort erreicht. An der Spitze seiner kleinen Flottille fuhr er auf dem geheimnisvollen U-Boot »Charlie« – wie die NATO den Typ nannte – in die Bucht von Kasatka ein. Langsam hatten sie die Kurileninsel Iturup passiert, ein trostloses Eiland mit zwei aktiven Vulkanen in der Mitte. Nebel überzogen das Land, die Hänge waren kahl und feindlich, die Küste sturmzerrissen.

Jakowlew stand vorn im Turm des U-Bootes und blickte stumm auf die Insel. Über 200 Kilometer war sie lang – 200 Kilometer feindselige Natur, urweltliche Gegnerschaft. Nur eine einzige vernünftige Stadt gab es: Kurilsk. Auf der anderen Seite. Am Ochotskischen Meer. Dort lag das Kommando der Kurilen-Division und einer Schnellbootflottille. Aber Jakowlew wußte schon jetzt, daß es wenig Kontakt mit diesen Kameraden geben würde.

Im Gegensatz zu Admiral Crown stellte Iwan Victorowitsch keinerlei romantische Betrachtungen an. Eingehüllt in einen Ölmantel, den Kragen hochgeschlagen, die Mütze durch ein Sturmband gehalten, waren seine Gedanken bereits den kommenden Wochen vorausgeeilt. Hinter sich wußte er die U-Boote der Delta- und Echo II-Klasse, das U-Boot-Versorgungsschiff Ugra und das geradezu phantastische Nachrichtenschiff Primorje. Ein zweites Schiff dieser Klasse, die Sabaikalje, war angekündigt und fuhr zur Zeit von Wladiwostok in Richtung Kurilen. Es war eine kleine, schlagkräftige Seemacht, die man Jakowlew in die Hand gegeben hatte, die modernsten Schiffe. Sie dokumentierten, wie wichtig sein Auftrag war. Jakowlew fühlte Stolz in sich. Was kümmerte ihn die Feindlichkeit der Insel Iturup! Das Meer sollte sein Reich werden, hier wollte er unangreifbar sein.

Als Jakowlew mit seiner Flottille Petropawlowsk verließ, hatte Admiral Jemschin zu seinem Kollegen, Admiral Prassolow, gesagt: »Ich frage mich, ob wir ihn wiedersehen.« Die Informationen aus dem Oberkommando über Jakowlews Aufgabe waren dünn; dort hieß es nur ausweichend, Jakowlew habe eine große Mission zu erfüllen. Das konnte viel heißen und regte die Phantasie an: Warum schickte man einen Mann wie ihn mit modernsten U-Booten los, die statt Torpedos bisher unbekannte Miniboote ausstoßen konnten? »Hängt sein Auftrag mit Japans Forderung zusammen, daß wir die 1945 besetzten Kurileninseln wieder zurückgeben sollen?«

»Nein!« hatte Prassolow knapp geantwortet.

»Aber wir verstärken dort laufend die Marine-, Armee- und Luftwaffenstützpunkte. Täglich finden in Japan Demonstrationen gegen uns statt. Soll Jakowlew jetzt Stärke demonstrieren?«

»Mit Japan wird man die Dinge diplomatisch lösen. Die Amerikaner sind wichtiger ...«

»Wo sind hier Amerikaner?« hatte Jemschin verblüfft gefragt.

»Zum Beispiel auf der Wake-Insel. Das Oberkommando erhielt Agentenmeldungen, wonach die Amerikaner um die Wake-Insel herum neue Seewaffen erproben wollen. Darum wird sich Jakowlew kümmern.« Prassolow hatte dabei mißmutig den Mund verzogen. »Und ich habe die Ehre, dieses Kommando zu befehligen. Umarme mich, Nikolai Iwanowitsch, und sprich mir dein Mitleid aus. Bei solchen Einsätzen kann man es niemandem recht machen. Man steht immer da wie mit einem Loch in der Hose.«

Jakowlew kannte solche Bedenken nicht. Er war, wie gesagt, stolz, als er seinen Einsatzort erreichte. In diesem Augenblick kamen ihm sowjetische Patrouillenboote entgegen – kleine, kampfstarke, wendige, superschnelle Schnellboote der Scherschen-Klasse. Und die Ptschela-Tragflügelboote, die sagenhafte 50 Knoten schnell sein sollten. Sie umringten Jakowlews Flottille, ließen die Nebelhörner dröhnen und begrüßten die neuen Kameraden nach alter Seefahrtsart in der Signalflaggensprache.

Im Hafen von Kasatka kam Admiral Makarenkow, der Befehlshaber der Marinebasis Kurilsk, an Bord und schüttelte Jakowlew die Hände. »Eine Freude, Sie zu sehen, Iwan Victorowitsch«, sagte er, aber sein Gesicht drückte alles andere als Vergnügen aus. »Nun sind Sie da, aber ich weiß nicht, wohin mit Ihnen? Kasatka ist für eine Marinestation nicht eingerichtet. Sie können nur auf Reede liegen.«

»Haben Sie ein Lagerhaus, Genosse Admiral?« fragte Jakowlew. Die kleine Stadt ihm gegenüber war wirklich trostlos: ein Hafen für Fischerboote. Eine schmale Pier für die Patrouillenfahrzeuge. Niedrige Häuser. Naßglänzende Straßen. Eine Funkstation mit einem hohen Funkmast. Eine verfallende, zweistufige Pagode – Überbleibsel der ehemaligen japanischen Herrschaft.

»Wir haben natürlich Lagerhäuser«, sagte Makarenkow fast beleidigt.

»Das genügt. Ich brauche nur eine Basis für die Versorgung.« Jakowlew zeigte hinaus in den Pazifik. »Unser Leben wird sich *unter* Wasser abspielen. Sie werden selten etwas von uns sehen, Genosse Admiral.«

In Biscayne Bay ging die tägliche Arbeit mit den Delphinen weiter. Helen nahm das Thema San Diego nicht mehr auf, und Rawlings hütete sich, von selbst davon anzufangen. Neue Instrumente mußten ausprobiert werden: feinste Radartaster, die von den Delphinen an die Zielkörper herangebracht wurden. Infrarotkameras, die verblüffend deutliche Bilder von getauchten Booten aufnahmen und von den Delphinen bedient wurden. Vor allem aber experimentierte Dr. Finley mit einem Spezialmikrophon und einem neuen Computer, der in der Lage sein sollte, die 200 000 Tonschwingungen der Delphine graphisch dazustellen. Finley glaubte, daß es bald möglich sein könnte, mit einem Computersender auf den gleichen Wellenlängen eine noch bessere »Unterhaltung« mit den klugen Tieren zu führen.

Das Haupttraining allerdings war der militärische Einsatz unter Wasser.

Man hatte jetzt sechs »Kompanien« gebildet zu je zehn Delphinen, und sie wurden von den sechs klügsten Tieren kommandiert, nämlich von den Delphinen John, Ronny, Harry, Henry, Bobby und Robby. Immer und immer wieder, stundenlang, schossen sie hinaus ins offene Meer, suchten die Ziele, meldeten sie und versenkten sie dann mit Übungsminen, die nicht explodierten, sondern nach der erfolgten Zündung nur einen Stromstoß ausschickten, der an Land empfangen wurde. Treffer!

Bei diesen Einsatzübungen tauchten einige Merkwürdigkeiten auf. Dr. Finley setzte sich eines Abends zu Rawlings auf dessen Bungalow-Terrasse und schlug sein kleines, privates Notizbuch auf. Er trug es immer an einem Lederriemen um den Hals. Wer ihm das Buch hätte wegnehmen wollen, mußte ihn vorher töten. Was in keinem offiziellen Bericht stand, hatte er diesem kleinen Buch anvertraut.

»Es hat sich da etwas herausgestellt, das mir Sorgen macht«, sagte er und nahm einen Drink, den Rawlings gemixt hatte. »John und Harry – also die 1. und 3. Kompanie – führen nur noch Befehle aus, die Helen gibt. Dreimal habe ich das erlebt, als Helen mit anderen Delphinen vor der Küste war. Ich habe John und seine Burschen losgeschickt, sie rückten auch ab, blieben aber auf halbem Weg in der See stehen und begannen, Blödsinn zu machen. Sie spielten miteinander und kamen dann wie Unschuldslämmer zurück. Ermahnungen steckte John weg, als sei er taub. Wenig später das gleiche mit Harry. Zuerst wollte ich an einen Zufall glauben, aber als ich John und Harry zusammen exerzieren ließ, war's eine völlige Pleite. Alle Tiere der beiden Kompanien taten so, als hörten sie nichts. Zwei Tage später übernahm Helen wieder John und Harry, und siehe da – mit Bravour ›versenkten‹ sie neun Schiffe! Da war mir klar: Das ist kein Zufall. Zwei Kompanien gehorchen nur Helen.«

»Hast du mit ihr schon darüber gesprochen, James?«

»Nein. Ich wollte es zuerst dir sagen.«

»Im Ernstfall kann das eine Katastrophe werden.« Dr. Rawlings blickte hinüber zu Helens Bungalow. »Der ganze Einsatz kann in Frage gestellt werden, wenn sich herausstellt, daß die Delphine, je nach Sympathie, nur auf eine Person fixiert sind. Das haben wir doch bisher noch nie beobachtet...«

»Nach dem, was ich bis jetzt gesehen habe, müssen wir das Trainingsprogramm ändern. Wir müssen es völlig umstellen. Unsere Knaben sind viel zu sehr auf uns als individuelle Personen motiviert. Sie müssen aber unbedingt auch gehorchen, wenn andere – natürlich nach einer gewissen Zeit der Gewöhnung – ihnen Befehle erteilen. Zunächst wechseln wir die Kompanien. Helen wird Robby und Henry übernehmen...«

»Man sollte doch mit ihr darüber sprechen«, sagte Rawlings und trank sein Glas leer. »Ich glaube, das große Problem liegt im Grundsätzlichen, nämlich darin, daß Helen eine Frau ist. Delphine können sich verlieben, das wissen wir doch. Und darüber denke ich schon lange nach. – Ist Helen im Haus?«

»Nein. Sie ist vor einer Stunde weggefahren.« Finley hob die Schultern. »Seit einer Woche hat sie einen Drang nach Miami. Macht sich schön, legt Rouge auf, zieht die Augenbrauen nach und duftet nach französischem Parfüm.«

»Da stimmt doch was nicht!« sagte Rawlings erregt und sprang auf. »Warum erfahre ich das jetzt erst?«

»Helen ist achtundzwanzig und eine Frau.« Finley grinste etwas blöd. »Kann sein, daß sie ihren Typ gefunden hat.«

»So plötzlich? Und wo?«

»Das kommt immer wie ein Blitzschlag. Und wo? Von David Abraham, der eine junge Witwe in Miami betreut, weiß ich nur, daß er Helen, elegant wie die Denver-Weiber, in die ›Old Smuggler-Bar‹ hat verschwinden sehen. Es scheint, unser Darling hat entdeckt, daß es auch etwas anderes als Delphine gibt.«

»Darum sollten wir uns intensiv kümmern, James«, sagte Rawlings völlig humorlos. »Helen ist nicht bloß eine Frau . . .«

»Anerkannt. Sie ist ein Wunderweib!«

»Nein! Sie ist auch ein ›Top secret‹! Und da wird's gefährlich, James, bei ihrem nächsten Ausflug nach Miami folgst du ihr.«

»Das kann David Abraham besser. Außerdem würde Helen bei ihm nie denken, daß er ihr nachspioniert. – Steve, was soll's? Helen hat Hormone wie jede Frau – endlich entdeckt sie es.«

Was die beiden Männer zu dieser Zeit noch nicht wußten: Die Geschichte hatte vor etwa drei Wochen begonnen, nachdem Helen Morero im Weißen Haus in Washington den Delphinfilm dem Präsidenten der USA vorgestellt hatte. Es war ein sonniger Abend, Helen kam von einem Einkauf im Supermarkt zurück, und als sie bereits in ihrem Rabbit saß, wurde sie von hinten von einem Chevrolet gerammt.

3

Es ist kein großes Unglück, wenn einem bei einem leichten Zusammenstoß die rückwärtige Stoßstange des Autos ein klein wenig eingebeult wird. Und da Helen Moreros Rabbit – so heißt bekanntlich der deutsche Volkswagen in den USA – eine gute Stoßstange besaß, hatte Helen keinen Grund, große Worte zu verlieren oder gar die Polizei zu rufen.

Trotzdem sprang sie sofort aus dem Wagen, lief nach hinten und prallte auf einen Mann, der ein knallig buntes Hawaii-Hemd trug: grellorange, bedruckt mit grünen Palmen, einem weißem Sandstrand und Schiffen mit gelben Segeln. Und dieses kitschige Panorama hing lose über einer hellgrünen Hose. Es war für empfindsame Menschen ein schockierender Anblick, den man erst einmal verkraften mußte. Der Mann war mittelgroß, aber einen halben Kopf höher als Helen, strich sich jetzt wallende schwarze Locken aus dem entsetzten Gesicht und legte die Hände bittend gegeneinander.

»Meine Schuld!« rief er. »Es war meine Schuld. Ich habe Ihr Tempo unterschätzt. Als ich Ihren Blinker sah, dachte ich nur: Da wird eine Parklücke frei, welch ein unverschämtes Glück, nur rein damit! Aber dann fuhren Sie langsamer raus, als ich es geschätzt hatte, und ich gab zu viel Gas. So kam es zu dem Bums. Es war allein meine Schuld. Beschimpfen Sie mich nicht und verzeihen Sie mir!«

»Bis jetzt habe ich noch keinen Ton sagen können«, antwortete Helen und bückte sich über die Stoßstange ihres Rabbits. Sie konnte nicht viel mehr als eine kleine Schramme und eine winzige Einbeulung entdecken.

»Ich kaufe Ihnen einen neuen Wagen«, rief der bunte Herr.

Helen richtete sich erstaunt auf.

»Ich habe Ihren schönen Wagen beschädigt!« Der Herr schien außer sich zu sein. Er starrte Helen aus schwarzen, flackernden Augen an. »Wie fühlen Sie sich? Sind Sie verletzt? Übelkeit? Kopfsausen?«

»Wie Sie sehen, bin ich nicht aus Glas und nicht zersprungen.« Helen warf einen Blick auf den Chevrolet, der sie gerammt hatte. Ein Kabrio neuesten Jahrgangs, ein Luxusschlitten mit hellgelben Lederpolstern und sicherlich allen nur denkbaren elektrischen Spielereien vom automatisch herausfahrenden Verdeck bis zur eingebauten Kühlbar. »Mit diesem Schlachtschiff wollten Sie in meine kleine Parklücke?«

»Ich sagte es ja: Mein Fehler. Ich sah Platz in einer endlosen Reihe und dachte nur eins: Hinein! Manchmal bin ich ein impulsiver Mensch . . .«

»Manchmal?« Helen hatte wenig Lust, hier auf der Straße, in der drückenden feuchten Hitze von Miami, große Unterhaltungen zu führen. Die Abendsonne, obzwar schon rötlich, brannte noch gewaltig. Außerdem hatte sie im Supermarkt einen tiefgekühlten Waldorf-Salat mit viel Mayonnaise gekauft, die in Miamis drückendem Klima schnell sauer werden kann. »Ich fahre jetzt raus und überlasse Ihnen das Problem, wie Sie mit Ihrem Monstrum in die Lücke kommen.«

»Mein Name ist Fisher, und meine Freunde nennen mich Blacky«, sagte der Herr in dem fürchterlichen Hawaiihemd, das ihm niemand übelnehmen konnte, denn so oder ähnlich liefen Hunderttausende herum, in der Südsee, auf Hawaii, in Kalifornien und in Florida und – da sich so etwas blendend exportieren läßt – überall auf der Welt, wo die Sonne kräftig scheint.

»Blacky?« fragte Helen.

»Ja – meiner Haare wegen.« Er warf mit einer koketten Bewegung ein paar Locken von seinen Augen und lächelte Helen sonnig an. « Getauft bin ich auf den Namen Will.«

»Ich heiße Helen Morero ...«

»Spanisch mit blonden Haaren – faszinierend!« Will Fisher legte wieder die schmalen Hände aneinander; wie ein Inder, der sehr höflich grüßt. Schöne Hände, dachte Helen. Er hat außergewöhnlich schöne Hände. »Rauchen wir eine Friedenspfeife zusammen? Bei einem Glas Champagner?«

Helen lächelte jetzt auch, obwohl sie es nicht wollte. »Sie übernehmen sich: Erst ein neues Auto, jetzt Champagner. – Was kommt noch?«

»Eine kluge Frage.« Fisher versprühte einen Charme, dem man sich kaum entziehen konnte. In Biscayne Bay, der Enklave, die Helens Welt seit Jahren war, lebte man nur mit ernsten Wissenschaftlern zusammen, von denen die einen wortkarg waren, die anderen muffelig – sah man von Finley und Rawlings ab. Aber auch deren Charme bestand nur darin, ihr außerhalb der Arbeit mit Longdrink-Gläsern zuzuprosten. »Spüren wir ihr nach? Abgemacht?«

»Nein! Ich muß fahren.«

»Nehmen wir an, mein Rammstoß hätte Sie fahrunfähig gemacht. Rabbit kaputt – was dann?«

»Es gibt genug Taxis.«

»Sie trauen mir doch wohl zu, daß ich Sie nie, nie mit einer schmuddeligen Taxe hätte wegfahren lassen!« Will Fisher ging nach vorn, stellte sich vor den Rabbit und machte es Helen auf diese Weise unmöglich, einfach loszufahren. »Stellen wir uns diesen Ernstfall vor, Miß Helen. Ein Champagner zur Beruhigung ist also das mindeste.«

»Ich habe verderbliche Ware im Wagen.«

»Auch das noch!« Fisher hob mit einer dramatischen Geste die Arme. »Dann ist keine Zeit zu verlieren. Sehen Sie das Schild, zwanzig Meter weiter: ›Paulus' Inn‹? Das richtige Lokal! Paulus war der Apostel, dessen Saulus-Leben sich durch ein erschütterndes Ereignis änderte.«

»So gut kenne ich die Bibel auch.« Helen zögerte und kämpfte gleichzeitig gegen eine Regung ihres Herzens an, Will Fishers Art anhörenswert zu finden. »Nur ein Glas«, sagte sie wider alle Vernunft und gegen ihren Willen, »damit Sie endlich Ihren Schuldkomplex abbauen . . .«

Natürlich blieb es nicht bei dem Champagner. Es folgte ein Dinner der Nouvelle Cuisine, bei einem Rotwein mit Namen Chateau Margeaux, der von dem Oberkellner wie eine Monstranz herangetragen wurde und den Will Fisher mit geschlossenen Augen verkostete.

Nach vier Stunden – Helen nannte sich innerlich eine saudumme Kuh – führte Fisher sie zu ihrem Rabbit zurück und winkte ihr fröhlich nach, denn er hatte ihr die Zusage abgerungen, sich übermorgen wieder mit ihm zu treffen. Im Miramar-Palast. Zu einem Gala-Gastspiel von Sammy Davis jr.

Wütend über sich selbst fuhr Helen nach Biscayne Bay, roch an dem Waldorf-Salat, stellte fest, daß er natürlich sauer geworden war, kippte ihn in den Mülleimer und ging zum Fernseher. Sie tastete alle Programme ab, fand alle Sendungen schrecklich blöd, holte aus dem Kühlschrank eine Flasche Maracuja-Saft, zögerte dann, griff aber schließlich doch zu einer eisgekühlten Wodkaflasche und kippte einen gehörigen Schuß in das Glas.

Die Mischung tat ihr gut. Sie setzte sich draußen auf die überdachte Terrasse in ihren Korbschaukelstuhl, wippte hin und her und empfand es jetzt als wohltuend, daß sich niemand um sie kümmerte und keiner mehr in dem großen Innenhof herumlief. Nur von dem Delphinbecken her tönten Grunzen, Pfeifen und Klappern und das laute Planschen, wenn die hochgeschnellten Leiber wieder ins Wasser fielen. Töne, die untrennbar zu Helens Leben gehörten.

Immobilienmakler ist er, dachte sie. Hat ein Haus bei Miami

gekauft und richtet es jetzt ein. Zweiundvierzig Jahre alt. Geschieden. Seine Frau brannte mit einem Architekten durch, während Blacky – verdammt, sie nannte ihn in Gedanken schon Blacky, welch ein Blödsinn! – in Colorado Grundstücke verkaufte. Als er zurückkam, fand er statt seiner Frau Liliane nichts als einen kurzen Zettel auf der Couch: Ich bin weg, für immer. Such mich nicht. Es hat keinen Zweck.

Als Blacky das erzählte, hatte er feuchte Augen bekommen. Sein Dasein sei jetzt nur noch Arbeit. Allein Arbeit könne ihn trösten. Helen war so gerührt, daß sie in die nächste Verabredung einwilligte. Blacky küßte ihr die Hände. Zart, zögernd, fast demütig – so wenigstens empfand sie es. In dieser Art hatte noch niemand ihre Hand geküßt.

Bei all dem blieb sein Verhalten immer korrekt und auf Distanz bedacht. Er erwies sich als ein Kavalier mit vollendeten Manieren, der nicht einmal beim Tanz den Versuch machte, Helen auf die Schulter oder in die Halsbeuge zu küssen. Bei jedem Treffen empfing er sie mit gelben Teerosen, weil sie einmal gesagt hatte, das sei ihre Lieblingsblume. Und dreimal bestellte er Langusten portugiesischer Art, weil sie davon so begeistert gewesen war. Es waren schöne Abende mit Fisher, und Helen ertappte sich dabei, daß sie sich auf die nächste Verabredung wirklich freute. Mit Rawlings oder Finley darüber zu sprechen, hielt sie nicht für notwendig. Zum erstenmal hatte sie ein Privatleben weit weg von Schreibtisch und Delphinbassin, und sie nahm sich das Recht, dieses kleine Geheimnis für sich zu behalten.

So standen die Dinge, als Finley von David Abraham über Helens Miami-Ausflüge Kenntnis erhielt und dies Dr. Rawlings weitererzählte. Rawlings' Reaktion war typisch: Er sah nicht den menschlichen Konflikt, sondern dachte sofort an die Arbeit.

»Was Helen auch in Miami in den Bars oder sonstwo treibt – über ihre Arbeit wird sie nie etwas erzählen«, sagte Finley, der sich verpflichtet fühlte, Helen zu verteidigen. »Wir kennen sie doch zu gut, Steve.«

»Frauen sind in bestimmten Situationen unberechenbar.«

»Wir Männer etwa nicht? Wo werden die meisten Geheimnisse

ausgeflüstert? Im Bett der Politiker und Militärs! Der Einsatz toller Weiber ist bei allen Geheimdiensten eine Selbstverständlichkeit. Und obzwar wir das genau wissen, fallen wir Idioten immer wieder auf die nackte Haut herein.«

»Um so mehr macht mir Helens überraschendes Verhalten, diese plötzliche Lebenslust, Sorge. Eben, weil wir sie so gut kennen. Diese Nachtausflüge passen nicht zu ihr.«

»Hundert Jahre schläft ein Vulkan, und unversehens bricht er aus...«

»Das sind alles dumme Reden, James!« Dr. Rawlings war tatsächlich sehr besorgt und außergewöhnlich unruhig. »Ich nehme deinen Vorschlag auf: Bei ihrem nächsten Ausflug schicken wir David Abraham hinter ihr her.«

»Okay, Steve. Aber was ist, wenn David uns auslacht?«

»Er ist ein viel zu guter Psychologe, um nicht sofort unser Problem zu erkennen.«

An diesem Abend blieben Rawlings und Finley zusammen und warteten auf Rawlings' dunkler Terrasse. Wann würde Helen aus Miami zurückkommen? Die Geduld der beiden Männer wurde sehr strapaziert, aber als sie dann das Scheinwerferlicht von Helens Rabbit bemerkten, der über den Zufahrtsweg herankam und in der Garage verschwand, atmeten beide auf. Finley, durch etliche massive Drinks, mit denen er die Stunden überstanden hatte, schon deutlich angeschlagen, klopfte Rawlings auf die Knie:

»Steve, unser Darling kommt zu Papa zurück.«

»Laß den Blödsinn!« knurrte Rawlings. Er wartete darauf, daß in Helens Bungalow die Lichter angingen. Als sie dann wirklich aufflammten, sah er Helen an den großen, gardinenlosen Terrassentüren. Sie trug ein Abendkleid, und selbst auf diese Entfernung wirkte sie zauberhaft. In ihrem blonden Haar steckte eine große, rote Orchidee.

»Den Jungen, der dieses Glück hat, könnte ich ersäufen!« sagte Finley, verabschiedete sich von Dr. Rawlings, ging zu seinem Bungalow hinüber, zog sich aus, setzte sich nackt vor seine Bar und soff so lange Whisky on the Rocks, bis er einfach umfiel und auf den Teppich rollte.

Der nächste Morgen begann sehr friedlich. Helen Morero erschien in ihrem goldfarbenen Badeanzug und lief über den Rasen zum Delphinbassin. Ihren Bademantel – weißer Frottee mit drei aufgedruckten blauen Schwalben – warf sie über das Geländer eines zwei Meter hohen Trainingsbretts, an dem die neuen Delphine das Hochspringen aus dem Wasser, das Schnappen nach Fischen und das Anstoßen einer Glocke übten – die Vorstufen der Spezialausbildung als Kampfschwimmer. Sie begrüßte Dr. David Abraham Clark, der bereits mit seinen Meßinstrumenten am Beckenrand in einer Art schwimmendem Sessel saß und sich mit den Delphinen Jimmy und Barry beschäftigte. Dann winkte sie den anderen Wissenschaftlern und Trainern zu, die ihre Tiere sammelten. Drei Gruppen sollten heute ins offene Meer hinaus und in 260 Meter Tiefe einen für das menschliche Ohr nicht mehr wahrnehmbaren, tickenden Stahlkörper suchen.

Finley, der sonst so strahlende Sportsmann, sah heute zerknittert und bleich aus. Rawlings bemerkte, daß er rote Augen hatte wie ein Kaninchen.

»Es war nicht nötig, die ganze Nacht zu weinen«, meinte Rawlings spöttisch.

»So gesoffen wie gestern habe ich mein ganzes Leben nicht.« Finley wischte sich über das Gesicht. »Auch die kalte Dusche nutzte nichts. Hab' ne halbe Stunde druntergestanden, bis ich zitterte. Aber gestern nacht *mußte* ich saufen.« Er blickte zum Bassin und zog die Unterlippe zwischen die Zähne. »Wie phantastisch das Weibsstück wieder aussieht. Sie erotisiert die gesamte Mannschaft, egal ob Mensch oder Tier.«

»Ich spreche mit ihr«, sagte Rawlings.

Finley nickte, wollte noch sagen: Viel Glück, Steve – aber er unterließ das und ging hinüber ins »Sprachlabor«, wo die Tonbänder mit den Delphinstimmen lagerten.

Helen saß am Bassinrand und sprach mit leiser Stimme zu den Delphinen, die vor ihr hin und her schwammen. John und Harry, die beiden »Kompaniechefs«, standen vor ihr an der Beckenwand, die Köpfe weit aus dem Wasser gereckt, und hörten aufmerksam zu. John ließ ab und zu ein zärtliches Piepsen hören. Als Harry das

Näherkommen von Rawlings hörte – sehen konnte er ihn nicht über den hohen Bassinrand –, stieß er einen warnenden Sirenenlaut aus. Helen wandte den Kopf und drehte sich dann im Sitzen zu Rawlings um.

»Ich habe dich nicht kommen hören, Steve . . . Guten Morgen!«

Rawlings lachte etwas verlegen, beugte sich zu Helen und tätschelte ihr die Schulter. Er tat es ganz bewußt, und schon reagierte John: Er schnellte aus dem Wasser, stieß einen kreischenden Laut aus und riß das Maul weit auf. Seine Augen funkelten. Rawlings' kurzes Experiment war gelungen.

»Der Bursche ist eifersüchtig«, sagte er und lehnte sich an den Betonklotz, der das Übungsbrett trug.

»Und wie!« Helen lachte hell. »Ich kann dir gar nicht sagen, wie oft er mir gestanden hat, daß er mich liebt. Ich habe ein ganzes Tonband voll seiner Säuseleien.«

»Darum geht es, Helen. Wir haben festgestellt, daß Harry und John den Gehorsam verweigern, wenn du nicht hier bist.«

»Unmöglich!« Helen blickte auf John, der im Wasser tanzte und sehr unruhig war. Seine »Kompanie« stand wie ein Block etwas abseits und wartete. »John, Harry und Ronny sind unsere Musterknaben . . .«

»Das letztemal passierte es, als du zwei Tage in Fort Lauderdale warst. Da übernahm James die beiden Kompanien. Während Harry noch halbwegs seine Arbeit tat, aber mit großer Unlust, streikte John völlig und mit ihm seine Gruppe. James stieg ins Wasser, um mit John zu reden, doch John drängte ihn vorsichtig, aber bestimmt weg, und James mußte das Bassin verlassen, weil er sonst gegen die Wand gepreßt worden wäre.«

»Das glaube ich nicht.« Helen zeigte auf John, der im Wasser herumschnellte. »Er ist der friedlichste Delphin, den ich kenne.«

»James hat über diesen Vorfall ein Protokoll gemacht. Du kannst es lesen. Außerdem gibt es Zeugen: Dr. Clark und Dr. Williams. Das Ganze macht mir Sorgen. Da entwickelt sich etwas, das unsere gesamte Arbeit stören und hemmen kann. Wenn John nur dir allein gehorcht, muß er aus allen Planungen gestrichen werden.«

»John ist neben Ronny der intelligenteste!«

»Auch bei den Menschen ist extreme Intelligenz zuweilen schädlich.« Rawlings blickte hinunter zu den Delphinen, die auf ihr tägliches Trainingsprogramm warteten und unruhig waren, weil es nicht weiterging. Sie hoben die Köpfe und schnatterten aufmunternd. »Ich habe mir gedacht, daß wir die Gruppen umstellen. James übernimmt ab sofort John und Harry, du bekommst Henry und Bobby. Mal sehen, wie das klappt.«

»Wie immer!« Helen machte, entgegen Rawlings' Erwartungen, keine Einwände oder Schwierigkeiten. Sie war überhaupt verwandelt, ruhiger, fröhlicher, ja hübscher. Sie ist verliebt, dachte Rawlings. Dieser Kerl in Miami hat's geschafft! David Abraham muß unbedingt herausfinden, um wen es sich da handelt. Eine verliebte Frau in Helens Position war eine unberechenbare Gefahr.

»Ich werde John sagen, daß er in Zukunft unter Finley seinen Dienst tut.«

»Nichts wirst du sagen. Wir wechseln ohne Begründung aus. Im Ernstfall muß jeder Beteiligte jedem Befehl gehorchen, woher er auch kommt! Sonst können wir unsere Delphine als Show-Nummer wieder zurück nach Marineland schicken.«

Als sei das alles einstudiert, erschien wie auf ein Stichwort Finley in der Tür des Sprachlabors und kam zu Helen und Rawlings herüber. Unter den Arm hatte er einen dünnen roten Aktendeckel geklemmt. Sein Atem roch nach Alkohol, und als Rawlings ihn strafend und stumm anblickte, sagte Finley mit einem verlegenen Grinsen:

»Ich habe das alte Hausmittel angewandt: einen Affen mit einem neuen Schluck verjagen. – Helen, du siehst wie ein Tropfen der Sonne aus! Frag nichts – ich weiß, mein Anblick ist zum Jammern. Ich habe die ganze Nacht gesoffen.«

»Gab es einen Anlaß?« fragte sie und lachte silberhell. Bis in die Zehen hinein spürte Finley diesen Klang wie ein heißes Brennen, vom Herzen ganz zu schweigen.

»Du weißt doch, bei Männern gibt es immer einen Anlaß«, sagte Rawlings eilig. »Und wenn's der Sieg einer Football-Mannschaft ist.«

»Ich habe euch was mitgebracht.« Finley klappte den Aktendekkel auf. Meßblätter, auf denen Kurven gezeichnet waren: Klangfarbe und Schwingungszahl der Delphinstimmen, durch einen Computerschreiber sichtbar gemacht. »Vorgestern hat mich John beschimpft, als sei er ein betrunkener Matrose. Hier ist der Beweis. Seht euch das Geschimpfe an, der Bursche hatte eine Sauwut.« Er reichte Helen die Diagramme. Sie überflog sie und mußte Finley recht geben. John hatte sich unmöglich benommen. Den Schwingungskurven nach mußte er vor Wut fast geplatzt sein.

»Ich verstehe das alles nicht«, sagte sie stockend. »John ist der liebste Kerl, den man sich denken kann.«

»Bei Frauen! Mich haßt er, weil ich dich ab und zu mal umarme.«

»Ihr übertreibt maßlos!«

»Nein, Helen.« Rawlings blickte wieder in das Bassin. John schwamm nahe der Wand unruhig im Kreis herum und blickte unverwandt zu Helen hinauf. »Eben, als ich zu dir kam und dir den Arm um die Schulter legte, keifte der Bursche sofort los. Paß mal auf...«

Er griff plötzlich nach Helen, zog sie an sich und tat so, als wolle er sie küssen. Sofort schnellte John hoch aus dem Wasser, riß das Maul auf, stieß einen noch nie gehörten, spitzen Schrei aus und versuchte, sich mit diesem Sprung über die Mauer hinweg an Land zu schleudern. Das mißlang natürlich, er klatschte ins Becken zurück und stieß sich sofort wieder vom Wasser ab in die Luft.

Rawlings ließ Helen los und trat zwei Schritte beiseite. Sofort wurde John ruhiger. »Na also! Wir sollten John umtaufen in Othello. Würde er ein Mensch sein, käme es zu einem Mord aus Eifersucht. Ich möchte es jedenfalls nicht wagen, jetzt ins Wasser zu gehen.«

»Du hast recht, Steve, so geht es nicht.« Helen beugte sich John entgegen und schüttelte den Kopf: »Du bist ein Dummkopf, John!« sagte sie mit einer veränderten Stimme. Es war eine Klangfarbe, auf die John besonders ansprach – in anderthalb Jahren hatte sie das erforscht, und sie unterschied und verstand auch Johns vielfältige Klangfarben, wenn er pfiff oder schrie. »Was hast du nun davon? Wir werden uns von jetzt an nur noch beim Füttern sehen. Und wenn du dich nicht vernünftig benimmst, sehe ich dich überhaupt nicht mehr an. Ist das klar?«

Der Delphin John schwieg. Mit bösen Augen musterte er Rawlings, schwamm dann weg vom Bassinrand, weit in die Mitte des riesigen Beckens, und zog dort kleine unruhige Kreise. Seine »Kompanie« folgte ihm und legte sich wie eine lebende Mauer um ihn. Ein deutlicher Schutzwall. Finley lachte gequält.

»Jetzt ist er stinksauer, Helen. Aber der Beweis ist unbestreitbar. Auf die kommenden Stunden bin ich gespannt.«

Doch es geschah nichts, und genau das war das Schlimme.

Während Helen mit ihren neuen Kompanien unter Henry und Bobby durch die Schleuse ins offene Meer abrückte – ohne Schwierigkeiten gehorchten alle ihrem Kommando, so wie sie es gelernt hatten –, verfiel John in passiven Widerstand. Harry, zunächst unschlüssig, entschloß sich dann doch, mit seiner Gruppe am Exerzieren im Becken teilzunehmen; aber in jeder Pause, die Finley einlegte, schwamm er sofort hinüber zu John, der in der Bassinmitte seine engen Kreise zog, und schien mit ihm zu diskutieren. Finley hörte ihre Töne und wartete ab.

John reagierte weiterhin auf keine Befehle. Die Befehlssignale, die Finley ausschickte, steckte er einfach weg. Gegen Mittag waren alle Kompanien ins offene Meer gebracht worden, nur die Gruppe John blieb im Becken übrig – ein ruhig kreisender Ring um den »Kommandanten«.

Finley saß am Bassinrand und überlegte, was zu tun war. Wir wissen, dachte er, daß die Delphine einen Intelligenzgrad erreicht haben, der sie über alle anderen Lebewesen, mit Ausnahme des Menschen, erhebt. Eine negative, aber ungemein mächtige Eigenschaft des Menschen ist es, bestechlich zu sein. Das böse Wort »Alles hat seinen Preis, nur auf die Höhe kommt es an« wird tagtäglich millionenfach bewiesen. Der Mensch ist käuflich – warum nicht auch ein Delphin?

Finley erhob sich und ging hinüber zum Magazin. Aber bevor er das Gebäude betreten konnte, fing ihn Dr. Rawlings ab. Er hatte Finley und seinen Gegner John mit einem Fernglas beobachtet.

»Kapitulieren würde ich nicht!« sagte er vorsichtig.

Finley starrte ihn entgeistert an.

»Im Gegenteil, Steve, jetzt geht's erst los! Wenn ich John diesen Ungehorsam durchgehen lasse, kann ich meine Koffer packen und mich im Tierpark von Dallas anstellen lassen. Oder als Mickymaus-Betreuer in Disneyland. So was spricht sich sofort rum bei den anderen Burschen, nicht anders als bei uns: Du, sieh mal, das ist ein Schlappschwanz!«

»Und was willst du jetzt machen?«

»Ich hole eine Kiste Heringe.«

»Und...?«

»Bei uns Menschen würde man das Bestechung nennen. Ich weiche Johns Leibgarde auf. Mal sehen, wie er sich benimmt, wenn er allein ist. Isoliert. Wenn alle ins Meer hinaus dürfen, nur er nicht.«

»Das ist gefährlich, James. Wenn John Charakter besitzt – und der Kerl hat Charakter –, ist er für alle Zeiten verdorben. Dann muß er weg in irgendein fernes Delphinarium.«

»Der Delphin ist ein Familientier.« Finley schüttelte den Kopf. »Wenn alle sich von ihm wenden, wird er weich werden und seine Sturheit aufgeben.«

»James, ist es wirklich nur Sturheit?« Rawlings wischte sich über das Gesicht. »Mit Heringen locken, Urinstinkte wecken... das kann daneben gehen.«

Finley drückte die Tür zum Magazin auf. »Verdammt, ich muß dem Burschen John beweisen, daß andere auch einen dicken Kopf haben!«

Finleys hinterhältiges Manöver mit den Heringen bescherte nur einen halben Erfolg. Nach anfänglichem Zögern schwammen sieben Delphine der Gruppe zu Finley hin und taten alles, was er von ihnen verlangte, um an die köstlichen Fische zu kommen. Sie tanzten im Wasser, schlugen Purzelbäume, fingen Gummibälle auf, spielten mit Finley Tauziehen und drängten sich dann schnatternd zu dem Betonklotz, auf dem Finley stand und die Fische zuteilte.

Drei Delphine dagegen blieben bei John, der weiter in der Mitte des Bassins seine engen Kreise zog, ab und zu den Kopf hob und mit scharfen, spitzen Tönen zu den Abtrünnigen hinüberschimpfte.

»Welche Ähnlichkeit mit den Menschen!« sagte Finley bitter, als Rawlings mit einem Fotoapparat neben ihn trat. »Die einen verkaufen fürs Fressen ihr Vaterland, die anderen sind bereit, mit Glanz und Gloria Helden zu werden. Immerhin ist Johns Front zerrissen. Ich fahre jetzt mit den sieben Opportunisten aufs Meer und bin gespannt, wie sie ohne ihren Kompaniechef zurecht kommen.«

Am Abend wußte man mehr.

John blieb in der Mitte des Bassins, taub für alle Rufe, alle elektrischen Impulse, mit denen sein Körper über die feinen Apparate an seinem Hals behämmert wurde. Er fraß auch nichts. Selbst, als Helen ihn rief und mit den Fischen winkte, drehte er sich beleidigt weg und tauchte unter. Ein bis in die tiefste Seele gekränktes Lebewesen.

Die Übung auf See war insgesamt erfolgreich gewesen. Die Kompanien hatten alle Zielkörper geortet und mit Kontakten versehen, zum Beweis, daß sie keine Falschmeldungen durchgaben. Finleys Siebenergruppe, ohne ihren »Chef«, erfüllte zwar ebenfalls alle Aufgaben, aber dann wurden sie disziplinlos, zischten übermütig durch das Meer, jagten als geschlossener Verband zwei kleinere Haie in die Flucht und kamen trotz massiver Befehle aus Finleys elektronischem Impulsgeber erst als letzte zu dem flachen Boot zurück, in dem Finley und ein Assistent auf sie warteten. Dann aber schwammen sie in Dreierreihe militärisch exakt hinter ihm her, der Siebente, der Delphin Snoopy, als John-Ersatz an der Spitze. Erst an der Schleuse zum Bassin löste sich die Formation auf.

Finley trat im rotgoldenen Abendlicht an das Bassin und suchte John. Der Delphin, gefolgt von seinen drei Getreuen, blieb in der Mitte. Aber er schaute zu Finley herüber.

»Du bist, wie alle Männer, ein gewaltiger Idiot, John!« sagte Finley und ließ seine Beine ins Wasser hängen. »Spielst einer Frau wegen den wilden Mann – dabei denkt diese Frau weder an dich noch mich, sondern an einen fremden Kerl in Miami. Wir sollten uns nicht bekriegen, wir sollten Freunde sein, John, alter Junge. Wir leiden an der gleichen Krankheit, und keiner ist da, der uns da helfen kann. Für Helen bist du ein Delphin, und ich bin ein guter Kumpel, dem man ab und zu auf die Schulter klopfen kann. Würde ich ihr sagen: Helen, ich liebe dich – einen Lachkrampf bekäme sie. Und du, John, kannst noch so sehr grollen, in Hungerstreik treten oder das ganze Trainingsprogramm sabotieren... du erreichst nichts. Nach Marineland bringen sie dich zurück, und da kannst du vor quiekenden Kindern und Tausenden von Kameras deine Kunststückchen vorführen, nach Bällen schnappen, an Glockenseilen ziehen, Salti schlagen, auf dem Schwanz tanzen und bekommst ein paar Heringe Gratiskost. John, so ist das Leben nun mal. Wir sollten nur nicht einer einzigen Frau wegen alles versauen!«

Niemand wird jemals klären können, ob John diese lange Rede verstand – aber er reagierte. Zaghaft schwamm er zum Beckenrand, Stück für Stück. Dort verhielt er, drei Meter von Finley entfernt. Seine drei Leibwächter kreisten hinter ihm, den Blick nie von Finley lassend.

»So ist's gut, John!« sagte Finley anerkennend. »Man kann ja unter Männern offen über alle Probleme sprechen. Stellen wir fest: Wir zwei sind ganz arme Schlucker. Nun mußt du doch einsehen, daß ein Delphin keine Menschenfrau heiraten kann. Aber ich, zum Beispiel, ich könnte Helen heiraten. In einem solchen Fall würden wir dich immer mitnehmen, wohin wir auch gehen. Du gehörst einfach zu uns. Nur mußt du dir über eines im klaren sein: Mit uns im Bett schläfst du nicht! Schöner Witz, was?« Finley grinste breit. Der Sonnenuntergang färbte jetzt das Wasser des Bassins glutrot, das ganze Land und das Meer leuchteten wie vergoldet. John hob den Kopf aus dem Wasser und starrte Finley an. Seit Minuten war er still. Lautlos, fast unbeweglich lag er im Becken. »Ich weiß, es ist verdammt schwer«, sagte Finley. »Ich hab' mich gestern besoffen – das kannst du nicht. Du mußt anders reagieren. Aber es hat keinen Sinn, John! Wir martern uns nur selbst, und es kommt doch nichts dabei heraus.« Finley beugte sich etwas vor: »Komm doch mal näher, John!«

John machte eine elegante Bewegung mit seinem glänzenden,

schönen Leib und glitt bis auf einen Meter an Finley heran. Sein Schnabelmaul war leicht geöffnet, man sah die verhältnismäßig kleinen Zahnreihen.

»Dieser unbekannte Kerl da in Miami, der liegt mir wie ein Klotz im Magen«, sagte Finley leise. »Aber den schaue ich mir an, und wenn irgend etwas faul mit ihm ist, dann erinnere ich mich wieder daran, daß ich mal Halbschwergewichtsmeister im Boxen der Universitätsstaffel von Milwaukee gewesen bin. Ich hab' noch einen guten Punch in beiden Armen. Und dieser Kerl wird's merken, das verspreche ich dir.« Finley zog die Beine hoch und stand auf. »Und nun überleg es dir, ob du weiter so stur bleiben willst. Bis morgen. So long, John!«

Finley tippte sich mit zwei Fingern an die Schläfe, steckte dann beide Hände in die Hosentasche und schlenderte zu den Bungalows zurück. Im Dunkeln saß Rawlings auf der überdachten Terrasse seines Hauses.

»James?« rief er leise.

»Ja, Steve?« Finley blieb stehen.

»Alles okay?«

»Glaub schon.« Finley schnaubte durch die Nase. »Ich bin der letzte. Kannst deinen Beobachtungsposten aufgeben, Steve.«

»Wo kommst du jetzt her?«

»Von John. Wir hatten ein Gespräch unter Männern.«

Finley drehte sich weg und stapfte mit weiten Schritten hinüber zu seinem Bungalow. Rawlings sah ihm stumm nach. Sie haben sich alle irgendwie verändert, dachte er. Der jahrelange Umgang mit den Delphinen hat ihr Wesen beeinflußt. Auch meins.

Normale Menschen müssen uns für Spinner halten.

Aber wenn Finley sagt, er habe mit John von Mann zu Mann gesprochen, dann kann man das glauben.

Neunzehn Tage nach dem Eintreffen von Admiral Crown auf der Wake-Insel kam jemand mit einer Transportmaschine von Honolulu herüber, den Crown am liebsten wieder zurückgeschossen hätte: Jack Burton.

Ein harmloser Name – aber der Kerl dazu war eine Dynamitladung auf zwei Beinen!

»Du lieber Himmel!« rief Crown und schlug die kleinen, schmalen Arme gegen seinen kleinen Körper. »Womit habe ich das verdient? Sie auf Wake, Jack? Was ist los? Wo Sie auftauchen, stinkt die Welt!«

»Höflich sind Sie gerade nicht, Sir«, antwortete Burton und setzte sich grinsend dem Admiral gegenüber in einen Korbsessel. »Diese Transportflieger – grausam! Keine Bar an Bord, saufen aus der Taschenflasche. Spendieren Sie mir einen guten Whiskey, Sir?«

»Sofort! Einen Cocktail mit Schwefelsäure am besten. Mit Freuden!«

»Was habe ich Ihnen getan, Sir?«

»Noch nichts.« Crown holte eine Flasche schottischen Whisky – er trank ihn lieber als den amerikanischen Whiskey. Beim Anblick der Flasche schnalzte Burton mit der Zunge. Es klang wie MG-Feuer. Crown zuckte zusammen, starrte Burton böse an und knallte die Flasche auf den Tisch. »Aber da Sie hier sind, wird's bald mit der Vernunft vorbei sein.«

»Das CIA läßt Sie grüßen, Admiral.«

»Danke! Auf solche Arschtritte verzichte ich gern! – Jack, was wollen Sie hier?«

»Nichts.«

»Das ist die dämlichste Antwort, die überhaupt möglich ist. Die gehört ins Buch der Rekorde, Kapitel Blödheit!« Crown setzte sich und goß zwei Gläser voll. Aus dem obligatorischen Eisspender, ohne den kein Amerikaner in warmen Gegenden leben kann, purzelten die Eisstückchen in den Whisky. »Wenn das CIA Sie, ausgerechnet Sie, nach Wake schickt, muß uns das Feuer unterm Hintern brennen!«

»Damit es nicht zu heiß wird, bin ich hier, Sir.« Jack Burton nahm einen tiefen Schluck, schnalzte wieder – laut wie ein Pistolenschuß – mit der Zunge und streckte die Beine weit von sich. Crown kannte er von früher, von zwei Einsätzen in Vietnam, und er mußte ihm recht geben: Wo er, Burton, bisher aufgetaucht war, wurde es jedesmal lebensgefährlich. Seine »Sondermissionen« endeten immer damit, daß einige Gräber geschaufelt werden mußten. »Wie gefällt Ihnen Wake?«

»Hervorragend. Ein Paradies . . . Aber Paradiese haben es an sich, von Teufeln entdeckt zu werden.«

»Ein wahres Wort.« Burton mit solchen Reden zu beleidigen, war unmöglich. Er war sie gewöhnt, er lebte mit ihnen, sie gehörten zu ihm, sie waren das Salz in seiner immer überheißen Suppe. »Die Teufelchen schwirren heran, und der gute Admiral Crown liegt ruhig in der paradiesischen Sonne unter Palmen im weißen Korallensand.«

»Wo sind die Teufelchen?« knurrte Crown.

»Daß auf der Wake-Insel etwas los ist, daß hier Tag und Nacht gebaut wird, daß es eine Transportluftbrücke von Pearl Harbour nach Wake Island gibt, daß die Garnison um die Einheit S II-A verstärkt wird, eine knallharte Sondertruppe der Marines, und daß man eine Fahrrinne für größere Schiffe in die Lagune baggert – das alles ist bereits bekannt. Unser Sicherheitssystem ist löcherig wie ein Schweizer Käse. Je geheimer eine Sache ist, um so mehr Löcher und Schlitze hat sie, aus denen die Informationen hinausflutschen. Dieses Pentagon ist der wahre Glaskasten. Plötzlich ist Wake im Gespräch . . .«

»Bei wem?« fragte Crown und wußte schon die Antwort.

»Die Russen!« Burton nahm einen neuen, langen Schluck, aber jetzt verzichtete er auf sein Zungenschnalzen. »Wir haben Informationen, daß die Sowjets ein starres Auge auf Wake geworfen haben.«

»Das beruhigt.« Crown lächelte breit. »Auch die Russen haben also Löcher im System. Aber was soll's? Hier wird ausgebaut – weiter nichts. Was wir hier umwühlen und betonieren, kann auf jeder Ansichtspostkarte stehen.«

»Kaum«, sagte Jack Burton gemütlich, »und das erklärt mein Eintreffen. Ich bin eine Art Vorposten.«

»Meine Ahnung!« rief Crown und warf die Arme hoch. »Seit meiner Kommando-Übernahme bombardiere ich das Oberkommando mit Fragen: Warum bin ich auf Wake? Ist ein Admiral nicht zu schade als Bauleiter?« Crown holte tief Luft. »Gut, wir bauen hier auch Unterwassergaragen für U-Boote, ein neues Tanklager wird eingerichtet, auf Wilkes Island entstehen neue Kasernen in Fertigbauweise, und alles muß schnell gehen, sehr schnell – aber bis heute hat mir noch keiner den Grund gesagt, warum man gerade Wake aufrüstet und zu einer Festung macht. Hier weinen ja die Fische vor Einsamkeit. – Jack, was haben Sie mir zu sagen?«

»Nur wenig, Sir.«

»Sie haben Ihren Whisky bekommen und reden jetzt. Wenn nicht, dann spucken Sie den Whisky wieder aus!«

»Das Ganze ist mit einem Satz gesagt.« Burton nahm den letzten Schluck des Glases und schnalzte wieder knallend. Crown, der das ja kannte, verzog sein Gesicht, als sei jeder Schnalzer ein Stich in seinen Bauch. »Wake wird zur Topsecret-Basis und das herumliegende Seegebiet ebenfalls . . .«

»Das weiß ich. Ich bin ja kein Schläfer! Aber *warum?*«

»Es werden neue Waffen ausprobiert«, sagte Burton zurückhaltend. »Bitte, Sir, keine weiteren Fragen mehr. Zur rechten Zeit erhalten Sie umfassende Informationen und Richtlinien.«

»Mir genügt schon, daß Sie gekommen sind!« sagte Crown giftig. »Die Freude, zweimal mit Ihnen gearbeitet zu haben, hält lebenslänglich. Einmal flog mein Befehlsstand in die Luft . . .«

»Das war in Quang Tri im Norden von Süd-Vietnam.« Burton grinste freudig.

»Das zweite Mal bombardierten uns Partisanen von See aus . . .«

»Ihre Basis Cam Ranh bei Saigon. Aber wir hatten immer Erfolg, Sir.«

»Erst später habe ich gemerkt, daß Sie mich jedesmal als Lockvogel benutzt hatten, Jack! Natürlich waren Sie bei jedem Einsatz erfolgreich – auf meine Kosten! Auf meinem Buckel!«

»Ihre Verdienste um das Vaterland wurden gebührend gewürdigt, Sir«, sagte Burton und feixte immer noch. »Sie wurden Admiral, Ihre Brust ist mit Orden gespickt, jeder kennt Sie, und einmal wird William Crown ein Staatsbegräbnis bekommen, und der Präsident wird große Worte finden . . .«

»Wenn ich hier auf Wake dank Ihrer Anwesenheit in die Luft

gegangen bin«, rief Crown theatralisch. »O Himmel! Ich war nie ein Säufer, aber jetzt genehmige ich mir das zweite Glas Whisky.«

Am Nachmittag fuhr Crown mit Jack Burton die Insel ab, stieg am Toki Point in ein Motorboot um und tuckerte rund um die Lagune. Durch die Einfahrt bei Wilkes Island verließen sie die Insel und fuhren drei Meilen hinaus auf den Pazifik. Der Bootsmann, ein Obermaat, stellte auf einen Wink des Admirals den Motor ab. Burton saß hinten auf der weißlackierten Bank und sah einigen Albatrossen zu, die mit weit ausgebreiteten Flügeln, ohne Flügelschlag, nur die Aufwinde ausnutzend, elegant und schwerelos um das Boot schwebten, zentimeterhoch über die Wellenkämme glitten und dann wieder steil nach oben in den Abendhimmel getragen wurden.

»Des Menschen Traum«, sagte Burton lyrisch, »so fliegen zu können.«

»Und des Menschen wirkliche Tat: aus diesem Paradies im Handumdrehen eine Hölle zu machen.« Crown zeigte hinüber zu dem verlockend im Meer liegenden Eiland. Hohe, wiegende Palmen, weißer Strand, von schäumendem Wasser umspülte Korallenriffe, eine goldrote Sonne im flaumigen Wolkenmantel. »Was hat Ihnen diese schöne Insel getan, Jack?«

»Mir? Gar nichts! Ich möchte genau wie Sie und alle anderen Menschen lieber die Arme ausbreiten und rufen: Gott, ich danke dir, daß du so etwas geschaffen hast! Aber man läßt uns ja nicht in Ruhe.«

»Wer läßt uns nicht?«

»Die Politiker! Für sie ist Wake keine Trauminsel, sondern ein strategischer Punkt im Ozean.«

»Ich hätte da eine Idee«, sagte Crown versonnen unnd setzte sich neben Burton auf die Bank. »Wir laden alle Politiker zu einer Seefahrt ein, zeigen ihnen dieses Paradies, fluten dann das Schiff und lassen sie absaufen, dort, wo es die meisten Haie gibt.«

»Hervorragende Idee, Admiral. Aber was hilft das? Der Nachwuchs ist schon da. Es ist wie bei der sagenhaften Hydra: Schlägst du einen Politiker tot, wachsen sofort zwei neue nach. Wir müßten schon die ganze Menschheit ersäufen, das wäre am sichersten!«

»Wann erfahre ich, was mit Wake wirklich geschehen soll?« fragte Crown voll Bitterkeit.

»Das richtet sich nach dem Fortgang der Bauten. Ich nehme an, daß alle mehr wissen, wenn die ersten U-Boot-Unterwasser-Bunker betriebsfertig sind. Sie werden hier auf Wake aus den Fertigteilen montiert und dann zu den Ankerplätzen weggeschleppt.«

»Wie bitte?« Crown starrte Burton an, als habe er ihm ins Gesicht gerülpst. »Was höre ich da?«

»So fängt es an.« Burton nickte mehrmals schwer. »Das ist was, was ich schon herauslassen darf. Von Wake aus sollen Unterwasserstationen ausgeschickt und dann laufend versorgt werden. Es geistert da ein Satz im Pentagon herum: Der Pazifik ist ein amerikanisches Meer, kein russisches!« Burton hob bedauernd die Schultern: »Die Politiker, Sir, die lassen sich nicht ersäufen. Leider ...«

Die Neugier trieb Mikola Semjonowitsch Prassolow von Kamtschatka zu den Kurilen. Er flog hinüber nach Kurilsk, umarmte seinen Kameraden, Admiral Makarenkow, in alter, guter Freundschaft und blickte sich dann mit zusammengekniffenen Augen um.

»Der gleiche Misthimmel! Nebelgrau und feucht. Wassili Borisowitsch, wie geht es dir?«

Admiral Makarenkow, der keine Ahnung hatte, was Admiral Prassolow auf die Kurilen trieb, führte den Freund schnell zu dem wartenden Wagen und setzte sich dann seufzend an seine Seite. »Wenn die Japaner nicht dauernd demonstrierten und wir ab und zu ihre Fischfangflotten aus unseren Gewässern vertreiben müßten, würde uns die Langeweile wie mit Leim festkleben«, sagte er. »So aber zeigen wir Stärke und sorgen dafür, daß jeder erfährt, wie wir die Garnisonen verstärken.«

»Und was macht Jakowlew?«

»Er spielt«, sagte Makarenkow knapp.

»Was tut er? Iwan Victorowitsch spielt?« rief Prassolow entgeistert. »Womit denn?«

»Mit zehn Mini-U-Booten.« Makarenkow faltete die Hände über dem deutlich sichtbaren Bauch. Essen und Trinken waren die größten Annehmlichkeiten, die ihm die Kurilen boten. Die ärgste

Belastung war seine Frau Sonja Nikolajewna, die seit einem Jahr bitterlich klagte, in diesem Klima weiche sie auf wie ein Brötchen im Regen. »Sein Elektronikschiff Primorje hat er neun Meilen vor der Küste liegen, und wie ein Prostatiker, der sich über einen dicken Strahl freut, ist er glücklich, wenn es ihm gelingt, seine Unterwasserwanzen ungesehen und ungehört an die Küste zu bringen. Der Kommandant des Primorje soll mit den Nerven am Ende sein. Die besten Ortungsinstrumente will Jakowlew überlisten! Und oft gelingt es ihm. Dann funkt er vom Land: ›Wechselt die Ohrknöchelchen aus, Genossen!‹ – Jedermann haßt ihn und möchte ihn anspucken.«

»Wer könnte das nicht verstehen!« Prassolow blickte aus dem Fenster. Sie kamen in die Stadt Krulsk, seit Besetzung durch die Sowjets 1945 eine Neubaustadt im seelenlosen Wohnsilo-Stil. Auf dem Reißbrett entworfen. Von den uralten japanischen Bauten war nicht mehr viel vorhanden – nur ein paar Häuser und Tempel mit den herrlich glasierten Ziegeldächern in blau oder grün. »Immerhin müssen diese Übungen einen Sinn haben.«

»Jakowlew bekommt seine Instruktionen direkt aus Wladiwostok, und da gehen sie aus Moskau ein. Alle Befehle für ihn laufen an mir vorbei ...« Es klang beleidigt, und Admiral Makarenkow hatte durchaus Grund, sich darüber aufzuregen: Da operierte an seiner Iturup-Küste eine Flottille, und er, der Kommandant in Kurilsk, stand uninformiert herum, als sei er hosenlos. »Wie ist's bei dir, Mikola Semjonowitsch?«

»Offiziell untersteht Jakowlew mir. Die Aktion läuft unter meinem Kommando.«

»Aha! Was kannst du mir ins Ohr flüstern, Brüderchen?«

»Meine Informationen sind mager und trüb. Kennst du die Wake-Insel?«

»Amerikanische Flotten- und Flug-Basis, klein und unbedeutend. Mehr Versorgungsmagazin für die US Navy im Pazifik.«

»Dort bauen sie jetzt wie die Termiten! Mit der Wake-Insel hat man etwas vor. Ein neuer Kommandant ist gekommen, einer der besten Marineoffiziere der Amerikaner.« Prassolow blieb noch im Wagen sitzen, obzwar er jetzt vor dem Marinekommando von

Kurilsk hielt. Auch Makarenkow rührte sich nicht. »Das ist es, was ich tatsächlich weiß – mehr nicht! Was jetzt kommt, konstruiert meine Phantasie: Jakowlew wird eines Tages mit seiner Flottille abschwimmen und sich in die Nähe von Wake begeben. Deshalb das Versorgungsschiff, deshalb die Primorje. Und seine ›Wanzen‹, wie du die Mini-U-Boote nennst, wird Iwan Victorowitsch dann rund um Wake legen lassen . . . Erkundigt habe ich mich, bis ich in Moskau auf unseren alten Freund Swerew traf. Sitzt jetzt im Ministerium. Marineplanung. Ha, hat der gute Swerew herumgestottert – aber dann sagte er, nur aus alter Freundschaft: ›Jakowlew gilt als ein Sonderfall. Nimm ihn so hin, wie er nun mal ist. Er hat von höchster Stelle Anweisungen . . .‹ Reicht das, Wassili Borisowitsch?«

Makarenkow nickte. Die Wake-Insel, dachte er. Dieser Rotzfleck da draußen im Pazifik. Ein Sandkorn, das vielleicht irgendwann einen tödlichen Weltkonflikt auslöst. So lächerlich anfällig ist der Friede.

4

Die Unterhaltung zwischen John, dem Delphin, und Dr. Finley, dem Tierpsychologen, schien sich als Mißerfolg herauszustellen, denn John verweigerte am nächsten Tag weiterhin Nahrung und Gehorsam. Und er blieb auch dann allein im Bassin zurück, als sogar seine letzten drei Getreuen nicht mehr einsehen wollten, warum sie von den vergnügten Spielen in der offenen See ausgesperrt werden sollten, und sich der »Kompanie« wieder anschlossen. John blieb zurück und reagierte weder auf Zurufe noch auf hingehaltene Fische. Selbst Helen wurde von ihm mit Verachtung gestraft. Es war ein Jammer, wie er einsam seine Kreise zog in der Mitte des Beckens.

»Ich gehe ins Bassin und schwimme zu ihm«, sagte Helen am Abend des zweiten Tages.

»Das wirst du nicht tun«, erwiderte Rawlings ernst. »Das will er ja bloß.«

»Eine Ohrfeige werde ich ihm geben!«

»Verliebte sehen auch das noch als Liebkosung an«, meinte Finley. Helen sah ihm trotzig in die Augen:

»Woher willst ausgerechnet du das wissen?«

»Das Leiden unter Frauen ist jedem Mann angeboren.«

»Idiot!«

»Genau das ist es!« Finley grinste etwas traurig. »John muß begreifen lernen, daß er kein ausschließliches Recht auf dich hat. Dazu braucht man eine gewisse Zeit; als Mann kann ich das gut verstehen. Manche begreifen es nie...«

»Ihr fangt an, nur noch blöd daherzureden«, rief Helen und sprang aus ihrem Liegestuhl auf. »Was soll also jetzt konkret geschehen?«

»Wir lassen John schmoren.«

»Es gibt Beispiele, daß Delphine zu seelischen Depressionen und sogar zu Selbstmord fähig sind.«

»Für so dämlich halte ich John nun wieder nicht«, sagte Finley bewußt provokativ. »Einer Frau wegen – du lieber Gott!«

»Oh, habe ich heute Gentlemen erwischt!« Helen zog ihren weißen Bademantel mit den Schwalben an. »Darf ich morgen früh anfragen, ob die Herren wieder zur Objektivität bereit sind?«

Sie ging hinüber zu ihrem Bungalow, auf hohen schlanken Beinen und mit wiegenden Hüften. Ihr Blondhaar flatterte hinter ihr her im ewigen Seewind.

»Es ist ein Jammer«, sagte Finley leise, »so etwas tatenlos an einen Kerl in Miami verlieren zu müssen...«

»In Kürze wissen wir mehr.« Rawlings zuckte etwas zusammen, als Helen die Tür hinter sich zuwarf. Bis zu ihnen hin klang dieser wütende Protest. »David Abraham ist nach langer Diskussion bereit, Helen im Auge zu behalten. Warten wir also ab.«

Er erhob sich, denn morgen war ein harter Tag. Früh Punkt sieben sollte die Übung »Steak« beginnen. Hinter dem seltsamen Decknamen verbarg sich tatsächlich ein Versorgungsproblem: Bei Versuchen der Marine, bemannte Abhörkapseln in 300 Meter Meerestiefe mit Lebensmitteln und Ersatzteilen zu versorgen, war es bei den eingesetzten Tauchern – obwohl sie in einer Art Panzer mit hoher Druckfestigkeit steckten oder gar in Panzertauchgeräten, die ebenfalls Kugeln glichen – zu schrecklichen Unfällen gekommen ... Tiefengeräusche, Vergiftungen, schwere Nervenschäden. Bereits bei etwa 70 Meter Wassersäule wird die in Stahlflaschen mitgeführte, hochkomprimierte Luft – der Sauerstoff – toxisch.

Als ebenso problematisch erwies sich die Versorgung der bis zu 300 Meter tief hinabgelassenen Ortungskapseln durch Unterwasserfahrzeuge; hier gab es Zusammenstöße, das Anschwimmen von Luke zu Luke war ein langes Manöver, die Ausfälle waren enorm.

Stattdessen experimentierte man nun mit Delphinen. Ein Delphin, auf die Spezialaufgabe trainiert, schwamm elegant mit seinem Nachschubkasten hinunter zu den Kapseln, schlüpfte in die Druckausgleichkammer und lieferte seine Ware ab. Als man zum erstenmal einen solchen gelungenen Transport durch tierische »Essensträger« im Film vorführte, waren sich alle Fachleute einig, daß man darauf eine Flasche Champagner trinken mußte.

In Biscayne Bay war der unbestrittene Star solcher »Steak«-Träger der Delphin Bobby, Chef der 6. Kompanie.

Finley machte auf dem Weg zu seinem Bungalow einen Abstecher am Bassinrand entlang und sah John unter dem Übungsbrett im Wasser liegen. Er hob sofort den Kopf, als er Finley hörte, und schwamm nahe an die Mauer heran.

»Nanu«, sagte Finley und blieb stehen. »Wollen wir weiterdiskutieren? John, mein lieber Junge, unsere Helen hat sich verändert. Sie wollte ins Becken und dir eine kleben – kannst du das begreifen?« Er ging in die Hocke und blickte John in die glänzenden Augen. Der Delphin reckte den Kopf aus dem Wasser, und plötzlich stieß er einen leisen, klagenden, langgezogenen Laut aus. Finley nickte.

»Klagen hilft nicht, Junge«, sagte er. »Wir sollten uns benehmen wie harte Männer, und die wollen wir doch sein, nicht wahr? Ich habe da eine Idee, John: Wir gehen morgen ganz allein hinaus auf See. Nur du und ich, sonst keiner. Wir zwei Kumpel! Du könntest dann abhauen, auf Nimmerwiedersehen, und 40000 Dollar sind verpulvert – aber ob du dich da draußen auf Dauer noch wohlfühlst? Ich weiß nicht ... Du könntest aber auch denken: Jetzt bin ich mit dem guten James allein, und jetzt zeige ich mal, was ich alles kann!

Da werdet ihr staunen!« Finley holte tief Luft und sah John fragend an: »Was hältst du davon, John?«

Der Delphin antwortete mit einem Knarrlaut. Finley nickte.

»Also versuchen wir es morgen! Keine Angst, niemand wird uns beobachten. Wir sind unter Garantie ganz allein. Wir fahren hinaus zur Klippe und beweisen dann, was wir für Kerle sind!«

In dieser Nacht schlief Finley, ohne sich mit Whiskey vollaufen zu lassen. Er hatte das angenehme Gefühl, daß er und John gute Kameraden wurden.

Der Marine-Attaché an der sowjetischen Botschaft in Washington, Oberst Jurij Valentinowitsch Ischlinski, wurde von großen Sorgen geplagt. Nicht, daß er Sorge hatte, als Offizier des Militärischen Geheimdienstes enttarnt zu werden – dazu lag gar kein Anlaß vor, seine Tarnung war vollkommen –, was ihn bedrückte, waren Informationen, die aus dem Marine-Oberkommando der USA zu ihm gelangten.

Auf der Wake-Insel geschah Geheimnisvolles, das war nun bekannt. Mit erstaunlicher Schnelligkeit und Umsicht hatte Moskau bereits reagiert und – so teilte man Ischlinski mit – ein Sonderkommando in den Nord-Pazifik in Marsch gesetzt. Die Wake-Aktion war also ein Fall, der Jurij Valentinowitsch mit Zufriedenheit erfüllte, zumal er ihm ein Lob aus Moskau eingebracht hatte. Nein, was ihn unruhig machte, war etwas ganz anderes.

Bei der Überprüfung der Fotos, die man am Weißen Haus vom Besuch der Architekten Blith, Jakobson und Mrs. Radman gemacht hatte, wohnhaft New York, Manhattan, 43. Street Ost, stellte sich nämlich heraus, daß die Herren samt Dame zu dieser Zeit gar nicht in Washington gewesen waren. Ein Agent Ischlinskis, als Bauinteressierter mehrmals Gast in den Räumen der Architekten, erfuhr bei den Gesprächen, daß weder Mr. Blith noch Mr. Jakobson einen Auftrag der Bundesregierung bekommen hatten. Und Mrs. Radman konnte überhaupt nicht gefragt werden – sie hatte die Bauaufsicht über ein Projekt in Mexiko übernommen und wohnte seit einem halben Jahr in Acapulco.

Bei Oberst Ischlinski schrillte die Alarmglocke. Wenn ein Team von drei Menschen unter falschem Namen in Washington absteigt und im Weißen Haus vorgelassen wird, muß auch der harmlos Denkende sich sagen: Da steckt mit höchster Wahrscheinlichkeit eine geheimzuhaltende Sache dahinter. Geheimnisse im Weißen Haus aber gehörten für Jurij Valentinowitsch zu den Muntermachern. Und Ischlinskis Denken war nie harmlos!

Daß es für eine kurze Zeit gelungen war, ihn mit den falschen Namen zu täuschen, empfand Ischlinski als so entehrend, als habe man ihn angespuckt. Seine Anweisungen an seine Vertrauensleute waren deshalb auch grob und fast beleidigend, im Unterton sogar drohend, und seine Laune besserte sich erst dann ein klein wenig, als ein V-Mann melden konnte, eine Ordonnanz im Gästezimmer des Weißen Hauses habe gehört, wie die Frau des Teams beim Kaffee geäußert habe: »Die Delphine sind...« Den Rest des Satzes verstand er nicht mehr, weil er ja an der Gruppe nur vorüberging.

Ischlinski fand zunächst keinen Sinn in dieser Bemerkung. Daran gewöhnt und dazu geschult, aus winzigen Mosaiksteinchen ein deutliches Bild zusammenzulegen, gab er aber doch den Auftrag, eine Liste aller Delphinarien zusammenzustellen. Als sie auf seinem Tisch lag, erschrak er. Wer hätte geahnt, daß es in den USA so viele Delphinzirkusse gab? Der Delphin mußte demnach zu den Lieblingstieren der Amerikaner gehören. Ischlinski seufzte und war fast bereit, die Akte »Delphin« abzuhaken.

Doch es blieb ein Rest von Mißtrauen, ein gefühlsmäßiger Verdacht. Er zögerte auch jetzt mit dem Ablegen der Akte, denn irgendwie kam es ihm merkwürdig vor, daß drei Personen im Weißen Haus empfangen wurden, im Hotel aber unter falschem Namen abgestiegen waren. Der V-Mann hatte außerdem berichtet, man vermute – konkret war das nicht feststellbar –, daß die drei Besucher vom Präsidenten selbst empfangen worden waren. Die Bemerkung über die Delphine konnte völlig harmlos sein, eine Erinnerung an den Besuch eines Delphinariums, aber Ischlinskis Gefühl signalisierte ihm, daß man im Vorzimmer des Präsidenten andere Themen besprechen sollte als gerade die Artistik dressierter Delphine.

War »Delphin« ein Code? Ein vertraulicher Begriff für irgendeine geheime Aktion?

Ischlinski saß sehr lange brütend über den Schriftstücken und rief dann den auf dem gleichen Flur arbeitenden Marine-Attaché der sowjetischen Botschaft zu sich. Der Oberleutnant zur See, ein junger, rothaariger Bursche aus dem Norden von Estland mit Namen Pantaleij Simonowitsch Kostjuk, auf der GRU-Akademie in Frunse der Beste seines Lehrgangs und deshalb auch auf den wichtigen Posten der wichtigsten Botschaft der UdSSR – nach Washington – abkommandiert, fühlte sich sichtlich geehrt, daß Oberst Ischlinski ihm den Bericht zum Lesen gab. Er nickte ein paarmal stumm, und Ischlinski sah ihn verwundert an.

»Warum nicken Sie, Pantaleij Simonowitsch?« fragte er. »Erkennen Sie einen Sinn darin?«

»Ich erinnere mich ...«, sagte Kostjuk nachdenklich und gab das Aktenstück an Ischlinski zurück. »Auf der Akademie führte man uns einen Film vor, der im Delphinarium von Jalta gedreht worden war. Er zeigte Vorführungen der dressierten Tiere. Sie retteten einen Ertrinkenden, tauchten nach weggeworfenen Metallplatten, sprangen durch Reifen, zogen leichte Boote – wir haben uns alle sehr amüsiert.«

»Es ist nicht anzunehmen, daß die drei Besucher den Präsidenten der USA in einen Delphinzirkus einladen wollten«, sagte Ischlinski grob.

»Nach dem Film hielt einer der Delphinausbilder einen Vortrag«, fuhr Kostjuk fort. »Er erzählte uns dabei, daß es hochintelligente Tiere seien, die nach einer Spezialausbildung für die Marine sehr nützlich sein könnten.«

»Ein Fisch?« fragte Ischlinski voll spöttischem Zweifel.

»Wenn ich mir eine Erklärung erlauben darf, Genosse Oberst: Ein Delphin ist kein Fisch, sondern er gehört zur Familie der Zahnwale.«

»Für mich ist alles Fisch, was im Wasser wimmelt«, erwiderte Ischlinski ungehalten. Oberleutnant Kostjuk schwieg; wenn ein Oberst dieser Ansicht ist, sollte man ihm nicht widersprechen. »Die Marine könnte also – Fische gebrauchen, außer zum Essen?«

»Man beschäftigt sich in der Delphinforschung mit großen Plänen«, sagte Kostjuk, jetzt vorsichtig geworden. »Es kann sein, daß die Amerikaner da sehr viel weiter sind als wir.«

»Pantaleij Simonowitsch!« rief Ischlinski fast warnend. »Das sind ja alles Phantastereien!«

»Zur Zeit noch, Genosse Oberst. Aber wissen wir, wie weit die Amerikaner auf diesem Gebiet...«

»Das sagten Sie schon!« unterbrach Ischlinski ihn.

»Es wäre doch denkbar, daß die drei Besucher beim Präsidenten Delphinforscher waren, die einen Vortrag über den Stand ihrer Forschungen hielten.«

»Hat der Präsident der USA keine anderen Sorgen?« rief Ischlinski und schlug die Hände zusammen. »Hunderte Milliarden werden für neue Waffensysteme ausgegeben, und er kümmert sich um Fische...«

»Delphine...«

»Ich danke Ihnen, Pantaleij Simonowitsch«, sagte Ischlinski sehr kühl. »Wenn Sie eine spezielle Lektüre über diese – Fische haben, schicken Sie mir bitte die Märchen rüber.«

Zwei Stunden später brachte ein Bote einen Korb voll Bücher, Broschüren, Bilder und Zeitungskopien. Ischlinski dankte, saß dann erstarrt vor dem Material und nannte Kostjuk einen jungen Affen.

Vier Tage und vier halbe Nächte lang wühlte sich Ischlinski durch das Delphin-Dossier und nahm sich vor, einen Delphin nie wieder einen Fisch zu nennen. Dann kümmerte er sich um die Liste, die seine Agenten zusammengestellt hatten: die amerikanischen Delphinarien. Als Forschungsstätten blieben schließlich zehn Stationen übrig: die größten in Miami und San Diego, die unbedeutendste in Biscayne Bay. Ischlinski, seinem Gefühl immer nachgebend, verschickte die Aufträge an die verschiedenen V-Männer: Es müsse festgestellt werden, ob eine Gruppe von zwei Männern und einer Frau aus einem Delphin-Forschungsinstitut nach Washington gereist sei. – Dem Auftrag lagen die etwas unscharfen Fotos bei, die man aus großer Entfernung vom Nebenausgang des Weißen Hauses gemacht hatte. Mit der Lupe konnte derjenige, der Rawlings, Finley und Helen kannte, sie gerade noch erkennen – für Fremde hingegen waren es unscharfe, verwischte, fast konturlose Gesichter. Nur eins war klar erkennbar: Die Frau hatte hellblonde Haare.

So standen also die Dinge, als Jurij Valentinowitsch Ischlinski den Wink bekam, um 16 Uhr nachmittags in »Jacques' Bistro« einen Apéritif zu trinken. Pünktlich saß er an einem der kleinen, runden Marmortische und schlürfte einen Pastis, und fünf Minuten später wurde er zu der Telefonkabine gerufen.

»Ja?« sagte Ischlinski knapp. »Hier Brown...«

»Es scheint, ich habe die richtige Spur«, sagte eine Stimme weit weg im Telefon. Die Nebengeräusche waren sehr laut; auch der Partner mußte in einer Wirtschaft stehen, die sehr belebt war. Geplärre aus einer Musicbox war deutlich im Hintergrund zu hören. »Hier ist Richard...«

Ischlinski nickte. Der Deckname Richard gab ihm an, woher der Anruf kam und wer sein Teilnehmer war. »Gut!« antwortete Ischlinski. »Aber sicher ist es noch nicht?«

»Fast 80 Prozent...«

»Man gewinnt nur mit 100 Prozent, Richard! Die Deutschen hatten 90 Prozent von Stalingrad erobert, und sie verloren es trotzdem! Das ist immer mein warnendes Beispiel. Warum rufen Sie also an?«

»Ich wollte Ihnen nur sagen, Mr. Brown, daß ich die Frau auf dem Foto höchstwahrscheinlich gefunden habe. Nur die Bestätigung ihrer Fahrt nach Washington steht noch aus.«

»Ich bin immer erreichbar, das wissen Sie!« sagte Ischlinski knapp und hängte ein. Etwas heiterer ging er zu seinem Tisch mit dem Glas Pastis zurück.

80 Prozent ... immerhin war das etwas. Ein guter Mann, dieser Richard. Von den anderen neun V-Leuten lagen noch keine Meldungen vor, bis auf den Mann in San Diego. Der hatte fast verzweifelt berichtet: In dem großen Delphinarium arbeiten zwölf superblonde Girls; es ist unmöglich, mit allen zwölf in Kontakt zu kommen. Nicht in der gewünschten kurzen Zeit...

Der sowjetische Militär-Attaché trank sein Glas leer, verließ »Jacques' Bistro« und fuhr zur Botschaft zurück. Er war kaum abgefahren, als ein muskulöser Herr zu Jacques, dem Wirt, kam und einen Plastikausweis zeigte. Jacques, schon seit zwanzig Jahren Amerikaner, wußte genau, was FBI bedeutet. Was er nicht wußte, war, daß dieser Ausweis auch nur eine Tarnung war – in Wahrheit sprach er jetzt mit dem CIA.

»Mein Laden ist sauber«, erklärte Jacques sofort und breitete die Arme aus. »Kein Hinterzimmer mit Spieltischen oder Huren ...«

»Mit wem hat der Gast, den Sie ans Telefon riefen, telefoniert?« fragte der wortkarge Mann. Jacques rollte mit den dunklen Augen, er war ein Korse.

»Ich höre doch nicht zu, wenn meine Gäste telefonieren!« rief er entsetzt. »Sir, ich würde nie ...«

»Kein Gesprächsfetzen?«

»Nein! Die Tür der Telefonkabine schließt lautdicht.«

»Sie kannten diesen Gast?«

»Nein. War noch nie hier. Trank auch nur einen Pastis.« Jacques blinzelte mit Neugier im Blick. »Sah nicht aus wie ein schwerer Junge, für den sich das FBI interessiert. Wie man sich täuschen kann ...«

»Danke«, sagte der FBI-Mann und tippte an seinen Hut. »Das war nicht viel.«

Mit umwölkter Stirn blickte Jacques dem Besucher nach, als dieser das Lokal verließ. Das hätte in die Hosen gehen können, dachte er voll Schreck. Weiß man, ob so ein Kerl nicht sofort losschießt, wenn ihn jemand stellt? Dabei sah er so stinknormal aus ...

Der Mann vom CIA setzte sich in seinen Wagen und telefonierte aus dem Auto mit seiner Dienststelle. »Ischlinski ist wieder zurück zur Botschaft«, sagte er. »Empfing per Telefon eine Nachricht. Kontakt nicht feststellbar. Gebe zurück zu Lenny.«

In der Zentrale des CIA war man sich jetzt einig, Oberst Ischlinski nicht mehr aus den Augen zu lassen. Wohin seine Aktivitäten auch zielten – sie waren immer zum Nachteil der USA.

Finley löste sein Versprechen ein: Mit John fuhr er allein in einem Motorboot hinaus zu den Klippen. John lag in einer großen Spezialwanne und hob ab und zu den Kopf, um zu Finley hinüberzublicken, der am Steuer saß und sich alles andere als behaglich fühlte.

Von seinem Unternehmen hatte er weder zu Rawlings noch zu Helen etwas gesagt. Man hatte ihm das einfach gemacht: Rawlings war nach Fort Lauderdale gefahren, um dort bei einer Karosseriefirma die Zeichnungen für einen neu entwickelten Delphintransportwagen anzusehen, und Helen hatte einen Tag Urlaub genommen und ihren Rabbit in Richtung Miami gesteuert. Dr. David Abraham Clark folgte ihr heimlich, um sich den Knaben anzusehen, der es fertiggebracht hatte, Helens Leben eine andere Richtung zu geben.

»Wenn er mir nicht paßt«, hatte er zu Rawlings gesagt, »trete ich ihm auf die Füße. Auch wenn's mich gar nichts angeht. Ist der Bursche aber okay, trinken wir einen zusammen! Warum soll Helen nicht auch ihren privaten Spaß haben . . .«

So war also niemand da, der gegenüber Finleys Plan Bedenken äußerte. Er trug ganz allein die Verantwortung und hatte jetzt fast Angst vor der eigenen Courage. Denn wenn sich John, die Nummer Zwei hinter Ronny, dem absoluten Star, einfach ins offene Meer absetzte und nicht mehr wiederkam? Das war das Risiko, das Finley jetzt mit dieser Fahrt einging, und dieser Gedanke machte ihn wortkarg. Auch als John hinter ihm in der Wanne mit den Zähnen klapperte, drehte er sich weder um noch sprach er mit ihm.

Erst, als sie die Klippen erreicht hatten und der Motor abgestellt war, schwang Finley sich auf dem Drehstuhl herum.

»Alter Knabe, wir sind da. Gleich lass' ich dich raus in den Atlantik, und wenn du mich fertigmachen willst, brauchst du bloß nicht wiederzukommen. Dann bin ich erledigt und kann nach Europa auswandern. Aber ich wage das Abenteuer, weil ich fest daran glaube, daß du ein anständiger Kerl bist.«

Er ging hinüber zu John, zögerte – doch als er sah, daß John ihn mit weit offenen Augen anblickte, streckte er die Hand aus und streichelte den runden glatten Kopf. Jetzt könnte er zubeißen, dachte Finley für einen Augenblick; das ist ein Moment der Rache.

Aber John reagierte völlig anders: Er ließ sich streicheln, klapperte mit den Zähnen und stieß aus dem »Spritzloch« einen zirpenden, hohen Ton aus.

Finley sah ihn erstaunt an. »Was ist das, John?« fragte er. »Das habe ich noch nicht gehört. Damit kommst du jetzt heraus, wo ich kein Tonband bei mir habe. Das ist unfair, Junge! – Was willst du mir sagen?«

John schwieg. Finley wartete eine Minute, sie sahen sich beide stumm an, dann zuckte Finley mit den Schultern.

»Also dann, John! Es geht los! Du kennst das ja – ich schwenke dich jetzt ins Meer, und dann kann ich nur noch beten ...«

Finley legte die Haken in die Ösen der Wanne, die Motorwinde hob sie, schwenkte sie nach Backbord weg und senkte sie zur Wasseroberfläche ab. Als die Wanne ins Meer plumpste, sprang John mit einem Riesensatz in die grenzenlose Freiheit. Finley nickte ihm an der Reling zu.

»Enttäusch mich nicht, Junge!« sagte er mit plötzlich heiserer Stimme. »Wir sind doch beide Kumpels ... Helengeschädigte ...«

John schnellte ein paarmal aus dem Wasser, sprang elegante Bögen und zischte dann mit einer unglaublichen Geschwindigkeit davon. Er tauchte weg und war für Finley nicht mehr zu sehen.

Noch drei Minuten blieb Finley an der Reling stehen und wartete. Von John kein Zeichen mehr. Da ging er zurück zum Steuerstand des Bootes, zündete sich eine Zigarette an und blickte auf die Uhr.

7 Uhr 23 morgens. Im Berichtsbuch würde also stehen: Um sieben Uhr dreiundzwanzig wurde der Delphin John zu Wasser gelassen, um seine Übungen aufzunehmen. Er kehrte nicht wieder und blieb im Atlantik. John muß als verloren betrachtet werden.

Um 8 Uhr – Finley wollte den Motor schon wieder anwerfen, um nach Biscayne Bay zurückzufahren – schreckten ihn lautes Klappern und schrille Schreie auf. Wie abgeschossen sprang er hoch und raste zur Reling.

John tanzte im Wasser, hatte sein Maul weit aufgerissen und begrüßte Finley mit einem schrillen Quietschen. Dann drehte er eine vollendete Pirouette und tauchte mit einem Bogen ins Wasser zurück.

»John ...«, sagte Finley gepreßt. Er spürte, wie es in seiner Kehle zuckte. »John, alter, lieber Gauner, ich wußte es. Ich wußte es immer. Wir kennen uns doch zu gut... John, jetzt ist alles okay. Jetzt können sie uns alle kreuzweise, nicht wahr? Wart einen Moment, ich komme zu dir ins Wasser...«

Finley zog seinen schwarzen Gummianzug über, steckte das Haimesser in den Gürtel und eine Pistolenharpune dazu, schlüpfte in die Schwimmflossen und ließ sich rücklings ins Meer fallen. Sofort war John bei ihm und schwamm schützend um ihn herum.

Ein paarmal kraulte Finley an den Klippen hin und her, immer Seite an Seite mit John, der sehr unruhig war und zum Meer hin sicherte. Diese Gegend war bekannt für Haie, und was Finley jetzt tat, war mehr als leichtsinnig und hätte, wäre Rawlings hier gewesen, berechtigten Tadel ausgelöst. Als Finley endlich wieder ins Boot kletterte, schien auch John aufzuatmen. Er piepste befreit.

Finley trocknete sich ab und war in solcher Hochstimmung, daß er laut hätte jubeln können. Er beugte sich über die Reling zu John hinunter und fuhr ihm mit der Hand über das Maul, als der Delphin hochschnellte. Zwei Siege hatte Finley errungen: John war nicht ins weite Meer entwichen, und er hatte Finley auch nicht angegriffen, als dieser ins Wasser sprang. Im Gegenteil – er hatte ihn gegen die Haie abgeschirmt. Das war mehr, als Finley jemals erwartet hatte.

»Jetzt ist mir klar«, sagte er fast gerührt, »daß wir dicke Freunde geworden sind, John. Hattest ganz recht: So was muß man gründlich überlegen. Menschen fallen sich viel zu schnell in die Arme, und nachher kommt die große Enttäuschung. Aber jetzt halten wir zusammen wie aneinander geschweißte Stahlplatten, nicht wahr, alter Junge?« Finley holte eine Spezialschlinge, warf sie John um den Hals und hielt ihn damit an der Steuerbordseite fest. John pfiff laut. »Ich weiß, ich weiß, das hast du nicht gern. Aber wir wollen es ohne Pfusch machen. Das Meer ist hier 219 Meter tief. Unter uns ist eine Klippenlandschaft, die es in sich hat. Höhlen, enge Spalten, Gräben – wenn da was reinfällt, ist es weg! Ein menschlicher Taucher guckt sich das aus sicherer Entfernung an und kehrt um. ›Ich bin doch nicht verrückt!‹ würde er sagen. – Nun wollen wir mal sehen, alter Junge, ob es dir gelingt, in diesem Chaos unter Wasser etwas zu finden und es hochzuholen.«

Finley nahm aus dem Kasten neben dem Steuerrad einen kleinen, mit Blei gefüllten Stahlkörper, der oben eine Öse hatte, ging schnell hinüber zur Backbordseite und warf ihn ins Wasser. John, steuerbords festgebunden, hörte den Aufschlag und wußte sofort, um was es sich handelte. Er stieß einige heisere Schreie aus und peitschte mit dem Schwanz das Meer. Finley wartete eine Minute, bis er sicher war, daß der Stahlkörper nun irgendwo zwischen den Klippen lag, und ging dann hinüber zu John.

»Das ist jetzt eine schwere Sache, mein Junge! Bei den Unterwasserfahrzeugen, nach denen ihr bisher suchen mußtet, gab es immer einen Motor – und selbst der leiseste Motor macht für eure empfindlichen Ohren einen Riesenkrach; das ist verhältnismäßig leicht auszumachen. Hier aber rührt sich nichts. Das Ding, das ich eben ins Meer geworfen habe und das jetzt irgendwo da unten liegt, piepst nicht, schickt keine elektrischen Impulse aus, gibt keinen Ton von sich.« Finley beugte sich noch mehr über die Reling: »John, wenn du das findest, bist du Weltmeister! So was haben wir noch nicht einmal mit Ronny versucht. Und nun hau ab ...«

Er löste die Schlinge. John schoß sofort mit einem Sprung in die Tiefe, tauchte unter dem Boot weg und verschwand in den Klippen. Gleichzeitig hatte Finley die Stoppuhr neben dem Armaturenbrett in Gang gesetzt. Der Zeiger tickte, eine zusätzliche Digitalanzeige war auch noch eingeschaltet. Finley setzte sich in den Cockpitstuhl und wartete.

Ein paarmal schoß John an die Wasseroberfläche, schnellte in einem Bogen durch die Luft, verschwand dann wieder in die Tiefe und kam erneut hoch.

»Ja, das ist eine verdammte Aufgabe, John!« sagte Finley. »Wo soll man suchen? Nichts zu hören; da nützt dir auch dein überfeiner Radar nichts. Das wollte ich bloß wissen. Komm zurück an Bord, alter Junge!«

Er wollte zu dem Befehlsimpulsgeber greifen, um John zurückzurufen, als der Delphin wieder an die Oberfläche schoß. Aber diesmal machte er keinen Luftsprung, sondern tauchte nur auf, hob den

Kopf aus dem Wasser und zeigte Finley den Stahlkörper. Er hatte den Unterkiefer durch die Öse gesteckt und pfiff nun laut und triumphierend durch das »Spritzloch« auf dem Kopf.

»Das ist ja nicht wahr!« rief Finley und drückte die Stoppuhr. Genau sieben Minuten und neunundvierzig Sekunden. »John! Das ist phänomenal. Wie hast du das gemacht? Junge, wenn du jetzt richtig sprechen könntest! Wie hast du das Ding denn zwischen den Klippen entdeckt? Da liegt doch noch mehr rum als so ein Stück Metall. Was hat dir gesagt: *Das* ist es? Einfach toll, John!«

Finley lief zurück zu dem kleinen Hebekran, ließ die Wanne zu Wasser, John schlüpfte gehorsam in das schmale Becken und ließ sich an Bord hieven. Dort reckte er wieder Finley seinen Kopf entgegen, und Finley nahm ihm den Stahlkörper vom Unterkiefer. Auch John schien voller Begeisterung zu sein; ein paarmal rammte er liebevoll Finleys Hände mit seinem Schnabelmaul und rieb die weichen Nüstern in seinen hingehaltenen Handflächen.

»Wenn ich den Bericht über unsere heutige Arbeit abgegeben habe, du toller Bursche, wird's ein paarmal schwer für dich. Das wollen nämlich alle sehen... Steve wird behaupten, das sei ein Glückstreffer gewesen, ein einmaliger Fall. Du wirst beweisen müssen, daß dem nicht so ist. Die werden kopfstehen!«

Gegen Mittag kehrte Finley zur Station zurück. John wurde in das große Bassin gebracht und erhielt einen Eimer Fische. Gierig, ausgehungert fraß er sie und schmatzte sogar dabei.

»Aha! Ist er wieder normal?« fragte einer der Pfleger.

»Was heißt normal?« Finley sah den Mann im weißen Overall strafend an. »Wenn Ihnen ein Furz quer liegt, sehen Sie auch dämlich aus!«

»Mag sein, Sir...«

Der Pfleger zog es vor, sich schnell zu verdrücken. Delphinforscher haben alle eine Macke, dachte er. Die einen mehr, die anderen weniger. Bei Dr. Finley ist es ganz schlimm – der möchte am liebsten selbst ein Delphin sein. Die tägliche Beschäftigung mit der Delphinsprache muß bei denen im Hirn irgend etwas verändern. Auch Dr. Rawlings hat 'ne Schlagseite.

Finley ging in seinen Bungalow, setzte sich an die Schreibmaschine und begann seinen Bericht. »Über das Auffinden toter Gegenstände durch Delphine«, überschrieb er ihn, aber dann riß er das Blatt heraus und begann ein neues mit der nüchternen Zeile: »Sonderversuch mit Delphin John im Programm Tauchtraining.«

Es fiel Finley schwer, nicht in enthusiastische Worte auszubrechen, sondern im sachlichen Berichtsstil zu bleiben. Aber mitten drin hörte er plötzlich mit Tippen auf, wandte den Kopf zum Fenster und sagte laut ins Leere: »Jetzt haben wir's dem Frauenzimmer aber gezeigt, was, John? Wir lassen uns doch nicht durch unglückliche Liebe fertigmachen...«

Will, genannt Blacky, war ein Gentleman, das mußte Helen jedesmal feststellen, wenn sie sich mit ihm traf. Auch heute, in der Halle des »Titanic-Hotel« auf Miami Beach, glänzte er nicht nur durch seinen weißen Seidenanzug – Honanseide bester Qualität – und sein sonniges Lächeln, sondern auch durch einen Riesenstrauß von Helens Lieblingsblumen: gelbe Rosen.

»So herrlich sie sind – ich muß mit Ihnen schimpfen, Blacky«, sagte Helen und spürte ein härteres Herzklopfen als sonst. »Die kosten eine Menge Dollars und sind am Abend bei diesem Klima schon verwelkt...«

»Aber ich habe damit erreicht, daß Sie lächeln und daß ich Ihre Augen leuchten sehe, Helen. Das wäre sogar ein Vermögen wert!« Er küßte Helen die Hand, und sie wunderte sich wieder, wie zurückhaltend er war. Sie hätte den Kopf nicht weggezogen, wenn er sie auf die Wange geküßt hätte – oder auf den Mund. Daß er es nicht tat, betrachtete sie als Beweis seiner Achtung ihr gegenüber – aber es wäre ihr nicht unangenehm gewesen, wenn Fisher nun, nach dem sechsten Treffen, etwas mehr aus sich herausgegangen wäre.

Helen hatte intensiv über ihn nachgedacht. Ein erfolgreicher Mann, dem die Frau davonlief, weil er *zu* erfolgreich sein wollte. Ein nun etwas ratloser und angeschlagener Mensch, der sich bei Miami ein Haus kaufte und umbaute, um einen zweiten Anlauf zu einem glücklicheren Leben zu nehmen. Die Enttäuschung durch seine Frau saß noch tief in ihm; sie machte ihn – auch bei mir, dachte Helen – vorsichtig und skeptisch gegenüber allen Frauen. Sein forsches

Auftreten sollte nur seine Komplexe verdecken. Als Psychologin sah man so etwas sofort . . .

Während Will Fisher in der Halle des »Titanic« den Rosenstrauß in eine große, bereitgestellte Kristallvase stellte und Helen eine aus dem Strauß genommene Rose kokett in ihr Haar steckte, schlenderte Dr. David Abraham Clark an den Schaufenstern der Ladenstraße innerhalb der Hotelhalle entlang und beobachtete die beiden durch die spiegelnden Scheiben.

Als sie die Bar betraten, folgte er ihnen nicht, sondern ging zu den Telefonzellen, betrat eine Kabine und wählte eine Nummer. Nur kurz sprach er mit dem anderen Teilnehmer, verließ dann die Kabine und suchte sich im Speisesaal »See-Palast« einen Tisch an der Wand, von dem aus er den Tisch beobachten konnte, der dort für Fisher reserviert war. Es gehörte keine Zauberei dazu, ihn zu finden: Der riesige Strauß gelber Rosen in der Kristallvase war bereits darauf abgestellt worden.

David Abraham wartete bei einem Campari-Orange, studierte die Speisekarte, die phantasievolle Namen für bekannte Gerichte enthielt – so hieß ein Wiener Schnitzel »Kalbsmelodie von Johann Strauß«, was einem Wiener fast das Herz gebrochen hätte – und ging dann zur Weinkarte über, in der unter anderem »Rheinisches Sonnentröpfchen« als deutscher Spitzenwein angeboten wurde.

Endlich erschienen Helen und Fisher, und Clark stellte bekümmert fest, daß Helen sich bei ihm eingehakt hatte. Sie lachte mit zurückgebogenem Kopf und schien sehr glücklich zu sein. Kaum saßen sie, umringten drei Kellner den Tisch. Mr. Fisher schien als potenter Gast bekannt zu sein.

Tatsächlich eröffnete Fisher sein Dinner mit einer Flasche Champagner als Apéritif, was David Abraham sehr verwunderte. Er läßt sich das was kosten, dachte er. Sein Spesenkonto muß in diesem Fall unbegrenzt sein. Das ist äußerst selten, aber es zeigt, wie hoch er Helen einschätzt.

Clark selber bestellte sich ein knappes Dinner mit einem kalifornischen Wein, was dazu führte, daß sein Tisch nur von einem Kellner bedient, ja, man darf sagen beachtet wurde. Hinzu kam seine schwarze Hautfarbe – auch heute ist es in den Südstaaten noch immer ein inneres, persönliches Problem, als Weißer einen Schwarzen zu bedienen und ihn mit Sir anzureden. Clark nahm es gelassen hin, er war damit aufgewachsen. Selbst wenn er auf offiziellen wissenschaftlichen Kongressen sein Namensschild am Revers trug: »Dr. D. A. Clark«, spürte er die Abneigung, ihn als vollgültigen, gleichberechtigten Menschen anzuerkennen.

»Heute ist eine Art Premiere für mich«, sagte Fisher, nachdem sie mit dem ersten Glas Champagner angestoßen hatten. »Gewissermaßen der erste Schritt hinaus in ein zweites Leben.«

»Das müssen Sie mir näher erklären, Blacky«, antwortete Helen und spürte ein noch stärkeres Herzklopfen. Solche Sprüche kannte sie – die meisten Männer schlichen sich umständlich und langatmig an das eigentliche Problem heran, das man doch mit so einfachen Worten erledigen konnte.

Will Fisher war jedoch anders. Er sagte ohne große Schnörkel: »Mein neues Haus ist seit heute soweit fertig, daß man es vorzeigen kann. Das Haus eines Menschen vielleicht – es fehlt der beseligende Atem der Frau. Das Flair des Weiblichen. Trotz allem glaube ich, daß es ein schönes Haus geworden ist.« Er sah Helen voll an, und sie bemühte sich, diesem Blick aus den schwarzen Augen mit größter Selbstbeherrschung standzuhalten. »Ich möchte Ihnen das Haus zeigen, Helen.«

»Wann?«

»Heute abend, nach diesem festlichen Essen.«

»Warum?«

»Das ist eine harte, eine brutale Frage.« Fisher holte tief Luft. »Seit ich Sie kenne, Helen, ist mein Leben lichter geworden. Mir ist klar, wie dumm es ist, zu Ihnen zu sagen: Ich liebe Sie, Helen ...« Fisher hob beide Hände. »Bitte, vergessen Sie das sofort wieder. Erst sollen Sie sehen, wie ich lebe, wer ich bin. Dann wissen Sie mehr über mich und können mich stehen lassen oder bei mir bleiben. Bisher ist doch alles nur ein Anfang. Ich weiß von Ihnen nicht mehr, als daß Sie Helen Morero heißen – schon ist das Ende des Weges erreicht. Wer sind Sie, was tun Sie, sind Sie selbständig oder angestellt, geschieden oder Witwe, und wie ist es möglich, daß ein so wundersames weibliches Wesen wie Sie allein durch diese Welt läuft...? Wenn Sie wüßten, wie sehr ich mich gedanklich mit Ihnen beschäftigt habe. Sogar heimlich nachfahren wollte ich Ihnen, nur um zu wissen, wo und wie Sie wohnen. Ich habe es dann doch nicht getan aus Angst, Sie könnten das bemerken.« Fisher beugte sich über den Tisch und ergriff Helens Hände: »Heute ist ein besonderer Tag. Mein Haus ist fertig, und ich wage es, Sie zu fragen: Wer sind Sie, Helen?«

An seinem Tisch hatte David Abraham nun endlich seinen kalifornischen Wein bekommen und war gar nicht beleidigt, daß ihn ein schwarzer Hilfskellner bediente.

»Sag mal, Bruder«, fragte er mit gedämpfter Stimme, »wer ist der Mann da drüben mit der blonden Frau? Ja. Der mit den gelben Rosen. Das smarte Lockenköpfchen...«

»Mr. Fisher«, antwortete der Hilfskellner sofort.

»Stammgast?«

»Nein. Kommt seit einer Woche zu uns. War plötzlich da. Kein Hotelgast. Hat für die Ferien vielleicht ein Haus gemietet... Warum?«

»Ich meine, ich kenne ihn«, sagte Clark nachdenklich.

»Sie sollten ihn mal danach fragen, Sir.«

»Eine geniale Idee, Bruder!« David Abraham grinste breit. »Ich behalte sie im Sinn.«

An Fishers Tisch wurde jetzt der erste Gang serviert: ausgelöster Hummer, überzogen mit einem Hummer-Johannisbeerschaum. Dr. Clark trank einen Schluck Wein und erinnerte sich daran, was bereits diese Vorspeise kostete; er hatte es auf der Karte gesehen. Wir sind schon arme Schweine, wir Gelehrten, dachte er. Also Fisher heißt er ... ein äußerst »seltener« Name wie Meyer, Miller oder Shultz. Wieviel Fisher mag es in Miami und Umgebung geben?

»Erzählen Sie mir von Ihrer Arbeit, Helen?« sagte Fisher in diesem Moment.

»Da ist wenig zu erzählen, Blacky ...«, antwortete sie.

»Was tun Sie? Sie weichen mir aus, Helen. Haben Sie kein Vertrauen zu mir?«

»Ich bin Ärztin«, sagte sie fest.

»Nein!« Fisher riß die glutschwarzen Augen auf. »Richtige Ärztin? Im weißen Kittel?«

»Ja. Im weißen Kittel.«

»Mit eigener Praxis? Oder in einer Klinik?«

»In einer Klinik mit sehr schwierigen Patienten.«

David Abraham stand von seinem Tisch auf, verließ den pompösen Speisesaal durch eine andere Tür und schloß sich wieder in eine der Telefonkabinen ein. Diesmal sprach er länger und drückte die Stirn gegen die Glastür, als aus dem Speisesaal Will Fisher kam und in der Herrentoilette verschwand. Dr. Clark lächelte schwach und blickte – er wußte nicht, warum – auf seine Armbanduhr.

Der Oberkellner servierte im Speisesaal den zweiten Gang, eine Trüffelsuppe unter der Haube à la Bocuse. Helen wollte mit dem Anstechen der Blätterteighaube warten, bis Will Fisher zurückkam ... aber er kam nicht. Eine Viertelstunde verging. Der Oberkellner strich aufgeregt in der Nähe des Tisches herum, denn eine kalte Trüffelsuppe wäre eine Beleidigung des Gaumens. Verzweifelt blickte er zur Tür, aber Mr. Fisher erschien nicht.

Nach zwanzig Minuten – Helen war völlig ratlos – trat der zweite Direktor an ihren Tisch, ein etwas bleicher, älterer Herr in einem schwarzen Anzug, und beugte sich zu ihr hinunter. Sein Mund zuckte, als stände er unter Strom.

»Madam – darf ich Sie bitten mitzukommen?« fragte er leise.

Helens Kopf zuckte hoch. David Abraham, der längst wieder an seinem Tisch saß, beobachtete die Szene voll Interesse. »Wieso denn? Wo ist denn Mr. Fisher?« fragte sie.

»Um Mr. Fisher handelt es sich.« Der zweite Direktor schluckte mehrmals. »Bitte, Madam, es ist uns peinlich genug ... und wir wollen jedes Aufsehen vermeiden ...«

»Wo ist Mr. Fisher?« fragte sie scharf. Der Direktor schloß kurz die Augen.

»Auf der Herrentoilette«, flüsterte er und seufzte dabei. »Bitte Haltung, Madam ... Er ist tot ... Ermordet ... Eben erst wurde er gefunden.«

Wie eine aufgezogene mechanische Puppe erhob sich Helen

und verließ an der Seite des Direktors den Speisesaal. Aber auch David Abraham ließ sein Dinner stehen.

5

Man ersparte es Helen Morero, den Toten anzusehen. Der Direktor führte sie in sein Büro, tupfte sich dort den Schweiß aus dem Gesicht und steckte sich mit zitternden Händen eine Zigarette an. Die Polizei mußte jeden Augenblick eintreffen, und der andere Direktor wartete an der riesigen gläsernen Drehtür der Eingangshalle, um die Herren anzuflehen, so diskret wie möglich zu sein. In den verschiedenen Sälen und Bars feierten an diesem Abend über 2000 Menschen, alle Zimmer waren belegt. Wenn sich die Nachricht vom Mord im Hotel ausbreitete, würde es – das wußte man sehr genau – Abreisen am laufenden Band geben.

»Das ist das vierte Mal!« stöhnte der zweite Direktor und ließ sich in seinen Ledersessel fallen. Beim Sprechen quoll ihm der Zigarettenqualm aus Mund und Nasenlöchern. »Aber immer auf den Zimmern. Einmal Eifersucht, einmal Raubmord, einmal Cosa nostra – aber noch nie auf der Toilette! Kannten Sie Mr. Fisher gut? War er heute abend besonders unruhig?«

Fragen, die eine halbe Stunde später amtlich wiederholt wurden. Der Leiter der Mordkommission, ein Lieutenant Baldini, ein noch junger Mann von ziemlich ungehobelter Art, saß Helen gegenüber, hatte die Beine auf einen Stuhl gelegt und sah keine Veranlassung, die Dinge rücksichtsvoll zu verkleiden. Er sagte ganz nüchtern:

»Mr. Fisher wurde in der Kabine Nummer 3 der Herrentoilette hingerichtet. Ich sage hingerichtet, weil es ein sauberer Genickschuß war, ausgeführt mit einer Pistole 9 mm mit Schalldämpfer. Den Schuß bekam er am Pinkelbecken, dann schleifte ihn der Mörder die zwei Meter weiter in die Kabine und warf die Tür zu. Entdeckt wurde Fisher nur deshalb so früh, weil unter der Tür ein dünner Blutbach in den Gang lief. Das fiel einem Mr. Renneman auf, der gerade seine Hose zuknöpfte. Er alarmierte die Toilettenfrau, die sofort die Tür aufschloß und dann in Ohnmacht fiel. Auch

Mr. Renneman hat einen Schock erlitten und wird gerade vom Hotelarzt behandelt. Er hat ein eisernes Alibi; während er pinkelte, war Fisher längst tot.« Der Beamte sah Helen freundlich, aber kühl an. »So ist die Lage, Mrs. Morero. Was sagen Sie dazu?«

»Nichts.« Helen hob die Schultern. »Was soll ich dazu sagen? Es ist schrecklich! Fürchterlich! Warum hat man Fisher erschossen ... hingerichtet, wie Sie es nennen? Hatte er Feinde?«

»Das eben wollen wir von Ihnen wissen.«

»Ich kenne Mr. Fisher seit ein paar Wochen. Heute war unser sechstes Treffen. Ein rein gesellschaftlicher Kontakt.«

»Sie standen ihm nicht näher?«

»Nein.«

»Kein Verhältnis mit ihm?«

»Nein!« sagte Helen laut.

Lieutenant Baldini schob die Unterlippe vor. Er sah nicht ein, warum man auf klare Fragen so erregt antworten mußte.

»Wir waren noch beim Sie.«

»Was wissen Sie über Mr. Fisher?«

»Nur sehr wenig. Nur das, was er mir erzählt hat. Immobilienmakler. Geschieden, weil ihm die Frau mit einem Architekten durchgegangen ist. Hat sich jetzt bei Miami ein Haus gekauft oder gebaut ... heute wollte er es mir zeigen, weil es nun fertig sei.«

»Und wo liegt das Haus?«

»Keine Ahnung. Er sagte immer nur ›Das Haus‹ – aber nie, wo es war.«

»Und was wissen Sie weiter?«

»Das ist alles.«

»Er hat nie viel von sich erzählt?«

»Nein. Nur von seinen Plänen. Meistens unterhielten wir uns über Kunst ... Theater, Oper, Konzert, Malerei ... davon verstand er sehr viel.«

»Und womit beschäftigen Sie sich?« fragte Baldini, ziemlich unzufrieden mit den mageren Auskünften.

»Ich bin Delphin-Psychologin.«

»*Was* sind Sie?« Baldini nahm seine Beine vom Stuhl.

»Ich habe Medizin studiert, und nach einem Umweg über die

Hirnforschung habe ich mit Zoologie und Tierpsychologie weitergemacht und mich auf Delphine spezialisiert.«

»Man soll nicht glauben, was es alles gibt!« rief Baldini und sah Helen mit unverhohlener Neugier an. »Legen sich die Delphine bei Ihnen auch auf die Couch? Mit welchen Problemen kommen sie zu Ihnen?«

»Sie sind für Ihren Beruf erstaunlich kindisch, Lieutenant!« sagte Helen erbost.

Baldini zog verschnupft den Kopf zurück und legte die Füße wieder auf den Stuhl. Ein Sergeant kam ins Büro und reichte ihm einen Zettel. Baldini überflog den Text und steckte ihn in die Tasche.

»Eine Kurzmeldung des Polizeiarztes«, sagte er. »Erschossen aus nächster Nähe. Rund um den Einschuß massive Pulverspuren. Fisher hat gar nicht gemerkt, daß er starb. Er stand friedlich am Becken, als der Mörder ihm den Genickschuß gab. Eine ausgesprochen seltene Mord-Variante. Aber sie beweist: Jemand hatte ein lebensgefährliches Interesse daran, daß Fisher von der Erde verschwindet. Aber Fisher hatte davon keine Ahnung, er wartete auf keinen Mörder, er rechnete mit keinem Mörder, er war völlig ahnungslos. Er hatte Sie, Mrs. Morero, heute zu einem grandiosen Dinner eingeladen und wollte Ihnen anschließend sein neues Haus zeigen. Vielleicht sollte das eine Vertiefung der Beziehungen einleiten ...«

»Vielleicht«, antwortete Helen abweisend.

»So benimmt sich niemand, dem der Tod buchstäblich im Nacken sitzt.« Baldini war von ungebremster Roheit. »Entweder war die ganze Sache ein Irrtum, man hat den Falschen hingerichtet, weil er von hinten so aussah wie das echte Opfer – oder Mr. Fisher war ein hervorragender Schauspieler, und Sie, Mrs. Morero, haben das nicht erkannt. Eigentlich erstaunlich bei einer Psychologin.«

»Mr. Fisher war heute fröhlich wie immer«, sagte Helen gepreßt. »Vielleicht ist es tatsächlich ein Irrtum gewesen ... mein Gott!«

»Erzählen Sie uns, wie Sie Fisher kennengelernt haben.« Baldini nickte, als man ihm ein Glas Gin Tonic vorsetzte, prostete Helen zu und trank es mit einem Zug aus.

Helen berichtete von dem Autozusammenstoß vor dem Supermarkt, dem Versöhnungstrunk und der ersten Einladung zur Sammy Davis jr.-Show. »Und so ging es dann weiter«, sagte sie. »Mr. Fisher war ein sehr sympathischer Mann. Nie aufdringlich, immer Gentleman, einfach tadellos. – Ich kann das alles nicht begreifen, Lieutenant.«

»Besteht noch eine andere Verbindung?« fragte Baldini.

Helen sah ihn ratlos an.

»Was heißt das?«

»Hatte jemand Grund, auf Fisher eifersüchtig zu sein?«

»Nein.«

»Sie leben allein?«

»Ja. Mit einer Forschergruppe bei den Delphinen.«

»Die guten, klugen Tiere.« Baldini grinste. »Das halten wir als sicher fest. Ein Delphin war's nicht.«

»Ein verflucht makabrer Witz«, sagte Helen böse.

»Ich werde mir erlauben, nachher Ihre persönliche Umwelt anzusehen.«

»Gern.« Helen lächelte schwach. »Wenn Sie einen Passierschein des Pentagon vorzeigen, dürfen Sie herein.«

»Das war jetzt ein fader Witz von Ihnen, Mrs. Morero . . .«

»Durchaus nicht. Ohne einen Schein vom Pentagon oder vom Marine-Oberkommando kommt niemand zu uns herein. Auch die Polizei nicht. Würden Sie gewaltsam eindringen, wäre Ihre Polizeikarriere beendet, Lieutenant.«

Baldini schwieg, sah Helen nachdenklich an und winkte dann den beiden Direktoren und den anderen Polizisten zu. »Ich möchte mit Dr. Morero allein sprechen«, sagte er mit merkwürdiger Höflichkeit in der Stimme. Dann wartete er, bis alle das Büro verlassen hatten, kontrollierte auf dem Schreibtisch, ob nicht irgendwo ein Tonband lief oder ein Mikrophon eingeschaltet war, und kam dann zu Helen zurück. »Sie arbeiten an einem Geheimauftrag?«

»Top secret, Lieutenant. Uns gibt es offiziell nicht. – Das muß genügen. Mehr dürfen auch Sie nicht wissen.«

»Aber Mr. Fisher wußte es?«

»Nein.«

»Er ahnte auch nichts?«

»Es ist nie ein Wort über meinen Beruf gefallen.«

»Wäre es möglich, daß er Ihre Arbeit doch kannte?«

»Nein! Woher?« Helen starrte Baldini an. »Ich weiß, worauf Sie hinauswollen. Sie vermuten, es sei vielleicht ein Agentenmord gewesen. Fisher ein Opfer des Geheimdienstkrieges . . .« Sie schüttelte den Kopf. »Ich glaube das nicht.«

»Sie glauben nur. Dieser Tote aber verlangt von uns Wissen. Verdammt, das sieht jetzt ganz anders aus! Das wird brühheiß für mich, Mrs. Morero. Da kommen jetzt die Burschen vom CIA und FBI hinzu. Ich muß das melden. Wissen Sie, was das bedeutet? *Sie* sind der Anlaß der Hinrichtung! Wird das einen Rummel geben!«

»Es . . . es sind doch alles nur Vermutungen«, stotterte Helen. Sie war sehr bleich geworden. Rawlings' Worte fielen ihr ein: Du kannst nicht mit nach San Diego. Wir werden automatisch in das Blickfeld der Spionage kommen, und niemand ist dann gefährdeter als eine Frau! Du bleibst in Biscayne Bay . . . Aber Fisher hatte doch wirklich keine Ahnung gehabt.

»Können Sie beweisen, daß Fisher kein Agent war?« Baldini griff zum Telefon und suchte dabei in einem zerfledderten Notizbuch eine Nummer. »Der harmlose Bums mit der Stoßstange erscheint jetzt in einem ganz neuen Licht. Das war eine gewollte Kontaktaufnahme. Uralte, aber immer noch wirksame Methode, wie es sich auch hier zeigt. Diesen Fisher werden wir jetzt auseinanderschütteln und wieder zusammensetzen wie ein Puzzle! – Ja?« Baldini beugte sich über das Telefon. »CIA, Miami? Major Kenneth? Hier Baldini, Mordkommission. Es gibt Unruhe, Major. Genickschuß. Sieht nach Agenten-Liquidation aus. Tut mir leid, Sie vom Playboy-Magazin wegzuholen . . . Natürlich warte ich am Tatort. Titanic-Palast. Herrentoilette neben dem Speisesaal ›See-Palast‹. – Nein, ich mache keine dämlichen Witze, Major. Zur Abwechslung wird mal einer aus Ihrem Kriegsschauplatz an der Pinkelrinne erschossen . . .« Baldini legte auf und lächelte Helen um Verzeihung bittend zu. »Die Jungs vom CIA sind rüde Burschen.«

»Die Leute von der Kriminalpolizei nicht weniger.«

»Unser täglicher Umgang, das färbt ab.«

»Und was wird nun aus mir?«

»Wir warten ab, welche Ideen das CIA hat ... Dürfen die auch nicht in Ihre Festung hinein?«

»Nur mit Erlaubnis der Admiralität.«

»Eigentlich haben wir da jetzt – theoretisch – eine logische Entwicklung: Ein unbekannter Mr. Fisher macht die Bekanntschaft der so geheimen Dr. Morero und bekommt prompt einen Genickschuß. Absolute Profiarbeit, mit Schalldämpfer.« Baldini legte seine Hand auf Helens plötzlich bebende Schulter: »Jetzt keinen Schock, Doktor. Sie haben sich bisher tapfer gehalten! Und noch etwas: Sie haben verdammt großes Glück gehabt. Sie waren im Begriff, sich in Fisher zu verlieben ...«

»Ja«, sagte Helen ehrlich. Ihre Stimme schwankte deutlich. »Ich fühlte mich glücklich in Fishers Gegenwart. Und ich wollte mich auch nicht mehr wehren gegen dieses Gefühl.« Sie sah fast flehend zu Baldini hoch. »Fisher war kein Agent, nie war er es! Er wollte mir seinen Immobilienhandel zeigen ...«

»Es sind Spione enttarnt worden, die waren Bäckermeister, Schornsteinfeger, Gärtner oder biedere Buchhalter. Immobilien ist immer gut – da kommt man viel herum, ohne daß es auffällt.«

»Für Sie ist der Fall also schon klar?« sagte Helen bitter.

»Fast! Mir fehlt nur der Mörder. Aus welcher Ecke kommt er? Für wen arbeitet er? Das wird das CIA herausfinden, wenn wir Fisher durchleuchtet haben. Dann wissen wir auch, wer sich für *Sie* interessiert.« Baldini sah Helen halb mitleidig an. »Ihr fröhliches Leben, Mrs. Morero, wird von jetzt an vorbei sein, fürchte ich.«

»Was verstehen Sie denn unter fröhlichem Leben?«

»Ich meinte es allgemein. Die Geheimdienste interessieren sich für Sie, da hört jede Gemütlichkeit auf.«

Zusammen mit vier Offizieren des CIA in Zivil trat noch jemand ins Zimmer der Hoteldirektion, den Helen hier nie erwartet hätte und der ihr jetzt großen Schutz und Halt bedeutete: Dr. Clark.

»David!« rief sie und sprang auf. »Wo kommst du denn her? Mein Gott, ist das gut! Ich bin völlig durcheinander ...«

Baldini starrte den großen Neger an, dann die vier Offiziere vom

CIA und schob sich zwischen Helen und David Abraham, bevor sich Helen hilfesuchend an ihn werfen konnte.

»Wer sind denn Sie?« rief Baldini. »Wer hat Sie hier vorgelassen? Machen die da draußen ein Nickerchen?«

»Das ist Dr. Clark!« rief Helen. »Ein Kollege.«

»David Abraham Clark.« Clark griff in die Tasche und holte seinen Paß heraus. Aber Baldini nahm ihn gar nicht an.

»Auch Psychiater für Delphine?«

»So ähnlich.« Clark grinste und blickte über Baldinis Schultern hinweg auf Helen. »Welch ein glücklicher Zufall. Ich komme ins Titanic, um zu tanzen, und da höre ich, was man hier flüstert...«

»Wer hat hier geflüstert?« schrie Baldini. »Kein Ton sollte herauskommen!«

»Glauben Sie wirklich, man nimmt es ruhig hin, wenn die Herrentoilette von Cops bewacht wird?« Clark lächelte dem Lieutenant ins wütende Gesicht. »Und dann kommt der Polizeiarzt vom Lokus mit seiner berühmten Einsatztasche. Die Cops schweigen eisern. Da kann doch keiner glauben, daß irgendwer an einem Furz explodiert ist. Jemand, der mich hier kennt, raunt mir also zu: Da drin soll einer liegen. Und eine blonde Schönheit, Morero soll sie heißen, ist darin verwickelt. – Da bin ich los wie ein Sprinter nach dem Startschuß... Helen, das ist ja schrecklich!«

»Und man läßt Sie einfach hier herein?« brüllte Baldini noch lauter.

»Ich habe ihn mitgenommen.« Einer der CIA-Offiziere winkte ab, als Baldini heftig herumfuhr. »Dr. Clark hat mir ganz schnell die Zusammenhänge erklärt. Ich hielt es für nützlich, ihn mitzunehmen. Es scheint so, als bekämen wir eine Menge Arbeit.«

Nach zwei Stunden durfte Helen endlich nach Hause fahren. Dr. Clark begleitete sie. Er ließ seinen Wagen am Hotel und lenkte Helens Rabbit. »Das fehlte noch, daß du jetzt vor lauter Aufregung gegen eine Mauer fährst«, hatte er gesagt und ihr die Autoschlüssel abgenommen. »Und bevor du ins Bett gehst, bekommst du noch eine Beruhigungsinjektion.«

»Nein! Wozu denn? Ich bin völlig ruhig! Daß Fisher ein Agent gewesen sein soll, ist absoluter Blödsinn. Aber da sieht man mal wieder, wie hervorragend man mit Logik einen dicken Fall konstruieren kann. Es paßt alles zueinander, und doch stimmt nichts.«

Noch ein letztes Mal begegnete sie Fisher: Über einen Hinterhof trug man den gewölbten Zinksarg aus dem Hotel und fuhr ihn zur Gerichtsmedizin nach Miami. Schaudernd drängte sich Helen an Dr. Clark, und David Abraham, der große schwarze Kollege, legte schützend seine langen Arme um sie.

Die vier CIA-Offiziere und Lieutenant Baldini standen noch immer am Tatort, der Herrentoilette, wo man jetzt alles, was eine Spur sein konnte, gesichert hatte.

»Der Täter muß mit einer unheimlichen Schnelligkeit gearbeitet haben«, meinte einer der Offiziere. »Jeden Augenblick konnte doch ein anderer Gast in die Toilette kommen.«

»Ein Glück, daß keiner kam, sonst hätten wir jetzt vielleicht zwei oder drei Tote herumliegen.« Baldini lehnte sich gegen die Kachelwand. »Das Ganze geschah wirklich blitzschnell und lautlos, eben mit Schalldämpfer. Und keiner hat in der fraglichen Zeit einen Mann aus der Toilette kommen sehen. Es ist zum Kotzen! Sonst rennen die Kerle, die Hand schon an der Hose, scharenweise zum Lokus. Heute, bei diesem Betrieb im Hotel – nichts! Uns kann nur noch Fishers bisheriges Leben Hinweise geben.«

Vorsichtig, als sei Helen schwer krank, fuhr Dr. Clark sie nach Biscayne Bay. Die Bungalows lagen dunkel in dem weiten Park, kein Licht brannte. Um diese Zeit schlief jeder. Sogar Finley, der bis nach Mitternacht auf Helen wartete, hatte resigniert und sich hingelegt. Rawlings hatte angerufen, daß er erst am nächsten Mittag aus Fort Lauderdale zurückkehren könne.

»Soll ich bei dir bleiben, bis du eingeschlafen bist?« fragte David Abraham, als sie endlich bei Helens Bungalow waren.

»Aber nein!« Sie lächelte schwach. »Ich bin doch kein Baby.«

»Im Augenblick bist du noch nicht mal das. Ich weiß, wie du innerlich zitterst. Ein Toter gehört ja nicht zum normalen Tagesablauf.«

»Ich will keine Spritze! Ich schlafe auch so.«

»Dann solltest du jetzt einen Doppeldecker trinken!«

»Gute Idee.« Helen ging zu ihrer kleinen Hausbar, goß zwei Gläser voll Whiskey und schüttelte sich, als sie einen langen Schluck genommen hatte. Dr. Clark nickte.

»Noch so einen, dann ist er weg – und du wirst ruhiger werden.« Er ging zur Tür und drehte sich dort noch einmal um: »Wenn du mich brauchst, ruf mich an. Ich flitze sofort um die Ecke.«

»Danke, David.« Sie lächelte krampfhaft, warf ihm einen Kuß zu und verriegelte dann hinter ihm die Haustür. Es war das erste Mal, daß sie in Biscayne Bay ihre Tür verschloß, und sie tat es jetzt automatisch, ohne sagen zu können, warum. Es war keine Angst in ihr, aber das merkwürdige Gefühl, ab sofort nicht mehr allein zu sein. Es war einfach unerklärlich.

David Abraham betrat seinen Bungalow, warf die Tür zu, ging hinüber zu einem Raum, den er sich als Labor eingerichtet hatte, drückte die Tür des Schrankes auf, auf dem »GIFT« stand und ein Totenkopf drohte, und nahm aus seiner Tasche eine Pistole, Modell Smith & Wesson, Kaliber 9 mm, mit abgeschraubtem Schalldämpfer. Er legte die Waffe hinter einigen Flaschen mit trüber Flüssigkeit ab und verschloß den Schrank dann.

Die Zufälle im Leben sind manchmal wirklich erstaunlich, ja unglaublich.

Finley hatte unruhig geschlafen, war muffelig aufgestanden und hatte auch unter der kalten Dusche nicht das Gefühl gewonnen, mit großer Frische in den neuen Tag zu gehen. Er trank zwei Tassen starken Kaffee, mümmelte ein mit dem Brotröster aufgewärmtes Brötchen mit Ananasmarmelade hinunter und schlenderte dann hinüber zum Bassin, um seinen neuen Freund John zu begrüßen.

Auf halbem Wege fing ihn Dr. Clark ab. Er hatte auf Finley gewartet und erhob sich jetzt von einer weißlackierten Materialkiste. Finley zeigte mit dem Daumen mißmutig über seine Schulter: »Helen schläft noch, was? Oder ist sie sogar in Miami bei ihrem Liebling geblieben? Bis nach Mitternacht habe ich gewartet. Hast du sie erwischt? Was ist das für ein Kerl, der ihr den Kopf verdreht? Hast du ihn gesehen?«

»Er ist jetzt völlig harmlos«, sagte Clark dunkel. »Er spielt keine Rolle mehr.«

»Es hat Krach gegeben?« rief Finley und spürte plötzlich wohltuend die Morgenfrische.

»Wie man's nimmt.« Clark sah an Finley vorbei aufs Meer hinaus. »Er ist tot.«

»Tot?« Finley riß die Augen auf, aber sein Entsetzen hinderte ihn nicht zu bemerken: »So groß sollte dein Freundschaftsdienst nicht sein, Abraham.«

»Er wurde erschossen.« Clarks Stimme klang völlig ruhig und nüchtern. »Deshalb habe ich auf dich gewartet. Laß bitte heute morgen alle dummen Bemerkungen gegenüber Helen. Sie ist mit den Nerven fertig.«

Finley setzte sich erschüttert auf die Kiste, auf der Clark vorher gesessen hatte, und wischte sich verstört über das Gesicht. »Das arme Mädchen«, sagte er. »In ihrer Gegenwart?«

»Nein. Auf der Toilette.«

»Schrecklich. Weiß man schon, wer es war? Und vor allem – warum?«

»Das CIA ist eingeschaltet worden«, sagte Dr. Clark. Ein Satz, der keine weiteren Erklärungen mehr brauchte. Dr. Finley zerwühlte jetzt mit beiden Händen seine Haare.

»Auch das noch! Der Kerl war auf Helen angesetzt?«

»Noch sind es nur Vermutungen. Mr. Fisher – so nannte er sich – wird jetzt überprüft. Vielleicht ist es nur eine Mafiosi-Auseinandersetzung und völlig harmlos.«

»Harmlos! Ein Toter? Ein Mord! Du hast Nerven, Abraham . . .«

»Harmlos für uns, James.« Dr. Clark setzte sich neben Finley, der etwas zur Seite rückte. »Stell dir vor: Ich saß ungefähr zehn Meter von Helen entfernt an einem Tisch, als es passierte. Fisher ging raus und kam nicht wieder, und dann holte der Direktor Helen weg. Ich habe dann in der Halle gewartet, bis das CIA kam, und habe Helen nach Stunden aus dem Verhör wegholen können. Sie kann das alles nicht begreifen . . . wer kann das auch?!«

»Und wenn dieser Fisher wirklich ein Agent war, Abraham?«

»Dann gibt es auf höchster Ebene eine undichte Stelle. Wer weiß von unseren Versuchen? Nicht mal zwei Handvoll Menschen. Leicht überblickbar. Und trotzdem ist etwas herausgekommen.« Clark legte den Kopf weit in den Nacken und starrte in den sonnenüberfluteten Morgenhimmel. »Das wird noch ein dicker Hund, James! Fisher war nur der Anfang.«

»Aber da muß es doch jemanden von der Gegenseite geben, der Fisher unschädlich gemacht hat. *Wer* ist die Gegenseite? Das CIA nicht, wie es scheint. Wo sitzt die andere Seite?«

»Diese Frage werden sich auch einige andere Leute stellen, James.« Clark stand auf. Von ihrem Bungalow kam Helen herüber. »Da ist sie. James, du weißt von nichts. Wenn sie dir nichts selbst erzählt, bist du völlig ahnungslos.«

»Ich werde mir Mühe geben. Danke, David Abraham ...«

Finley erhob sich auch, ging zum Bassin und winkte John zu, der ihn mit einem trompetenähnlichen Freudenlaut begrüßte. Er verstummte aber sofort und tauchte weg, als Helen in sein Blickfeld kam. Finley drehte sich um.

»Tut mir leid«, sagte er und versuchte sein jungenhaftes Lächeln. »Aber mit dir ist er noch böse. Guten Morgen, Helen.«

Helen sah erstaunlich ausgeschlafen aus, aber das war wohl nur das Make up, das sie sich aufs Gesicht gestrichen hatte. An ihren Augen jedenfalls sah man, wie innerlich erschöpft sie war. Sie warf einen langen Blick auf Dr. Clark, der zum Computerhaus schlenderte, wo mikroskopische Hirnschnitte verstorbener Delphine ausgewertet wurden.

»Hat er es dir schon erzählt?« fragte sie.

»Abraham erzählt immer eine ganze Menge«, antwortete Finley ausweichend. »An welches Thema denkst du?«

»Von mir.«

»Über dich haben wir nicht gesprochen. Warum? Dich haben wir ja in natura.«

»Ist Rawlings noch nicht auf?«

»Steve bleibt bis heute mittag in Fort Lauderdale. Hat gestern abend, als du in Miami warst, angerufen.« Finley tat besorgt. »Ist etwas Besonderes, Helen?«

»Fisher ist tot.«

»Wer ist Fisher?« fragte Finley, tapfer den Unwissenden spielend.

»Mein Bekannter aus Miami.«

»Mein Beileid, Helen.«

»Erschossen...«

»Du meine Güte! Und da bist du so ruhig?«

»Ich hatte Zeit genug, mich daran zu gewöhnen, James. Ich war ja dabei.«

»Du warst...« Finley fiel es nicht schwer, den Entsetzten zu spielen. »Fürchterlich! Wie war das denn möglich?«

Sie gingen zu einer Sitzgruppe unter einem Sonnenschirm, und Helen erzählte Finley, wie sie die schrecklichen Stunden erlebt hatte. Es deckte sich alles mit Clarks Bericht, nur kleidete Helen, was Abraham schon als Tatsache hingestellt hatte, in eine Frage: »Glaubst du, daß Fisher ein Spion war?«

»Wer kann das jetzt schon sagen? Das wird die Untersuchung ergeben.«

»Und – wenn er es war?«

»Dann wirst du von sofort an nicht mehr allein sein, Helen, das verspreche ich dir. Mich hast du dann immer im Schlepptau – oder Steve oder David Abraham... Mein Gott, ich habe so etwas geahnt...«

»*Was* hast du, James?« Sie starrte ihn entgeistert an.

»Durch den geplanten Umzug nach San Diego wissen schon zu viele Leute von uns. Bisher waren wir kaum interessant für die Geheimdienste. Mit Delphinen wissen sie nicht viel anzufangen. Aber wenn sie jetzt erfahren, wie wir abgeschirmt werden, als entstünden hier neue Atomsprengköpfe, dann reizt sie das natürlich, uns unter die Lupe zu nehmen. Und falls sie gar einen Wink bekommen, die Amerikaner seien dabei, die gesamte Unterwassertechnik zu überlisten – dann allerdings...«

»Was dann, James?«

»Dann leben wir auf einem Pulverfaß, dessen Lunte woanders angezündet wird.«

»Und ich... ich bin voll in die Falle gelaufen...« Sie lehnte sich gegen Finley, als müsse sie an ihm Halt suchen. »Sag ehrlich, James ... ich habe mich selten dumm benommen ...«

»Nicht dumm, Helen. Du warst nur plötzlich wie ein junges Collegemädchen, das seinen ersten Boy kennenlernt ...«

»Dämlich, was?«

»Nicht zu halten!« Finley legte den Arm um ihre Schulter. Es war das erste Mal, und es war ein unbeschreibliches Gefühl. »War dieser Fisher das wert?«

»Er sah blendend aus.«

»Andere sehen auch gut aus.«

»Er hatte Manieren. Ein wirklicher Gentleman. Jeder andere hätte schon beim zweitenmal versucht, zum Sturm anzusetzen. Wir trafen uns sechsmal, und wir waren noch beim Sie ...«

»Ein ganz raffinierter Hund!« Finley streichelte Helen übers Haar und wünschte sich, daß jetzt die Zeit stillstehen möge. Bin ich anders? dachte er. Jetzt benehme *ich* mich wie ein Collegeboy, der sein Girl zum erstenmal in den Arm nehmen darf. Da erforschen wir die Hirnleistungen der Delphine und sind selbst total verklemmte Typen. »Du hast ihn geliebt?«

»Ich war nahe daran.« Helen atmete tief durch. »Aber jetzt ist's vorbei. James ...«

»Ja, Helen?«

»Du bist ein verdammt lieber Kerl.«

»Danke.« Finley verzog sein Gesicht. »Das ist viel und doch sehr wenig. Zum Schulterklopfen reicht's.«

Sie ging darauf nicht ein, erhob sich und trat an den Bassinrand. John, der ungeduldig auf Finley wartete, tauchte bei ihrem Anblick sofort weg und ignorierte sie. Unter Wasser schwamm er zum anderen Ende des Beckens. Helen steckte die Hände in ihren Bademantel. Finley, der neben sie trat, schwieg diskret.

»Ich glaube, ich habe viel gutzumachen und zu ändern«, sagte sie leise. »Bekomme ich John wieder?«

»Das muß Steve entscheiden. Ich glaube aber, es geht nicht. John und ich haben Großes miteinander vor. Eine wirkliche Überraschung.« Finley lachte etwas gekünstelt. »Aber ich kann mit John sprechen, daß er sich dir gegenüber anständig benehmen soll ...«

An diesem Vormittag lief das übliche Trainingsprogramm im Bassin ab. Finley und John fuhren wieder allein hinaus aufs Meer, und John bewies, daß er das Orten sogenannter »toter Gegenstände« wirklich konnte und daß sein Erfolg bei den Klippen kein Zufall gewesen war.

Am Nachmittag, fast zur gleichen Zeit, in der Rawlings aus Fort Lauderdale zurückkam, erschienen in Biscayne Bay zwei Offiziere des CIA. Der Pförtner telefonierte mit Rawlings, der gerade auspackte.

»Ich komme sofort!«

Die Herren vom CIA zeigten ihm ein Fernschreiben des Marine-Oberkommandos, gegengezeichnet vom Kommandeur der Marine-Basis Miami. Danach durften sie das Forschungsobjekt Biscayne Bay betreten, allerdings nur in Begleitung des Objektleiters Dr. Rawlings.

Betroffen hörte sich Rawlings an, was in seiner Abwesenheit geschehen war, und rief dann Helen und Dr. Clark in sein Office. Natürlich kam auch Finley mit. Rawlings blickte ihn groß an, verzichtete aber darauf, ihm zu sagen, daß er nicht gerufen worden sei.

Die beiden Offiziere – einen kannte Dr. Clark vom Titanic-Palast her – hielten sich nicht lange mit Vorreden auf. Der ältere von ihnen, ein Major Humphrey, sprach, während der andere ihm die Unterlagen aus einer roten Mappe zuschob. Dr. Clark lehnte mit verschränkten Armen an der Wand. Helen und Finley saßen am Tisch. Dr. Rawlings spielte nervös mit einem langen Bleistift.

»Fangen wir bei der Obduktion an«, sagte Major Humphrey und betrachtete einige Polaroidfotos, die in der Mappe lagen. »Fisher wurde durch einen Genickschuß aus nächster Nähe getötet. Die Waffe ist eine Smith & Wesson-9-mm-Pistole mit aufgesetztem Schalldämpfer. Fisher war sofort tot. Die Schnelligkeit, mit der man ihn erschoß und dann in die Kabine schleifte, beweist, daß hier ein kaltblütiger Profi am Werk war. Er hat die einmalige Situation sofort erfaßt und ausgenutzt und arbeitete präzise wie eine Maschine. Auffallende Hinweise sind nicht vorhanden. Der Tascheninhalt von Fisher war normal: Schlüssel, Führerschein,

Kreditkarten – alles auf den Namen Will Fisher. Ein Ledermäppchen mit 500 Dollar in bar. Vierzehn Dollar Kleingeld in der Jackentasche. Ein Zigarrenabschneider aus Gold. Ein Taschenmesser mit verschiedenen kombinierten Werkzeugen – Schraubenzieher, Stichel, Schere, Feilen und ähnliches – Schweizer Fabrikat. Eine Uhr japanischen Ursprungs und ein goldener Kugelschreiber. Keine Waffe.«

Major Humphrey blätterte in anderen Papieren und warf einen schnellen Blick auf Holon und Dr. Rawlings.

»Das waren die Ermittlungen der Polizei. Unser neuer Computer beim CIA für die Fotoanalyse – er entlarvt die dargestellten Personen, indem er sie mit veränderter Brille, mit oder ohne Bart darstellt und auf diese Weise Vergleiche ermöglicht – hatte innerhalb von neunzehn Minuten das Ergebnis auf dem Bildschirm: Haare gefärbt – sie waren früher hellbraun und ohne Locken –, Augenfarbe durch Haftschalen verändert – sie war von Natur braungrün. Der Beweis wurde bei der Obduktion erbracht. Ergebnis: Der Mann hieß gar nicht Fisher, sondern Konstantin Jaschenko, und war ein in Amerika geborener Sohn russischer Einwanderer.«

»O mein Gott!« sagte Helen leise.

»Jaschenko stand in den Listen des CIA, weil er im Vietnamkrieg zu den Vietkong übergelaufen war, aber bei einem Gegenstoß unserer Truppen dummerweise ›befreit‹ wurde. Ihm war ein Überlaufen nicht schlüssig nachzuweisen; er behauptete, von einem roten Kommandotrupp überrumpelt worden zu sein. Aber er kam in unsere Kartei. Beruf Immobilienmakler stimmt: Als ›Fisher‹ hatte er sich eine kleine Firma aufgebaut, aber sie brachte nie so viel ein, daß er sich dieses Haus bei Miami, dieses Leben und vor allem eine Jacht leisten konnte.«

»Er hatte eine Jacht? Davon hat er nie etwas erzählt!« sagte Helen.

»Das Schiff wird gerade untersucht.« Major Humphrey klappte die rote Mappe zu. Nachdenklich sah er Helen an. »Unabhängig von dem, was wir vielleicht noch finden werden: Das bisher Entdeckte reicht bereits aus. Fisher war Jaschenko, und Ihre Bekanntschaft mit ihm, Dr. Morero, war ganz sicherlich kein Zufall. Jaschenko handelte in einem Auftrag. Es gehört keine große Phantasie dazu, um zu erraten, wer hinter diesem Auftrag steht. Und das nun kompliziert den ganzen, sonst so klaren Fall: Wer hatte ein Interesse daran, Jaschenko zu liquidieren? Die Art seiner Hinrichtung läßt vermuten, daß der Mörder aus dem Osten kam – aber für die dort drüben arbeitete das Opfer ja! Das ist unser Rätsel. Nun müssen Sie uns helfen, Dr. Morero.«

»Ich?« Helen sah sich hilfesuchend um. »Ich habe doch von all dem keine Ahnung.«

»Denken Sie intensiv nach. Hat Fisher irgendwann in einem Gespräch Namen genannt? Von Freunden, Bekannten, Geschäftspartnern?«

»Nein. Nur seine Frau erwähnte er und den Architekten, mit dem sie durchgebrannt ist.«

»Jaschenko war nie verheiratet«, sagte Major Humphrey ungerührt.

Helen senkte den Kopf. Nun war ihr völlig klar, wie sie belogen und eingefangen worden war. Gerade die Tragödie mit der Frau hatte sie Blacky geglaubt – aber auch Blacky stimmte ja nicht. Das Haar war schwarz gefärbt, die Locken waren künstlich. Gleich heule ich los, dachte sie, und das kann mir keiner übelnehmen.

»Erinnern Sie sich weiter . . .«

»Da ist nichts mehr«, sagte Helen kläglich. »Gar nichts! Er . . . er wollte von der Vergangenheit nichts mehr wissen, wollte neu anfangen nach dem Schock mit seiner Frau . . . Oh, welch ein Schuft!«

Humphrey warf einen Blick zu Dr. Rawlings. Der schüttelte ganz kurz den Kopf. Sie weiß wirklich nichts, sie ist ahnungslos da hineingetappt, hieß das.

»Wir nehmen an«, sagte Major Humphrey und lehnte sich zurück, »daß mit Jaschenkos Tod die Sache nicht erledigt ist, sondern im Gegenteil erst anfängt. Seine Hinrichtung bringt alle Geheimdienste auf den Plan. Jeder wird sich fragen: Was verbirgt sich da hinter der Tarnbezeichnung Delphin, wenn die Sache so heiß ist, daß man tötet? Hier hat der Täter einen groben Fehler begangen: Statt die Spur zu löschen, hat er eine hervorragende Spur gelegt – zu Ihnen, Dr. Morero, und zu jedem von Ihnen, meine Herren! Die Admiralität ist alarmiert; man fragt sich, wie man Sie wirksam schützen kann. Hier hört unser Wissen auf.« Humphrey hob die Schultern. »Man hat uns nicht gesagt, was hinter dem Stichwort Delphin steht.«

»Das ist auch nicht nötig.« Dr. Rawlings warf seinen Bleistift, den er untermüdlich zwischen den Fingern gedreht hatte, auf den Tisch. »Wichtig ist zu wissen, daß wir jetzt mit der ganzen Mannschaft ins Schußfeld des ›dunklen Krieges‹ geraten sind. Das mußte einmal kommen – nur kommt es mir zu früh.« Rawlings beugte sich zu Humphrey vor: »Sonst hat die Admiralität nichts gesagt?«

»Nein.«

»Das wundert mich.« Rawlings legte die Hände aneinander. »Über das wirkliche Projekt Delphin sind nicht mehr als fünfzehn hohe Militärs und der Präsident der Vereinigten Staaten selbst orientiert. Da muß also irgendwo ein Loch sein. Das wäre eine Aufgabe für das CIA ...«

»Lieber sitze ich mit dem Hintern auf einem Lagerfeuer«, sagte Major Humphrey, »als diesen Gedanken von Ihnen aufzunehmen.«

»Dann geben Sie ihn weiter zum Chef.«

»Der wird eine Gänsehaut bekommen. Wissen Sie, was Sie da aussprechen, Dr. Rawlings?«

»An diesem Projekt könnten Tausende von Menschenleben hängen, Major. Wenn Ihnen die Vorgesetztenangst auf den Magen schlägt – ich habe sie nicht! Mich halten keine goldenen Ärmelstreifen ab, einen Verdacht zu äußern.« Rawlings erhob sich, auch Humphrey sprang auf. Die Situation hatte sich völlig verändert. Das CIA war als Ermittlungsbehörde gekommen und ging mit einer Anklage im Nacken. Humphrey fühlte sich sehr unwohl. »Ich weiß jedenfalls, was ich jetzt tue!«

»Sich abschotten und die Augen aufhalten ...«

»Das reicht nicht.« Rawlings schüttelte den Kopf. »Dieser unbekannte Täter macht mir Sorgen, denn Jaschenko-Fishers Tod war völlig sinnlos. Man liquidiert doch nicht den eigenen Mann nahe vor dem Ziel!«

»Hier sind wir auch ratlos«, sagte Major Humphrey ehrlich. Mit mürrischer Miene verließ er Biscayne Bay und fuhr nach Miami zurück. In seinem Kopf aber blieb wie ein Bleiklotz die schreckliche Tatsache haften: Von dem Projekt wissen nur fünfzehn höchste Offiziere, und einer von ihnen hält nicht dicht! – O du große Scheiße, wenn das auffliegt...

»Was nun?« fragte als erster Dr. Clark, als die CIA-Leute abgefahren waren. »Müssen wir jetzt Panzerwesten tragen?«

»Nicht unbedingt.« Rawlings war sehr ernst. »Jeder muß auf sich aufpassen, und wir alle zusammen passen auf Helen auf. In den nächsten Wochen wird Ruhe sein, aber dann wird man sich wieder an uns heranschleichen. Nur sind wir dann in San Diego – und schutzloser als hier. Helen, ich muß es jetzt sagen: Du kannst nicht mitkommen. Du mußt aus der Sache raus sein, bevor sie richtig gefährlich wird.«

Jetzt endlich weinte Helen und drückte ihr Gesicht an Finleys Brust.

6

Es gehörte zu den bemerkenswertesten Eigenschaften von Marine-Attaché Oberst Ischlinski, sich nur über nichtige Dinge gewaltig aufzuregen. Wurde jedoch irgend etwas tatsächlich so ernst, daß jeder andere sich die Haare gerauft hätte – dann versank Jurij Valentinowitsch in immer größere Ruhe.

Er hatte das ein paarmal bewiesen, als er beim unsichtbaren Kampf gegen den CIA den Kürzeren zog und gute V-Männer verlor. Und er behielt bewundernswert seine Nerven, als er vor zwei Jahren erfuhr, seine Sekretärin Lydia Philipowna, dieses schöne Mädchen aus Kasan, dem er vertraute wie seiner eigenen Hand, arbeite schon seit Monaten insgeheim für die Amerikaner. Nein, Ischlinski regte sich nicht auf. Aber Lydia, die Unvorsichtige, stürzte bei einem Ausflug nach Colorado von einem brüchigen Felsen einige hundert Meter in die Tiefe.

Beim Begräbnis trug Ischlinski den Sarg mit und umarmte bewegt Lydias Vater, der aus Rußland nach Washington hatte anreisen dürfen. Und auch der Vater verstarb bei der Rückreise nach Kasan an einem Herzschlag, denn Ischlinski hatte erfahren, daß er nach dem Begräbnis seiner Tochter Lydia von einem Beamten des CIA angerufen worden war.

Wehe aber, in einem Bericht schrieb die neue Sekretärin ein Wort falsch – da konnte Ischlinski wie ein Wolf werden, der durch den sibirischen Winter irrt und alles vor Hunger anheult.

Jetzt nun meldete ihm eine Stimme am Telefon: »Richard ist tot.«

»So mußte es kommen!« schrie er. »Habe ich nicht gesagt, das Saufen soll er aufgeben? Wogegen ist er gefahren?«

»Gegen eine 9-mm-Kugel, Genosse Oberst«, sagte der Anrufer. Er schien mit Humor begabt zu sein.

»Was reden Sie da?« Ischlinski war plötzlich äußerst gefaßt und konzentriert.

»Erschossen.«

»Richard? Von wem?«

»Darüber denken wir auch nach.«

»Denken? Wieso? Natürlich war es das CIA.«

»Das bedrückt uns eben – das CIA war es nicht. Die Amerikaner stehen ebenfalls vor einem Rätsel. Richards Tarnung war vorbildlich.«

»Man sieht's!« sagte Ischlinski sarkastisch. »Ist Luka in der Nähe?«

»Neben mir.« Der Sprecher gab den Hörer ab, Luka meldete sich. Ischlinski klopfte mit der Faust auf seinen Tisch:

»Luka, Sie kümmern sich jetzt intensiver um Richards Auftrag! Bis heute habe ich der Delphinsache nur wenig Aufmerksamkeit geschenkt. Aber Richards Tod beweist: Da muß etwas Großes dahinterstecken. Delphin ist wahrscheinlich nur ein Code-Wort. Kümmern Sie sich mit allen Mitteln um diese ›Delphine‹. Was macht Bonny?«

»Keine Spur von ihm.« Lukas Stimme wurde etwas unsicher. »Nur durch Zufall werden wir einmal auf ihn stoßen.«

»Bei seinem ausgefallenen Beruf?«

»Das ist genauso, als wenn ein Metallograph als Maschinenschlosser nach Sibirien ginge und auch noch seinen Namen wechselte – wie wollen Sie ihn da jemals entdecken, Genosse Oberst? Bonnys Beruf ist weit verbreitet, den Namen zu ändern, in Amerika keine Schwierigkeit. Und ob er jetzt überhaupt noch als Mediziner arbeitet, scheint mir fraglich. Nur in New York braucht er zu leben, da ist er völlig anonym unter Millionen!«

Ischlinski legte auf. Der Mann mit Decknamen Bonny lag seit über drei Jahren schwer auf seiner Seele. Er war ein hervorragender Agent gewesen; so korrekt und dabei vertrauenswürdig, daß niemand ihm diese geheime Rolle zutraute. Seine Informationen waren immer hervorragend und stellten sich als richtig heraus, er war eine Glanznummer von Ischlinski. Was immer man ihm auftrug – Bonny löste die Aufgabe mit Bravour.

Dann kam der Schwarze Donnerstag für Jurij Valentinowitsch. CIA und FBI schlugen morgens um 5 Uhr im ganzen Land zu. In San Francisco und Boston, in New York und New Orleans, in Chicago und in Washington. Überall genau dort, wo sowjetische V-Männer saßen, wurden die bisher prächtig getarnten Agenten verhaftet. Innerhalb einer Stunde stand Ischlinski fast ohne einen Mann da – nur Bonny konnte entwischen. Als das CIA bei ihm klingelte und dann die Wohnungstür aufbrach, sah man, daß Bonny in größter Eile geflüchtet war. Jemand mußte ihm einen Wink gegeben haben.

Das hätte Ischlinski beruhigen können, aber da war etwas, was unverzeihlich ist und was Jurij Valentinowitsch bis heute nicht verwunden hatte: In seiner überstürzten Flucht hatte Bonny nicht alle Unterlagen vernichtet. Unter einer losen Diele im Schlafzimmer fanden die Experten des CIA eine Liste mit fast allen Agenten des KGB. Die meisten waren ohnehin an diesem Morgen verhaftet worden – und nun wurde, wer noch fehlte, drei Stunden später rund im Land ebenfalls noch abgeführt. Ischlinskis Organisation war an diesem Donnerstag innerhalb weniger Stunden zerschlagen worden. Allerdings tauchte der Name Ischlinski nirgendwo auf. So blieb Jurij Valentinowitsch Militärattaché an der sowjetischen Botschaft in Washington und wurde nicht zur Persona non grata erklärt.

Seitdem blieb Bonny verschollen. Er meldete sich nie mehr.

Nicht ein einziger leiser Wink traf bei Ischlinski ein. Er wird sich auch hüten, dachte Jurij Valentinowitsch grimmig im Hinblick auf diese vergessene Liste. Aber welch ein hervorragendes Talent liegt nun brach!

Es war verständlich, daß Ischlinski auch heute an Bonny dachte. Jetzt fehlte ihm ein Mann wie er. Nur ihm hätte Ischlinski zugetraut, das Rätsel um den Tod des Agenten Richard zu lösen.

Ischlinski holte noch einmal die »Akte Delphin« aus dem Panzerschrank und las sie durch. Danach waren zwei Männer und eine Frau aus der unscheinbaren, kleinen Delphin-Station von Biscayne Bay vom Präsidenten der Vereinigten Staaten in Privataudienz empfangen worden, kamen ungesehen ins Weiße Haus und sollten es auch ungesehen verlassen. Doch hatte der Fotograf, der das Weiße Haus ständig beobachtete, gut reagiert.

Was verbirgt sich hinter den Delphinen, dachte Ischlinski angestrengt. Die durchs Wasser hüpfenden Tiere sind ohne Zweifel nur eine Tarnung. Ist dort ein Geheimlabor entstanden, das neue Kampfgifte erforscht?

Ischlinskis Gedanken begannen wüst zu kreisen. Schließlich entschloß er sich, die Delphin-Sache mit einem verschlüsselten Funkspruch nach Moskau zu melden.

Nach dieser Arbeit zog er eine leichte Leinenjacke an, stieg in seinen Wagen und fuhr zum Mittagessen in das feudale Restaurant »Arcade«. Er hatte seine verteufelte Freude daran, zu beobachten, wie ihm ein Mann – sicherlich vom CIA – unauffällig folgte und auch im »Arcade« einen Lunch bestellte.

Ischlinski aß mit großem Appetit, aber beim Hinausgehen blieb er an dem Tisch seines Bewachers stehen und sagte freundlich: »Grüßen Sie Oberst Turnbill von mir!«

Pfeifend und höchst zufrieden verließ er das »Arcade«. Der Mann war erledigt.

Einen Jurij Valentinowitsch muß man anders behandeln . . .

Auf der Wake-Insel war im ruhigen, grünblau schimmernden Wasser der Lagune, in der weiten Bucht vor dem Flugplatz, das erste geschlossene Schwimmdock für U-Boote montiert worden. Aus

Fertigteilen zusammengesetzt, die von den riesigen Atlas-Transportern aus Honolulu gebracht wurden und aussahen wie riesige rechteckige Betonwürfel. Eine ihrer Schmalseiten bestand aus einer doppelläufigen, nach oben sich öffnenden Schiebetür. Das waren dicke, verschiebbare Betonplatten, die den gewaltigen Hohlraum schußsicher abschlossen. Experten behaupteten sogar, der mit Stahl versetzte Boden dieses Beton-Schwimmdocks würde auch von einem Torpedo nur angekratzt werden. Völlig revolutionierend allerdings war, daß man dieses Werkstatt-Ungeheuer durch eingebaute Flutkammern ins Meer versenken konnte. Das Dock wurde dann eine vielseitig verwendbare Unterwasserstation für U-Boote. Die U-Boote konnten dort Verpflegung, Frischwasser, Munition, Ersatzteile, neue Mannschaften und Brennstoff aufnehmen. Reparaturen waren überhaupt kein Problem, denn im Inneren der großen Unterwasserhalle lagen ringförmig angelegt die mit Sauerstoff versorgten Räume; sie hatten druckfeste Fenster zur von Scheinwerfern erleuchteten Halle. Über Druckschleusen, die überall angebracht waren, konnte man jederzeit vom U-Boot in die Räume umsteigen.

Admiral Crown, der die Pläne vorher studiert hatte, war zur Einweihung dieses ersten versenkbaren Docks mit einer Barkasse in den riesigen Schlund der Halle gefahren und grüßte hinauf zu den dickglasigen Fenstern, hinter denen sich die Monteure und Ingenieure aufgestellt hatten. Chefingenieur Morrison stand neben Crown in der Barkasse und gab Erläuterungen.

Crown interessierte weniger die technische Seite als die taktisch-militärische. Die letzten Konferenzen in der Basis Pearl Harbour waren wieder beeinflußt gewesen von dem großen, sozusagen schon unsterblich gewordenen Trauma der Amerikaner: dem Überfall der Japaner auf die Pazifikflotte, der Vernichtung der Schiffe durch die Kamikazeflieger. Nie, nie sollte sich Derartiges wiederholen! Da man über Wasser keinen vollen Schutz garantieren konnte, ging man also in die Tiefe. Die U-Boote der Zukunft würden mehr Kampfkraft haben als früher die Zerstörer und Kreuzer und sogar fast deren Größe erreichen. Die sowjetischen U-Boote der Delta-Klasse mit 130 Meter Länge bewiesen es: Mit ihren 8400 Tonnen über Wasser waren sie sogar größer als die russischen Kresta-II-Kreuzer oder die gefürchteten Zerstörer der Kaschin-Klasse. Ein neuer Seekrieg würde sich vornehmlich *unter* Wasser abspielen, und deshalb war von vornherein derjenige im Vorteil, der unterseeische Stationen besaß, verteilt über Pazifik und Atlantik – überall, wo es strategisch wichtig war.

Admiral Crown ließ sich in dem hohlen Klotz aus Eisen und Beton herumfahren, ließ sich erklären, was man noch alles einbauen würde, ehe das Dock einsatzfähig war, und umkreiste später von außen noch einmal den Riesenkasten, dessen Schiebetür wie ein Maul zufuhr.

»Theoretisch ist das alles wunderbar«, sagte er am Ende der Demonstration zu Chefingenieur Morrison. »Aber Sie glauben doch wohl nicht, daß der Gegner diese Klötze übersieht?«

»Das hieße, drei Fünftel der Welt systematisch abzusuchen. Unmöglich! Wo sollte der Gegner anfangen? Wenn wir eine unterseeische Bunkerkette vor Japan, die Kurilen und Kamtschatka legen, bei den Philippinen und im Eingang zum Chinesischen Meer – vor allen Überraschungen wären wir in Zukunft sicher.«

»Erst müssen wir sie mal dort hinschleppen – und das sieht man!«

»Auch daran ist gedacht worden.« Morrison lächelte etwas überheblich. Immer diese Querköpfe vom Militär! Keine Phantasie haben sie! »Wir werden die Bunker in ein Schiff integrieren, oder besser: Für den Transport bauen wir ein Schiff um ihn herum. Aus der Luft und von See aus sieht es aus wie ein Containerschiff. Im Zielgebiet wird die Verankerung gelöst, und der Bunker sinkt ab. Bis zweihundert Meter Tiefe können wir gehen. Die in Frage kommenden Standorte sind schon fixiert.«

»Das hat man Ihnen alles gesagt?« fragte Crown betroffen. Der Leichtsinn in Fragen der Geheimhaltung überwältigte Crown immer wieder. Als ob Kinder sich hinter einen Baum verstecken, winken und rufen: Huhu, such mich!

»Wir mußten doch die Versuche durchführen, Sir. Aber natürlich kenne ich die einzelnen Positionen nicht, die sind top secret.«

Admiral Crown aß mit Morrison noch zu Abend, hörte sich viele phantastische Zukunftspläne an und saß dann allein in seinem

Wohnzimmer, um einen Film anzusehen, den das Inselfernsehen von Wake sendete. Viel mehr als die Unterwasserbunker interessierten ihn die kleinen, mit Elektronik gespickten Tauchkugeln, besetzt mit drei Mann, die an genau berechneten Gewichts- und Treibankern hingen und im Ozean herumtrieben in einer Tiefe bis zu 300 Metern. Mit ihnen deckte man nach oben und nach unten den gesamten Bereich ab, den Unterwasserfahrzeuge benutzen konnten. Es war unmöglich, daß sich angesichts einer solchen Horchkette jemals ein U-Boot ungehört anschleichen konnte.

Jedenfalls hatte Crown dies bis vor einigen Wochen felsenfest geglaubt. Um so erschütterter war er gewesen, als ihm im Weißen Haus der Delphin-Film vorgespielt wurde: Durch alle Sperren hindurch war es gelungen, ein U-Boot in Küstennähe zu bringen. Erst die Delphine orteten es und versenkten es sogar!

Damals hatte Crown zu Admiral Linkerton gesagt: »Wenn das so ist, sollten wir unsere Navy-Ausbildung sparen und nur noch Delphine trainieren.«

Und Linkerton hatte allen Ernstes geantwortet: »Auf bestimmten Gebieten wird das nötig sein. Auf die Intelligenz dieser Tiere reagieren wir typisch menschlich – wir nutzen sie aus zur Vernichtung! Wären wir nicht alle so hartgesotten, müßten wir uns schämen.«

Als sei es Gedankenübertragung über tausende Kilometer hinweg, rief Linkerton an diesem späten Abend noch Crown auf Wake an.

»Herbert, wo sitzen Sie?« rief Crown erfreut.

»Hier, bei mir, William. In San Diego.«

»Ich höre Sie so deutlich, als säßen Sie neben mir. Ich höre sogar, daß Sie einen Schnupfen haben. Ihre Nase ist zu – stimmt's?«

»Es stimmt.« Admiral Linkerton lachte. »William, ich wollte Ihnen nur berichten, daß die Delphine morgen in San Diego ankommen. Ich lade Sie ein, die alten Freunde zu begrüßen. Auch Bouwie und Hammersmith werden da sein. Atkins liegt im Hospital. Nierensteine. Kommen Sie?«

»Über den ganzen Pazifik hinweg, um ein paar Delphine zu begrüßen? Soll ich soviel Geld der Navy verschwenden?«

»Es ist fast dienstlich, William ... fast, sage ich, weil's noch nicht offiziell zu Ihnen gekommen ist. Man will da noch ein paar Wochen warten. Aber ich informiere Sie vertraulich im voraus. William, sehen Sie sich Ihre neue Sondertruppe an.«

»Herbert, Sie haben keinen Schnupfen, Sie haben zuviel Whiskey im Bauch!« Crown schloß die Augen. Wenn das wahr ist, reiße ich mir die Admiralsstreifen vom Ärmel und fresse sie auf. Man will mir auf Wake Delphine schicken? Man will wirklich auf Wake eine Seeüberwachung durch Delphine einrichten? Da baut man für viele hundert Millionen Dollar diese elektronischen Unterwasserkugeln – und wo liegt der wahre Stein der Weisen? Im Radarsystem der Delphine! Gott segne die Einfalt, die Großmutter des Glaubens ... Ich komme nicht, Herbert!« sagte Crown und versuchte, seiner Stimme keinen beleidigenden Klang zu geben. »Nur auf Befehl! Und noch eins: Wenn die Delphintruppe nach Wake kommt, lege ich Wert darauf, daß sie eine Antrittsparade vorführt. Welchen Marsch haben sie? ›Es rauscht so wild der Ozean‹ oder: ›Welle, Welle, küß mich mal, mein Weibchen schwimmt vor Afrika‹ ...«

»Sie werden sich wundern, William«, sagte Linkerton, keineswegs beleidigt. »Es wird eine Parade geben, und Sie werden so begeistert sein, daß Sie ins Wasser springen und mitschwimmen wollen ... So long!«

»Ich bin Admiral und kein Dompteur!« schrie Crown ins Telefon, aber Linkerton hatte bereits aufgelegt.

Warten wir es ab, dachte Crown und trank für die Nacht ein großes Glas kalte Milch. Seit Jahrzehnten tat er das, und seit Jahrzehnten blieb das ein Geheimnis, das Crown auch mit in den Tod nehmen würde – denn es war unvorstellbar, was geschehen würde, erführe man, Admiral Crown trinkt statt Whiskey lieber Milch. Bouwie würde zum Beispiel sofort brüllen: »Und genützt hat's doch nichts, William. Du bist nicht mehr gewachsen!« Und Atkins würde in seiner philosophischen Art sagen: »Laßt ihn, er schlürft die Milch der frommen Denkungsart ...«

Noch ist alles inoffiziell, dachte Crown. Und Linkerton ist so ein Vogel, der mir solche Spinnereien unter die Weste jubeln will, nur um mich aufzuregen. Aber ich rege mich nicht auf. Nüchtern betrachtet, ist das doch ein wahrer Blödsinn: Delphine auf der Wake-Insel! Da rechnen die Großmächte die Zahl ihrer Atomsprengköpfe gegeneinander auf, und wir sollen hier mit Delphinen Purzelbäume schlagen. Irgendwo ist auch die Grenze militärischer Blödheit erreicht...

Crown trank sein großes Glas Milch aus, sagte zum Fernsehen: »So'n Scheiß!«, tippte den Bildschirm aus, ging ins Bett und schlief sehr schnell ein. Aber er stöhnte im Schlaf, als würge man ihn ab.

Er träumte von Delphinen... und er war im Meer, in voller Admiralsuniform, und ritt auf solch einem Vieh... und Linkerton rauschte in einem Boot neben ihm her, die amerikanische Fahne in der Hand, und sang die Nationalhymne.

Wer würde da nicht stöhnen...

Die Verlegung nach San Diego verlief reibungslos.

Wochen hindurch hatte Rawlings mit der Admiralität überlegt, welcher Weg der beste sei. Durch die Luft mit den riesigen Atlas-Transportern an den Pazifik, das wäre die schnellste Methode. Man konnte in die Großraumflugzeuge die temperierten Salzwasserwannen einbauen und brauchte für die 6 Delphin-Kompanien, die nach San Diego abkommandiert wurden, drei »Fluggeräte«, wie es amtlich so schön heißt. Der Nachteil dabei war, Versuche hatten es ergeben: Delphine können, genau wie Menschen, luftkrank werden. Ihr Nervensystem ist ungeheuer anfällig. Rawlings erklärte das so: »Was früher die Callas unter den Menschen war, ist der Delphin unter den Meeresbewohnern. Sie sind sensibel bis zum Nervenzusammenbruch. Wir müßten jetzt erst wochenlang mit ihnen das Fliegen üben...«

Möglichkeit Nummer zwei war der Wassertransport. Er war der einfachste, aber auch der längste. Ein speziell dafür umgebautes Schiff mit großem Becken mußte von Miami durch den Atlantik, hinunter in den Golf von Mexiko, an Kuba vorbei in die Karibik und dann durch den Panama-Kanal die ganze Pazifikküste hinauf nach San Diego schwimmen – gut und gern, bei voller Kraft, ein Dreiwochen-Törn. Gab es hohe See, dauerte es noch länger. Außerdem konnten bei grober See die Delphine gegen die Beckenwände geschleudert und verletzt werden.

Vorschlag drei bezog sich auf die Spezialwagen, die Rawlings in Fort Lauderdale besichtigt hatte. Das waren fahrbare, beheizte Plastikwannen, aufgehängt an Spezialfedern, die jeden Stoß der Straße auffingen, jede scharfe Kurve ausglichen und jede Berg- und Talfahrt neutralisierten. Sogar den Himmel wollte man durch Plexiglasdächer noch hereinholen, so sehr war man auf die größtmögliche Nervenschonung der Delphine bedacht. Der Nachteil hierbei: Auch dieser Überlandtransport, von Florida quer durch die Südstaaten nach Kalifornien, brauchte seine Zeit. Man konnte nicht schnell fahren, und selbst, wenn man mit drei Schichten, also Fahrerwechsel alle acht Stunden, Tag und Nacht fuhr, lagen die günstigsten Berechnungen bei rund vier Tagen einschließlich Rastpausen für Essen und Trinken, Tanken und Wartungen. Irgendwelche Pannen waren dabei nicht berücksichtigt, etwa ein Reifenwechsel oder ein Motorschaden. Bei dem Einsatz von dreißig Wagen aber konnte man davon ausgehen, daß eine Fahrt über 4000 km Straße nicht ohne Ärger abläuft. Jede Verzögerung traf alle, denn der Konvoi sollte zusammenbleiben.

Nach langen Debatten entschloß man sich dennoch dazu, den Landweg zu nehmen. Selbst wenn man am Ende sechs Tage brauchte – die Sicherheit der Delphine war in diesen Spezialwagen am besten gewährleistet.

»Wenn wir alle 66 Knaben gesund nach San Diego bringen, werdet ihr mich mit einer drei Meter hohen Kerze auf einer Wallfahrt sehen!« sagte Rawlings, als er vom Marinekommando Miami die endgültige Entscheidung mitbrachte. »Trösten sollte uns, daß man in San Diego im Rekordtempo eine Trainingsanlage gebaut hat, die einmalig auf der Welt ist. Was wir auch verlangt haben, man hat's hingesetzt. Vor allem Admiral Bouwie – ausgerechnet dieser Eisenfresser! – war zäh wie ein orientalischer Floh und hat jede geldgebende Stelle gebissen. Aus dem Weißen Haus, vom Präsidenten selbst, kam volles grünes Licht – an Dollars wird es uns nicht mangeln! Nur . . .«, Rawlings sah die Reihe seiner Mitarbeiter entlang, »ich weiß nicht, ob wir in der festgesetzten Zeit das schaffen, was man von uns und unseren Burschen erwartet. Problemlos einsatzfähig sind von den sechsundsechzig bis zur Stunde knapp die Hälfte! Und es soll ja bei unserer Stammtruppe nicht bleiben, vielmehr ist geplant, zunächst einmal hundert neue Delphine zur Ausbildung zu schicken.«

»Ich habe mir das durch den Kopf gehen lassen, Steve«, sagte am Abend Dr. Clark zu Rawlings. »Wichtiger, als die Delphine zu trainieren, ist es, neue Mitarbeiter anzulernen. Unser Team von zwölf Mann schafft das nie, zumal ja Helen für San Diego ausfällt. – Ist das übrigens sicher, daß sie nicht mitkommt?«

»Sie *muß* ausfallen, David. An dich wird sich keiner ranmachen, aber Helen ist immer gefährdet.« Rawlings hob die Schultern. »Was soll ich tun? Natürlich brauchen wir neue Mitarbeiter, ich habe schon im ganzen Land an die Zoos, Aquarien, Universitäten und Delphinarien Anfragen geschickt. Es gibt da drei Kollegen, die man hoch lobt, und wir werden uns natürlich jeden Bewerber ansehen, wir alle, denn sie kommen ja in unser Team, aber ...«

»Du redest verzweifelt darum herum, Steve«, sagte Clark hart. »Helen ist ein Verlust für die Arbeit, den wir so schnell nicht aufholen werden, vielleicht nie aufholen können! Sie ist bei den Delphinen einfach unschlagbar. Wenn sie mit ihnen im Wasser ist, gehört sie dazu. Helen ist ein Phänomen. Können wir es uns leisten, darauf zu verzichten?«

»Auch verliebt in Helen wie Finley?« fragte Rawlings mit schiefem Grinsen.

»Nein! Wieso?«

»Fast mit den gleichen Worten löchert mich James seit Tagen. Es hört sich so an, als würde San Diego ohne Helen eine komplette Pleite.«

»Die könnte es werden. Denk an Johns Streik, als man ihn von Helen wegzog. Und es wurde ganz schlimm, als Helen ihn beschimpfte. Nur Finley war in der Lage, mit John wieder in Kontakt zu kommen.«

Rawlings hob hilflos die Schultern. »David Abraham, ihr alle wollt, daß Helen mitkommt ...«

»Ja, Steve. Und wir alle passen auf sie auf!«

»Dann müßt ihr euch verkleinern und als Medaillon um ihren Hals hängen. Seid doch vernünftig! Denkt doch mal klar. Helen ist eine Frau und wird sich früher oder später wieder in einen Mann verlieben. Ihr könnt doch nicht jeden Mann an Helens Seite umlegen.«

»Wie meinst du das, Steve?« fragte Clark, plötzlich sehr steif.

»Nur eine Redensart, Abraham.« Rawlings lachte etwas rauh. »Ein dämlicher Witz. Die Fishers laufen nicht reihenweise herum ...«

Das große Bassin lag im Mondschein, als Clark, von Rawlings kommend, abschwenkte und zur Übungsbrücke ging. Er hatte dort Finley sitzen sehen, allein und wie versunken. John, der Delphin, warnte sofort durch pfeifende Laute, als Clark noch ganze zehn Meter entfernt war. Das Gehör des Delphins, sein »Echolot« – Clarks Schritte knirschten leise auf dem Kiesbelag –, war unfaßbar. Finley drehte den Kopf und sprang auf, weil er Clark nur als Schatten sah und ihn nicht erkannte.

»Ich bin's!« sagte Clark. »Du sitzt da im Mondschein, wie man sich einen romantischen Dichter vorstellt. Warum ist Helen nicht bei dir?«

»Warum sollte sie?«

»Du bist ein so großer Wissenschaftler, James, und dabei ein überdimensionaler Idiot. Warum sie sollte? Weil du sie liebst!«

»Das ist leider einseitig, David Abraham.«

»Hast du sie schon gefragt?«

»Soll ich mich lächerlich machen? Helen würde einen Lachkrampf bekommen.«

»Dann nimmst du sie und treibst ihr das Lachen so radikal aus, daß sie später zu dir kommt und bettelt: Tu's noch mal, James ... Junge, sei ein Kerl! Siehst aus wie der Apoll von Belvedere, warst Studentenboxmeister, hast einen Brustkasten, daß Tarzan vor Kummer weinen würde, wenn er dich sähe – und hast Angst, an dieser Brust würde Helen sich nicht wohlfühlen? Denk doch an Fisher. An so einem Lackaffen blieb sie hängen ...«

»Eben! Ich bin kein Lackaffe! Wenn das nun mal ihr Typ ist ...«

»Bieg sie um, James. Alles nur Willenssache!« Clark legte seinen

Arm um Finleys Schulter. »Ich komme gerade von Rawlings. Er steckt bis oben hin in Problemen. Und eine dämliche Bemerkung hat er gemacht...«

»Wieso?« fragte Finley. Er war froh, daß Clark zu ihm gekommen war. Helen hatte sich heute abend von ihm mit einem Kuß auf die Backe verabschiedet, und Finley wußte nun nicht, was das bedeutete. Ein hingehauchter Beweis ihrer Freundschaft, oder ein unterbewußtes Signal? Hier versagte der hervorragende Psychologe Finley völlig. Mit sich selbst kam er nicht mehr zurecht.

»Ich überlege einmal laut.« Clark blickte in den mondhellen Nachthimmel. Finley sah ihn an. Zum erstenmal bemerkte er, daß ein vom Mondschein beschienenes Gesicht eines Schwarzen ein ganz eigenartiges, faszinierendes Bild war. Über der dunklen Haut lag das Licht wie Silberschimmer und modellierte jede Falte, jede Vertiefung des Gesichtes heraus. Ein weißes Gesicht würde dagegen flach bleiben. »Steve Rawlings war doch, als Helens Freund Fisher getötet wurde, nicht hier.«

»Nein, er war in Fort Lauderdale«, bestätigte Finley.

»Und er kam auch erst am nächsten Mittag zurück, als das CIA bereits verrückt spielte.«

»Ja, das ist richtig – aber worauf willst du hinaus?«

»Niemand hat auch nur einen einzigen Gedanken darauf verschwendet, ob Steve in der dramatischen Nacht wirklich in Fort Lauderdale war.«

»Warum auch? Was soll das?«

»Er hat es nie beweisen müssen. Es ist ein Sprung von Fort Lauderdale nach Miami Beach...«

»Abraham! Du hast 'ne riesige Macke!« rief Finley betroffen.

»Hat Steve eine Waffe?« fragte Clark ungerührt.

»Wir alle haben eine Waffe...«

»Und was hat Steve?«

»Eine Smith & Wesson, 9 mm.«

»Das kann ein Zufall sein.«

»Abraham! Zieh sofort die Notbremse. Deine Phantasie geht mit dir durch.« Finley war über seinen Kollegen entsetzt. »Hirnverbrannt! Genauso gut könnte ich der Täter sein. Ich habe auch eine 9 mm Smith & Wesson neben dem Bett. Und du hast auch eine!«

»Aber ich lasse keine so dummen Bemerkungen los, James«, sagte Clark ruhig. »Wir können doch nicht jeden, der sich für Helen interessiert, umlegen ... So ähnlich hat er gesagt. *Wir*, hat er gesagt ... da kam was aus dem Unterbewußtsein hervor. *Das* wollte er nicht sagen, und er wich mir sofort aus, als ich fragte, was er damit gemeint habe. – Was denkst du nun, James?«

»Steve? Nie! Nie! Er kannte Fisher ja gar nicht.«

»Sagt er. Weiß man's?!«

»Jetzt trinken wir einen und bringen dein Hirn in Ordnung.« Finley hakte sich bei Clark unter. »Wie sollen unsere Delphine sich normal benehmen, wenn wir verrückt spielen ...«

Nach der Aufregung mit Fisher wurde es wieder sehr still um Biscayne Bay. Nur die Sicherheitsmaßnahmen wurden verstärkt. Rund um das Parkgelände wurden versteckte Fernsehkameras installiert, die jeden Näherkommenden auf ein Videoband aufnahmen. Nachts arbeiteten die Geräte mit Ultraviolettstrahlen und sendeten ihre Bilder in einen neu errichteten Wachraum, der als Tarnung außerhalb des Forschungsgeländes oben an der Hauptstraße lag und von Militärpolizei besetzt war. Es war ein unscheinbares, würfelähnliches Haus, so häßlich, daß keiner einen Blick darauf verlor. Hätte einer der Bildschirme aber einen nächtlichen heimlichen Besucher in der Nähe der Forschungsanstalt erfaßt, wäre mit einem Knopfdruck das ganze Gelände taghell erleuchtet gewesen, und die 15 Militärpolizisten der Wache würden nur Minuten gebraucht haben, um alles abzusperren. So schnell konnte niemand entweichen.

Admiral Josuah Bouwie hatte dies alles angeordnet, nachdem er erkannt hatte, daß sich der sowjetische Geheimdienst für die Delphine interessierte.

Rawlings hielt die Bewachung zunächst für überflüssig. »Was soll einer nachts bei den Delphinen?« fragte er. »Uns am Tag draußen auf See zu beobachten, das hätte Sinn.«

»Man könnte die Tiere zum Beispiel vergiften«, hatte Bouwie

entgegnet. »Daran hat wohl niemand von Ihnen gedacht? Wenn man schon nicht weiß, was mit den Delphinen los ist – dann weg mit ihnen! So einfach ist das. Geben Sie zu, an Vergiften hat keiner von Ihnen gedacht.«

Rawlings gab es zu. Hier lag wirklich eine verwundbare Stelle. Falls sich jemand nachts ins Gelände schliche und Gift in das Bassin schüttete, wäre mit einem Schlag die Arbeit von Jahren vernichtet. Rawlings spürte ein Kribbeln bis in den Nacken und hatte plötzlich nichts mehr dagegen, daß Biscayne Bay wie eine Festung ausgebaut wurde.

Die Übungen auf See gingen ununterbrochen weiter. Bouwie und auch Hammersmith boten als Abschirmung zur freien See Schnellboote an, die während des Delphin-Einsatzes vor der Küste kreuzen sollten. Aber hier setzte sich Rawlings mit einem Veto durch, und zwar auf die einfachste Art: Er erinnerte an die Demonstration auf Key Largo, wo niemand bemerkt hatte, daß... Bouwie verstummte, Hammersmith zog sich fast beschämt zurück.

»Wenn sich jemand unter Wasser nähert, orten ihn meine Delphine schneller und besser als alle Instrumente«, sagte Rawlings, und niemand widersprach. »Anders ist es aus der Luft – aber da kommt ja niemand durch unseren Radarschild.«

Die sechs Kompanien mit den Führungsdelphinen Ronny, John, Harry, Bobby, Robby und Henry trainierten unter verschärften Bedingungen. Finley, Helen, Clark und zwei andere Wissenschaftler, die bisher den Delphinen über die Impulsgeber an ihren Köpfen die Befehle gegeben hatten, überließen das Kommando nun den »Chefs« der Kompanien. Nur noch sie erhielten die Aufträge und Anweisungen, und es war geradezu atemlos mit anzusehen, wie Ronny oder Harry seiner Truppe vorausschwamm und dann von sich aus das Einsatzkommando übernahm. Rawlings und drei Mitarbeiter verfolgten auf einem Meßschiff, vollgestopft mit elektronischen Schreibern, Computern und Sonaraufzeichnern, die erfolgreiche Tätigkeit der Delphine unter Wasser. Sie endete immer mit der simulierten Vernichtung des erkannten »Gegners«.

Zwischen dem Delphin John und Helen gab es eine Art Waffenstillstand. John zählte jetzt offiziell zum Kommando Finley – aber wenn Helen nach den Übungen ins Bassin sprang und zwischen den Delphinen herumschwamm, als gehöre sie zu ihnen, dann schoß John an ihrer Seite durch das Becken oder schwamm ihr voraus wie ein Polizist, der die Straße für sie freimacht.

Zum Abschluß der schönen Tage in Biscayne Bay fand in Gegenwart von Admiral Bouwie noch einmal eine Gesamtdemonstration der Delphine statt. Was Bouwie nie für möglich gehalten hatte, geschah: Er stand an der Reling des kleinen Begleitbootes, und die sechs Delphin-Kompanien, den »Chef« jeweils an der Spitze, schwammen ausgerichtet, mit militärischer Exaktheit, an ihm vorbei. Auf der Höhe von Bouwie hob jeder Kompaniechef den Kopf aus dem Wasser und stieß drei schrille Laute aus . . . als Ronny, der Chef der I. Kompanie, das zum erstenmal tat, zuckte der Admiral erschrocken zusammen.

Rawlings lachte. »Das ist eine Meldung, Sir. Jeder Chef meldet Ihnen seine Kompanie.« Und tatsächlich hoben John, Harry, Bobby, Robby und Henry beim Vorbeischwimmen an Bouwie die Köpfe und stießen die gleichen schrillen Schreie aus.

Bouwie war fast außer sich. »Das ist grandios. Das ist märchenhaft! Verdammt, das wäre unglaublich, würde ich es nicht mit eigenen Augen und Ohren erleben. Werden Sie die Parade bei Linkerton auch halten?«

»Natürlich. Wir machen doch eine Antritts-Parade.«

»Linkerton wird hipp-hipp-hurra brüllen!« Die Delphine hatten gewendet und kamen jetzt als geschlossene Formation zurück. Bouwie hob die Hand an die Admiralsmütze, Ronny und John an der Spitze hoben sich aus dem Wasser und tanzten ein paar Meter auf der Schwanzflosse an Bouwie vorbei. In einem eleganten Bogen tauchten sie dann wieder ins Meer. »Phänomenal!« sagte Bouwie und senkte seine grüßende Hand erst, als der letzte Delphin an ihm vorbeigezogen war. »So etwas geht ans Herz, verdammt nochmal!«

Beim anschließenden Festessen im Kasino der Forschungsstation saß Helen neben dem Admiral. Er hatte das so gewünscht, aber Rawlings hätte sie ohnehin dorthin gesetzt.

»Ich bin noch ganz weg vor Begeisterung«, sagte er. »Diese Intelligenz der Tiere! Glauben Sie mir, ich habe mich seit Ihrer ersten Demonstration auf Key Largo mit den Viechern intensiv beschäftigt. Ich weiß, ich weiß, Sie mögen diese Bezeichnung nicht – aber bei allen unglaublichen Lernergebnissen: Für mich bleiben es Tiere! Und hier setzen bei mir die Bedenken ein. Trotz der Dressur – nennen wir es so, auch das mögen Sie nicht, ich weiß, Sie nennen es vollkommenen Kontakt – bleibt doch die Unberechenbarkeit der Natur dieser Lebewesen. Ich erinnere mich da an einen anderen Fall: Da hatte ein Zoodirektor einen Löwen großgezogen, von klein an. Er lebte in der Wohnung, schlief im Nebenbett – der Zoodirektor war geschieden, wundert einen das? –, ging wie ein Hündchen neben ihm her, saß beim Essen mit am Tisch und fraß vom Teller, badete mit im Swimmingpool, hockte im Nebensessel und sah beim Fernsehen zu ... ein paradiesischer Zustand. Und plötzlich, ohne Anzeichen, ohne jeden Grund, sprang der Kerl seinen Ziehvater an und hätte ihn zerfetzt, hätte der Zoodirektor ihm nicht einen Stuhl entgegenschleudern können, was ihn so lange verwirrte, bis sich der Mann in Sicherheit bringen konnte. Nach fast zwei Jahren war urplötzlich das Raubtier in ihm ausgebrochen ...«

»Es war ein Löwe, Admiral«, sagte Helen. Sie kannte den Fall. Er war damals wochenlang in der Presse und im Fernsehen diskutiert worden, und Tierpsychologen bekämpften sich öffentlich mit gegenteiligen Meinungen. »Man kann einen Löwen nicht total vermenschlichen. Das muß schief gehen.«

»Aber mit einem Delphin kann man es? Woher weiß man das?«

»Der Charakter eines Delphins ist anders als der einer Raubkatze.«

»Aber wie auch immer – ein Tier ist und bleibt unberechenbar ...«

»Genau wie der Mensch!« Helen sah Bouwie ernst an. »Ist auf den Menschen Verlaß? Jedes Leben ist eingeengt durch Unzulänglichkeiten. Sie befehlen einem Delphin: Bring die Mine an – und er schwimmt weg und kommt nicht wieder. – Sie befehlen einem Soldaten: Stürme diesen Bunker da – und er läuft hin, hebt die Arme und ergibt sich ... Wo ist da ein Unterschied? Sir, man sollte den Menschen nicht *so* hoch über das Tier stellen. Er ist oft undisziplinierter als ein Tier.«

Später, beim Abtrunk, sagte Bouwie zu Rawlings: »Diese Helen ist ein erstaunliches Mädchen. Sie hätte mich bald so weit gebracht, daß ich mich vor einem Hund schäme. Ein superintelligentes Weib, diese Blonde. Um die beneide ich Linkerton, der sie jetzt bekommt. Mir wird sie hier fehlen.«

Dr. Rawlings antwortete nicht; er wollte Bouwie noch nicht sagen, daß er Helen nicht mit nach San Diego nahm.

Drei Wochen später rollte die Kolonne der 30 Spezialwagen von Fort Lauderdale nach Biscayne Bay. Die Verladung sollte beginnen. Die Wissenschaftler hatten ihre Koffer gepackt. In großen Kisten lagerten die Spezialinstrumente, die man mitnehmen mußte.

Es war ein früher Morgen, als die lange Kolonne der hohen Kastenwagen mit den Glasdächern über den Highway nach Miami rollte – ein Anblick, der dazu führte, daß trotz der ungewöhnlichen Stunde Oberst Ischlinski aus dem Bett geklingelt wurde. Der Anrufer wußte: Jurij Valentinowitsch war der ungnädigste Mensch der Welt, wenn man ihn im Schlaf störte; aber diese aus Fort Lauderdale anrückende Lastwagen-Kolonne rechtfertigte jeden Ärger.

Ischlinski saß sofort kerzengerade im Bett, als er den ersten Satz hörte. Er warf einen Blick zur Uhr, grunzte und mußte dem Anrufer recht geben, daß in diesem Fall die Zeit keine Rolle spielte.

»Dreißig neuartige Lastwagen?« fragte Ischlinski. »Sehen aus wie riesige Kühlwagen? Ich verstehe, sie wollen die Delphine wegschaffen! Falls es wirklich Delphine sind. Vielleicht ist das alles bloß eine Tarnung. An Delphine soll man denken, und was ist in den Wagen drin? Spezialbehälter für ein neues Gift!« Ischlinski holte tief Luft. »Paco, Sie bleiben dran! Ich setze sofort eine Truppe ein. Nicht eine Minute lang wird der Transport aus den Augen gelassen, ganz gleich, wohin er fährt . . . er muß von jetzt an immer unter unserer Kontrolle stehen!«

»Dreißig Wagen können wir schlecht verlieren«, sagte Paco.

Ischlinski schnaufte, warf den Hörer weg und sprang aus dem Bett. Ein ganz merkwürdiges Gefühl trieb ihn hoch, und seine Gefühle hatten ihn noch nie betrogen . . .

7

Da standen sie nun, zu einer Reihe aufgefahren und sauber ausgerichtet: dreißig Kolosse auf drei Achsen mit je sechs Doppelrädern; also pro Wagen zwölf breite, hohe Reifen. Die Ladeklappen waren heruntergelassen und gaben den Blick frei auf die in besonders abgefederten Gerüsten hängenden Kunststoffbecken. Neben den Becken befanden sich in einer Art Kabine, abgetrennt durch einen Vorhang, jeweils zwei Betten, ein Tisch, zwei Stühle, ein schmaler Schrank, ein Eisbereiter und ein Fernsehgerät, alles fest eingebaut. Diese Kabinen dienten als Aufenthaltsraum für die beiden Aufsichtspersonen pro Wagen.

Der Leiter des Transportes, ein ehemaliger Captain der US-Army, hatte Dr. Rawlings an der Einfahrt zur Forschungsstation begrüßt und die Kolonne fast militärisch gemeldet. »Dreißig klimatisierte Spezialtrucks zur Stelle!« hatte er gesagt. Jetzt meinte er: »Delphin müßte man sein, Sir. Zwei Mann Betreuung, geheiztes Wasser, keine Eßsorgen, liebevolle Pflege – auf dieser Welt scheint sich jetzt alles verkehrt herum zu entwickeln.«

»Nicht nur das!« lachte Rawlings und sah freudestrahlend auf die dreißig Riesenlaster im großen Innenhof vor dem Delphin-Bassin. »Es gehören auch zwei eigene Ärzte dazu und neun Psychologen.«

»Verdammt! Da haben wir beim Ausbau etwas vergessen!« rief der ehemalige Captain.

»Mein Gott, was denn?«

»Die Couches für die Psychiater! Wo sollen sich denn die nervenkranken Delphine hinlegen, wenn sie seelisch behandelt werden?«

Nach diesen Frotzeleien begannen die Vorarbeiten für den Abtransport. Man hatte bereits lange dicke Schläuche, wie sie auch die Feuerwehr benutzt, von den Wagen bis an den Strand verlegt und pumpte nun das gegenwärtig 23 Grad warme Meerwasser in die Kunststoffbecken. Dort richteten sich sofort die feinen Thermostate darauf ein; sie würden diese Temperatur bis nach San Diego konstant festhalten. Dr. Finley, Dr. Clark und sechs andere Wissenschaftler hockten oder saßen an dem großen Bassin und hatten ihre »Kompanien« zusammengerufen.

Die Delphine waren unruhig. Obwohl man in den letzten Tagen das Verladen schon mehrfach simuliert hatte, sahen, hörten und spürten sie, daß es nun ernst wurde. Was bisher ihre Heimat gewesen war, die Bay, die Riffe, die Korallen, das Bassin, die Übungstürme, die gesamte vertraute Umgebung, das sollte nun aufgegeben werden. Das Unbekannte, dem sie entgegenfahren mußten, erregte sie sehr. Ihr feines Nervensystem vibrierte. Ihre Betreuer sprachen ihnen beruhigend zu, aber trotz allen Drills der vergangenen Monate, ja sogar Jahre blieb die Nervosität. Vor allem John hob immer wieder den Kopf aus dem Wasser, schnellte hoch, drehte sich in der Luft und blickte um sich: Er suchte Helen.

Aber Helen war nicht da. Sie blieb in ihrem Bungalow, hatte die Jalousien heruntergelassen, saß im Wohnzimmer, hatte den Plattenspieler auf laut gestellt und hörte sich eine Sinfonie von Mozart an. Eine vergebliche Flucht, ein sinnloses Vergraben – während die Musik sie umrauschte, dachte sie immer nur daran, was jetzt da draußen geschah. Zweimal war Finley an ihre Tür gekommen, hatte geklingelt, mit der Faust geklopft und sie gerufen. Aber sie hatte nicht geöffnet. »Laßt mich in Ruhe!« hatte sie zuletzt geschrien. »Geht weg! Ich gehöre ja nicht mehr zu euch!«

Finley war daraufhin zu Rawlings gelaufen und hatte gesagt: »Steve, du mußt etwas unternehmen. Helen dreht sonst durch. Sie versteckt sich hinter Mozart.«

»Mozart ist gut.« Rawlings hatte müde gegrinst. »Mozart ist fröhlich. Bei Gustav Mahler wäre es bedenklicher.«

»Du hast vielleicht Nerven!« hatte Finley geschrien.

»Eben. Einer muß ja welche haben. Ihr benehmt euch alle, als hättet ihr euer Gehirn zur Überholung abgegeben.«

Aber auch Rawlings war an diesem Tag verändert. Er war einsilbig, und wenn er doch mal etwas sprach, war er grob; ein Beweis, daß auch seine Nerven nicht mehr die besten waren.

»Gut! Gut!« keifte er Finley an. »Ich gehe später zu Helen und tröste sie. Vielleicht hilft's, wenn ich ihr Mozart vorsinge: ›In diesen heil'gen Hallen . . .‹.«

»Idiot!« brüllte Finley und stürmte davon zum Bassin, wo der

Delphin John immer wieder aus dem Wasser schnellte und helle Kreischtöne ausstieß. Er rief nach Helen.

Nun also wurde das Meerwasser in die Transportbecken gepumpt. Die neunzig Fahrer – man wollte ja in drei Schichten durchfahren, Tag und Nacht – standen indessen im Kasino herum, tranken Fruchtsäfte (mit einem Schuß Wodka, was aber niemand aussprach!), Tee, Kaffee oder Coca und hörten sich lustlos einen Vortrag an, den Dr. Pimperl, ein geborener Wiener, über die Probleme beim Transport von Delphinen hielt. Für diese Fahrer war der ganze Aufwand sowieso ein Blödsinn. Delphine gab es gerade im Pazifik genug, warum mußte man da vom Atlantik welche herüberbringen? Und diese Vorsicht. Nun gut, es waren vielleicht gut trainierte Artisten, man hatte ja oft genug Vorführungen in Miami besucht und vor Begeisterung in die Hände geklatscht – aber Tier bleibt Tier, und wenn man dafür mehr Geld zur Verfügung stellt, als eine Familie mit drei Kindern in einem ganzen Jahr ausgeben kann, dann muß man da schon von einem schiefen Denken sprechen.

Gegen Mittag rief sogar Admiral Bouwie an. »Wie geht's voran?« fragte er besorgt.

»Die Transportbecken sind vollgepumpt, die I. Kompanie wird gerade verladen. Die Burschen benehmen sich diszipliniert, wenn sie auch nervös sind.« Rawlings blickte kurz auf seine Armbanduhr. »Wenn alles gut geht, können wir am Abend abfahren. Ich melde mich dann, Sir.«

»Was soll denn nicht gut gehen?« fragte Bouwie.

»Noch haben wir Johns Kompanie nicht in den Becken ... Ich will ihn als letzten nehmen.«

»Und wenn er große Schwierigkeiten macht?«

»Auch daran habe ich gedacht. Wir werden ihn mit Medikamenten ruhigstellen.«

»Dann viel Glück, Dr. Rawlings«, sagte Bouwie voll Sorge. »Bitte, rufen Sie sofort an, wenn alles klar ist – aber auch, wenn es unklar ist. Wirklich unglaublich – ich habe mich doch wirklich an die Viecher so gewöhnt! Ich denke an sie mehr, als ich an meine Frau gedacht habe ...«

Das Umladen in die Riesenwagen ging genauso vor sich wie sonst das Herüberheben auf die Trainingsschiffe. In Plastikwannen wurden die Delphine einzeln aus dem Becken gehoben und mit einem Spezialkran zu den fahrbaren Bassins gebracht. Dort rutschten sie in das für sie heimatliche Meerwasser. Dennoch blieb ihre Nervosität, denn alles um sie herum – blieb bis auf das Wasser – fremd: Der Himmel war zusammengeschrumpft zu einem gläsernen Viereck. Es gab nicht mehr die herrliche Weite. Man roch den Wind nicht mehr, nicht mehr die Blumen auf den Rabatten rund um das Bassin. Man sah die Sonne nicht mehr und die Wolken, die vor dem unendlichen Blau dahinsegelten. Das einzige, was die Delphine tröstete, war die Gegenwart der Trainer, ihre Stimmen und das Streicheln ihrer Hände. Ohne die Trainer hätten sie im Wasser getobt und verzweifelt versucht, sich aus den Kunststoffbecken zu schnellen.

Finley kam mit seiner Kompanie als letzter an die Reihe. Ruhig schwamm John in dem nun leeren Bassin herum, und seine zehn Delphine folgten ihm in Kiellinie, wie sie es gelernt hatten. Rawlings und Clark waren ebenfalls an den Beckenrand getreten und beobachteten den unnatürlich stillen und friedlichen John.

»Er wartet auf Helen«, sagte Finley mit gepreßter Stimme. »Ohne sie geschieht hier jetzt nichts mehr.«

»Auch wenn es John, dein Genie, ist, James – ich lasse mich doch nicht von einem Delphin terrorisieren!« rief Rawlings aufgebracht. »Er hat gelernt, Befehlen zu gehorchen. Fängt er an, sich zu weigern, verzichte ich auf ihn.«

»Das heißt: auf die ganze Kompanie verzichten, Steve.«

»Ronny ließ sich ohne Komplikationen transportieren.«

»Ronny ist auch nicht in Helen verliebt.« Finley hob die Schultern. »Verleugnen wir jetzt nicht unsere eigenen Forschungen! Wir wissen doch, daß Delphine zu Gefühlsregungen fähig sind.«

Die Transportwanne wurde an dem Kran zu Wasser gelassen. Finley winkte zu John hin. »Komm her«, sagte er. »Junge, mach keinen Scheiß! Es ist doch nicht zu ändern. Uns allen ist das Herz schwer ... nun komm, mein Junge. Komm ...«

John hob den Kopf, rauschte heran, umkreiste die Transportwanne, stieß ein paar quietschende Laute aus, aber er schwamm nicht in die Wanne, um sich hochziehen zu lassen. Seine Kompanie wartete abseits auf das, was ihr Chef tun würde.

»Geh zu Helen und hol sie«, sagte Rawlings rauh zu Finley.

»Sie wird nicht kommen.«

»Erklär ihr, was hier los ist.«

»Das weiß sie.«

»Verdammt! Hier ist kein Platz für Hysterie! Sie soll John überreden. Von mir aus kann sie dann hinterher eine Woche lang Mozart hören. James, versuch es...«

Finley nickte, drehte sich um und ging. Im gleichen Augenblick schnellte sich John hoch aus dem Wasser und gab einen fast menschlichen, schrillen Schrei von sich. Sogar Clark und Rawlings zuckten bei diesem Ton zusammen. Finley zog den Kopf in die Schultern, als hagle es, und rannte hinüber zu Helens Bungalow.

Schon unter der überdachten Veranda schlug ihm die Musik entgegen. Jetzt war es Beethoven. Die III. Sinfonie. Helen hatte auf volle Lautstärke gedreht. Drinnen im Zimmer mußte es fast unerträglich sein.

Finley hieb mit beiden Fäusten gegen die Tür. Es ging nicht anders. Das Klingeln hätte Helen nie gehört. Trotzdem dauerte es noch lange Minuten, bis sie sich meldete.

»Hör auf, James!« rief sie. Ohne zu fragen, wußte sie genau, wer da klopfte. In ihrer Stimme schwang größte Verzweiflung. »Fahrt doch endlich ab!«

»Genau das geht nicht. John weigert sich. Du mußt kommen. Helen, ich bitte dich.«

»Ich kann nicht mehr, James!«

»Nur noch diese eine Hilfe! Helen, Steve ist stocksauer. Er kriegt es fertig, John und die ganze Kompanie hier zu lassen und nach Miami ins Marineland zu bringen. Als Zirkusdelphin! Helen!«

»Ihr habt immer darüber hinweggesehen und bei der Arbeit fast vergessen, daß ich eine Frau bin«, sagte sie mit schwankender Stimme. »Jetzt bin ich eine! James, ihr verlangt zuviel von mir.« Die Tür öffnete sich einen Spalt, Helens Hand erschien und hielt Finley den goldenen Badeanzug hin, den sie immer getragen hatte, wenn sie mit John im Bassin geschwommen war. »Vielleicht hilft das. Versucht es ...«

»Ich soll deinen Badeanzug anziehen?«

»Idiot! Du sollst ihn John zeigen, weiter nichts. Vielleicht wird er dann ruhiger.«

Finley nahm ihr den Badeanzug ab, aber bevor er ihre Hand ergreifen konnte, warf sie die Tür wieder zu und drehte den Schlüssel herum.

»Helen!« rief er verzweifelt. »Komm doch heraus!«

Sie antwortete nicht mehr, und Finley wußte, daß es nur vergeudete Zeit sein würde, weiter auf sie einzureden. Er lief zum Bassin zurück und hatte den goldenen Badeanzug unter den Arm geklemmt. Rawlings starrte ihn entgeistert an.

»James! Du solltest Helen nicht vergewaltigen, sondern hierher bringen.«

»Das ist ihre einzige Hilfe.« Finley zog den zerknüllten Badeanzug auseinander. »Wenn John darauf reagiert, ist er menschlicher, als wir je gedacht haben. Die Mehrzahl der Menschen besteht – ohne daß sie es weiß – aus Fetischisten. Psychologisch gesehen ist ja jedes Foto, das man macht, ein Fetisch. Man fotografiert, was man gern hat, um es für alle Zeiten bei sich zu haben.«

»Ich will keine psychologischen Vorträge«, schrie Rawlings, »ich will John im Transporter sehen!«

Finley trat an das Bassin und hielt Helens Badeanzug hoch. John hob sofort den Kopf aus dem Wasser und musterte den goldenen, in der Abendsonne glitzernden Gegenstand. Er erkannte ihn sofort, gab pfeifende, zärtliche Laute von sich und schwamm nahe an Finley heran.

»Ja, er ist es, alter Junge!« sagte Finley mit bebender Stimme. »Es ist Helens Badeanzug. Sie läßt dich grüßen. Du sollst vernünftig sein, sagt sie. Das Leben geht doch weiter, John ...«

John schwamm dreimal um die heruntergelassene Transportwanne herum, immer den Blick auf den goldenen Anzug gerichtet. Dann bog er ab und glitt langsam in die Mitte der Wanne.

»Hoch!« rief Rawlings. Auch seine Stimme schwankte bedenklich. »Hoch mit der Wanne! Schlaft ihr denn?«

Der Kran ruckte an. John blieb in der Wanne, schnellte sich nicht wieder mit einem mächtigen Satz heraus... er lag fast unbeweglich im Wasser, den Blick immer auf Finley gerichtet. Wären diese lebenden Augen nicht gewesen, man hätte meinen können, John sei plötzlich an einem Herzschlag gestorben.

»Du sollst ihn immer bei dir haben«, sagte Finley und warf den goldenen Badeanzug in die Wanne. »Ich kann dir nachfühlen, wie dir zumute ist, alter Junge.«

Sofort ergriff John den Badeanzug Helens mit der Schnauze, drückte ihn unter Wasser und lag dann wieder unbeweglich, den goldenen Stoff mit seinem großen, glänzenden schönen Leib schützend. So wurde er auch hinübergefahren zu seinem fahrbaren Bassin und dort heruntergelassen. Er rutschte ins Wasser, nahm den Badeanzug zwischen die Zähne und war so still wie nie in seinem Leben.

Von da ab vollzog sich das Einladen seiner Kompanie ohne Schwierigkeiten. Die zehn Delphine gehorchten jedem Befehl, wurden zu ihren Becken gefahren und bewegten sich dann ruhig und gelassen in dem beengten Raum.

Dr. Clark wischte sich den Schweiß von der Stirn. Sein schwarzes Gesicht glänzte wie poliertes Ebenholz. »Geschafft!« sagte er. »Und um eine neue Erkenntnis bin ich reicher: Delphine sind absolut menschlich! Habt ihr gesehen, wie John mit dem Badeanzug umging? Welche Zärtlichkeit er da zeigte? Er hat einen Teil von Helen bei sich, das macht ihn glücklich. Wenn ich das in einem Artikel veröffentliche, hält man mich für einen Spinner! Das nimmt keine seriöse Zeitschrift an. Aber wir haben es ja mit eigenen Augen gesehen: Delphine können Fetischisten sein. – James, das war eine epochale Leistung von dir.«

»Von Helen!« verbesserte Finley mit müder Stimme. »Sie hatte die Idee. Ich sage euch eins: Es ist eine hundsgemeine Schande, auf Helen zu verzichten.«

»Beleidige nicht die Hunde!« Clark wischte sich wieder den Schweiß aus dem Gesicht. »Es ist eine menschengemeine Schande.«

Rawlings, dem diese Worte galten, schwieg und wandte sich ab.

Finley und Clark sahen ihm nach. Er ging etwas nach vorn gebückt, als schleppe er etwas Schweres auf seinen Schultern.

»Er kann ja auch nichts dafür«, sagte Finley stockend. »Er hat Anweisungen von der Admiralität – und außerdem die volle Verantwortung für das ›Unternehmen Delphin‹. Er kann nicht immer, wie er will . . .«

Eine Stunde später fuhr die Kolonne der dreißig Monsterwagen durch das große Tor von Biscayne Bay. Der Transportleiter, der ehemalige Captain, hatte anhand einer großen Autokarte noch einmal Rawlings die Fahrtroute erklärt: »Von hier geht es über die Nummer 41 bis Tampa. Dort setzen wir uns auf den Free Limited-Access Highway Nummer 75 und fahren bis Lake City. Nördlich davon erreichen wir den Highway Nummer 10, der uns dann durch die Staaten Alabama, Mississippi, Louisiana, Texas und New Mexico führt, bis wir in Arizona bei Eloy auf den Highway Nummer 8 stoßen, auf dem wir durch Kalifornien, immer an der mexikanischen Grenze entlang, bis San Diego fahren.«

»Wenn man die Strecke auf der Karte betrachtet, können einem die Haare zu Berge stehen!« sagte Rawlings. »Mit sechsundsechzig Delphinen eine solche Affentour . . .«

»Es war Ihr Vorschlag, Sir.« Der ehemalige Captain faltete die große Karte wieder säuberlich zusammen. »Mir ist das sowieso rätselhaft. Können Sie mir erklären, warum man wegen ein paar Delphinen einen solchen Aufwand macht?«

»Nein!« antwortete Rawlings knapp.

»Anscheinend hat man irgendwo zuviel Geld, das anderswo dringend fehlt!«

»So wird's sein.«

»Immer dasselbe!« Der Transportleiter winkte geringschätzig ab. »In den Slums suchen sie die Mülltonnen nach etwas Eßbarem durch, und hier gehen die Millionen buchstäblich ins Wasser. Ob bei dieser Regierung oder einer anderen – es ist immer dasselbe. Wen soll man eigentlich noch wählen?«

»Die Vernunft, mein Lieber.«

»Gern – aber wo ist sie? Wer hat sie? Die hat man doch versteckt, damit keiner sie kennenlernt.«

Dr. Rawlings verließ seine Forschungsstation als letzter. Fast sieben Jahre hatte er hier verbracht, anfangs mit einem kleinen Becken und zwei Häusern, die zuletzt zu dieser perfekten, geheimen kleinen Stadt geworden waren. Noch einmal ging er herum, stand sinnend an dem nun leeren Bassin – die neuen Delphine und ein neues Team trafen erst morgen ein – und wandte sich dann Helens Bungalow zu. Aus dem Inneren dröhnte Wagner. Der Walkürenritt. Rawlings klopfte. Sein altes Erkennungszeichen: dreimal lang, zweimal kurz, zweimal lang. Der Walkürenritt wurde leiser.

»Was willst du?« fragte Helen durch die Tür.

»Ich fahre jetzt. Die anderen sind alle weg... Ich möchte mich verabschieden, Helen.«

»Gute Fahrt, Steve.«

»Ist das alles?«

»Was erwartest du mehr?«

»Ich soll dich von James, David Abraham und all den anderen grüßen. Sie werden dir alle schreiben.«

»Die Post wird zurückgehen. Ich bin dann nicht mehr hier.«

»Helen! Mach keinen Blödsinn! Wo willst du hin? Was willst du tun?«

»Das ist meine Sache, Steve.«

»Bitte, mach die Tür auf!«

»Nein.«

»Verdammt, ich trete sie ein!«

»Das gäbe Komplikationen. Ich schieße, Steve. Ich schwöre dir, ich schieße sofort – und es wird Notwehr sein! Nimm das ernst, Steve! Hau endlich ab und kümmere dich nicht mehr um mich.«

»Ich rufe dich jeden Tag an, Helen, und erzähle dir, was wir machen, was John macht. – Du wirst am Telefon dabei sein...«

»Nein! Ich werde nicht mehr hier sein, Steve.«

»Wo kann ich dich erreichen?«

»Nirgendwo. Streich mich aus deinem Gedächtnis, Steve. Die Welt ist groß, und irgendwo werde ich sein.«

»Helen!« Rawlings lehnte sich gegen die Tür. »Wollen wir nach all den Jahren so auseinandergehen? Gib mir nicht die Schuld an dieser Entwicklung.«

»Habe *ich* sie?« schrie Helen hinter der Tür. »Darf ich mich nicht verlieben? Darf ich keine Frau sein?«

»Fisher war ein Spion.«

»Das stand nicht auf seiner Stirn geschrieben! O Steve, keine weiteren Worte mehr! Hau ab! Leb wohl. Und viel Erfolg mit unseren Delphinen. Ja, noch eins: Sag James, er sei ein guter Kerl, und er soll, wenn er sich in San Diego verliebt, aufpassen, daß er keiner in die Hände fällt, die ihn ausnimmt. Er ist Frauen gegenüber so hilflos.«

»Darüber hättest du mit Finley früher sprechen sollen, Helen!«

»Ach Gott! Hau ab, Steve! Es ist schrecklich. Fahr doch endlich los.«

Sie lief von der Tür weg, und der letzte Rest des Walkürenrittes dröhnte wieder mit voller Lautstärke durch das Haus. Rawlings schüttelte den Kopf, ging hinüber zu seinem Wagen, stieg ein und fuhr schnell, ohne in den Rückspiegel zu blicken, aus dem Tor und hinauf auf die Straße.

Schluß, dachte er. Nicht nach hinten sehen. Nur nicht sentimental werden. Man muß im Leben Abschied nehmen und sich losreißen können. Auch wenn es bis ins tiefste Herz weh tut. Das Leben nimmt keine Rücksicht.

Halt den Kopf hoch, Helen!

Hinter der heruntergelassenen Jalousie beobachtete Helen durch einen Spalt die Abfahrt Rawlings'. Als er das Gelände der Station verlassen hatte, drehte sie den Plattenspieler ab und setzte sich, die Hände im Schoß gefaltet, auf ihre Couch. An der Tür standen ihre gepackten Koffer, und nun war klar, warum sie sich geweigert hatte, weder Finley noch Rawlings hereinzulassen: In den vergangenen Stunden hatte sie das ganze Haus »übergabereif« gemacht: Die Schränke waren leer, das Geschirr gespült, die Flaschen in der kleinen Hausbar zusammengestellt, am Kühlschrank hing ein Zettel: »Alles, was noch drin ist, kann aufgebraucht werden. Guten Appetit.« Und ein anderer Zettel, auf dem Couchtisch, enthielt die Anweisung: »Es werden noch drei Magazine im Abonnement kommen. Lest sie. Ab nächsten Monat ist alles abbestellt.«

Es war jetzt auffällig still nach dem stundenlangen brüllenden

Konzert. Helen hockte geduldig auf der Couch und blickte auf die Uhr. Ab und zu schloß sie die Augen und verfolgte im Geist, wie vor einem Film, die Fahrt der langen Lastwagenkolonne auf dem Highway Nummer 41 nach Tampa durch den versinkenden Abend. Dreißig Kolosse und neun Privatautos. Vorweg fuhr Dr. Rawlings in seinem silbergrauen Chrysler. Als letzter Finley im Transporter 30, am Beckenrand bei John sitzend.

Fahrt langsam, Jungs, dachte Helen. Nicht mehr als 50 Kilometer pro Stunde, trotz Spezialfederung und Aufhängung der Becken – es schwankt zu sehr! Delphine sind empfindlich, sie stoßen sich leicht. Man hat euch das bestimmt gesagt, und ihr habt heimlich gegrinst. Fische mit blauen Flecken; diese Wissenschaftler haben einen Stich! Wenn ihr wüßtet, welch eine Fracht ihr da habt. Wieviel Millionen ihr da transportiert. Welch militärisches Geheimnis da auf Rädern durch halb Amerika rollt. Euch würde kalt werden bei aller Hitze.

Nach zwei Stunden erhob sie sich, ging ins Badezimmer, wusch sich noch einmal und schminkte sich. In der dritten Stunde schleppte sie ihre Koffer zu dem Rabbit, verstaute alles im Kofferraum und auf den Rücksitzen und tat dann das gleiche, was Rawlings und alle Mitarbeiter getan hatten: Sie ging noch einmal langsam durch die nun stille Station, stand an dem großen Bassin, in dem nun kein Delphin mehr war, ging hinunter zum Meer und blickte hinüber zu den Riffen und zu den Übungsbooten, setzte sich auf eine der Bänke im Innenhof und sah zu, wie der Tag im Meer versank, wie das glutende Rot der sterbenden Sonne verblich und die Nacht ihr Dunkel über Wasser und Land breitete.

Helen blickte auf die Uhr. Drei Stunden waren vergangen seit der Abfahrt der Kolonne. Das war der Abstand, den sie sich ausgerechnet hatte, um ungestört hinterher fahren zu können.

Sie stieg in ihren Rabbit, atmete ein paarmal tief durch und ließ dann den Starter rattern. Langsam – fahrt nicht schneller als 50, Jungs, dachte sie wieder – fuhr sie aus der Station, passierte ohne Aufenthalt die Kontrolle, denn an der Windschutzscheibe klebte ja das Erkennungsschild der Forschungsgruppe, und erreichte die Straße zum Highway. Der Weg, den die Kolonne bis San Diego nehmen würde, war ihr klar. Es war auch ihr Weg – nur immer drei Stunden zurück.

Ich werde euer langer Schatten sein, dachte sie. Wenn ihr denkt, eine Helen Morero könnt ihr zurücklassen, dann kennt ihr sie noch nicht gut genug!

Wie werdet ihr staunen, wenn ich in San Diego am Bassin stehe und mit John spiele! Auf eure Gesichter freue ich mich. Und du, James, du liebes Rindvieh, wirst dann vielleicht endlich deine Hemmungen verlieren. Nein, so emanzipiert bin ich noch nicht, um dir zuerst um den Hals zu fallen! Da mußt du schon was tun, und wenn's nur ein Wink ist ...

Aber ich bin da, und das ist die Hauptsache.

Fahrt schön langsam, Jungs! Jedes Schlagloch ist gefährlich.

Ich bin drei Stunden hinter euch ... Ich lass' euch doch nicht allein in dieses große Abenteuer ziehen ...

Hinter Fort Myers drehte sie das Autoradio an. Musik vom Broadway. Das Musical Oklahoma.

Helen legte den Kopf zurück und sang mit. Eine verzweifelte Freude war in ihr; und der Stolz, so mutig zu sein, hinter ihren Delphinen herzufahren und nicht aufzugeben ...

Eine halbe Stunde nach Abmarsch der Kolonne von Biscayne Bay läutete bei Oberst Ischlinski in der sowjetischen Botschaft von Washington das Telefon. Jurij Valentinowitsch hatte gerade seine Arbeit vollendet und freute sich auf den Abend, der mit einem Dinner im Restaurant »Lucull français« beginnen und im Bett einer Villa am Potomac enden sollte. Er hatte sich mit einer Dame verabredet, die als reiche Witwe in der Washingtoner Gesellschaft eine angesehene Rolle spielte. Sie galt als sehr prüde; aber das konnte Jurij Valentinowitsch nicht bestätigen – ihm war es nämlich gelungen, die schöne, etwas üppige Maureen schon am zweiten Abend davon zu überzeugen, daß Witwe sein nicht bedeutete, an den kleinen und großen Freuden des Lebens vorbeizugehen. Hinzu kam, daß der bissige Ischlinski in gewissen Situationen auch einen Charme versprühen konnte, der zusammen mit der immer durchscheinenden moskowiter Barschheit ausgesprochen verführerisch wirkte und Frauen anscheinend so ans Gemüt ging, daß sie ohne Zögern Moral zu einem unverständlichen Fremdwort erklärten. Bei Maureen wirkte sich die seelische Verwirrung so aus, daß sie Ischlinski ihre schloßartige Villa als sein Eigentum anbot, sobald seine bärenhafte Liebe nur ihr allein gelten werde.

Jurij Valentinowitsch wollte gerade das Zimmer verlassen und war schon an der Tür, als ihn das Telefon zurückholte.

»Sie fahren«, sagte eine tiefe Baßstimme, »Richtung Tampa. Ganz langsam und vorsichtig bewegen sie sich. An der Spitze fährt ein Patrolwagen. Sie haben tatsächlich Delphine an Bord.«

»Und dann die Polizei voraus!« schnaubte Ischlinski. »Hält man uns für Hohlköpfe? Seit wann begleitet die Polizei Delphine, na? Da schaukelt etwas anderes durch die Gegend.«

»Was sollen wir tun?« fragte die Stimme.

»Dranbleiben!« Ischlinski dachte an Maureen und ihre weißhäutige Üppigkeit und fügte hinzu: »Nicht locker lassen. Festhalten!« Er schnaufte, schüttelte über sich selbst den Kopf und sagte hart: »Sie erhalten weitere Anweisungen. Melden Sie sich morgen früh wieder.«

»Um welche Zeit?«

»Um zehn. Nein, um elf!« Ischlinski kannte Maureen. Nach dem Morgenkaffee wurde sie nochmal zärtlich. Bis um zehn war das nicht zu schaffen. »Ende!«

Jurij Valentinowitsch blickte düster vor sich hin. Dreißig Spezialwagen mit unbekannter Ladung, getarnt durch Delphine, waren auf dem Weg. Wohin? Was transportierten sie? Was hatte Fisher gewußt und warum mußte er sterben? Wer hatte ihn umgebracht, wenn nicht das CIA? Wie heiß war das alles?!

Ischlinski seufzte, schloß sein Büro ab und verließ die Botschaft durch den Hintereingang. Die Freude auf Maureen war etwas säuerlich geworden. Auch das vortreffliche Dinner heiterte ihn nicht auf, und Maureens verzehrende Leidenschaft empfand er an diesem Abend als eine Belästigung. Etwas brüsk verabschiedete er sich von ihr, ließ eine fassungslose Geliebte im breiten italienischen Renaissancebett zurück und fuhr zur sowjetischen Botschaft.

Auf dem Tonband, das alle für ihn bestimmte Gespräche speicherte, waren inzwischen drei Meldungen aus Florida angekommen.

Die geheimnisvolle Transportkolonne bewegte sich demnach über Tampa hinaus in Richtung Gainesville, und es schien so, als wolle sie den großen Highway Nummer 10 erreichen. Die letzte Meldung gab dann Klarheit: Nummer 10 erreicht, aber nicht Weiterfahrt in Richtung Jacksonville, sondern nach Osten, in die allgemeine Richtung New Orleans.

»Ich folge ihnen noch«, sagte die tiefe Stimme über Telefon. »Aber lange geht das nicht mehr. Ich schlafe am Steuer ein. Sie fahren mit dreifacher Besatzung, aber ich bin allein. Bis Pensacola hoffe ich noch durchzuhalten, aber dann müßte der Wagen allein laufen. Was soll ich tun? Erwarte gegen 3 Uhr morgens Ihren Anruf im Drive-in von Tallahassee. Ende.«

Ischlinski sah auf die Uhr. Noch eine Stunde Zeit. Aus dem Regal holte er eine große Karte vom Süden Amerikas und starrte auf die breite Linie den Highway Nummer 10. Wohin wollen sie, dachte er. Nach New Orleans? Da gibt es keine geheimen militärischen Einrichtungen. Fahren sie weiter bis nach New Mexico? Dann müßten sie dort abschwenken nach Los Alamos. Das wäre eine Erklärung. Eine Fracht für das Atomzentrum Los Alamos. Dort wurde die erste Atombombe entwickelt, und dort geschehen heute noch Dinge, die man in Moskau mit großer Unruhe beobachtet.

Aber warum nehmen sie dann den langen Landweg und nicht den kurzen, der Beobachtung entzogenen Luftweg? Und was soll die dämliche Tarnung mit den Delphinen? Das alles paßt in keine Logik.

Ischlinski setzte sich in einen Sessel, rauchte eine Zigarette und grübelte. Sie werden Tag und Nacht fahren, in drei Schichten, wie Paco meldet. Also werden auch wir ihnen Tag und Nacht folgen. Wir werden sie weiterreichen von Station zu Station und sie nicht aus den Augen lassen.

Aus dem Panzerschrank holte er die verschlüsselte Liste aller Männer, Frauen und Organisationen, die er im Laufe der Jahre angeworben hatte. Über die ganzen USA verstreut, mit Schwerpunkten, an denen besonders ausgebildete Agentenführer saßen, hatte Ischlinski ein engmaschiges Netz von V-Männern ausgebreitet. Da gab es Straßenkehrer, die für ihn arbeiteten, genau so wie angesehene Geschäftsleute oder Lehrer, Ingenieure oder Architekten, Regierungs- und Distriktbeamte oder Polizeioffiziere, Wissenschaftler oder Barbesitzer, Bordellwirte oder Offiziere, Flugschulen oder Autowerkstätten.

Eine Stunde lang stellte Ischlinski eine Liste zusammen; er setzte den Hubschrauber einer Flugschule ein, den niemand verdächtigen würde; einen Truck, der leere Flaschen laden würde; einen Bäcker, der mit vier Freunden eine Urlaubsreise in einem Wohnmobil unternahm, und sechs Privatleute, die der geheimnisvollen Kolonne als harmlose Geschäftsreisende folgen sollten.

Bis New Mexico, mit dem Ziel Los Alamos, setzte Ischlinski zunächst listenmäßig seine Leute ein und griff dann zum Telefon, um Paco in Tallahassee anzurufen. Es war genau drei Uhr morgens.

Im Drive-in schien Paco neben dem Telefon gesessen zu haben. Nach wenigen Sekunden war er am Apparat.

»Sie sind hier vor einer halben Stunde durch«, sagte Paco mit müder Stimme. »Vorweg Polizei, am Schluß Polizei. In Drifton ist noch ein Jeep der US Army dazugekommen und fährt jetzt in der Mitte. Sie fahren ohne Pause, nur zum Tanken haben sie einmal angehalten. Sir, ich falle vor Erschöpfung gleich vom Stuhl.«

»Sie werden in Pensacola abgelöst. Ein Lieferwagen mit leeren Flaschen übernimmt den Konvoi. Der Fahrer wird Sie um Feuer für seine Zigarette bitten. Schaffen Sie es noch bis Pensacola?«

»Wenn ich mir die Lider mit Heftpflaster hochpappe, vielleicht.«

»Wie alt sind Sie, Paco?« fragte Ischlinski, fast angewidert.

»Fünfundzwanzig, Sir.«

»Mit fünfundzwanzig sind unsere Leute bei der Schlacht um Kursk fünf Tage und fünf Nächte marschiert und haben dann noch die Deutschen besiegt. O Jammer, welch eine schlappe Generation wächst da heran!«

»Ich hätte nie den Ehrgeiz, eine Schlacht zu gewinnen, Sir«, sagte Paco, und Ischlinski hörte ihn breit und laut gähnen. »Diskutieren wir nicht darüber, das macht nur noch müder. Ich werde bis Pensacola durchhalten und die Delphine an die leeren Flaschen übergeben.« Paco gähnte wieder. »Wissen Sie, was einen so auf den Boden drückt? Diese Kolonne schleicht über den Highway. Da hinterher zu fahren, immer mit Abstand – da fallen einem die Augen automatisch zu. Sind Sie schon mal über 500 Kilometer permanent über die Straße geschlichen? Mörderisch, Sir ... Noch Aufträge?«

»Ja!« sagte Ischlinski grob. »Legen Sie sich ins Bett und beruhigen Sie Ihre degenerierten Nerven. Sie bekommen morgen neue Order.«

Jurij Valentinowitsch legte auf und begann dann, anhand seiner Liste die Bewachung des Delphintransportes zu alarmieren. Gegen fünf Uhr früh hatte er es geschafft – die Kontrolle über den Konvoi war lückenlos. Bis New Mexico – falls sie diesen Weg einschlugen – würden die dreißig Spezialwagen und alle anderen Begleitfahrzeuge nicht einen Augenblick ohne Überwachung sein.

Ischlinski genehmigte sich einen Trunk aus Orangensaft mit 30 Gramm Wodka, streckte, im Sessel mehr liegend als sitzend, die Beine weit von sich und war mit sich zufrieden. Nur der Ärger, nicht zu wissen, was da transportiert wurde, nagte in ihm. Auch das werden wir erfahren, dachte er. Die Zeit ist knapp, sie fahren ohne Aufenthalt durch – aber das ist auch die Gefahr, die nicht berechnet werden kann. Irgend etwas wird auf der langen Strecke passieren, sei es eine Reifenpanne, ein Schaden am Motor, ein Unfall. Es könnte zum Beispiel jemand von der Seite kommen und einen der Wagen rammen. Schon immer war der Zufall der Verbündete der Russen. Außerdem – Ischlinski trank mit einem Lächeln seinen Wodka-Orange leer – kann man Zufälle konstruieren. Wer sieht einem dusseligen Autofahrer, der die Vorfahrt mißachtet, an, daß er in Diensten der Sowjets steht?

Als über Washington die Sonne aufging, lag Ischlinski in seinem Sessel und schlief mit einem zufriedenen Lächeln um die Lippen. So traf ihn bei Dienstantritt seine Sekretärin an und stieß einen leisen Schrei aus.

Jurij Valentinowitsch straffte sich, sprang auf und sagte streng: »Benehmen Sie sich, Anne! Warum piepsen Sie? Während Sie im Bett mit Ihrem Frank die Augen verdrehen, geht hier die Weltpolitik weiter. Los, bewegen Sie sich – machen Sie mir einen starken Kaffee!«

Neun Stunden hielt es Helen hinter dem Steuer ihres Rabbit aus, dann sagte sie sich: Es ist Wahnsinn, Helen Morero! Du siehst kaum noch die Straße, du hörst fast nichts mehr, streckenweise fährst du sogar mit geschlossenen Augen. Wo soll das enden?

Sie hielt an einem Rastplatz des Highway an, studierte die Straßenkarte und entschloß sich, die Kolonne auf einer dem Highway parallel laufenden Straße zu überholen, mit der höchsten erlaubten Geschwindigkeit vorauszufahren und in einem Motel drei oder vier Stunden zu schlafen. Es war dann leicht, den Anschluß – mit drei Stunden Zwischenraum – wieder herzustellen.

An der nächsten Kreuzung bog sie ab, gab Gas und knatterte mit ihrem Rabbit durch die helle Nacht. So fuhr sie, alle Energie sammelnd, zwei Stunden durch einsame schlafende Dörfer und Kleinstädte, bis sie nach ihrer Berechnung die Delphinkolonne überholt hatte, und bremste vor einem kleinen Motel, an dem nur zwei Wagen parkten.

Ein schläfriger Farbiger saß im Office und las in einem Sex-Magazin. Jeder hat seine eigene Methode, die Müdigkeit zu vertreiben. Der Portier grinste Helen an und blickte abwartend zum Eingang, wo denn der dazu gehörende Begleiter bliebe. Da niemand nachkam, wandte er sich mit einem erstaunten Blick wieder Helen zu.

»Was kann ich für Sie tun, Madam?« fragte er.

»Ein Zimmer.«

»Natürlich. Wir haben drei Kategorien zu ...«

»Irgendein Zimmer!« unterbrach ihn Helen. »Ich will nur schlafen. Ganz gleich, was es kostet.«

Der Portier wies Helen das teuerste Zimmer zum Garten hin zu, kassierte den Preis im voraus, wartete, bis sie gegangen war, und widmete sich dann wieder seinem Sex-Magazin. Ein uninteressanter Gast, völlig normal. Um diese Zeit konnte man nichts anderes mehr erwarten und ohne Bedenken das Zimmer vermieten, das neben dem Spiegel ein Loch in der Wand hatte, umrahmt von einem

Kranz Strohblumen – ein Loch, durch welches bei Bedarf das Geschehen im und rund um das Bett zu beobachten war.

Helen schlief fünf Stunden, ließ sich von ihrem Reisewecker aufschrecken, frühstückte im Stehen ein Sandwich und zwei Tassen bitteren Kaffee und setzte sich dann wieder in ihren Rabbit.

Der Delphin-Konvoi hatte inzwischen einen Vorsprung von sieben Stunden. Es war kein Problem, diese Zeit auf dem Free-Limited-Access Highway Nummer 10 aufzuholen, bis der Abstand wieder drei Stunden betrug.

Als sie an einer Tankstelle anhielt, bediente sie ein junger Tankwart, der noch völlig begeistert war von dem Erlebnis der vergangenen Nacht. »Das hätten Sie sehen müssen, Miß«, sagte er. »Dreißig Riesentrucks, alle mit Delphinen in großen Plastikwannen. Das war für mich das Geschäft des Jahres. Randvoll haben sie gezapft. So'n Glück hat man nur einmal. Sie haben mich in einen Wagen hineinblicken lassen – waren das Kerle von Fischen!«

»Delphine sind keine Fische«, sagte Helen.

»Was denn sonst, Miß?«

»Eine Untergattung der Wale.«

»Und ein Wal ist kein Fisch?«

»Nein. Ein Säugetier. Wie Sie.«

Der Tankwart starrte Helen an, als habe sie einen superscharfen Witz erzählt, verzichtete auf eine weitere Unterhaltung, zapfte stumm zu Ende, kassierte das Geld, tippte doppeldeutig beim Abschied an die Stirn und sah ihr dann kopfschüttelnd nach. Typen gibt's! Sah so nett und vernünftig aus und hat doch 'ne Macke.

Keine zehn Minuten später hielt ein Oldsmobile an der Tanksäule, und ein Mann fragte:

»Ist hier 'n Delphintransport durchgekommen?«

»Ja, Sir.« Der Tankwart grinste breit. »Säugetiere wie Sie ...«

»Mach den Tank voll und halt's Maul«, sagte der Mann grob.

Er steckte sich eine Zigarette an, schlenkerte Arme und Beine und lockerte die Gelenke, ging zur Toilette, kam heraus und gähnte herzhaft.

Dann fuhr der Mann, den Ischlinski Paco genannt hatte, schnell den Highway hinunter und überholte nach knapp vierzig Minuten

Helens hellblauen Rabbit, ohne ihn mehr zu beachten als alle anderen Wagen.

8

Am Morgen des dritten Tages geschah dann das, was alle befürchtet hatten, auch wenn keiner daran denken wollte: Die Kolonne kam ins Stocken. Bei Fort Stockton in Texas bog ein alter Milchlastwagen, der von Monahans herunterkam, in den Highway Nummer 10 ein und rammte seitlich den Truck, in dem der Delphin Harry und drei seiner Kameraden schwammen. Dr. Clark, der neben dem Bassin in seiner Kabine auf dem Feldbett lag, wurde von dem Aufprall heruntergeschleudert und krachte mit dem Kopf gegen die Wagenwand.

Weiter geschah nichts, aber es war genug, um den ganzen Konvoi zum Stillstand zu bringen. Bei dem Zusammenstoß war an Clarks Transporter ein Reifen aufgeschlitzt worden, das Blech über den Rädern hatte sich verbogen und blockierte sie.

Der Fahrer des Milchwagens hatte sich kurz vor dem Zusammenprall aus seinem Führerhaus fallen lassen und stand nun mit zwei Platzwunden an den Armen und mit Staub überzogen neben den Trümmern seines Autos und schrie hysterisch herum.

»Die Bremsen!« brüllte er heiser. »Ich sehe den Truck, trete drauf – nichts! Gar nichts! Der Kasten fährt lustig weiter. Was sollte ich tun, he? Raus, habe ich mir gesagt, nur raus hier. Hab 'ne junge Frau und zwei Kinder zu Hause. Und ich hab' immer zum Boß gesagt: Wirf den Mistkarren weg. Das ist'n Schrotthaufen. Da fahr' ich nicht mehr mit. Aber was soll man tun? Ich brauch' den Job, ich brauch' die Dollars. Ich schwöre euch: Die Bremsen waren einfach tot. Das wird die Untersuchung klar feststellen. Ich hatte keine Chance mehr . . .«

Das Lamentieren war zwar berechtigt, aber es half nicht weiter. Dr. Rawlings kam von der Spitze der Kolonne nach hinten gefahren und besichtigte den Schaden. Dr. Clark hatte ein nasses Handtuch um seinen Kopf gerollt.

»Alles klar, David?« fragte Rawlings besorgt.

»Nur eine Beule, Steve.« Dr. Clark winkte ab. »Aber Harry und die anderen Delphine sind aus dem Häuschen. Ihre zarten Gemüter!« Er zeigte auf den Milchwagen, der sich in die Seite des Trucks gebohrt hatte und dort nun wie eine große Klette hing. »Unmöglich, weiterzufahren.«

»Wir müssen!« sagte Rawlings. »Wir sind in der Zeit sowieso schon zurück.«

»Was nicht geht, geht nicht, Sir.« Der Fahrer des Spezialwagens, der diese Strecke steuerte, schüttelte den Kopf. Seine beiden anderen Kollegen brüllten auf den Milchfahrer ein, der mit schriller Stimme zurückschrie. »Wir müssen in die Werkstatt. Oder können Sie unsere Delphine umladen?«

»Nein. Das wird zu eng.« Rawlings ging zu dem Transporter und besichtigte den Schaden. Sofort war der Milchfahrer bei ihm und warf die Arme hoch.

»Die Bremsen, Sir, die Bremsen! Was sollte ich tun? Ich hab's noch mit der Handbremse versucht, aber auch die ist abgeschliffen. Machen Sie meinen Boß dafür verantwortlich, aber nicht mich. Der haut mir jetzt den Job sowieso um die Ohren.«

»Schon gut«, sagte Rawlings und schob den klagenden Mann zur Seite. »Keiner wird Ihnen eine Rechnung schicken. Gehen Sie dort zum Wagen 12 und lassen Sie sich Ihre Platzwunden behandeln. Im Wagen 12 ist ein Arzt.«

Er wartete, bis der Fahrer weggelaufen war, und wandte sich dann zu Clark zurück: »David, mir bleibt keine andere Wahl, als unser Prinzip zu durchbrechen. Ihr bleibt in Fort Stockton zurück. Wie lange kann die Reparatur dauern?« Rawlings blickte den Fahrer an.

»Das kommt auf die Werkstatt an. Wenn sie spurtet, ist alles in vier oder fünf Stunden vergessen. Höchstens ein Tag – aber dann müssen sie schon wie die Schnecken arbeiten.«

»Höchstens ein Tag, das kann ich verantworten. Du kommst dann nach und könntest uns einholen, bevor wir in San Diego ankommen. Ihr müßtet dann aber schneller fahren. Was hältst du davon, David Abraham?«

»Wir schaffen das, Steve. Keine Sorge! Und selbst wenn ich ein paar Stunden später allein in San Diego eintreffe, ist das auch kein Weltuntergang. Die Hauptstrecke haben wir hinter uns, die letzten tausend Kilometer reißen wir auch noch ab. Fahrt nur in aller Ruhe und ohne Kummer voraus; wir kommen sofort nach, sobald der Karren fahrtüchtig ist.«

So schnell man sich im Konvoi einigte, so schwierig wurde es mit der Polizei bei der Protokollierung des Unfalls. Der Sheriff von Fort Stockton kam höchstpersönlich zur Unfallstelle, stellte sich höflich bei Dr. Rawlings vor und sagte dann unhöflich: »Tut mir leid, Sir, aber bis zur Klärung der Lage muß dieser Truck bei uns bleiben.«

»Was heißt das, Sheriff?« Dr. Clark schob sich nach vorn. Der Sheriff betrachtete ihn mit zusammengekniffenen Augen. Ein Schwarzer! Boy, halt den Mund, sonst wird's ungemütlich. Du bist hier in den Südstaaten. Und ich bin ein weißer Sheriff. Wenn hier jemand eine Meinung hat, die akzeptiert wird, ist das meine Meinung. Halt dich zurück ...

»Das heißt: Hier wird ein Protokoll gemacht, ein Sachverständiger prüft die Schuldfrage.«

»Die ist ja wohl klar!« rief Dr. Clark.

Boy, halt den Mund, dachte der Sheriff. Solange *du* redest, ist gar nichts klar. Was klar ist, bestimme ich! »Hier sind zwei Wagen ineinander gefahren«, sagte der Sheriff betont langsam. »Der Sachschaden ist groß. Da kann man nicht so übern Daumen spucken ...«

»Wir transportieren Delphine«, sagte Dr. Rawlings, mühsam beherrscht.

»Na und?« Der Sheriff blickte sich um. »Ob Milch, Butter und Käse oder Fisch – ist alles verderbliche Ware! Welch ein dummer Zufall ...«

»Ich glaube, Sheriff, Sie hatten in letzter Zeit zu wenig zu tun!« sagte Rawlings. »Da ist für Sie ein Unfall wie ein Mord.«

»Der Wagen ist beschlagnahmt!« brüllte der Sheriff mit hochrotem Gesicht. »Und auch Sie bleiben hier, Sir! Wenn Sie wollen – ich kann auch anders!«

»Ich auch.« Dr. Rawlings holte aus seiner Brusttasche einen Bogen Papier und entfaltete ihn. Er hielt ihn dem Sheriff unter die Augen. »Lesen Sie das mal.«

Der Polizist überflog die Zeilen und hob die breiten Schultern. »Was soll's?« sagte er dann stur. »Von der Marine! Was habe ich mit der Navy zu tun? Hier ist Fort Stockton, und hier bin *ich* das Gesetz. Mir hat die Navy nichts zu befehlen.«

»Das ist eine gute demokratische Einstellung, Sheriff. Behalten Sie sie bei, auch wenn ich jetzt in Washington anrufe und man Sie dann an den Apparat holt. Das Pentagon wird Ihnen sagen . . .«

»Was geht mich das Pentagon an. Hier ist Texas!«

»Das erklären Sie mal dem CIA.«

Der Sheriff wurde unsicher, starrte Dr. Rawlings und dann die lange Kolonne der Spezialwagen an. Langsam, wenn auch widerwillig dämmerte ihm, daß er hier in eine verdammt heikle Sache geraten war. Jetzt kam es darauf an, sich mit Würde zurückzuziehen.

»Auch das CIA kann einem freien Sheriff nichts befehlen. Ebensowenig das FBI. Wieso kümmert sich das CIA um Delphine?«

»Da fragen Sie am besten selbst in Washington nach, Sheriff. Sicherlich wird man es Ihnen erklären.«

Der Sheriff hatte keine Lust, jetzt mit Spott überschüttet zu werden. Er ließ Dr. Rawlings und Dr. Clark stehen und rannte hinüber zu dem Milchfahrer, den der Arzt im Wagen 12 gerade verbunden hatte. Hier hatte der Sheriff einen Mann, den er niederbrüllen konnte. Was an Wut in ihm war, bekam der arme Kerl nun mit.

»Du Hurenbalg!« schrie er sofort, bevor der Milchfahrer mit seinen Bremsen kommen konnte. »Am frühen Morgen schon besoffen! Das sag' ich dir: Für die Blutprobe lass' ich dir einen Eimer voll abzapfen.«

Es dauerte eine halbe Stunde, bis ein Kranwagen kam, den Trümmerhaufen von Milchwagen zur Seite und weg vom Highway hob und den Delphintransporter soweit fahrtüchtig machte, daß er mit eigener Kraft zur Werkstatt rollen konnte. Man bog die Seitenbleche ab und wechselte den aufgeschlitzten Reifen. Im Inneren tobten Delphin Harry und seine drei Gefährten in ihrem Plastikbassin. Ihre Nervosität war so groß, daß sie übereinander sprangen und Clark größte Sorge hatte, sie könnten sich gegenseitig verletzen.

Er redete begütigend auf sie ein, verteilte eine Zusatzportion Fische und überlegte, ob er nicht ein Beruhigungsmittel in die Nahrung geben sollte. Finley kam zu einem kurzen Besuch und hockte sich zu Clark an das Becken.

»Eine Scheiße, was? Die ganze Truppe ist nervös. Als ob sie es alle wüßten und sich lautlos verständigen könnten. Wie lange wird's bei dir dauern, Abraham?«

»Keinen Tag, James.«

»Das ist ein Trost. Mach's gut, Alter.«

»Du auch!«

Kurz danach fuhr der Konvoi weiter. Clarks Wagen rollte in die Stadt. Der Highway war wieder frei. Nur der Sheriff hatte Pech: Der Milchfahrer verschwand auf dem Weg zum Polizeioffice, und als die Polizei den Trümmerhaufen noch einmal untersuchte, stellte sie jetzt erst fest, daß er gar nicht beladen war. Der Milchwagen war leer. Noch größer war der Schock für den Sheriff, als ein Anruf beim Sheriff in Monahans ergab, daß es eine Molkerei »Sandhills Corp.« ebensowenig gab wie einen Percy Button – so hatte sich der Fahrer genannt.

»Da stinkt doch etwas!« schrie der Sheriff und fühlte sich plötzlich sehr unwohl. »Aber aus welcher Ecke stinkt es?«

Man kann es einem Sheriff in von Texas nicht übelnehmen, daß er in die große Politik nicht eingeweiht war.

Eine Stunde nach dem Unfall auf dem Highway 10 läutete in der sowjetischen Botschaft in Washington bei Oberst Ischlinski das Telefon.

Jurij Valentinowitsch war inzwischen nicht untätig gewesen. Zum zweitenmal hatte er verschlüsselt nach Moskau durchgegeben, daß die Amerikaner anscheinend sehr brisantes Material militärischer Art unter dem Deckmantel von Delphinen quer durchs Land transportierten, in dreißig riesigen Spezialwagen mit Polizeischutz. Sicher sei jetzt auch, daß die angeblichen Betreuer der Delphine – Dr. Helen Morero, Dr. Rawlings und Dr. Finley – mit den Personen identisch seien, die man als heimliche Besucher des Weißen Hauses beobachtet und fotografiert habe. Rawlings und Finley seien auch Transportbegleiter, während die Frau in Biscayne Bay zurückgeblieben sei. Alle drei seien Wissenschaftler. Zoologen, Tierpsychologen, Delphinfachleute. – Ischlinski schloß seinen Bericht mit der Bemerkung, dies sei eine sehr geschickte Tarnung eines militärischen Geheimnisses.

Aus Moskau kam, sehr zur Enttäuschung Jurij Valentinowitschs, keine Antwort. Das heißt: Der Kreml meldete sich anstatt bei Ischlinski bei seinem Vorgesetzten, dem Botschafter. Am Abend des zweiten Tages sagte nämlich der Botschafter zu Ischlinski: »Mein lieber Jurij Valentinowitsch, ein unermüdlicher Arbeiter sind Sie. Denken Sie nicht an ein paar Wochen Ruhe? In Jalte oder in Sotschi? Oder in der würzigen Bergluft Grusiniens? Oder segeln Sie lieber? Der Baikalsee ist ein ideales Wassersportgebiet.«

»Ich fühle mich sehr rüstig, Genosse«, antwortete Ischlinski mit einem Extrazucken seines Herzens. »Aber wenn es ein Befehl sein sollte ...«

»Nur ein Vorschlag, mein Bester. Nur in der Sorge um Ihre Gesundheit.« Und dann sagte der Botschafter etwas, das Ischlinski alarmierte: »Machen Sie Urlaub in Jalta. Da gibt es ein herrliches Delphinarium, hat man mir berichtet.«

Mit sorgenvollem Herzen ging Ischlinski in sein Büro zurück und setzte sich in den Sessel. Sie nehmen mich nicht ernst in Moskau, dachte er betroffen. Sie werden über mich lachen. Wann wird General Pawlewski mir telegraphieren: Zurückkommen! Und im GRU werden sie sagen: Der Ischlinski ist erledigt; meldet Delphine als militärische Objekte! Jaja, die kapitalistische Luft in den USA! Die paralysiert die Hirne. War schon zu lange in Washington, der anfällige Jurij Valentinowitsch. Wir werden ihn nach Angola versetzen oder nach Kuba – oder nach Japan, wo jedes Jahr, wenn die Fischschwärme zur Küste kommen, die Delphine zu Tausenden vernichtet werden.

Ischlinski hob den Hörer ab, als das Telefon läutete, und meldete sich kurz: »Ja?«

Ein Mann, der einen schrecklichen texanischen Slang sprach, fragte: »Ist dort Alaska?«

Jurij Valentinowitsch beugte sich vor. Wer dieses Kennwort kannte, hatte Wichtiges zu melden. »Hier Alaska«, rief er.

»Wir haben ein Schiff«, sagte die Stimme, die jedes Wort breit zerkaute. »Es hat einen Hafen gefunden.«

Ischlinski spürte, wie sein Blut in den Schläfen klopfte. Mit Schiff meinte er einen Spezialwagen, und Hafen bedeutete, daß einer der Delphintransporter irgendwo in einer Garage stand.

»Hervorragend!« sagte Ischlinski zufrieden. »War's ein schwerer Sturm?«

»Ein anderes Schiff rammte es. Aber es kann am Abend wieder in See gehen ...«

»Nur, wenn es genau durchgesehen worden ist. Wer ist auf der Werft?«

»Phil und Bob.«

»Ich bin immer zu erreichen«, sagte Ischlinski und bemühte sich, nicht erregt zu atmen. »Immer! Seien Sie vorsichtig. Es ist verderbliche Ware an Bord ...«

Die Verbindung brach ab. Jurij Valentinowitsch legte den Hörer vorsichtig zurück und überdachte, was er tun würde, wenn seine Aktion ein Erfolg für Rußland wurde. »Jetzt fahre ich wirklich auf die Krim«, würde er zu seinem Botschafter sagen und ihm den ganzen Spott zurückgeben. »Ich habe eine unbändige Lust, sowjetische Delphine zu füttern!« Und in Moskau würde er im Hauptquartier der GRU sagen: »Genossen, neue Interkontinentalraketen werden vorgeführt, um Stärke zu demonstrieren – die wirklichen gefährlichen Waffen bleiben unter der Decke.«

Ischlinski sagte zwei Treffen an diesem Tag ab, ließ sich das Essen in der Botschaft zubereiten und wartete ungeduldig darauf, was man aus Texas melden würde.

Lange, sirupartige Stunden wurden es, aber aus Texas kam kein Anruf mehr. Und je mehr der Tag verrann, um so nervöser wurde Jurij Valentinowitsch. Schließlich war ihm das Schweigen so unheimlich, daß er entgegen seinem Vorsatz, im Dienst nie zu trinken, zu einer Flasche in seinem Schreibtisch griff, die eigentlich für Besucher gedacht war, und drei Gläser Wodka pur trank.
Texas schweig noch immer.

Helen erreichte Fort Stockton etwa vier Stunden nach dem Unfall.

Sie hatte gut aufgeholt. Und obwohl sie die vorgeschriebene Geschwindigkeitsgrenze ab und zu überschritt, war sie allen Polizeikontrollen geschickt ausgewichen. Sie sah die Funkwagen rechtzeitig im Rückspiegel. Vor versteckten Radarfallen warnten entgegenkommende Fahrzeuge durch Blinkzeichen.

In Fort Stockton tankte sie wieder, erfuhr, daß der Konvoi durchgekommen war, und natürlich erzählte man ihr von dem Zusammenstoß mit einem der Delphinwagen. Es war eine Sensation im sonst so ruhigen Städtchen. Nur, daß der Wagen noch in einer Werkstatt war, das wußte der Tankwart nicht.

Helen fuhr in die Stadtmitte, parkte ihren Rabbit auf dem Platz und ging in ein Café, um ein Stück Torte zu essen und vor allem ein Kännchen starken Kaffee zu trinken. Sie saß noch keine Viertelstunde, als sich von hinten eine gepflegte schwarze Hand auf ihre Schulter legte. Sie zuckte heftig zusammen, aber noch bevor sie den Kopf drehte, erkannte sie an dem goldenen Ring, wem diese Hand gehörte.

»Das ist ja ein tolles Ding!« hörte sie die ihr so gut bekannte Stimme sagen. »Ich gehe über den Platz und sehe da den blauen Rabbit stehen. Nummer von Miami. Das kann doch nur sie sein, denke ich. Dieses kleine Luder, ja, das bekommt sie fertig. Wo muß ich sie suchen? Ich sehe das Café – und da sitzt sie nun. – Helen, du bist verrückt!«

»Setz dich, David Abraham.« Sie sah auf und blickte in das lächelnde Gesicht Dr. Clarks. »Nun habt ihr mich also erwischt. Ich wollte erst in San Diego auftauchen.«

»Ich habe dich erwischt. Alle anderen sind voraus. Mein Wagen . . .«

»Ich habe es erfahren. Die ganze Stadt spricht davon.« Sie lehnte sich zurück und legte die Hände in den Schoß. »Kannst du nicht vergessen, daß du mich gesehen hast?«

»Wen soll ich gesehen haben?« Clark grinste breit. »Helen Morero? Die ist doch in Florida! Ich bin ja kein Geisterseher.«

»Danke, Abraham!«

»Trotz allem wäre es interessant, deinen Gedankengang zu erfahren, Helen. Was bezweckst du damit?«

»Ich werde plötzlich in San Diego stehen und John trainieren. Mal sehen, was dann passiert ...«

»Rawlings bekommt einen Infarkt, und Finley fängt vor Wonne an zu heulen. Und dann werfen sie dich hinaus.«

»Nie! Mich – nie!« Sie rührte in ihrer Tasse, obwohl der Kaffee längst erkaltet war. »Ich habe euch gesagt: So einfach werdet ihr mich nicht los. Abraham, was soll ich denn ohne euch, was seid ihr ohne mich? Ich weiß, ihr braucht mich.«

»Und wie soll es nun weitergehen?«

»Ich fahre wie bisher in einem Dreistundenabstand hinter euch her. Das hat bisher gut geklappt. Die Stunden, die ich geschlafen habe, konnte ich am Tag wieder aufholen. Ihr fahrt ja nur fünfzig.«

»Höchstens.« Clark bestellte bei der Serviererin einen Kaffee mit Kognak und zog seinen Schlipsknoten etwas herunter. Es war ein heißer Tag. »Jetzt hast du es einfacher, Helen. Mein Wagen wird in vier Stunden fertig sein, und dann fährst du einfach hinter mir her. Ich bin dann auch nicht so allein ...«

»Abraham, du hast mich nie gesehen!«

»Kann ich verhindern, daß ein fremder Rabbit hinter mir herfährt?«

»Und wenn Steve dich irgendwo auf der Strecke erwartet?«

»Ausgeschlossen. Er wartet in San Diego. Du kennst doch Steve. Er läßt den Konvoi doch nicht allein. Von da droht keine Gefahr. Und in San Diego – Baby, auch Rawlings ißt keine kochende Suppe! Und jede Minute, die er zum Abkühlen braucht, hast du gewonnen. Außerdem ist ja Finley auch noch da.«

»Wie kann James mir helfen?«

»Auf die einfachste Weise. Indem er dich heiratet.«

»Das ist ein blöder Witz, Abraham!«

»Steve kann nicht verbieten, daß James seine junge Frau mitnimmt zum neuen Arbeitsplatz.«

»Du meinst wirklich, ich würde James nur deshalb heiraten, um bei euch bleiben zu können? Das traust du mir zu?«

»Für deine Delphine tust du alles, das weiß jeder von uns.«

»Pfui, Abraham!«

»Ist das alles?«

»Was soll da noch kommen?!«

»Ich dachte, jetzt sagt sie dir: Abraham, halt den Mund, ich liebe James wirklich! – Aber nichts kommt aus dieser Ecke...«

»Und wenn ich es dir sage, was nützt dir das?«

»Oh! Viel!« Clark schlug die Hände zusammen. »Ich werde mir dann James vornehmen, ihn in eine Ecke stellen und zu ihm sagen: Hör mal zu, du elender Feigling! Entweder gehst du sofort zu Helen, gibst ihr einen Kuß und sagst: In fünf Tagen heiraten wir – oder ich nagle dich hier an die Wand als Symbol männlicher Dämlichkeit.«

»Gut, daß ich das jetzt weiß«, sagte sie kampfeslustig. »Davor werde ich James bewahren!«

»Und wie? Das zu erfahren wäre jetzt für mich interessant.«

»Indem *ich* ihn frage: Wann heiraten wir, du Idiot?«

»Na also!« Clark grinste breit. »Dann liegt doch dem Plan, daß du offiziell und nicht mehr als Geist hinter meinem Wagen herfährst, nichts mehr im Weg!«

Sie aßen jeder noch ein Stück Kuchen, besprachen wie Verschwörer, wie man in San Diego Dr. Rawlings überrumpeln wollte, und dann fuhr Helen in ihrem Rabbit Dr. Clark zur Werkstatt.

Dort hatte es Schwierigkeiten gegeben. Der Werkstattleiter wedelte schon mit einem großen Arbeitsbogen, als Clark in das Büro kam, und machte eine sorgenvolle Miene.

»Vor morgen früh ist nichts drin«, sagte er, »absolut nichts.«

»Unmöglich!« Dr. Clark schüttelte den Kopf. »Ich muß den Wagen heute noch haben.«

»Die Schäden sind schwerer, als wir zuerst gedacht haben, Sir.«

»Wieso denn? Das bißchen verbogenes Blech...«

»Nur auf den ersten Blick. Aber wenn man genauer hinsieht: Das Milchwrack ist dem Spezialwagen wie eine Granate in die Seite gesaust. Wir müssen die Achse elektronisch vermessen, und wenn die was abbekommen hat, muß sie ausgewechselt werden. Das sage

sage ich Ihnen für den ernstesten Fall voraus. Da es eine Spezialachse ist, müßte das Ersatzteil aus Fort Lauderdale eingeflogen werden. Das kann dann bis zu drei Tagen dauern!«

»Völliger Irrsinn!« rief Clark. »Wir fahren heute!«

»Mit angeschlagener Achse?« Der Werkstattleiter wiegte den Kopf. »Was glauben Sie, wie Ihre Reifen aussehen nach ein paar Stunden? Bei diesem Gewicht!«

»Was glauben Sie, wie ich aussehe, wenn die Delphine eingehen?!«

»Warum sollten sie eingehen? Die haben ihr Wasser, ihr Fressen ...«

Dr. Clark verzichtete darauf, dem Kraftfahrzeugmeister einen Vortrag über die Sensibilität der Delphine zu halten. Noch weniger war es möglich, ihm den Wert der Tiere zu erklären.

»Wir fahren heute noch«, sagte Clark mit einem Ton in der Stimme, der keine Widerrede mehr erlaubte.

»Auf Ihre Verantwortung, Sir.« Der Meister hob beide Hände. »Ich lehne jede Haftung ab. Und ich werde es Ihnen schriftlich geben, daß der Truck nach meiner Ansicht nicht auf die Straße gehört. Wenn unterwegs was passiert ... Sie tragen die Schuld allein!«

»Abgemacht. – Wann ist der Wagen fertig?«

»Morgen früh.«

»Heute noch!« schrie Dr. Clark.

»Spätestens in der Nacht, wenn wir durcharbeiten. Aber das kostet ein paar Lappen. Wenn die Jungs keinen Feierabend haben, dann ...«

»Es wird alles bezahlt. Für jede Stunde, die Sie herausholen, bekommen Sie sogar eine Prämie.«

»Das soll ein Wort sein.« Der Werkstattleiter warf den Arbeitsbogen gekonnt über zwei Meter auf seinen Tisch zurück. »Halten Sie sich ab Mitternacht bereit, Sir. Vorher ist wirklich nichts drin. Wir waren in keiner Zauberlehre ...«

»Was machen wir nun?« fragte Clark, als er mit Helen wieder draußen auf dem Werkstatthof stand. »Wir können in ein Kino gehen, uns den Bauch mit Eis vollschlagen oder auf einer Bank im Schatten dösen.«

»Ich habe einen anderen Vorschlag, Abraham: Sie versuchen, Steve unterwegs telefonisch zu erreichen. Sie kennen ja die Strecke genau und können sich ausrechnen, wo die Kolonne ist. Und ich setze mich zu Harry und seiner Truppe und beschäftige die Delphine. Am Abend essen wir dann in einem guten Restaurant und phantasieren ein bißchen herum, wie das alles mit Finley wird.«

»Hervorragend, Helen! Du bist ein Supermädchen. So machen wir es. Steve müßte jetzt kurz vor El Paso sein. Ich telefoniere mal alle Tankstellen auf der Strecke ab. Irgendwo erwische ich ihn.«

»Aber kein Wort von mir, Abraham!«

»Wieso denn?« Clark blinzelte ihr zu. »Du bist doch in Biscayne Bay zurückgeblieben.«

Sie trennten sich. Clark ging zum Verwaltungsgebäude der Werkstatt, um ein Telefon zu belagern, Helen stieg in den riesigen Wagen und setzte sich an das Plastikbassin.

Natürlich erkannte Harry sie sofort, stieg aus dem Wasser hoch, tanzte auf seiner Schwanzflosse und stieß helle, kreischende Freudenlaute aus. Auch die anderen Delphine schnellten ihre schlanken, blitzenden Körper hoch und begrüßten Helen mit lautem Zirpen.

»Ja, da bin ich wieder«, sagte Helen mit Tränen in der Stimme. »Ja, Harry, ich bin wieder bei euch. Und ich bleibe bei euch. Jungs, tobt nicht so herum! Das Becken ist dazu viel zu klein. Seid mit dem Wasser vorsichtig. Bis San Diego gibt es kein neues Wasser. Und wir müssen noch durch die Wüsten von New Mexico, Arizona und Kalifornien.«

Sie beugte sich vor, hielt beide Arme ins Wasser, und die Delphine stießen mit ihren Schnabelnasen gegen sie, küßten ihre Hände, legten sich auf die Seite und ließen sich genußvoll von ihr streicheln.

Die drei Fahrer des Trucks hatten sich in Fort Stockton umgesehen. Man hatte ihnen gesagt, daß der Wagen heute nicht mehr fertig werde, und wenn das ein Kraftfahrzeugmeister sagte, dann konnte man Häuser darauf bauen. Eher dauerte es noch länger, als man annahm – kürzer auf gar keinen Fall.

Was machte man als kräftiger Mann, fern seiner Frau, in einer fremden Stadt? Man hielt den nächsten Taxifahrer an, gab sich als

Kollege vom Schwertransport zu erkennen und fragte: »Sag mal, Kumpel, ganz ehrlich: Wo kann man hier über Tag was erleben? So 'ne richtige Bluse voll? Nun komm schon, spuck die Adressen aus. Du kennst sie doch . . .«

Sie bekamen einige kollegiale Tips, entschieden sich für einen Massageclub, in dem mandeläugige, zärtliche Philippinerinnen mit flinken Händen und auch sonst geschickt arbeiteten, und waren für diesen Tag nicht mehr vorhanden. Dr. Clark, der sie in der Werkstatt gesucht hatte, ahnte so etwas, aber alles Toben half nichts. Die drei Fahrer waren und blieben verschwunden.

»Wenn der Truck in der Nacht fahrbereit ist, sind sie auch wieder da«, hatte der Werkstattleiter sachkundig gesagt. »Die schmeißt man raus, wenn sie ihre Tour abgerissen haben. Oder sie zahlen sich dumm und dusselig. Da sind die Mädchen knallhart. Na ja, sie müssen ja auch vom Umsatz leben. Wenn da jeder stundenlang auf der Matte bleiben wollte . . . Keine Panik, Sir. Die sind am Abend wieder hier!«

Clark erreichte Steve Rawlings an einer Tankstelle von Socorro, 10 Kilometer vor El Paso. Der Tankwart winkte mit einer roten Fahne, als sich die lange Kolonne der Monsterfahrzeuge näherte, und stellte sich mitten auf den Highway. Rawlings, der wie immer an der Spitze fuhr, scherte aus und bremste vor den Zapfsäulen.

»Telefon, Sir!« schrie der Tankwart. »Aus Fort Stockton. Die Nummer habe ich. Sie sollen sofort zurückrufen . . .«

Rawlings ahnte Ungutes. Er lief in die Glaskabine, wählte die Nummer und hatte Dr. Clark sofort am Apparat. »Hier Steve!« rief er. »Abraham, was ist bei euch los? Könnt ihr nicht weg?!«

»Nicht vor Mitternacht, frühestens, Steve«, sagte Clark. »Die Achse hat doch was abgekriegt. Aber ich fahre damit, und wenn's noch so sehr eiert.«

»Nur kein Risiko, Abraham.« Rawlings überdachte die nächsten Stunden. »Wie's aussieht, bist du jetzt einen Tag zurück . . .«

»Wenn's gut geht, Steve. Ich muß den Rest ja noch langsamer fahren.«

»Ich komme zurück.« Rawlings blickte nach draußen, wo die Riesenfahrzeuge langsam über den Highway zogen. »Wenn ich sie in San Diego abgeliefert habe, kehre ich sofort um und kümmere mich um dich.«

»Nicht nötig, Steve.« Clark dachte an Helen und gab seiner Stimme einen beruhigenden Klang. »Bleib in San Diego. Was kann uns schon passieren? Ob du nun vor uns herfährst oder nicht – was kann das ändern?«

Das war logisch. Rawlings nickte, auch wenn Clark das nicht sehen konnte. »Richtig! Aber nochmal, Abraham: Sei vorsichtig. Keine Experimente. Wenn's gar nicht mehr geht, ruf sofort an. Ich komme dann mit einem anderen Wagen, und wir laden um.«

Sie sprachen noch ein paar private Worte und legten dann auf.

Es würde besser gewesen sein, Rawlings wäre sofort umgekehrt – aber wer konnte ahnen, was die kommenden Stunden noch bringen würden?

Die nächste Nachricht erreichte Ischlinski am späten Abend. Er hockte in einem Nebel von Zigarettenqualm, hatte eine halbe Flasche Wodka getrunken und eine Kanne starken Kaffee, um den Wodka zu neutralisieren. Das Schweigen aus Fort Stockton zerfledderte seine Nerven. Dann klingelte es endlich.

Ischlinski stürzte zum Telefon, riß den Hörer hoch.

»Ja?« rief er.

»Es sind Delphine«, sagte die tiefe Stimme knapp.

Ischlinski schluckte mehrmals. Sein Hals war plötzlich staubtrocken.

»Und weiter?«

»Nichts weiter. Delphine ... nur Delphine ...«

»Unmöglich!«

»Wir haben in der Werkstatt alles untersucht. Da ist kein Teil des Wagens, den wir nicht in den Händen hatten. Es sind fahrbare Delphinbassins ohne doppelte Wände. Nichts zwischen den Verkleidungen außer Isoliermaterial. Keine doppelten Böden, keine Kästen zwischen den Achsen, außer den Werkzeugkisten, absolut nichts.«

»Und so etwas wird von einer Polizeieskorte und sogar von Militär begleitet?« schrie Ischlinski. »Das ist doch lächerlich!«

»Es sind dressierte Delphine, Sir. Wertvolle Tiere anscheinend.

Wenn Sie mal im Fernsehen die Kunststückchen gesehen haben, die diese Burschen können – da hat jeder Kerl einen Wert von einigen tausend Dollar.«

»Aber Militär!« sagte Ischlinski, der Verzweiflung nahe. Mit bebenden Fingern steckte er sich eine Zigarette an, die vierundvierzigste an diesem Tag. »Was hat das Militär dabei zu suchen, wenn es *nur* Delphine sind? Ihr seid blind, alle blind! Dreißig Spezialwagen quer durch die Süd- und Weststaaten, von Florida bis . . . Wo sind sie jetzt?«

»Auf dem Weg nach El Paso.«

»Aha! Und dann Militär dabei! Für dämliche Delphine! Wer glaubt das denn? Wenn die Kolonne in New Mexico abschwenkt nach Los Alamos, ist doch alles klar. In den Wagen *muß* etwas versteckt sein. Habt ihr die Bassins untersucht?«

»Das geht doch nicht.« Die tiefe Stimme wurde hörbar unsicher. »Wie denn? Da sind einige tausend Liter Wasser drin und die Tiere!«

»Da liegt das ganze Geheimnis. Die Bassins sind doppelwandig, und in diesen Zwischenräumen lagert das, was ich suche.«

»Und was erwarten Sie, Sir?«

»Chemikalien, Flüssiggas, Kampfstoffe neuer Art.«

»Das sollen wir anbohren?«

»Wenn der Mensch nur halb so blöd wäre, wie er ist, hätten wir auf Erden das Paradies«, sagte Jurij Valentinowitsch heiser. »Ihr habt jetzt den Wagen und steht ächzend davor wie vor einem besetzten Scheißhaus. Man sollte es nicht für möglich halten. Kümmert euch um das Bassin!«

»Wie denn, Sir?«

»Kann ich das von hier aus entscheiden? Eure Aufgabe ist das! Muß ich euch denn auch noch die Hose zum Pinkeln aufknöpfen?«

Der Mann in Fort Stockton legte ohne Entgegnung auf. Wenn Ischlinski anfing, in russischer Art zu sprechen, war es sinnlos, etwas zu sagen – aber ebenso sinnlos, ihm noch länger zuzuhören.

Auch Jurij Valentinowitsch feuerte den Hörer auf die Gabel, stieß einen unreinen Fluch aus, bei dem selbst ein sowjetischer Traktorist erbleicht wäre, und ging zu seinem Sessel zurück.

Was tun, dachte er. Weiter warten? Was kommt dabei heraus? Rufen sie aus Fort Stockton noch einmal an? Oder fahre ich jetzt lieber zu Maureen und lege mich in ihr Prunkbett?

Ischlinski entschloß sich, in der Botschaft zu bleiben. Nicht allein aus Pflichtgefühl, sondern vor allem in der Erkenntnis, daß der genossene Wodka es verhindern würde, Maureens anspruchsvolle Wünsche in dem Maße zu erfüllen, wie sie es von einem bärenstarken Mann vom Schlage Ischlinskis erwartete. Blamagen im Bett waren das letzte, was Jurij Valentinowitsch ertragen konnte.

Er stellte also den Fernsehapparat an und sah unlustig einer Revue-Show zu, in der sich idiotisch als Kosaken verkleidete Artisten als Messerwerfer produzierten. Kein Kosake wirft mit Messern! Kosaken haben Lanzen und Säbel, aber vor allem sind es beste Scharfschützen. Ischlinski war wütend über den Blödsinn.

In Fort Stockton dagegen hatte man andere Probleme.

Die drei Fahrer waren erwartungsgemäß zurückgekommen. Mit leeren Taschen und auch sonst erleichtert. Im Inneren des Trucks saß eine plötzlich aufgetauchte blonde Lady und spielte mit den Delphinen, und der lange Schwarze, der Dr. Clark heißen sollte, stand bei den Monteuren herum und überwachte die Arbeit.

»Für jede Stunde, die ihr herausholt, hundert Dollar extra; für jeden von euch!« hatte er gesagt. Jetzt arbeiteten die Jungs wie Roboter.

Es war unmöglich, jetzt noch an das Bassin heranzukommen und festzustellen, ob es doppelwandig war, wie Ischlinski vermutete.

»Wir müssen es unterwegs machen«, sagte der Mann mit der tiefen Stimme, der auch mit Washington gesprochen hatte. »Es geht einfach nicht anders. Einen Riesenstunk wird es zwar geben, aber wir wissen dann wenigstens, ob die wirklich etwas so Geheimnisvolles transportieren.«

Die hundert Dollar pro Mann wirkten. Der Wagen war bereits um elf Uhr abends fertig. Das heißt: Der Meister erklärte ihn für fahrtüchtig auf eigene Gefahr des Auftraggebers.

»Noch einmal«, sagte er, als er Clark die quittierte Rechnung übergab. »Ich lehne jede Verantwortung ab! Auch der beste Highway ist nur eine Straße, und dieses Riesending ist angeknackt. Gute Fahrt, Sir. Schreiben Sie mir 'ne Karte, ob Sie gut angekommen sind.«

»Das werde ich.« Clark lachte. »Mit Nasenabdrücken der Delphine.«

»Na, dann wollen wir mal«, sagte der Fahrer, der die ersten acht Stunden vor sich hatte. Seine beiden Kollegen lagen bereits im hinteren Teil der großen Fahrerkabine auf ihren Betten und schnarchten. »Haben Sie was dagegen, Sir, wenn wir uns alle vier Stunden ablösen?«

»War's hart in der Stadt?«

»Philippinenmädchen, Sir ...« Der Fahrer grinste breit. »Wie Porzellan ...«

»Und jetzt ist das Rückenmark weg, was?«

»Der Sitz ist gut gepolstert.« Er ließ den schweren Motor an. In der Halle klang es wie das Gebrüll einer Turbine. Im Inneren des Trucks saß Helen bei den Delphinen und sprach mit ihnen. Sie waren wieder nervös ... die Fahrt ging weiter, und das Motorengeräusch und das Rollen der Räder gefiel ihnen gar nicht. »Wo steigen Sie ein, Sir? Hinten?«

»Nein, bei dir.« Clark kletterte in die Fahrerkabine. »Wenn du einschläfst, kann ich dir in den Nacken schlagen! Ihr mit euren verdammten Weibergeschichten ...«

Wie ein brüllendes Ungeheuer verließen sie die Werkstatt, fuhren durch die bereits schlafende kleine Stadt und bogen auf den großen Highway Nummer 10 ein. An der Stadtgrenze hörte die Beleuchtung auf. Vor ihnen lag, wie ins Unendliche führend, die Straße, die Dunkelheit.

Um Mitternacht ist auch ein Highway wie die Nummer 10 ein trostloses Band ins Nichts. Vor allem dann, wenn der Weg in die Einsamkeit der Apachen- und Wylie-Berge führt. Vor Kent, wo auch noch der Highway 20, von Abilene kommend, auf die Nummer 10 mündete, begann das Bergland, weit und breit unbewohnt. Rauhe Felsen wie Gomez Peak oder der Borachino Peak säumten die Straße. Im Umkreis von 60 Kilometern war kaum Leben. Ein paar Siedlungen nur, erbärmliche Dörfer, schroffe Berge, zerklüftete

Täler, wilde Prärie und Steinwüsten. Ein Land, das nur der nachts durchfuhr, der unbedingt seine Strecke abreißen mußte. Dazu war es noch bewölkt, der Mond lag hinter dicken Wolkenbergen. Die starken Scheinwerfer des Trucks waren das einzige Licht, das die Nacht zerteilte.

Hinten, in dem Abteil neben dem Delphinbassin, schlief Helen. Die Tiere waren ruhig, trieben still im Wasser und hatten sich wieder an das Wiegen der Wanne gewöhnt. Clark saß zurückgelehnt neben dem Fahrer, der das Radio angestellt hatte und sich durch die Musik wach hielt. Hinter ihnen, in der Kabine, schnarchten die beiden anderen Fahrer, Opfer philippinischer Schönheit.

Zwischen Kent und der kleinen Stadt Plateau, einer einsamen Siedlung mitten in den Apachenbergen, mußten sie das Tempo noch mehr herunternehmen und hatten nicht mehr als eine Geschwindigkeit von knapp 40 Kilometern, als vor ihnen plötzlich zwei Wagen auftauchten und sich quer auf die Straße stellten. Gleichzeitig sprangen die hinteren Türen auf, und vier Männer hetzten auf den Truck zu.

Der Fahrer trat voll auf die Bremse. »O Scheiße!« schrie er. »Was ist'n das?« Er sah, daß die vier Männer Waffen trugen, tauchte sofort unter dem Amaturenbrett weg und rührte sich nicht mehr. Ein Fahrer wird nicht dafür bezahlt, ein Held zu sein.

Clark reagierte ebenso schnell, aber völlig anders. Wie hingezaubert lag seine Smith & Wesson in seiner Hand, und als der Mann, der zuerst den Truck erreichte, die Tür aufriß und »Die Hände über den Kopf!« brüllen wollte, schoß er sofort.

Der Mann machte einen Satz nach hinten, drehte sich in der Luft und schlug auf die Straße. Auch Clark ließ sich fallen, und es war erstaunlich anzusehen, wie der sonst so schlaksige große Mann aus dem Wagen plumpste, sich wie ein Fallschirmjäger abrollte und gleichzeitig schoß.

Auch den zweiten Angreifer traf er. Der Getroffene stieß einen Schrei aus, sank auf die Knie und hielt seine linke Schulter umklammert. Dann kroch er von der Straße weg und versteckte sich in der Dunkelheit.

Die beiden anderen Männer schossen zurück, aber da lag Clark schon längst hinter den Vorderrädern in Deckung und wartete auf eine günstige Zielposition. Während der eine Angreifer unentwegt feuerte, zog der andere den vor dem Wagen liegenden Getroffenen weg in die Dunkelheit. Dann war es plötzlich still, zwei Motoren heulten auf, und mit kreischenden Reifen jagten die Wagen in Richtung Plateau davon.

Clark kroch unter dem Truck hervor, reckte sich, steckte den Revolver hinter den Hosengürtel und trat an die offene Fahrertür.

»Kommt heraus, ihr feigen Hunde!« sagte er. »Holt tief Luft. Sie ist wieder rein.«

9

Gegen Morgen schrak Ischlinski aus dem Schlaf hoch. Es war fünf Uhr morgens. Das Telefon rappelte.

Aus Texas meldete sich eine Stimme, die er noch nicht kannte. Man kann nicht alle kleinen Helfer kennen, dazu ist die Organisation zu groß.

»Ja?« sagte er knapp.

»Paco ist schwer verwundet. Lungendurchschuß. Perry hat einen Schulterschuß. Die Aktion mußte abgebrochen werden.«

Ischlinski schloß die Augen. Wie jeder Russe auf einem verantwortlichen Posten dachte er sofort an Moskau und an die eventuellen Konsequenzen. Auch wenn man ein alter Soldat ist, bleibt im Herzen ein Stückchen Angst übrig.

»Wie ist das möglich?« fragte er mit belegter Stimme.

»Der verdammte Neger hat sofort geschossen.«

»Man kann zurückschießen!« schrie Ischlinski unbeherrscht.

»Das haben wir. Nachdem zwei von uns ausfielen, kam es uns nur darauf an, sie zu retten. Außerdem war der Truck nicht allein. Hinter ihm fuhr ein Rabbit, und wir wußten nicht, wer da drin sitzt.«

Ischlinski blickte starr gegen die Wand, wo ein Bild des Astronauten Gagarin hing. In diesem Augenblick wünschte er sich, auf dem Mond zu sein. Ein zweiter Wagen. Das war neu. Das hatte man ihm aus Fort Stockton nicht gemeldet.

»Wo sind Sie jetzt?« fragte er.

»Weg von dem Highway 10 in einem Nest mit Namen Lobo, auf der Straße 90 in den Van Horn Mountains ... Paco spuckt Blut, er sieht schlimm aus. Wir müssen runter nach Alpine und einen Arzt suchen. Auch Perrys Schulter sieht böse aus. Von uns aus können wir hier nichts mehr tun.«

»Das fehlte auch noch!« sagte Ischlinski giftig. »Bei eurer Blödheit! Der Auftrag ist damit beendet. Meldet euch bei P 5 ab ... Ende!«

Jurij Valentinowitsch legte auf und kam sich vor wie nackt auf einem Eisfeld ausgesetzt. Wer weiß von dem Mißerfolg, überlegte er. Niemand! Nur ich, Agentenführer P 5 und die Untergruppe. Und jeder von ihnen hat das größte Interesse, diese Nacht zu vergessen. Warten wir ab, ob von dem Überfall auf den Delphintransport etwas in den Zeitungen steht. Wenn nicht, dann hat diese Aktion nie stattgefunden!

Er legte sich wieder auf sein Feldbett, aber er schlief nicht mehr ein, sondern grübelte darüber nach, was die Amerikaner, durch Delphine getarnt, quer durch das Land transportierten. Es mußte sich um ein ungeheures militärisches Geheimnis handeln, und Ischlinski tat es bis in die tiefste Seele weh, mit offenen Augen das ansehen zu müssen und untätig herumzuliegen.

Am frühen Morgen alarmierte er – sehr ungern, denn er empfand eine tiefe Abneigung gegen diesen wortkargen, ja unhöflichen Genossen – den Leiter der Sektion V für Amerika, den Genossen Leonid Fedorowitsch Tulajew. Er hatte seinen Sitz in New York und hieß offiziell Thomas Burley, handelte mit Briefmarken und war ein stiller, in Philatelistenkreisen angesehener Mann mit großen Fachkenntnissen.

»Ich übernehme«, sagte Tulajew in seiner trockenen Art, die Jurij Valentinowitsch so haßte, weil man nie wußte, was der Kerl wirklich dachte und wie gut seine Verbindungen zu Moskau waren. »Was ist bisher getan worden?«

»Nur Beobachtungen«, sagte Ischlinski. »Negative Ergebnisse.«

»Ist die Zentrale unterrichtet?«

»Natürlich!« Ischlinski war beleidigt. Wieder so eine arrogante Frage, dachte er. Er weiß doch genau, daß nichts geschieht, ohne daß Moskau informiert ist.

»Auch die Abteilung V?«

»Welche Frage!« Ischlinski wölbte die Unterlippe vor. Diese Abteilung V der I. Hauptabteilung des KGB in Moskau hieß amtlich »Abteilung Exekutive Aktion« und war zuständig für die in der KGB-Sprache so genannten »mokrie dela«, die »nassen Angelegenheiten«, womit man blumig ausdrückte, daß diese Aktionen mit Blut verbunden waren. Wenn die Abteilung V eingriff, gab es keine Moral und kein Erbarmen mehr, sondern nur noch die »Lösung des Problems«. Ganz gleich, auf welche Weise. »Aber ich habe von V noch keine Nachricht erhalten, Leonid Fedorowitsch.«

»Ich werde mich darum kümmern«, sagte Tulajew in seiner knappen Art. »Sie sind ab sofort entlastet, Jurij Valentinowitsch.«

Ischlinski wurde rot bis hinter die Ohren, aber er beherrschte sich. Ein widerlicher Mensch, dachte er. Zwischen die Augen könnte man ihm spucken. Aber gleichzeitig fühlte er sich befreit. Die Verantwortung war er nun los. Tulajew, der Spezialist ohne Gewissen, verfügte über andere Möglichkeiten.

»Viel Glück wünsche ich Ihnen«, sagte Ischlinski mit höflicher Ironie. Tulajew grunzte nur und beendete damit das Gespräch.

Er war längst informiert. Der Tod von Fisher hatte die Abteilung V in Moskau nervös gemacht. Wer hatte ihn erschossen, wenn selbst das CIA ratlos war? Wer kreuzte da unerkannt den Weg des KGB? Es war eine Frage, die allein Tulajew klären konnte mit der Rücksichtslosigkeit der Abteilung V, die nur Endgültiges hinterließ.

Aber das wußte Ischlinski nicht. In Moskau hatte man seine eigenen Ansichten, wer über was informiert werden sollte.

Die Schüsse hatten am Wagen keine nennenswerten Schäden hinterlassen. Viermal war die Tür der Fahrerkabine getroffen worden, sehr zur Erleichterung der Fahrer, die mit Recht darauf hinweisen konnten, daß ihnen gar nichts anderes übrig geblieben war, als in volle Deckung zu gehen.

Dr. Clark verzichtete darauf, sie weiterhin feige Hunde zu nennen, und klopfte gegen die große Ladetür. Von innen hörte er Helens erstaunlich ruhige Stimme:

»Wer ist da?«

»Ich. David.«

Von innen wurde der schwere Riegel weggeschoben. Die Tür klappte auf. Alles Licht hatte Helen ausgeschaltet, man erkannte die Wand des Bassins und darüber den helleren Fleck des Plexiglasdaches, aber von ihr war nichts zu sehen. Sie stand in Deckung seitlich der Tür.

»Es ist vorbei, Helen«, sagte Clark. »Ich bin es wirklich.«

Sie tauchte aus der Dunkelheit auf, in der Hand eine Pistole, und trat gleichzeitig auf den Knopf, der die automatisch herausfahrende Einstiegleiter in Bewegung setzte. Clark sah Helen bewundernd an.

»Du hast eine Waffe?« fragte er.

»Schon immer.«

»Das habe ich nicht gewußt.«

Sie wartete, bis Clark heraufgestiegen war, und drehte dann die Notbeleuchtung an. »Da soll einer mal sagen, in Amerika gäbe es keine Straßenräuber mehr«, lachte sie etwas gequält. »Wenn ich mir vorstelle: Sie überfallen einen Truck, und was erbeuten sie? Delphine! Hätten die geflucht ...«

»Es waren keine Straßenräuber.« Clark trat an das Becken und beugte sich hinüber zum Wasser. Delphin Harry und seine Kameraden schwammen unruhig hin und her und pfiffen leise durch das Spritzloch über ihren Nasen. »Es waren vier Männer in zwei Wagen ...«

»Vier?« Ihr Gesicht fiel plötzlich zusammen. »Und sie sind geflohen?«

»Ich habe zwei von ihnen verwundet.« Clark setzte sich auf das Bett in der abgeteilten Kabine. Der Delphinwärter, der Helens Rabbit fuhr, stand draußen bei den Truckfahrern und rauchte bleich eine Zigarette nach der anderen. Er war ein paar hundert Meter hinter dem Delphinwagen gewesen, als der Überfall geschah. Er hatte sofort gebremst, war dann langsam weitergefahren und hatte gerade noch gesehen, wie zwei Mann einen dritten von der Straße wegschleiften, in ein Auto warfen und dann abbrausten. Er machte sich keine Vorwürfe; unbewaffnet soll man überall unsichtbar werden, wo geschossen wird. »Das alles ist sehr merkwürdig«, fügte Clark hinzu. »Professionelle Straßenräuber, die Trucks dieser Größenordnung auflauern, haben Maschinenpistolen. Und dann geht alles sehr schnell. Die vier hatten aber nur Pistolen oder Revolver. Zum Club der Highway-Piraten gehörten sie auf keinen Fall.«

»Was wollten sie dann?«

»Denk an Fisher! Irgendwo sitzt jemand, dem nicht in den Kopf will, daß wir uns nur um Delphine kümmern. Ich glaube jetzt auch nicht mehr an die versagenden Bremsen des Milchwagens. Alles war vorgeplant ...«

»Das heißt: Man weiß, wozu wir die Delphine ausgebildet haben?« fragte Helen stockend.

»Eben nicht. Man weiß nicht, warum man Delphine wie Staatsgeheimnisse behandelt. Um diese Frage zu beantworten, sind wir jetzt zur Zielscheibe geworden. Ich kann nur hoffen, daß wir in San Diego vollkommen abgesichert werden.« Clark trat an die Tür und blickte hinüber zu der Gruppe der Fahrer. »Können wir weiter, ihr Helden?«

»Soll Bill mit dem Rabbit nicht nach Plateau fahren und den Sheriff holen?« fragte einer.

»Wozu?«

»Hier war'n Überfall, Sir. Ich habe keine Lust, für die paar Dollar Lohn ...«

»Vergeßt alles!« unterbrach Clark den Satz. Er stieg aus dem Wagen und ging nach vorn zur Fahrerkabine. »Einsteigen und ab! Hat jemand eine Schramme abbekommen?«

»Vier Löcher sind im Aufbau.«

»Kann Blech sprechen? Es ist nichts passiert. Gar nichts! Bis San Diego habt ihr keine Erinnerung.«

»Falls wir San Diego jemals erreichen, Sir.«

»Von jetzt an wird es glatt gehen, Jungs. Das kann ich euch fast versprechen. Uns hält keiner mehr auf. Los, auf die Plätze, und Gas gegeben!«

Helen warf die Hintertür zu, Bill, der Delphinwärter, lief zu dem

Rabbit. Die drei Fahrer kletterten in die Kabine. Als letzter stieg Clark ein und zog die Tür zu. Der Fahrer neben ihm hielt das große Lenkrad umklammert.

»Auf der Straßendecke ist ein großer Blutfleck, Sir.«

»Da hat sicher jemand ein Kaninchen überfahren.«

»Das muß aber groß wie'n Hirsch gewesen sein.«

»In Texas ist alles anders, mein Freund«, sagte Clark und lehnte sich gemütlich in den gepolsterten Sitz zurück. »Spuck in die Hände und tritt aufs Pedal.«

Morgens um sieben erreichten sie El Paso. Clark ließ den Wagen bis zur Kommandantur des Fort Bliss Military Center fahren und bestand darauf, daß man den Chef der Militärbasis aus dem Bett holte. Es war ein General Fred Sheridan, der erst freundlicher wurde, als Clark ihm einen Brief des Pentagon vorlegte. General Sheridan erfuhr dadurch jetzt erst, daß ein höchst wertvoller und geheimer Transport durch seine Stadt gezogen war. Man kann verstehen, daß er beleidigt war.

»Selbstverständlich können Sie Admiral Linkerton anrufen«, sagte er verschnupft. »Das alles wäre nicht passiert, wenn man mich eingeweiht hätte. Sie wären nie ohne Eskorte gewesen. Man kann Geheimnisse auch übertreiben!«

»Wir hatten gedacht, ohne Militärschutz sei der Transport unauffälliger. Vor allem wußten wir nicht, daß wir für gewisse Kreise *so* interessant sind.«

»Und was transportieren Sie wirklich?« fragte General Sheridan. Man konnte ihm diese Frage nicht übelnehmen, sie war menschlich verständlich. Clark hob wie bedauernd die Schultern und lächelte etwas schief:

»Delphine, Sir.«

»Halten Sie mich für hirnlos?« schnaubte Sheridan.

»Das würde ich mir nie erlauben, Sir. Sie dürfen den Wagen gern inspizieren.«

Nach diesem Gespräch verzichtete General Sheridan darauf, aber er ließ sich, nachdem Clark endlich Linkerton erreicht hatte, mit dem Admiral verbinden. Vom Namen her kannten sie sich; immerhin ist der Kommandeur der großen Fort Bliss Military Basis kein

Unbekannter, ebensowenig wie der Chef der 11. US-Flotte von San Diego am Pazifik.

»Ich hätte nur eine Frage, Admiral«, sagte Sheridan ziemlich unpersönlich. »Soll ich diesem Delphintruck militärischen Schutz mitgeben?«

»Bis heute hätte ich gesagt: Nicht nötig! Aber was mir Dr. Clark da erzählte . . . Wenn es Ihnen möglich ist, General . . .«

»Natürlich ist es möglich. Nur muß ich vom Oberkommando dazu die Erlaubnis haben. Weiß man dort Bescheid?«

»Nein.«

»Nicht? Aber wieso schalten Sie sich da ein?«

»Es ist eine Sache der Navy, General. Sie könnten uns kollegial helfen; mehr ist nicht zu verlangen. Nur Kollegenhilfe.«

»Sind Sie auch der Ansicht, daß der Überfall auf den Wagen eine geheimdienstliche Sache war?«

»Ja.«

»Also ein heißer Transport?«

»Wie man's nimmt, General.«

»Gut! Ich gebe drei Jeeps mit. Auf eigene Verantwortung bis Tucson in Arizona. Dort verständige ich General Tuckerman von der Arizona-Basis, der den Truck bis zur kalifornischen Grenze begleiten wird.« Sheridan versuchte es noch einmal: »Was soll ich Tuckerman sagen, was in dem Truck ist? Er wird natürlich fragen . . .«

»Vier Delphine«, sagte Admiral Linkerton ohne Zögern.

Tief beleidigt hängte Sheridan ein. Die verdammte Navy, dachte er. Ich wette, die kriegt es fertig, Delphine wie Goldbarren quer durchs Land zu schaffen, nur um ihre Becken aufzufüllen und zu ihrem Spaß. Und alles mit Steuergeldern. Ein Skandal ist das schon.

An diesem Tag erreichte Admiral Linkerton per Telefon den Konvoi in Casa Grande, wo er gerade auf den Highway Nummer 8 eingeschwenkt war. Mit bleichem, übernächtigtem Gesicht hörte sich Rawlings an, was Dr. Clark erlebt hatte.

»Von jetzt ab fahren Sie keinen Meter mehr ohne Schutz«, sagte Linkerton. »Von Tucson werden Jeeps zu Ihnen kommen, und außerdem wird die ganze Strecke von Hubschraubern abgeflogen werden. Unser Anfangsgedanke, so unauffällig wie möglich zu sein, ist gestrichen. Der Gegner hat uns im Visier. Wir fahren jetzt voll unter militärischen Bedingungen.«

»Sollen wir hier auf Clark warten, Sir?« fragte Rawlings bedrückt.

»Nein. Clark ist mindestens 10 Stunden zurück. Mir liegt daran, daß Sie so schnell wie möglich in San Diego eintreffen. Bestimmte Entwicklungen zwingen uns zur Eile.«

»Gibt es noch andere Komplikationen, Sir?«

»Nicht bei uns.« Linkerton zögerte. Dann sagte er: »Das kann ich Ihnen am Telefon nicht sagen, Rawlings. Nur das: Unser Zeitplan wird enger... viel kürzer, als wir bisher geplant haben...«

»Wir werden so schnell fahren, wie es geht, Sir. Ich rechne damit, daß wir in etwa acht Stunden in San Diego sein können.«

Finley erwartete Rawlings draußen vor der Telefonkabine der Tankstelle. Die neunundzwanzig Riesenwagen und die Privatautos standen in einer langen Kette seitlich des Highway. Sie hatten wieder vollgetankt, und die Boys von der Tankstelle waren aus dem Häuschen über das gute Geschäft.

»Ärger mit Clark?« fragte Finley.

»Mehr als das.« Rawlings wischte sich den Schweiß aus dem zerknitterten Gesicht. »Man hat versucht, ihn zu kidnappen...«

»Das gibt es doch nicht!« rief Finley.

»Clark hat reagiert wie ein alter Mariner; er hat den Wagen verteidigt und hat gesiegt. Aber nun wissen wir endgültig, daß man hinter uns her ist. Welch ein Glück, daß wir Helen in Biscayne Bay gelassen haben.«

»Das meine ich auch jetzt.« Finley nickte und blickte in die Ferne. Helen, dachte er. Du bist in Sicherheit. »Nicht auszudenken, wenn sie da hineingeraten wäre...«

Admiral Makarenkow betrachtete es keineswegs als freudiges Ereignis, daß der liebe Genosse Prassolow seinen Besuch in Kurilsk ankündigte. Bisher hatte sich der Kommandeur des See-Sonderkommandos auf Kamtschatka sehr selten um die Kurilen gekümmernmert. Militärisch war ja auch nicht Petropawlowsk-Kamtschatskij für ihn zuständig, sondern das Marine-Oberkommando in Wladiwostok, aber seit einigen Wochen war das alles anders. Aus Wladiwostok kam die lakonische Antwort auf alle Fragen Makarenkows: Bestimmte Aktionen leitet der Genosse Admiral Prassolow. Um welche Aktionen es sich handelte, wurde nicht mitgeteilt. Makarenkow schluckte diese Desinformation wie zu stark gesalzenen Kaviar, aber er fragte nicht weiter. Hartnäckiges Fragen gehört in Rußland nicht zu den Tugenden; man kann besser ohne Neugier leben. Makarenkow brauchte nur an den verschlossenen, unsympathischen Korvettenkapitän Jakowlew denken, der mit einem eigenen kleinen Flottenverband vor der Küste bei Kasatka kreuzte, kriegsmäßige Übungen abhielt, tat, was er wollte, und anscheinend keinem darüber Rechenschaft zu geben hatte. Die Marinebasis Iturup hatte ihn lediglich zu versorgen. Nicht einmal ein Gespräch mit Jakowlew war möglich; er verließ nie sein Flaggschiff, das Riesen-U-Boot der Delta-Klasse, dieses 16000-Tonnen-Ungetüm von über 130 Metern Länge, das 16 Abschußrampen für Atomraketen enthielt. Soweit kannte man das Boot – was sich weiter in diesem stählernen Riesenleib verbarg, wußten nur Jakowlew und seine Männer. Soviel allerdings war klar: Diese U-Bootkreuzer der Delta II-Klasse waren die stärksten Kriegsschiffe überhaupt. Auch die Amerikaner hatten dem nichts entgegenzusetzen.

Makarenkow wandte sich in seiner Not an den Chef der Basis in Petropawlowsk, aber auch Admiral Jemschin konnte keine Auskunft geben. »Mikola Semjonowitsch und ich sind befreundet«, sagte er nur, »aber was heißt das? Wenn er den Mund halten muß, dann hält er ihn, und wenn ich noch so laut: ›Prost, Brüderchen!‹ rufe. Nun gut, er kommt zu Ihnen, Wassili Borisowitsch – lassen Sie sich überraschen.«

Genau das tat Prassolow auch. Mit einer Tupolew Tu-26, die eine Geschwindigkeit von 2125 Kilometer pro Stunde, also Mach 2, fliegen kann, brauste er heran und landete heulend auf dem Flugplatz von Kurilsk. Makarenkow erwartete ihn auf dem Flugfeld in seiner schwarzen Wolga-Limousine und begrüßte dann

Prassolow mit Wangenküssen, wie es sich gehört, wenn man sich Freund nennt.

Prassolow kam allein, ohne Adjutant oder andere Offiziere – schon das war ungewöhnlich. Er trug selbst eine schwarze Aktentasche, und Makarenkow bemerkte verblüfft, daß sie mit dem Griff an Prassolows Handgelenk angekettet war. So etwas kannte man nur bei höchst geheimem Diplomatengepäck.

»Es gibt einen köstlichen Stör, gebacken und mit Kapernsoße, garniert mit eingesäuerten Waldpilzen«, sagte Makarenkow, als Prassolow neben ihm im Wolga Platz genommen hatte. »Und Blinis – ich sage Ihnen, mein lieber Mikola Semjonowitsch: Mein Koch, der Unteroffizier Gennadi Mattejewitsch, ist ein Genie. Wenn Sie in Moskau oder Leningrad bessere Blinis als bei mir bekommen, dürfen Sie mich einen Lügner nennen.«

»Hervorragend, mein lieber Wassili Borisowitsch«, antwortete Prassolow höflich, aber seltsam zerstreut. »Einen Bärenhunger habe ich mitgebracht. Ist der Stör schon in der Röhre?«

»Er brutzelt, mein Freund.«

»Dann sollten wir ihn schnell essen und dann zu Jakowlew fliegen.« Prassolow lehnte sich zurück. Die kurze Fahrt vom Flugplatz zur Marinekommandantur führte durch militärisches Sperrgebiet. In einem Seitenbecken des Hafens dümpelten vier japanische Fischkutter, die man aufgebracht und hierher geschleppt hatte, weil sie in sowjetischen Gewässern ihre Netze ausgeworfen hatten. Nach altbewährter sowjetischer Methode wurden sie jetzt zunächst der Spionage angeklagt, bis lange Verhandlungen mit der japanischen Regierung in Nemuro auf der Insel Hokkaido irgendwann zur Freigabe führen würden. Das gehörte zur sowjetischen Taktik in diesem Gebiet: Auch die Südkurilen gehören uns, mag man in Japan gegen diese Auffassung auch täglich protestieren.

»Sie kommen wegen Iwan Victorowitsch Jakowlew?« fragte Makarenkow voll Interesse. »Eine Inspektion? Im Vertrauen: Ich mag ihn nicht. Keinen Kontakt hat man mit ihm. Exerziert da draußen bei Kasatka, schindet seine Leute, bis sie statt Kwaß ihre eigenen Tränen trinken, ein ganz unangenehmer Mensch, dieser Jakowlew.«

»Darüber sind wir uns alle einig, mein lieber Wassili Borisowitsch.« Prassolow stieg aus, man hatte die Kommandantur erreicht. Die Ledermappe mit der Kette zu seinem Handgelenk drückte er gegen seine Brust, als erwarte er ein Attentat. »Aber der Oberkommandierende scheint ihn anders zu sehen. Ich habe neue Befehle für Jakowlew bei mir.«

Makarenkow staunte und zeigte das auch unverhohlen. Ein Admiral als Briefträger zu einem Korvettenkapitän – wo gab's denn das? Wollte man Prassolow demütigen? War das der Anfang von seinem Ende? »*Sie* bringen die Befehle zu Jakowlew wie ein Kellner die Suppe?« fragte er, geradezu empört. Prassolow war weit davon entfernt, bedrückt zu sein. Er nickte sogar.

»Er geht schweren Zeiten entgegen«, sagte er.

»Schwerer, als er es seinen Leuten macht, kann's nicht mehr werden.« Makarenkow lächelte sarkastisch. In der Wohnung schlug ihnen der Duft von gebratenem Fisch entgegen, aber es war ein angenehmer Geruch, gemischt mit Wacholder. Prassolow schnupperte begeistert.

»Haben Sie gehört, mein lieber Freund, was die Amerikaner da bei der Wake-Insel zaubern?«

»Nein. Meine Informationen beschränken sich darauf, daß in Wladiwostok eine Schnupfenepidemie ausgebrochen ist«, antwortete Makarenkow beleidigt. »Auch von Ihnen bekomme ich nichts zu hören.«

»Ich darf nicht, Genosse.«

»Was ist also los mit den Amerikanern? Neue Atomversuche? Neue Raketen?«

»Man weiß es nicht – das ist es ja! Luftaufnahmen zeigen, daß ein Teil von Wake eine einzige riesige Baustelle geworden ist. Auch scheint es, daß man durch die Lagune eine breite Fahrtrinne sprengt.«

»Sie lernen nie, die Amerikaner«, sagte Makarenkow, knöpfte seinen Admiralsrock auf und setzte sich an den gedeckten Tisch. Eine Ordonnanz im weißen Jackett schaute ins Zimmer, grüßte stramm zu Admiral Prassolow hin und verschwand sofort wieder. »Warum baggern sie aus? Um größere Schiffe in die Lagune zu bringen? Welch ein Irrsinn. Bauen sich selbst eine Falle und schippern hinein. Haben sie nichts gelernt von Pearl Harbour? Da lagen die Brötchen zur freien Auswahl herum, schön Seite an Seite, herrlich unbeweglich, unentrinnbar, eine riesige Falle. Und jetzt derselbe Blödsinn auf der Wake-Insel? Nur den Kopf kann man schütteln.«

»Noch anderes passiert da, Wassili Borisowitsch.« Prassolow hob die Nase. Die Ordonnanz trug auf einer großen Porzellanschale die Blinis ins Zimmer. Goldgelb glänzten sie und dufteten nach Majoran. Die Füllung war das Geheimnis des Kochs Gennadi Mattejewitsch. Er würde sie keinem verraten, hatte er einmal ausgerufen, auch wenn man ihn kastrierte. Ein Erbe war's von seiner Mutter aus Kasatkino. Das ist ein winziger Ort am großen Amur, aber die Frauen können dort kochen wie die Engel im Paradies.

»Das Verwerfliche ist, daß wir nicht wissen, *was* dort geschieht«, sagte Prassolow weiter. »Vor drei Tagen nun hat der Amerikaner das gesamte Seegebiet um Wake zur Sperrzone erklärt.«

»Welche Anmaßung!« Makarenkow rieb sich die Hände. Die Blinis wurden auf die Teller verteilt. »Der Pazifik ist international. Wenn jeder einfach die freie See für sich deklarieren wollte ... Ha, die Amerikaner! Der Atlantik ist ihr Meer, der Pazifik ist ihr Meer, im Mittelmeer regen sie sich auf, wenn wir ein paar Schiffchen fahren lassen ... Wann beanspruchen sie das Schwarze Meer oder den Baikalsee?« Er beugte sich nach vorn, stieß die Gabel in seine saftige Teigrolle und zerteilte sie. »Ich ahne etwas, Mikola Semjonowitsch: Wir sollen demonstrieren, daß im Pazifik auch sowjetische Schiffe etwas zu suchen haben. Daß es das nicht gibt, einfach ein Sperrgebiet zu erklären. Wir fahren einfach hinein, ist es so? Tragen Sie das in der Kettentasche mit sich herum? Die Flotte des Admirals Makarenkow zeigt Stärke gegenüber amerikanischer Arroganz im Pazifik – welch eine gute Schlagzeile in den Zeitungen! Das bringt wieder Leben in den trägen Alltag.«

»Erregen Sie sich nicht zu früh, Wassili Borisowitsch.« Prassolow biß in seine Blinirolle und seufzte begeistert. Die Fleischeinlage war gewürzt, daß die Zunge erzitterte, dann zerfloß das Ganze, und man brauchte nur noch mit geschlossenen Augen, hingerissen von dem Aroma, zu schlucken . . . »Es wird keine Demonstration der Stärke geben. Im Gegenteil: Wir erkennen die Sperrzone an.«

»Nein! Seit wann schielt man in Moskau um die Ecke?!«

»Und wenn man dadurch mehr sehen kann?« Prassolow lachte, schmatzte an seinen Blinis und freute sich auf den Stör, der noch in der Backröhre lag. »Lassen wir den Amerikanern ihr Vergnügen, ein Seegebiet zu sperren. Was signalisieren sie denn damit, die naiven Kinderchen? Na? Doch nur: Hier wird es ganz geheimnisvoll. Hier haben wir etwas zu verstecken. Wer näher kommt, verbrennt sich die Finger. – Und wir werden näher kommen!«

»Jakowlew!« sagte Makarenkow wonnevoll.

»So ist es. Ich habe den Einsatzbefehl für Iwan Victorowitsch in der Tasche.«

»Deshalb die irrsinnigen Übungen bei Kasatka! Ich habe mir sagen lassen, er geht im Meer auf ungewöhnliche Tiefen; er taucht, bis die Nieten krachen. Seine Matrosen haben wieder beten gelernt, wenn es heißt: Fluten! Und dann schleicht er auf dem felsigen Meeresboden herum, als hätte er den Radarsinn einer Fledermaus . . .«

»Iwan Victorowitsch wird viel Mut und Ausdauer brauchen«, sagte Prassolow und klatschte in die Hände, als der ganze Stör, braun gebacken, auf einem Tablett hereingetragen wurde. Um ihn herum lagen die Waldpilze, als schwämme der Stör noch in nachtdunklen Wogen. Ein Meisterwerk, und so etwas in Kurilsk! »Sogar ein Held der Sowjetunion kann er werden . . .«

»Der Amerikaner wird nie wagen, im Frieden unser U-Boot zu versenken!« rief Makarenkow erregt.

»Wo ist Frieden, Wassili Borisowitsch?« Prassolow schnüffelte über sein Stück Stör hinweg, das ihm hingeschoben wurde. »Frieden ist nur ein Wort für eine Übergangszeit, in der die Waffen geputzt und erneuert werden. Haben sie den richtigen Glanz, müssen sie auch wieder eingesetzt werden. Natürlich nur zur Verteidigung – aber verteidigt werden muß immer etwas. Außerdem: Was auch immer bei der Wake-Insel passieren mag: Man wird nie irgend etwas darüber hören. Jakowlew kann zwar Held der

Sowjetunion werden – doch wofür er das vielleicht wird, das bleibt ebenfalls unter uns. Mit anderen Worten, mein liebster Freund: Ich bin hier und doch nicht hier. Alles, was ich da in der Tasche habe, gibt es nicht, obwohl es Millionen Rubel kosten kann. Ich gestehe: Bis vor drei Tagen hatte auch ich keine Ahnung davon, warum man mir Jakowlew mit seiner kleinen Flotte auf den Hals geschickt hat. Jetzt weiß ich es endlich. Man muß die Planer im Stab von Moskau bewundern ... Ha, ist das ein Fisch! Und diese Pilze! Dieser Geschmack! Sie sollten Gennadi Mattojowitsch zum Unterleutnant befördern ...«

Zwei Stunden später flog Admiral Prassolow mit einem Transport-Hubschrauber Ka-25 von dem kleinen Hafen Kasatka hinüber zu Jakowlews kleiner Flotte. Sie lag vierzig Seemeilen von der Küste der Insel Iturup entfernt in einem 500 Meter tiefen Gewässer und über einem wild zerklüfteten Meeresboden.

Prassolow landete auf dem kleinen Hubschrauberdeck des U-Boot-Versorgungsschiffes Ugra und wurde dort vom Kommandanten und von dem Korvettenkapitän Jakowlew begrüßt. Eine Trompete blies ein Ehrensignal. Und wieder hatte Prassolow beim Anblick Jakowlews das fade Gefühl, daß Helden, und wenn man sie noch so sehr ehrte, nicht immer – menschlich gesehen – die Besten des Volkes waren. Laut durfte man so etwas natürlich nicht sagen ... Wenn man in seine kalten Augen blickte, hätte man den Kragen hochschlagen mögen, so eisig wehte es zu einem herüber.

Schon gleich nach der Begrüßung trat Jakowlew seinen Admiral sozusagen vor das Schienbein, indem er ganz ruhig fragte: »Sie bringen mir den Einsatzplan mit, Genosse Admiral?« Das bewies Prassolow: Jakowlew war viel früher als er über seine Aufgaben unterrichtet worden – über den Kopf des Befehlshabers Sondereinsatz See hinweg.

»Wir wollen sehen, Iwan Victorowitsch«, antwortete Prassolow. Mit diesen gönnerhaften Worten wollte er seinen Briefträgerdienst etwas aufwerten. »Bereiten Sie sich auf Großes vor!«

»Wir haben den Einsatz ständig geübt, Genosse Admiral.«

Im Offiziersraum des U-Boot-Versorgungsschiffes – der modernsten schwimmenden Werkstatt, die es auf dieser Welt gab, vollgestopft nicht nur mit allen Ersatzteilen, sondern auch mit Waffen, Elektronik und den hochempfindlichsten Radaranlagen und Suchgeräten, die in der NATO »Slim Net«, »Strut Curve« und »Muff Cob« hießen – öffnete Prassolow seine Aktentasche und entnahm ihr einen roten Schnellhefter. Der Kommandant des Schiffes verließ auf einen Blick des Admirals den Raum; was hier zu besprechen war, galt nur den Ohren von Jakowlew.

»Sie haben die Aufgabe, Iwan Victorowitsch, in das neue Sperrgebiet der Amerikaner um die Wake-Insel herum einzudringen und festzustellen, welche Versuche dort unternommen werden. Die Luftaufklärung hat nur Informationen über große Bautätigkeiten erbracht. Diese aber rechtfertigen in keiner Weise die Absperrung eines großen Seegebietes. Um Atomversuche kann es sich nicht handeln, sonst hätte man Wake selbst evakuiert. Stattdessen kommen nach Wake immer neue Truppen. Von Pearl Harbour sind unterwegs: drei Zerstörer, zwei Kreuzer, drei Korvetten, vier Schnellboote. Über neue U-Boote liegen keine Meldungen vor, aber ich nehme an, auch sie werden auf Wake verstärkt. Warum das alles? Nur, um uns unruhig zu machen? Die Taktik der kleinen Nadelstiche? Wer glaubt daran? Der strategische Stab der Admiralität ist anderer Ansicht. Er vermutet, daß die Amerikaner neue Tiefseewaffen ausprobieren wollen.«

»Tiefseewaffen?« fragte Jakowlew verwundert. »Was soll man darunter verstehen?«

»Seien wir ehrlich, Iwan Victorowitsch: Alles, was überm Wasser schwimmt, ist im Kriegsfall Schrott. Jede Rakete kann jedes Überwasserschiff erreichen. Die sich selbst lenkenden elektronischen Torpedos treffen jedes Ziel. Hier, unsere Ugra – was nutzt die beste Werkstatt, wenn sie nach allen Seiten sichtbar ist? Es muß gründlich umgedacht werden. Für einen schweren Schlachtkreuzer, den früher einmal jeder fürchtete, hat man heute nur noch ein Lachen übrig. Ein Druck auf ein Knöpfchen ... zscht ... die Rakete ist los, und niemand hält sie mehr auf. Die Abfangraketen stecken noch in den Kinderschuhen. Wenn wir einen Fächer von zwölf Raketen schießen, gibt es keine Gegenwehr mehr. Selbst wenn man zehn abfängt – zwei treffen dann noch, und das ist genug! Deshalb liegt die Zukunft der Marine *unter* dem Meer. Interkontinentalraketen aus der Tiefe, die sich unsichtbar und unhörbar an den Gegner heranschleichen und aus dem Meer heraus die Vernichtung bringen – nur so ist die militärische Überlegenheit zu sichern.« Prassolow holte tief Atem. Die Einsatzmöglichkeiten der sowjetischen Waffen begeisterten ihn so, daß er Schluckbeschwerden bekam. »Natürlich schlafen die Amerikaner nicht, auch sie haben die neue Taktik erkannt: Wir glauben, daß rund um Wake große Tiefseeversuche unternommen werden mit dem Ziel, Stützpunkte unter Wasser zu errichten, so wie man Satellitenstationen in den Weltraum schießt.« Prassolows Stimme zitterte vor Ergriffenheit. »Stellen Sie sich vor, Iwan Victorowitsch: Eine Kette Unterwasserbunker mit atombestückten Raketenrampen – so tief im Meer, daß sie unangreifbar sind. Keine Wasserbombe kommt heran, kein U-Boot kann so tief tauchen, ein elektronischer Strahlenkranz verhindert auch das Eindringen unserer normalen Raketen; ganz davon abgesehen, daß es kaum möglich sein wird, diese kleinen Stahlwanzen im Meer aufzuspüren. Unvorstellbar, welche Bedrohung das für uns wäre.«

Jakowlew hatte wortlos zugehört. Prassolow zu unterbrechen, war bei diesem Wortschwall sowieso unmöglich. Aber jetzt, als der Admiral wieder tief Atem holte, fragte er nüchtern:

»Das hört sich an wie ein Zukunftsroman. Welcher Stahl hält den ungeheuren Druck von einigen tausend Metern aus? Die Stationen müssen besetzt sein – wie kommen die Männer in diese Tiefen hinunter? Wie können sie versorgt werden?«

»Iwan Victorowitsch, was oben im luftleeren Raum des Weltalls möglich ist, muß auch unter Wasser machbar sein. Das ist die logische Überlegung der Admiralität. Und das alarmiert uns: Bei diesen Forschungen muß der Amerikaner weiter sein als wir. Die Wake-Insel ist da der Mittelpunkt. Korvettenkapitän Jakowlew, das ist nun Ihre Aufgabe: präzise Informationen, was im Sperrgebiet um Wake experimentiert wird.«

»Verstanden, Genosse Admiral«, sagte Jakowlew knapp. »Besondere taktische Befehle?«

»Wir betrachten Ihren Einsatz unter kriegsgemäßen Bedingungen. Es kann Opfer geben . . .«

»Ich verstehe, Genosse Admiral. Bei Angriff Gegenwehr?«

»Iwan Victorowitsch, es gibt Sie nicht. Sie existieren nicht. Und wer nicht da ist, kann nicht schießen. Wenn es Opfer gibt, werden es anonyme Opfer sein. Sie müssen unsichtbar bleiben. Werden Sie vom Gegner geortet, liegt die Entscheidung ganz allein bei Ihnen.« Prassolow übergab Jakowlew die rote Mappe mit den Einsatzplänen. Jakowlew klappte sie nicht auf, sondern legte nur seine Hände darüber. »Wenn es Sie beruhigt«, sagte Prassolow, nun doch etwas unsicher, denn es ist nicht leicht, einige hundert Mann aus dem Leben zu streichen: »Von Land aus werden Sie unterstützt. Die GRU hat die besten Agenten eingesetzt.«

»Ich bin ganz ruhig, Genosse Admiral.«

»Sobald wir von Land aus präzise Informationen bekommen, werden Sie sofort benachrichtigt. Viel Glück, Iwan Victorowitsch...«

Am Abend lief Jakowlews kleine Flotte aus: das Flaggschiff U Delta II, ein U-Boot der Charlie-Klasse, ein U-Boot der Victor-Klasse, das Versorgungsschiff Ugra und das Nachrichtenschiff Primorje III. Mit ihm war man über abhörsichere Satellitenverbindungen direkt mit Moskau verbunden.

Prassolow und Makarenkow standen in dem kleinen Hafen von Kasatka und verabschiedeten sich über Funk von Jakowlew.

»Ob wir ihn wiedersehen?« fragte Makarenkow anschließend.

»Das ist nicht die Frage!« antwortete Prassolow. »Wichtiger ist zu wissen, was die Amerikaner bei den Wake-Inseln ausbrüten...«

Genau acht Stunden nach dem Gespräch mit Linkerton erreichte der Delphin-Konvoi die Stadtgrenze von San Diego. Bereits in Yuma, an der Grenze von Arizona und New Mexico, hatte ein Kommando der Yuma Marine Corps Air Station den Geleitschutz übernommen: zehn Jeeps mit Marines und zwei große Sikorsky-Hubschrauber. Der Weg durch die einsamen Sand Hills und das Gebiet von East Mesa war gesichert.

Admiral Linkerton empfing Dr. Rawlings außerhalb San Diegos in El Cajon und drückte ihm beide Hände. »Was habe ich gelitten!« rief er, und es war kein Spott in seiner Stimme. »Ich hätte das nie für möglich gehalten! Es gab keine anderen Gedanken, ich dachte nur an die Delphine. Völlig genervt hat mich Admiral Bouwie. Als ob er eine Fuhre unschuldiger Töchter unterwegs habe... Ich muß ihm sofort mitteilen, daß ich Sie wohlbehalten in Empfang genommen habe.«

Während der Konvoi der riesigen Bassinwagen weiterzog, stieg Rawlings in den Jeep von Admiral Linkerton um und ließ sich erklären, was nun folgen sollte.

Die Delphinstation auf der langgestreckten, schmalen, als U. S. Naval Reservation hermetisch abgesperrten Halbinsel von Cabrillo war termingerecht genau auf den Punkt fertig geworden – eine Meisterarbeit von Technikern, Ingenieuren und Baufirmen. Das Gebiet der Forschungsstation, etwa in der Mitte der Halbinsel zum Pazifik hin, war nur über einen schmalen, abgesperrten Weg vom Cabrillo Memorial Drive aus zu erreichen, lag völlig unauffällig hinter Palmen und hohen Blütensträuchern und war außerdem noch durch einen drei Meter hohen Elektrozaun mit Alarmgebern gesichert. Wenn es wirklich jemandem gelang, auf die Halbinsel vorzudringen – am Zaun war das Ende. Jede Verletzung des Drahtgitters löste sofort die Warnsignale aus. Nachts wurde der Zaun mit Starkstrom beschickt; das hatte bisher das Leben von neunzehn Kaninchen, zwei Schlangen, drei Wüstenfüchsen und zwei Seeadlern gekostet.

»Es kann also gar nichts passieren«, sagte Linkerton mit Stolz. »Hier sind Sie und Ihre Delphine so sicher wie in Fort Knox das Gold.«

Am Abend dieses Tages wurde Ischlinski noch einmal der Delphine wegen belästigt. Tulajew rief in Washington an, aus San Diego, wie er mitteilte. »Die Delphine sind hier in der Marinebasis eingetroffen, Jurij Valentinowitsch«, sagte er. »Unter größten Sicherheitsvorkehrungen.«

»Hatte ich nicht recht?« rief Ischlinski und freute sich über seinen späten Triumph. »Es war ein militärischer Transport. Mich aber hielt man für urlaubsreif. Nun sehen Sie zu, Tulajew, wie Sie weiterkommen.«

»Das werde ich, Genosse! Ein Wolf verliert nie eine frische Fährte.«

Wieviel Wahrheiten enthalten doch die russischen Sprichwörter . . .

10

Am anderen Tag, morgens um sieben, traf auch Clark mit seinem Wagen in San Diego ein und wurde ebenfalls bei El Cajon von einer Abordnung Admiral Linkertons empfangen. Der Hubschrauber, der ihn begleitet hatte, drehte ab und flog zurück zur U. S. Naval Air Station auf der Halbinsel Coronado, die die San Diego Bay bildete.

Clark hatte Helen den Rat gegeben, nicht mehr in ihrem Rabbit zu fahren, sondern im Transporter bei den Delphinen abzuwarten, bis man Rawlings schonend beigebracht hatte, daß sie mitgekommen war.

»Auf keinen Fall darf es Finley zuerst wissen«, sagte Clark und lächelte breit. »Der Junge könnte sofort durchdrehen. Warte hier im Wagen, bis ich dich heraushole.«

»Jetzt habe ich Angst«, sagte Helen kleinlaut. »Die ganze Zeit über fühlte ich mich stark. Aber jetzt . . . mir ist direkt übel!«

Finley hatte inzwischen ahnungslos im Forschungszentrum in Biscayne Bay angerufen, um Helen mitzuteilen, daß alle Delphine gut angekommen seien. Dort hatte sich mittlerweile eine neue Belegschaft eingerichtet: sieben Zoologen und Meeresbiologen unter der Leitung von Professor Dr. Hubert Frederic. Sie hatten die verlassenen Bungalows bezogen. In der Telefonzentrale saß um diese Zeit der Techniker Curtiss und freute sich, Finleys Stimme zu hören.

»Helen?« sagte er gedehnt. »Nein, die ist nicht hier. Die ist weg, James.«

»Was heißt weg, Curtiss?« schrie Finley. »Wohin denn?«

»Keine Ahnung. Ihr Bungalow war leer, die Schränke offen, einige Zettel hatte sie verteilt und die Bar dem Nachfolger zur

Verfügung gestellt. Sieht ganz danach aus, als ob sie weit weg ist ... und nicht wiederkommt.«

»Aber sie kann doch nicht einfach verschwunden sein!« brüllte Finley entsetzt.

»Du siehst – sie kann!«

»Ohne eine Adresse zu hinterlassen?«

»Nicht einen Buchstaben! Bude leer und weg ...«

»Und keiner hat eine Ahnung?«

»Wenn wir eine hätten, könnte ich dir mehr sagen, James.«

Wie ein gereizter Stier rannte Finley zu Dr. Rawlings. Die Delphine waren schon in das neue riesige Bassin gelassen worden. Nach der langen Fahrt in den engen Plastikwannen der Transporter schwammen sie jetzt wie verrückt herum, oder sie lagen ganz still im Wasser, ließen sich treiben und hatten sichtlich Mühe, sich an die neue, fremde Umgebung zu gewöhnen. Vor allem der Delphin John war wieder sehr unruhig, zog mit Helens goldenem Badeanzug im Maul nervös von einer Wand zur anderen, piepste laut und schrill und suchte offensichtlich seine geliebte Helen. Dennoch war Rawlings zufrieden: Alle Delphine hatten die Reise überlebt. Sie waren gesund angekommen. In ein paar Tagen würden sie sich in San Diego eingelebt haben – dann begann die ernste Arbeit draußen im Pazifik.

»Helen ist weg!« schrie Finley, als er Rawlings erreicht hatte. Steve saß am Bassinrand unter einem großen, gelben Sonnensegel und beobachtete die Delphine und ihre erste Reaktion auf die fremde Umgebung. »Für immer weg! Alles hat sie mitgenommen!«

»Es ist vielleicht das Beste, was sie tun konnte.« Rawlings bot Finley eine Zigarette an, aber Finley schlug ihm die Packung in seiner großen Erregung aus der Hand. Es war das erste Mal in all den Jahren, daß Rawlings so etwas mit Finley erlebte.

»Das sagst du so daher, als wenn sie gerade mal um die Ecke gegangen wäre!« brüllte er.

»Ich hätte mir auch eine andere Stelle gesucht, James. Weit weg von Miami.«

»Und ohne eine Nachricht zu hinterlassen?«

»Wem sollte sie eine hinterlassen? Wir waren ja nicht mehr da.«

»Mir, Steve! Ich liebe sie!«

»Weiß sie das denn? Du warst immer nur zu den Delphinen zärtlich, zu ihr nie.«

»Sie etwa? Denk an John, sieh dir ihn nur an, wie er mit ihrem Badeanzug herumschwimmt.«

»Du und Helen – ihr seid beide so geniale Wissenschaftler und beide so große Kinder. Ihr habt den Zug abfahren lassen und hättet beide das Signal auf Rot stellen können.« Rawlings bückte sich, hob die Zigarettenpackung auf und hielt sie Finley noch einmal hin. Jetzt nahm er eine Zigarette. »Was hat es jetzt für einen Sinn, wie ein Kojote den Mond anzuheulen?«

»Ich muß sie wiedersehen«, sagte Finley dumpf. »Und wenn in einem Winkel ihres Herzens auch nur ein Hauch von Liebe zu uns ist, dann meldet sie sich. Steve, dann bin ich nicht mehr zu halten, dann brause ich los!«

»Urlaub im voraus bewilligt!« Rawlings lachte und legte den Arm um Finleys Schulter. »Aber nur, wenn ihr mit einer Heiratsurkunde wieder auftaucht.«

Dr. Clark fuhr in diesem Augenblick mit seinem Delphinwagen als kleiner Triumphator durch das Elektrotor der neuen Station und ließ sich von Rawlings und Finley umarmen. Helens Rabbit hatte man in San Diego in einer Garage abgestellt, denn diesen blauen VW amerikanischer Machart hätte Rawlings sofort erkannt. Außerdem trug er ja die Nummer von Miami.

Helen hockte in der Innenkabine des Delphinwagens und hatte den Vorhang vorgezogen. Die drei Fahrer blickten grinsend in die Gegend. Clark hatte ihnen angedroht: Ein Wort über Miß Morero, und ich erzähle, daß ihr euch alle bei dem Überfall in die Hosen geschissen habt.

»Endlich!« sagte Rawlings. »David Abraham, du bist ja ein Held. Linkerton ist so happy, daß er dich für eine Tapferkeitsmedaille vorschlagen will. Lassen wir die vier letzten Burschen sofort zu Wasser, und dann trinken wir einen, daß sich uns die Haare sträuben. Wir haben es alle verdient...«

»Helen ist weg«, sagte Finley mit saurem Gesicht. »Ich habe angerufen. Sie ist auf und davon.«

»Das war vorauszusehen.« Clark hob die Schultern. »So, wie man sie behandelt hat ... Ich hätte nicht so rücksichtsvoll reagiert. Ich hätte euch allen eine runtergehauen und wäre dann erst gegangen.«

»Es geschah doch nur zu ihrem eigenen Schutz.« Rawlings lehnte sich gegen die breite Rücktür, hinter der Helen in ihrer Kabine hockte und nur das Stimmengewirr hörte. »Was ihr ja alle noch nicht wißt – und ich hab's auch vorhin erst von Linkerton erfahren. Wir haben nur noch kurze Zeit für die Eingewöhnung und für ein radikales Einsatztraining. Sie wollen uns – man kann es nicht anders nennen – an die Front werfen.«

»Wo?« fragte Clark ruhig.

»Das weiß ich noch nicht. Davon hat Linkerton noch nichts verraten.«

Das Schicksal spielte mit: Gerade jetzt wurden Rawlings und Finley zur Zentrale gerufen. Clark konnte also seinen Wagen allein zum Bassin fahren und seine vier Delphine zu Wasser lassen. Mit einem wilden Gekreische begrüßten die anderen Delphine Harry und seine Kameraden, nahmen sie in ihre Mitte und benahmen sich kein bißchen anders als Menschen, die einen Sieg feierten oder ein großes Wiedersehen.

»Versteck dich zunächst im Geräteraum«, sagte Clark zu Helen. »Ich sehe mir erst mein Haus an und hole dich dann ab. Finley läuft herum wie einer, der seinen Kopf verloren hat. Er hat in Biscayne Bay angerufen und erfahren, daß du verschwunden bist. Jetzt brüllt er jeden, der ihm begegnet, an: Ich liebe sie! Ich liebe sie! – Was sagst du nun?«

»Laß ihn nicht zu lange zappeln, Abraham, bitte!« Sie lächelte und hatte plötzlich ein verträumtes, richtig romantisches Gesicht.

»Wir müssen durchhalten, Helen. Bis zum Abend muß er noch schmoren. Verstecken wir uns jetzt!«

Sie liefen im Schutz einer Abgrenzungsmauer hinüber zu dem großen Magazin. Hier fand Helen in einer Halle mit Bojen und Ruderbooten aus Glasfiber ein hervorragendes Versteck. Selbst, wenn jemand die Halle betrat, konnte sie hinter den Booten oder Bojen bequem Deckung suchen.

»Ich komme nachher und bringe dir Kekse und Orangensaft. Oder hast du besondere Wünsche?« fragte Clark.

»Hol meine Koffer aus dem Rabbit und bring mir einen Spiegel.«

»Kaum in Sicherheit, beginnt die Eitelkeit... Du siehst trotz deiner verschwitzten Haare bezaubernd aus, Helen.«

»Danke, Abraham. Und wenn du nachher kommst, geh bei John vorbei und sag mir, was er macht.«

Clark nickte, verließ die Bojenhalle und schlenderte hinüber zu den weißen Bungalows, die man für die Wissenschaftler gebaut hatte. Am Haus Nummer 9 fand er bereits sein Namensschild: Dr. D. A. Clark. Eine perfekte Organisation.

Clark schloß die Tür auf – selbstverständlich stak der Schlüssel im Schloß – und betrat seine neue Heimat. Das Haus war großräumig, lichtdurchflutet und von weißer Nüchternheit. Die modernen Möbel hatte ein Kaufhaus geliefert. Der Innenarchitekt schien der Ansicht gewesen zu sein, daß Wissenschaftler, die sich mit Delphinen beschäftigen, Blau zu ihrer Lieblingsfarbe erkoren haben. Innerhalb der weißen Wände war alles blau: die Sesselbezüge, der Teppichboden, die Gardinen, die Tischdecken, sogar die Klositze aus Plastik. Natürlich auch alle Kacheln, die Badewanne, die Dusche, das Waschbecken und das WC.

»Ergreifend!« sagte Dr. Clark. »Da fällt es nicht auf, wenn einer gesoffen hat und völlig blau ist.«

Nach dem Rundgang durch das neue Heim kümmerte er sich um seine Koffer, die noch im hinteren Kabinenraum des Trucks verstaut waren. Zwei Tierpfleger schleppten sie für ihn weg. Dann ging er zu dem riesigen Wasserbassin und begrüßte John, der mit Helens Goldbadeanzug spielte.

»Komm mal her, du Casanova!« sagte Clark und ging die eingebaute Treppe hinunter, über die man in das Becken steigen konnte. Er setzte sich auf die unterste wasserfreie Stufe und winkte. Sofort schwamm John heran und blickte ihn mit seinen klugen Augen an. »Ich soll dich von Helen grüßen. Junge, verrate es bloß nicht – sie ist hier. Sobald es dunkel ist, wird sie zu dir kommen.«

Selbst Clark, der Delphinpsychologe, konnte nicht sagen, ob John seine Worte auch wirklich verstand. Die Wirkung war jedenfalls verblüffend. John ließ den Badeanzug aus seinem Maul fallen, richtete sich hoch im Wasser auf und gab einen trompetengleichen Ton von sich. In wenigen Sekunden waren alle anderen Delphine um ihn versammelt, das Wasser brodelte von Leibern, die sich hin und her schnellten, Harry, Ronny, Bobby und Robby tanzten in der Menge; es war ein Lärm, den man bis zur Zentrale hörte. Dr. Rawlings und Finley stürzten ins Freie und liefen zum Bassin. Erst da sahen sie Clark auf der Treppenstufe sitzen und blieben stehen, außer Atem von dem schnellen Lauf.

»Ich dachte, jemand schlachtet sie ab!« rief Finley und riß sich sein Hemd auf. »Abraham, was ist denn da los?«

»Die sind ja völlig aus dem Häuschen.« Rawlings kam die Treppe herab. »Haben die einen Reisekoller bekommen?«

»Sie freuen sich, daß wir alle wieder komplett sind«, sagte Clark zweideutig, während die Delphine sich wieder im Becken verteilten. »Sie verstehen unsere Sprache. Mich bringt da keiner mehr von ab. Und wenn man mich für idiotisch hält.«

»Heute abend um acht kommt Admiral Linkerton zu uns, um uns eine wichtige Mitteilung zu machen.« Rawlings stieg mit Clark die Treppe hinauf. Finley blieb, die Hände auf dem Rücken, in sich versunken am Bassinrand und starrte auf Helens im Wasser treibenden Badeanzug. John stieß ihn mit der Schnabelschnauze vor sich her bis zu den Stufen und warf ihn dann mit einem eleganten Schwung auf die Treppe.

»Du Dussel!« sagte Finley leise. »Da kannst du ihn dir nicht wiederholen.«

Aber das schien John auch nicht zu wollen. Er drehte ab und schwamm in die Mitte des Bassins, wo er im Gewimmel der anderen Delphine verschwand. Finley starrte ihm entgeistert nach.

»Gerade ist was passiert«, sagte er, nachdem er Rawlings und Clark nachgelaufen war.

»Was denn?«

»John hat aufgegeben. Er hat Helens Badeanzug weggeschleudert.«

»Nicht möglich!« Rawlings wirbelte herum. »Tatsächlich! Das

ist verdammt ein kleiner Sieg, den wir begießen sollten. Ich stifte eine Runde nach freier Wahl.«

»Als ob er die Endgültigkeit ahnt.« Finley wandte sich ab und war sehr bedrückt. »Bei mir wird's länger dauern ...«

Clark blieb einen Augenblick stehen, wartete, bis Rawlings und Finley außer Hörweite waren, und ging zum Becken zurück. »Bald hättest du uns verraten, John!« sagte er leise. »Halt die paar Stunden noch durch.«

Er beeilte sich nachzukommen und holte Rawlings und Finley neben dem Magazin ein. Dabei warf er einen Blick auf die große Rolltür, die den Bojenraum verschloß und hinter der sich Helen versteckt hielt.

»Was wird nun aus den dreißig Monsterwagen?« fragte er Rawlings, während sie weitergingen.

»Sie bleiben in San Diego und werden hier umgebaut zu großen Kühlwagen für die Navy. Biscayne Bay bleibt eine normale Delphinstation. Die Spezialausbildung wird ganz nach San Diego verlegt. Mit anderen Worten: Wir werden jetzt alle Kalifornier.« Rawlings sah Finley und Clark fragend an. »Ich nehme an, ihr bleibt bei mir und werdet euch hier einleben. Die anderen habe ich schon gefragt – sie sind begeistert. James ...?«

»Natürlich bleibe ich hier. Ich kann überall zu Hause sein«, sagte Finley.

»Und du, David Abraham?«

»Welche Frage!«

»Hast du nicht 'ne schicke Witwe in Miami?«

»Erledigt, Steve.« Clark grinste verhalten. »Ich habe versucht, ihr zu erklären, daß sich mein Leben nur um Delphine dreht. Es war nicht zu erklären. Welcher normal denkende Mensch kann das auch begreifen? ›Du hast 'nen Fisch lieber als mich?‹ fragte sie. Völlig sinnlos, ihr begreifbar zu machen, daß es kein Fisch ist. ›Gut!‹ hat sie geschrien, ›dann nimm das glitschige Ding mit ins Bett!‹ – Das war dann das Ende. Ich wollte übrigens immer nach Kalifornien und an den Pazifik.«

»Ich bin wirklich glücklich.« Rawlings legte die Arme um Clark und Finley. »Es ändert sich also nichts.«

»Helen fehlt«, sagte Finley.

»Hör damit auf, James! Das Kapitel ist abgeschlossen. Du siehst ja – sie hat's verstanden und baut sich irgendwo ein neues Leben auf. Vielleicht hören wir eines Tages etwas von einer Frau Professor Dr. Morero, der berühmten Zoologin an der Universität X. Helen macht ihren Weg, verlaß dich drauf.«

»Das glaube ich auch«, sagte Dr. Clark. »Jungs, hat vorhin nicht jemand verkündet, er würde 'ne Runde spendieren ...?«

Bei Einbruch der Dunkelheit verließ Helen ihr Versteck hinter den Bojen. Draußen war alles still und menschenleer. Im Speisesaal des Hauptgebäudes waren alle Fenster erleuchtet: Dort hielt Admiral Linkerton seinen angekündigten Vortrag vor den Wissenschaftlern.

Riesig lag das neue Bassin im Mondschein. Das Wasser schimmerte wie flüssiges Silber. Dahinter dehnte sich der unendliche Pazifik. Ein schmaler Kanal mit zwei Schleusen verband das Bassin mit dem Meer. Man hatte so die Möglichkeit, die Delphine in die freie See schwimmen zu lassen, ohne sie aus ihrem Becken herausheben zu müssen. Etwa dreihundert Meter von der Küste entfernt sperrten Stahlnetze, an Bojen hängend, das Übungsgebiet ab und hielten auch die Haie fern, die in den küstennahen Gewässern ihre Nahrung jagten. Es war für sie eine fette Gegend.

Vorsichtig, zunächst immer im Schatten der Gebäude bleibend, schlich sich Helen an das schimmernde Bassin heran.

Dann wartete sie wieder, sah sich nach allen Seiten um, nahm allen Mut zusammen und lief geduckt zu der breiten Treppe, die in das Becken führte. Dort lag noch immer ihr goldener Badeanzug ... und als man sie viel später fragte, warum sie das getan hatte, wußte sie keine Antwort darauf zu geben: Sie bückte sich, streifte Bluse, Jeans und Unterwäsche ab und zog den Badeanzug an. Ganz langsam ging sie dann die letzten Stufen zum Wasser hinunter und schauderte doch etwas zusammen, als nach zwei weiteren Schritten ihre Schenkel umspült wurden.

Die Delphine, die sie längst gehört und gesehen hatten, bildeten einen weiten Kreis vor ihr im Bassin. Keiner kam ihr näher als fünf Meter. Nur John, als einziger, durchbrach den Kreis und schwamm langsam auf sie zu. Leise, helle Piepslaute, wie ein Kinderweinen, kamen aus ihm heraus. Er bewegte sich kaum, ließ sich zu Helen treiben und legte sich auf die Seite, als sein Körper ihren Körper berührte. Menschen können in solchen Augenblicken sagen: Ich möchte vor Glück sterben ... John demonstrierte seinen Liebestod, indem er wie leblos auf der Seite trieb.

»Nun bin ich wieder bei euch«, sagte Helen mit versagender Stimme. Sie legte den Arm um Johns glatten, im Mondschein schimmernden Körper und drückte ihn an sich. Er öffnete das Schnabelmaul und gab einen fast stöhnenden Laut von sich. »Es wird in den nächsten Tagen noch schwere Kämpfe geben, aber von euch bringt mich keiner mehr weg!«

Sie ließ John los, streckte sich und schoß wie ein goldener Fisch durch das Wasser. Mitten unter den Delphinen schwamm sie ein paarmal durch das Bassin, spielte mit ihnen, ließ sich von John herumziehen, Harry, Robby und Bobby führten einen verrückten Tanz auf den Schwanzflossen auf, Ronny schnellte sich hoch in den Mondschein und drehte unglaubliche Pirouetten, und am Ende lag Helen auf einem lebenden Floß aus Delphinen und ließ sich so durch das große Becken tragen.

Dann saß sie erschöpft, aber unendlich glücklich am Bassinrand und dachte darüber nach, was sie Dr. Rawlings sagen sollte, wenn er sie morgen sah. Das erste Wort war entscheidend. Sie entschloß sich, einfach »Hallo!« zu sagen, so wie immer in Biscayne Bay, die blonden Haare mit einem Kopfruck zurückzuwerfen und zu lächeln. Weiter nichts. Es mußte selbst Rawlings entwaffnen.

Der Vortrag von Admiral Linkerton war beendet. Was er zu berichten hatte, war sensationell genug. Es bedeutete, auf einen einzigen Satz gebracht, nicht anderes als das: Die gesamte Delphintruppe bekommt nach vier Wochen Einsatzübungen einen militärischen Status, wird in die Navy übernommen und dem Kommando der Pazifikflotte unterstellt. Admiral Ronald Atkins, der neue »Chef Operation Sirius«, war bereits in Honolulu eingetroffen und hatte sein Hauptquartier in der Naval Reservation von Pearl Harbour bezogen. Die Delphingruppen erhielten nun offiziell den Namen »Kompanie«, die Wissenschaftler und Ausbilder wurden zu Beratern umfunktioniert, die Kompanien wurden wirklichen Offizieren unterstellt. Der neue Name der zusammengefaßten Kompanien lautete: »Sea-Lords«. Morgen – sagte Linkerton – würden die Offiziere eintreffen und ihre »Truppen« übernehmen. Sein letzter Satz entsprach völlig dem, was alle dachten: »Nun wird es ernst!«

In der Pause, die dem Vortrag folgte – es gab dann noch ein gemeinsames Essen, das die Köche des Offizierskasinos der 11. U. S.-Flotte ausrichteten –, hatten Rawlings und Clark Gelegenheit, Admiral Linkerton unter sechs Augen um nähere Informationen zu bitten. Finley war so erregt, daß er einen Augenblick vor die Tür ins Freie ging, um schnell eine Zigarette zu rauchen.

»Nur eine Frage«, sagte Rawlings zu Linkerton. »Bleiben die Delphine in San Diego?«

»Nein.«

»Wozu dann dieser Riesenaufwand?«

»Wir wollen es doch nicht bei diesen sechs Kompanien belassen, Doktor. Wir brauchen sechzig, sechshundert ... heute haben wir ein Bataillon, wir müssen einmal eine Division Kampfdelphine haben.«

»Und wo kommen wir hin?« fragte Clark.

»Sie begleiten Ihre Schützlinge zum Einsatzort, kehren aber dann hierher zurück«, sagte Linkerton wie selbstverständlich. »In den kommenden vier Wochen müssen sich die Kompanien so stark wie möglich an ihre neuen Chefs gewöhnen. Sie sind Wissenschaftler, meine Herren – der militärische Einsatz gehört den Offizieren.« Linkerton sah die Doktoren betroffen an, als er ihre Bestürzung erkannte. »Ja, meine Herren, haben Sie denn gedacht, immer bei den Delphinen bleiben zu können? Das ist doch wie bei einer menschlichen Ausbildungseinheit: Die Soldaten bekommen ihr Rüstzeug, und dann sind sie weg von ihren Ausbildern. Es wird Ihr Erfolg sein, meine Herren, wenn das Bataillon ›Sea-Lords‹ schon bald problemlos einsatzbereit ist.«

Finley hatte unterdessen draußen seine Zigarette geraucht und überlegte, ob er sich nicht gleich eine zweite anstecken sollte, als er drüben an dem Bassin eine Bewegung sah. Er machte drei Schritte in die Dunkelheit hinein, um besser erkennen zu können, was sich da bewegte, als ihn die Erscheinung des Geistes – etwas anderes war ja nicht möglich – mit voller Wucht traf. Ganz klar sah er plötzlich am Beckenrand, beschienen vom Mondschein, eine schlanke Gestalt mit blonden Haaren und in einem goldenen Badeanzug . . . der Geist tänzelte am Becken entlang, ließ die Arme kreisen und hüpfte dann auf der Stelle. Begleitet wurde die Erscheinung vom vielstimmigen Piepsen der Delphine.

Finley schüttelte sich, wischte sich mit beiden Händen über das Gesicht, starrte dann nochmals auf den goldenen Geist, der noch immer – so schien es – über dem Beckenrand schwebte, dann warf er sich herum, rannte ins Haus und prallte auf Rawlings und Clark, die miteinander diskutierten.

»Steve!« schrie Finley. Sein Anblick war furchterregend. »Abraham . . . haltet mich fest: Ich bin verrückt geworden! Ich – bin – irr . . .«

»Du hast doch noch gar nichts getrunken«, meinte Rawlings. »Wie äußert sich denn dein Irrsinn?«

»Draußen am Bassin steht Helen!«

»Das ist allerdings alarmierend.« Rawlings blickte zu Clark, aber Abraham zeigte keinerlei Erstaunen. »Ich bringe dir sofort Eiswasser, James.«

»Sie hat ihren goldenen Badeanzug an!«

»James, mein alter Junge . . .«

»Sie trocknet sich, indem sie herumhüpft. Ich kenne das, so hat sie's immer gemacht. Sie ist im Bassin bei den Delphinen geschwommen . . .« Finley starrte wild um sich. »Bin ich nun verrückt?«

»Total!« Rawlings legte den Arm um Finleys Schulter. »James! Was ist denn nur los? Mein Gott, diesen Koller habe ich erwartet. Komm, ich bring' dich nach Hause.«

»Helen steht draußen am Bassin!« brüllte Finley. »Steve! Gibt es Geister?«

»Nein.«

»Dann ist sie der erste bekannte!«

»Das haben wir gleich«, sagte Rawlings fast wütend. »Dem Spuk machen wir sofort ein Ende. Kommt raus! Ihr werdet sehen, wie schnell der Geist weg ist.«

Sie rannten aus dem Haus, stürzten ins Dunkel und blieben dann wie zurückgestoßen stehen. Eine Gestalt mit blonden Haaren in einem goldenen Badeanzug spazierte am Rand des Beckens entlang.

»Da ...«, stammelte Finley und hielt Rawlings an der Jacke fest. »Da ... oder sehe nur ich sie? Steve ... was siehst du ...?«

»Einen ganz dämlichen, makabren Scherz. Na warte! Dieses Weibsstück kaufe ich mir. In Helens Badeanzug zu schlüpfen ...« Rawlings befreite sich mit einem Ruck aus Finleys Händen. Er war über Clarks Ruhe erstaunt, David Abraham sagte kein Wort. Mit weit ausgreifenden Schritten eilte er zum Becken, gefolgt von Finley und Clark.

»He! Sie da!« schrie Rawlings. »Kommen Sie sofort her! Was soll der Unsinn?! Wer sind Sie?!«

Der »Geist« in dem goldenen Badeanzug blieb stehen, wartete, bis Rawlings nahe genug heran war, warf dann in unnachahmlicher Geste die blonden Haare in den Nacken zurück und sagte freundlich:

»Hallo! Welch eine schöne warme Nacht, Steve.«

»Helen!« Finley breitete die Arme weit aus, stürzte vor und wäre, hätte er sie erreicht, mit ihr umschlungen durch den Aufprall ins Bassin gefallen, wenn nicht Clark ihn im letzten Moment an der Hose festgehalten hätte. »Helen!«

»Das ist das tollste Ding in meinem Leben«, sagte Rawlings gepreßt. »Das kann man nicht mehr überbieten, Helen ...«

Sie zeigte ins Wasser; nur Clark sah, wie sehr ihr Arm zitterte.

»Die Burschen da haben sich vielleicht gefreut ...«

»Helen! Wie bist du hierher gekommen? Wer hat dich hier reingelassen?«

»Hat irgend jemand geglaubt, man könnte mich aufhalten?«

»Laß mich endlich los, Abraham!« knirschte Finley dumpf. »Verdammt, ich bin vernünftig! – Helen, mein Gott, was bin ich glücklich ...« Er ging zu ihr, zog sie an sich und küßte sie – auf die Stirn.

»So ein Riesenrindvieh!« sagte Clark laut. »Dem *muß* man in den Arsch treten!«

Rawlings schob Finley zur Seite, umarmte Helen ebenfalls und legte dann beide Hände um seinen Kopf. »Mädchen, was soll ich jetzt tun?« fragte er ratlos.

»Ganz einfach: Sie bleibt hier«, sagte Clark.

»Und wer macht das Admiral Linkerton klar?«

»Ich!« Helen blickte hinüber zu dem hellerleuchteten Zentralgebäude. »Wenn's sein muß, sofort.«

»Um Gottes willen – nein!« Rawlings schüttelte wild den Kopf. »Und wer sagt es Bouwie? Da kommen vielleicht Probleme auf uns zu!« Er wandte sich wieder an Helen. »Wo hast du dein Gepäck?«

»Im Rabbit, in einer Garage von San Diego.«

»Wo willst du denn schlafen?«

»Bei mir«, sagte Dr. Clark. »Mein Haus ist groß genug.«

»Hier riecht es nach einem verbrannten Gehirn«, sagte Finley laut. »Helen, ich habe das gleiche große Haus wie Abraham. Natürlich schläfst du bei mir – das heißt, ich stelle dir mein Schlafzimmer zur Verfügung.«

»Einigt euch schnell, denn gleich beginnt das Essen.« Rawlings blickte Helen wieder an und schüttelte erneut den Kopf, als könne er die Tatsache, daß sie hier war, immer noch nicht begreifen. »Zieh dich an, Helen, ich präsentiere dich einfach Admiral Linkerton. Ich glaube, das ist das Beste.«

Es klärte sich an diesem Abend alles und besser, als Rawlings es erwartet hatte. Linkerton lachte über Helens Streich so sehr, daß er rote Augen bekam, und sagte dann: »Ich regle das, Miß Morero. Vor soviel Energie muß auch Bouwie kapitulieren!« Aber Rawlings flüsterte er später zu: »Was machen wir mit ihr, wenn das Bataillon ›Sea Lords‹ zum Einsatz verlegt wird? Da kann sie auf gar keinen Fall mit!«

»Vier Wochen sind noch lang, Sir.« Rawlings hob die Schultern. »Im Notfall muß sie mit.«

»Nach Wake?«

Nun war es heraus. Linkerton lächelte schief und legte Rawlings die Hand auf den Arm:

»Vergessen Sie es sofort wieder, Doktor. Und keinen Ton darüber. Bitte!«

Wake, dachte Rawlings später, als er allein in seinem noch leeren Haus auf der einsamen blauen Couch saß und nicht schlafen konnte. Die Wake-Insel – dieses Sandkorn im Nordpazifik. Die Navy-Basis, von der kaum jemand spricht, die kaum jemand kennt.

Was ist auf Wake los? Wieso ist diese Insel für die Delphine eine »Front«?

Am anderen Tag trafen die neuen Offiziere ein: Ein Commander Rick Norton, der ein zur Delphinstation umgebautes Spezialschiff befehligte. Captain Hugh Yenkins, der als Kommandeur das Bataillon »Sea-Lords« übernehmen sollte. Und – wütend bis zur Zungenspitze – Admiral William Crown, der Chef von Wake. Er hatte schon in Honolulu bei Admiral Ronald Atkins getobt und begrüßte Linkerton mit dem Ausruf: »Wo sind sie, die ›Delphin-Idioten‹?«

Nach knapper, ziemlich steifer Begrüßung standen sie alle am Rande des riesigen Bassins und starrten auf die herumschnellenden, glänzenden, schönen Leiber. Finley ließ seine Signalpfeife trillern – sofort formierten sich die einzelnen Kompanien, schwammen hintereinander und paradierten dann, die Chefs an der Spitze, an den Offizieren vorbei. Linkerton, der das kannte, war begeistert.

»Bekomme ich jetzt Delphinflossen an meine Uniformjacke und an die Mütze einen Delphinschnabel?« knurrte Crown. »Linkerton, ich hatte lange Wochen Zeit, das zu überlegen: Man kann nicht von mir verlangen, daß ich diese Wassernixen kommandiere.«

»Denken Sie an den Film im Weißen Haus, William.«

»Da draußen auf Wake sieht die Wirklichkeit anders aus! Ich habe nie das Maul aufgemacht, auch wenn mir vieles dämlich erschien. Was wir da erproben, ist eine ungeheure Aufstockung unserer Schlagkraft zur See – aber keiner kann mir erzählen, daß wir dazu dressierte Fische brauchen!«

»Delphine, Sir«, warf Rawlings ein. »Säugetiere, wie wir ...«

»Jetzt fängt der wieder damit an!« rief Crown entsetzt. Er blickte zu Commander Norton und Captain Yenkins und erkannte ihre Ratlosigkeit. »Nun, meine Herren, wie gefallen Ihnen Ihre neuen Kameraden? Wird schwer sein, ihnen Skat oder Black Jack beizubringen.«

»Ich habe nur die Aufgabe, sie zu transportieren und zu ernähren,

Sir«, antwortete Norton kühl. »Ein absonderliches Kommando, aber immerhin ein Kommando.«

»Man muß sich daran gewöhnen«, meinte Captain Yenkins. »Eine Kompanie Ledernacken wäre mir natürlich lieber.«

»Wie dem auch sei – wir werden unser Bestes tun!« Admiral Crown hob grüßend die Hand zur Mütze, weil Ronny, der Chef der I. Kompanie, vor ihm aus dem Wasser stieg und pfiff. »Was sagt er?«

»Aye-aye, Sir«, meinte Finley.

»Gehen wir!« Crown wandte sich brüsk ab. »So weit ist es mit mir gekommen, daß ich einen Delphinzirkus veranstalte; wehe, meine Herren, wenn ich mal meine Memoiren schreibe. Da ziehe ich vom Leder ...«

Allein zurück am Bassin blieb nur ein Sergeant und blickte still versunken auf die Delphine, deren Kompanieformationen sich jetzt auflösten. Helen, die ihn schon länger beobachtet hatte, trat zu ihm.

»Was denken Sie jetzt, Sergeant?« fragte sie.

»Ich heiße Ted Farrow ... Miß Doktor, das sind herrliche Burschen!«

»Das sind sie, Ted.«

»Wird eine Freude sein, mit ihnen zu arbeiten.«

»Dann sind Sie hier der einzige Mariner, der so denkt.«

»Wissen Sie, ich bin ein Tiernarr«, sagte Farrow sehr ernst. »Und ich weiß, daß jedes Tier eine Seele besitzt. Wir Menschen wollen das bloß nicht wahrhaben. Auch die Delphine da haben eine Seele ...«

»Wenn Sie so denken, Ted, ist viel gewonnen. Sie werden bald Freunde im Wasser haben.«

»Das hoffe ich, Miß Doktor. Ich soll nämlich eine Kompanie betreuen. Ich freue mich darauf. Die Offiziere, müssen Sie wissen, sind ein bißchen stolz, und jetzt sollen sie Delphine kommandieren. Wenn sie das irgendwo erzählen, lacht man sie aus. Davor haben sie Angst. Die Marine ist ein stolzer Verein.«

»Sie wird eines Tages noch stolzer sein – auf ihre Delphine!« sagte Helen fast feierlich. »Auch wenn niemand öffentlich darüber sprechen wird.«

Vier Wochen sind keine lange Zeit, auch wenn man vorher sagt: Wer weiß, was in vier Wochen alles geschehen kann! In San Diego jedenfalls flogen die vier Wochen nur so dahin mit einem täglichen anstrengenden Trainingsprogramm unter Kriegsbedingungen.

Von Admiral Bouwie war das Okay gekommen: Helen durfte bleiben. Er ließ sie selbst ans Telefon kommen und sagte:

»Was würden Sie tun, wenn ich Sie aus San Diego weghole?«

»Alles, um wieder hinzukommen.«

»Danke. Das ist mir auf die Dauer zu anstrengend. Bleiben Sie einfach da.«

»Wie soll ich Ihnen danken, Sir?«

»Indem Sie so bleiben, wie Sie sind.«

Die Delphine hatten sich mit der neuen Umgebung vertraut gemacht. Das wärmere Wasser des Pazifiks bekam ihnen gut. Wenn sie draußen auf See waren und ihre Übungen hinter sich hatten, tobten sie übermütig in den Wellen und jagten den Fischschwärmen nach, die gerade bei San Diego in den Küstengewässern immer wieder auftauchten. Auch Begegnungen mit Haien gab es – sie verliefen undramatisch, weil die Haie den Delphinen aus dem Weg gingen. Immer bildeten die Delphine eine geschlossene Gruppe, und wenn ein Hai in ihrer Nähe auftauchte, schossen sie auf ihn zu und bohrten schreiend ihre Schnabelnasen in seinen Leib. Verschreckt flüchtete dann jeder Hai und kümmerte sich um harmlosere Beute.

Commander Rick Norton hatte sich mittlerweile daran gewöhnt, ein »Delphin-Hotel«, wie er sein Spezialschiff nannte, zu befehligen. Nach zwei Wochen hatte er sich sogar in seine Pfleglinge verliebt. Zu Helen sagte er: »Was bleibt mir anderes übrig, Helen? Um an Sie jemals heranzukommen, muß ich den Umweg über die Delphine machen. Ich beherrsche schon einige Piepslaute – hoffentlich die richtigen. Hören Sie mal zu.« Er stieß einen undefinierbaren Laut aus, und Helen lachte schallend. »Was hieß das?«

»Gib den Hering her!« lachte Helen.

»Auch gut.« Norton lachte mit. »Ich übe weiter, bis ich den richtigen Laut habe für: Ich liebe dich.«

»Da müssen Sie noch lange üben, Rick!« sagte Helen und ließ den Commander stehen.

Irgendwann einmal in diesen Wochen nahm Clark an der Bar Finley zur Seite.

»Bist du blind?« fragte er. Finley sah ihn verwirrt an.

»Wieso? Habe ich mich schlecht rasiert?«

»Rindvieh! Hast du nicht bemerkt, daß Norton hinter Helen her ist wie ein Kater im Mondschein?«

»Wer kann ihn daran hindern?« Finley lächelte schief.

»Du!«

»Soll ich ihm eine runterhauen, wenn er sich bei Helen einhakt?«

»Wie steht es eigentlich zwischen dir und Helen?«

»Gut.«

»Was heißt gut? Ihr wohnt zusammen. Wie ist's im Bett?«

»Kein Kommentar«, sagte Finley steif.

»Also nichts. Sie schläft im Bett und du auf der Couch. Man sollte es nicht glauben! Warum bist du so ein Feigling, James?«

»Ich müßte euch alle verlassen, wenn Helen mich beim ersten Versuch zurückstößt. Ich könnte nach so einer Blamage doch nicht bleiben! Davor habe ich Angst, regelrechte Angst.«

»Aber du liebst sie doch heimlich bis zum Irrsinn ...«

»Ja.«

»Himmel, dann sag es ihr!«

»Und wenn sie lacht?«

»Soll Rick Norton sie dir wegschnappen?«

»Wenn er mehr ihr Typ ist als ich ...« Finley sah traurig in sein Whiskeyglas. »Abraham, wenn sie mit Norton geht, ist doch alles klar. Dann war und bin ich für sie nur der gute Kumpel. Ginge sie sonst mit Norton?«

»Dir ist nicht zu helfen«, sagte Clark fassungslos. »Siehst aus wie ein Baseball-Star und hast das Gemüt einer Maus. Praktischer, als daß Helen bei dir wohnt, kannst du es doch nicht mehr haben ...«

Am Ende der dritten Woche begannen die Abschlußprüfungen. Die sechs Kompanien unter dem Befehl von Captain Hugh Yenkins rückten ins offene Meer aus. Norton mit seinem »Delphin-Hotelschiff« transportierte sie bis in die Gewässer hinter der San-Clemente-Insel. Am China Point der Insel bezogen Rawlings, Helen, Finley, Clark und vier andere Wissenschaftler zusammen mit

Admiral Linkerton und einem Marinestab eine aus Holzbaracken schnell errichtete Station. Aus Los Angeles waren Physiker und Elektronikfachleute gekommen, bisher völlig unbekannte Konstrukteure und ein Spezialschiff mit drei großen, stählernen Kugeln, die wie riesige graue Fußbälle aussahen. Fremd daran waren nur zwei große Panzerglasfenster und eine dünne Umrandung, die eine Tür ahnen ließ.

Zum erstenmal sahen die Delphinforscher eines der neuen Geheimnisse Amerikas: eine Tiefseestation, in dieser vollelektronischen Ausführung ein Teil des Frühwarnsystems. Aber man konnte sie auch zu einer unterseeischen Raketenbasis umfunktionieren, zu einer Abschußrampe, unerreichbar für jede Gegenwehr.

Von San Diego kam ein kleiner Flottenverband zum San Clemente Island und legte sich als Sperre weit draußen in den Pazifik. Darunter waren Fregatten und Zerstörer mit den modernsten Sonar- und Horchgeräten, die jede Bewegung unter Wasser registrierten.

Mitten in diesen Flottenverband hatte Admiral Linkerton ein uraltes Küstenwachboot aus dem Zweiten Weltkrieg schleppen lassen.

Die Aufgabe für die Delphine war zweifach: Versorgung der Tiefseekugeln und Versenkung des Zielschiffes – des alten Küstenwachboots – durch Magnetminen.

»Die werden sich wundern«, sagte Finley, als das »Delphinschiff« Anker warf. »In zwei Stunden sieht man uns nicht mehr scheel an.«

11

Ted Farrow war lange genug bei der Marine, um Sonderaufgaben mit der nötigen Ruhe und Sturheit auf sich zu nehmen. Trotzdem fühlte er sich jetzt etwas ungemütlich.

Er saß in 300 m Tiefe unter der Pazifikoberfläche in einer der großen Horch-Stahlkugeln, umgeben von den hochsensiblen Sonar- und Radargeräten, starrte aus dem dicken Glasfenster auf das grünlich schimmernde Wasser, das der Lichtkegel des Scheinwerfers aus der Dunkelheit heraushob, und zählte die Fische, die schnell und oft mit bizarren Formen durch den Lichtfinger schwammen. Manche Fische sahen aus, als seien sie nur ein Kopf mit Flossen, andere waren nadeldünn und verbreiteten einen phosphoreszierenden Schimmer.

Die Kugel war durch ein Stahlseil mit einem Anker verbunden, der irgendwo in der schwarzen Tiefe im felsigen Boden Halt gefunden hatte. Mit einem Knopfdruck konnte Farrow die Kugel von diesem Seil lösen. Sie trieb dann nach oben, wenn er mittels Preßluft den Wasserballasttank leerblies.

Die Geräte um ihn arbeiteten lautlos mit Schreibern oder Digitalzeichen. So zeichneten sie etwa auf, daß sich in seiner Nähe zwei Schnellboote bewegten. Oder sie gaben Signale, daß sich ein U-Boot näherte, und der Computer errechnete aus den Geräuschen sofort, welcher Typ es war. Mit elektronischen Impulsen, die oben an Bord eines Zerstörers in Schriftzeichen umgewandelt wurden, konnte Farrow seine unterseeischen Informationen weitergeben.

»Es schleicht sich ein Kerl von der M-Klasse an«, meldete Farrow soeben. »Position im folgenden Planquadrat . . .«

Dann folgte die exakte Bestimmung, die der Computer ausrechnete. Man hatte nichts anderes erwartet. Die einzige verwundbare Stelle dieser Stahlkugeln war ihre Bemannung, war der übriggebliebene Mensch. Zwar arbeitete man fieberhaft an vollelektronischen Kugeln, aber es war noch nicht abzusehen, wann man Vollroboter in die Tiefsee schicken konnte. Ohne Menschen.

Farrow saß, ähnlich wie ein Astronaut, in einer Druckkabine – nur daß er nicht schwerelos war, da im Inneren der Stahlkugel ein Luftdruck herrschte wie auf einer Berghöhe von 2000 Metern. Wurde die Station wieder an die Oberfläche geholt, dauerte es eine lange Zeit, bis Farrow seinen Raum verlassen durfte. Noch kritischer war es, ihn dort unten zu versorgen. Es gab keine Taucher für diese Tiefen. Versorgungs-U-Boote wurden in Tiefen ab 260 Metern zerdrückt von der Wassersäule. Magnetische Versorgungskugeln konnten nicht so stark belastet werden, daß sie in diese Tiefe absanken. Nach spätestens sechs Tagen mußten also die Horchkugeln hochgerufen werden – im Ernstfall ein sehr großes Risiko.

Die III. Kompanie mit ihrem Delphin-Chef Harry wartete auf dem Schiff von Rick Norton. Dr. Finley überprüfte noch einmal alle Apparate, die man den sieben Delphinen umgeschnallt hatte. Jeder trug außerdem einen runden Stahlbehälter unter dem Leib, in dem sich alles befand, was Farrow brauchte: Werkzeuge, Bett- und Leibwäsche, Schokolade, Dosen mit Fertiggerichten, Frischwasser, Orangensaft, einen Gruß von seinen Kameraden, die neuesten Zeitungen und knackfrische Brötchen mit Vakuumbutterdosen. Farrow sollte nicht schlecht da unten leben.

Auf der Insel standen Rawlings, Clark und Admiral Linkerton vor den Kontrollapparaten, die jedes Funksignal und alle elektronischen Messungen der Delphine aufzeichneten und umsetzten. Zwei Lautsprecher übertrugen die Meldungen, die von Nortons Schiff mit den Delphinen kamen.

»Wir lassen jetzt die III. Kompanie zu Wasser«, hörten sie Captain Yenkins' Stimme. »Sie hat den ersten Auftrag, Farrow in der Kugel zu versorgen. Ich gebe weiter an Finley.«

»Die III. Kompanie ist so eingestellt«, sagte Finley kühl und sachlich, »daß Chef Harry und zwei weitere Delphine die Kugel versorgen, während andere vier Delphine die Rundumsicherung übernehmen. Sobald Harry und die erste Gruppe Farrow versorgt haben, lösen sie die Wachmannschaft ab, die nun ihrerseits die ihr mitgegebenen Versorgungsbomben abliefert. Hier an Bord sind Delphin Ronny und seine I. Kompanie bereit, bei Alarm sofort den zusätzlichen Schutz zu übernehmen und die Kugel von Angreifern freizuhalten.«

»Unglaublich«, sagte Linkerton leise und blickte dabei Helen an. Sie saß an den Kontrollapparaten und beobachtete die Signale, die von Harry und seinen Delphinen abgegeben wurden. Noch zeigten sie nichts Ungewöhnliches, es waren die üblichen Reaktionen. »Das hört sich an, als wenn wir jetzt unangreifbar wären.«

»Zumindest wird es für einen Menschen schwer sein, die Delphine zu überlisten. Ihr Radarsinn reagiert auf alles. Was immer auch an elektronischen Raffinessen eingesetzt werden mag – von den Delphinen wird es mühelos registriert. Nichts auf unserer Erde ist schwingungsfrei, und jede Schwingung fangen die Delphine auf.« Dr. Rawlings blickte auf die Instrumente: »Sehen Sie, Sir – jetzt geht Harry über die Rutsche in den Pazifik. Er verabschiedet sich von Finley ...«

Linkerton starrte entgeistert auf die pendelnden Zeiger und das Gezirpe, das aus einem Lautsprecher drang.

»Das erkennen Sie?« fragte er kopfschüttelnd.

»Wir verstehen jede Regung der Delphine, Sir.«

»Wie gesagt: Unglaublich!«

»Jetzt sind alle im Meer und schwimmen in Formation zur Kugelposition«, meldete Helen von den Meßinstrumenten.

Linkerton blickte verstohlen auf seine Armbanduhr. Er hatte eine Überraschung vorbereitet, von der niemand außer den beteiligten Offizieren etwas wußte.

Mit der Geschwindigkeit von Torpedos jagte die III. Kompanie ihrem Ziel entgegen. Auf die Sekunde genau gab unten in seiner Kugel Ted Farrow sein Standsignal ab, abgestimmt auf die Schwingungswellen der Delphine, für menschliche Empfänger nicht mehr aufnehmbar. Harry und seine Burschen drehten sofort bei und schossen dem Standort zu. Bis zu dieser Sekunde hatten sie noch keine Ahnung gehabt, wo die Kugel im Meer lag; sie wußten nur die grobe Richtung.

Nach genau sieben Minuten empfing Farrow die Signale der anschwimmenden Delphine. Er flutete die Einstiegskammer, ließ dann die Tür hochfahren und wartete. Plötzlich tauchte im Lichtstrahl seines Scheinwerfers Harry auf. Er erkannte ihn daran, daß Harry, als Kompaniechef, ein goldenes Band um den Hals trug.

Harry schwamm eine Ehrenrunde um die Stahlkugel, tippte mit der Schnauze gegen die dicke Glasscheibe, erkannte dahinter Ted Farrow und öffnete das Schnabelmaul. Auf der Insel sagte Helen in diesem Augenblick:

»Harry hat Farrow erreicht und begrüßt ihn. Er meldet außerdem, daß alles in Ordnung ist.«

»Unbegreiflich«, stotterte Admiral Linkerton wieder. »Wie gut, daß man das keinem erzählen kann, ohne für verrückt gehalten zu werden.«

Harry glitt aus dem Lichtkegel zurück und schlüpfte in die

Übergabekammer. Er klinkte seine Versorgungsröhre aus und hängte sie – wie gelernt – an einen Haken. Dann schwamm er wieder hinaus. Anschließend lieferte der zweite Delphin seine Röhren ab, der dritte, und jedesmal sagte Helen oben auf der Insel:

»Die zweite Packung... die dritte... Harry meldet den Vollzug...«

Unterdessen schwammen die anderen vier Delphine der III. Kompanie im weiten Umkreis um die Kugel herum und sicherten sie ab. Auf den Befehl von Harry, der mit den anderen beiden an die Oberfläche kam, zogen sie sich wieder zusammen und tauchten hinunter zur Kugel.

Harry übernahm den Schutz und schwamm weiter ins freie Meer hinaus. Da hörte er plötzlich – während noch die anderen Delphine ihre Verpflegungskapseln ablieferten – das fremde Geräusch eines Elektromotors. Es kam näher, ganz langsam, auf vorsichtiger Schleichfahrt – ein Mini-U-Boot, dessen Elektronik den Meeresboden abtastete. Es suchte die Stahlkugel.

Sofort reagierte Harry und gab zur Zentrale die Warnung durch. Helen zuckte hoch und starrte entgeistert Dr. Rawlings an.

»Steve!« rief sie erregt. »Steve! Sieh dir das an. Harry gibt Alarm. Da kommt jemand unter Wasser auf uns zu.«

Admiral Linkerton sah wieder auf seine Uhr. Genau, dachte er. Zehn Minuten nach dem Start. Und schon haben sie ihn. Es ist phänomenal!

»Sir!« Rawlings trat neben Linkerton. »Harry meldet...«

»Ich weiß. Fremder Körper schleicht sich an. Das habe ich für Sie heimlich eingebaut. Ich wollte nur sehen, wie man auf Überraschungen reagiert.«

»Da haben Sie den Beweis, Sir!« Rawlings lächelte breit. »Ihr Mißtrauen beleidigt mich gar nicht. Kaum ein Mensch kann die Delphine ganz verstehen... Was soll Harry tun?«

»Was täte er im Notfall?«

»Alarm zur Kampfgruppe. Das wären Ronny und John mit ihren Kompanien.«

In den Lautsprechern knackte es. Finleys aufgeregte Stimme vom Schiff rief: »Harry meldet ein unbekanntes Objekt! Was sollen wir tun?«

»Nichts!« Linkerton winkte ab. »Der Test ist grandios verlaufen. Das Boot kehrt zur Basis zurück. Mein Gott, das ist alles unglaublich. Man muß es immer wieder sagen . . .«

In der Kugel schloß Farrow die Tür, drückte das Wasser aus der Kammer, regelte den Normaldruck ein und holte die Versorgungsbomben ins Innere. Die knackfrischen Brötchen mit Butter und Honig begeisterten ihn am meisten. Dagegen ärgerte er sich krumm darüber, daß ein Witzbold ihm auch ein Sexmagazin beigepackt hatte. Es waren ungeheuer scharfe Aufnahmen, und Farrow kam sich in seiner Stahlkugel nun doppelt verloren vor.

Von Finley und Captain Yenkins, der ja das Bataillon Sea-Lords auf Wake befehligen sollte, erhielt Harry die Weisung, das unbekannte Objekt zu verlassen und zur Basis zurückzukehren. Prompt meldete Harry, daß er verstanden habe. In geordneter Formation schwammen die sieben Delphine zum »Delphin-Hotelschiff« von Rick Norton.

Der zweite Teil der Abschlußprüfung konnte beginnen. Auf dem Schiff wurden die Magnetminen scharf gemacht und die Zeitzünder eingestellt. Finley sprach mit Ronny und John, als seien es menschliche Kameraden, und Yenkins stand daneben mit den gemischten Gefühlen eines Mannes, der in einem Delphin noch immer ein Tier sieht und nicht seinen »Bruder im Wasser«.

Das Zielschiff – jenes uralte Küstenwachboot aus dem zweiten Weltkrieg – schwamm weit draußen vor dem aufgefahrenen Flottenverband und dümpelte in der Dünung. Sämtliche Radar-, Sonar- und Horchgeräte waren eingeschaltet worden und bildeten einen undurchdringbaren Strahlenkreis um den alten Kasten. Die Spezialisten – und nur sie allein konnten die Signale entziffern – hockten vor ihren feinen Apparaten.

»Es kann losgehen, Gentlemen«, sagte Admiral Linkerton. »Alles ist klar.«

»Wir sind auch klar, Sir«, meldete Captain Yenkins vom Delphinschiff. »Die Kompanien gehen ins Meer . . .«

John und Ronny mit ihren Burschen rutschten in den Pazifik. In der Anschwimmkammer waren mittlerweile Harry und seine III. Kompanie eingetroffen und wurden hydraulisch in das große Becken auf Deck gehoben. Das war Rick Nortons Sache, der die zurückgekommenen Delphine nachdenklich betrachtete und immer wieder den Kopf schüttelte. Was die eben mit der Versorgung der Stahlkugel nahe dem Meeresboden geleistet haben, das hat mit Dressur nichts mehr zu tun, dachte er. Das ist tatsächlich nur mit Intelligenz zu erklären. Und in Japan und auf den Kanarischen Inseln töten die Fischer sie wie jeden anderen Fisch. Man muß sich daran gewöhnen: Das ist kein Fischfang mehr, das ist Mord! Unsere Brüder im Wasser – wird der Mensch das je begreifen?

»Fertig!« meldete Yenkins. »Ich gebe den Angriffsbefehl.«

Von dieser Sekunde an tickten überall die Stoppuhren: auf dem Delphin-Schiff, bei dem kleinen Flottenverband, auf der Insel San Clemente.

John und Ronny schwammen mit ihren Kompanien zunächst geschlossen ab, aber dann verteilten sie sich und schwärmten weit aus. Die feinen Sonargeräte auf den Kriegsschiffen zeigten nur an, daß große Fische im Meer waren, ein durchaus normaler Vorgang. Kein Motorengeräusch – woher auch?

Im Zielgebiet waren dann nur Ronny und John und gaben ihre Signale zur Insel. Sie hatten den Riegel der Kriegsschiffe durchschwommen und näherten sich langsam dem Zielschiff. Sie waren allein. Die anderen zwölf Delphine schwammen als Fächer hinter ihnen her und beobachteten die Meerestiefe.

Captain Yenkins starrte mit dem Fernglas auf das alte Wachschiff. Helen auf der Insel hob den Kopf und sah Admiral Linkerton an. »Jetzt greifen sie an«, sagte sie. »Jetzt hat Ronny seine Mine angeklebt . . . jetzt John . . . Sie kehren um . . . Welche Verzögerung haben Sie einstellen lassen, Sir?«

»Sieben Minuten«, sagte Linkerton mit heiserer Stimme. Er schwitzte plötzlich. »Das reicht doch . . .?«

»Bis dahin sind die beiden Kompanien längst wieder in Sicherheit.« Dr. Rawlings schluckte trocken. Jetzt wünschte er sich einen Kognak. Die Arbeit von fast drei Jahren wurde heute gekrönt. Was man damals belächelt hatte, war heute ein wertvolles Geheimnis Amerikas geworden.

Die Uhren tickten. Die Kriegsschiffe meldeten, daß die Delphine gerade den Riegel wieder unterschwommen hatten und sich innerhalb der Absperrung in Sicherheit befanden.

»Noch eine Minute!« sagte Linkerton in höchster Spannung.

Es war wie damals bei Biscayne Bay, als Rawlings zum erstenmal seine Truppe vorführte. Plötzlich zischten zwei hohe, weißschäumende Wassersäulen auf, ein Doppelknall ließ die Luft erzittern, das alte Wachboot hob sich etwas aus dem Wasser und zerfiel dann in herumwirbelnde Trümmer. Im Ernstfall gab es dort keine Überlebenden mehr. Niemand hätte eine Chance gehabt, diesem lautlos anschleichenden Tod auszuweichen. Die Vernichtung war vollkommen.

»Wenn man bedenkt, daß es auch Atomsprengköpfe sein können«, sagte Linkerton fast tonlos. »Unbemerkt überall hingebracht... Du lieber Himmel, welche Perspektiven tun sich da auf!«

Die riesige Druckwolke verzog sich, die Fontänen stürzten in sich zusammen, auf den Wellen trieben die Reste des Zielschiffes. Nüchtern meldete Captain Yenkins vom Delphin-Schiff: »Alex zurück. Kommen an Bord. Befehl ausgeführt.« Und dann – er konnte einfach nicht anders – fügte er privat hinzu: »Das werde ich bis zu meinem Lebensende nicht vergessen.«

»Hoffentlich kommt nie ein Ernstfall«, sagte Admiral Linkerton, als alle Apparate ausgeschaltet waren. »Ich darf Ihnen jetzt den Termin bekannt geben: In zehn Tagen werden die ›Sea-Lords‹ nach Wake verlegt. Und da Admiral Crown in sechs Wochen Geburtstag hat, schenken wir ihm bei der Ankunft der Delphine eine neue Uniform – mit Flossen statt Ärmelstreifen, und die Mütze soll als Mützenschild ein Schnabelmaul bekommen!« Dabei grinste Linkerton breit.

Bis in die Nähe der Marcus-Insel, die der Japaner Minami Tori Shima nennt, fuhr der kleine Flottenverband von Iwan Victorowitsch Jakowlew aufgetaucht und ohne Sicherung. Die Weltmeere gehören jedem, und es ist nicht verwunderlich, wenn sowjetische

Kriegsschiffe darauf kreuzen. Trotzdem wurde Jakowlew von den Japanern kritisch beobachtet. Flugzeuge von japanischen Flugzeugträgern überflogen mehrmals den Verband, umkreisten die Sowjets und fotografierten sie.

Die Auswertung der Fotos ergab, daß hier zwei der dem Westen unheimlichen U-Boote unterwegs waren. Boote, von denen man nicht wußte, wie sie bewaffnet waren, wie groß ihre Kampfstärke war und welche Neuheiten in ihren langen, schlanken Stahlrümpfen verborgen gehalten wurden. Vor allem das Boot der Charlie-Klasse erregte jeden westlichen Militär: Keiner kannte die Feuerkraft. Man registrierte nur, daß es die besten sowjetischen U-Boote waren. Und es hieß, daß sie unter Wasser sagenhafte 33 Knoten fahren konnten.

Jakowlew kümmerte sich nicht um die japanischen Aufklärungsflugzeuge. Er fuhr einen falschen, alle Beobachter irreführenden Kurs in Richtung auf die Nord-Marianen-Gruppe und tauchte erst weg, als er die Magellan-Bank erreicht hatte.

Hier teilte sich die Flotte: Das Nachrichtenschiff Primorje schlug einen Bogen zur Marcus-Nedker-Schwelle. Das U-Boot-Versorgungsschiff Ugra hingegen drehte ab in Richtung der Marshall-Inseln und fuhr stur den berüchtigten Atollen Eniwetok und Bikini entgegen, dem durch amerikanische Atombombenversuche für alle Zeiten toten Land. Jakowlew aber mit seinen drei U-Booten schwenkte unter Wasser mit Kurs auf die Wake-Insel ab. Er hatte noch einmal bis zur Grenze des Möglichen Verpflegung, Frischwasser und alles das aufnehmen lassen, was man für eine wochenlange Unterwasserfahrt benötigte. In einer Art Generalprobe war er mit Delta II und Charlie vorher schon 121 Tage unter Wasser gewesen und hatte immer wieder geübt, wie man – ebenfalls unter Wasser – das kleine, wie ein Terrier wendige und bissige U-Boot der Victor-Klasse versorgen konnte. Alle drei Boote arbeiteten mit Nuklearantrieb und besaßen neuartige Sauerstoffumwandler, die im Westen noch unbekannt waren.

Wie Riesenfische glitten die U-Boote in 250 Meter Tiefe durch den Pazifik und näherten sich der Wake-Insel.

Außerhalb des von den Amerikanern zum Sperrgebiet erklärten

Seeabschnitts blieb Jakowlew mit seinen drei Booten liegen und wartete ein paar Tage ab. Im Leib von Delta II und Charlie wurden die winzigen, mit zwei Mann besetzten Spionage-U-Boote einsatzbereit gemacht. Statt Torpedos hatte man diese fast lautlosen Mini-Schiffchen an Bord genommen – nur das Boot der Victor-Klasse war mit Torpedos bewaffnet worden: mit den modernsten und tödlichsten sowjetischen Konstruktionen, die denjenigen der Amerikaner weit überlegen waren. Selbst der Torpedo Tigerfish, auf den die USA so stolz waren, galt als veraltet.

Den letzten Kontakt mit der Außenwelt hatte Jakowlew vor neun Tagen gehabt. Er hatte die große Funkantenne ausgefahren und – immer unter Wasser bleibend – in der Nacht mit der Basis Petropawlowsk auf Kamtschatka gesprochen. Admiral Prassolow hatte keine neuen Informationen gehabt. Die Verlegung neuer Truppen nach Wake war anscheinend beendet, aber die großen Bauarbeiten gingen weiter. Für die Russen sah es so aus, als sollte Wake ein Hauptstützpunkt der U.S. Navy werden wie Pearl Harbour oder Midway. Aber wozu dienten die großen Betonwürfel, wie sie die Satellitenaufnahmen zeigten? »Wenn es U-Boot-Bunker sind«, sagte Prassolow, »brauchte man nicht so geheimnisvoll zu tun. Das hatten die Deutschen im Krieg schon an der Normandieküste. Irgendwie ergibt das Ganze keinen erkennbaren Sinn.«

»Wir werden sehen, Genosse Admiral«, antwortete Jakowlew in seiner arroganten Art. »Unsere Hechte sind bereit.« Er nannte die Zweimannboote Hechte...

Prassolow beendete das Funkgespräch. Die armdicke Antenne versank wieder im Ozean. Jakowlew wurde wieder unsichtbar.

Sechs Tage lang übte er – selbstverständlich nach wie vor unter Wasser – das Ausschiffen und Einschiffen seiner »Hechte«, bis die Mannschaften vor Erschöpfung fast umfielen. »Wir müssen die Besten sein, Genossen«, sagte er zu seinen hohläugigen Matrosen. »Nur die Besten überleben, weil sie mit Zehntelsekunden umgehen können. Wie beim Sport ist's, beim 100-Meter-Lauf: Nicht der mit 10,00 Sekunden siegt, sondern der mit 9,99 Sekunden! Wir müssen immer um einen Bruchteil besser sein als die Amerikaner.«

Von der Marine-Station auf dem Kwajalein-Atoll der Marshall-

Inseln war unterdessen auch nach Wake die Nachricht gekommen, daß sich ein sowjetisches Versorgungsschiff in den Gewässern nördlich Eniwetoks herumtreibe. Man habe pflichtgemäß auf die Atomstrahlung hingewiesen, aber die Russen hätten lapidar geantwortet, das wisse man seit 1946 und vor allem seit dem 1. 11. 1952, als die erste Wasserstoffbombe gezündet wurde.

Das Versorgungsschiff schwamm praktisch im Kreis herum – so, als ob sowjetische U-Boote dort Übungen abhielten, weit weg von der Wake-Insel.

US-Admiral Crown war beruhigt. Immerhin gab er den Befehl, die Wake-Insel mit Radar und Sonar abzuschirmen, und verteilte seine Schiffe in einem weiten Kreis am Rande des erklärten Sperrgebietes. Beobachtungshubschrauber kreisten über dem gesamten Abschnitt, sechs U-Boote durchschnitten den Ozean kreuz und quer und horchten die Tiefe ab.

Jakowlews Ablenkung hatte also einen gewissen Erfolg: Die Amerikaner vermuteten sowjetische Unterwasserschiffe bei den Marshalls. Und als das Elektronikschiff Primorje geradezu provokativ am Rande des Sperrbezirks von Wake auftauchte und sich dort zur Ruhe setzte, umkreist von Crowns Hubschraubern und Abfangjägern und ein paarmal umkreist von einer Fregatte, kam gleich recht niemand auf den Gedanken, die Sowjets könnten angesichts dieser Demonstration in Wirklichkeit ganz andere Absichten haben.

Die offene Anwesenheit der Primorje wurde auch auf Pearl Harbour registriert. Man konnte nichts dagegen tun, der Ozean ist eben internationales Gewässer, aber Crown sah es als eine Frechheit an, daß die Sowjets vor seiner Nase herumschwammen.

In die miese Stimmung des kleinen Admirals platzte dann auch noch die Meldung, das Bataillon »Sea-Lords« sei von San Diego abgefahren und befinde sich auf dem Weg in den Nord-Pazifik. Über Honolulu und die Johnston-Insel nähmen sie direkten Kurs auf Wake.

»Wir werden uns umstellen müssen, Tom«, sagte Crown sauer zu Colonel Thomas Hall, dem Chef der Marine-Infanterie-Sondereinheit S II-A. Er war Crowns einziger Freund in dieser Einsamkeit. Hall hatte die seltene Gabe, zuhören zu können und von Crowns

Ausbrüchen nicht beleidigt zu werden. »Die Delphine kommen und werden Sie und Ihre Kampfschwimmer zu Unterwasser-Clowns degradieren. Kennen Sie Ronny?«

»Nein, Sir.«

»Gegen Ronnys Intelligenz sollen Sie ein Blödmann sein, Tom! Und wenn der Delphin John – pardon: Kompaniechef VI – piep-piep macht, können Sie Shakespeare zitieren: Sie bleiben trotzdem ein Schwachkopf. Soweit sind wir jetzt.«

»Abwarten, Sir«, antwortete Colonel Hall höflich wie immer. »Einem Delphin ist noch nicht die Landung auf dem Mond geglückt.«

»Sehr gut, Tom!« Crown klatschte in die Hände und sah Hall bewundernd an. »Das merke ich mir. Das ist ein Argument, gegen das auch Linkerton nicht anstinken kann.«

An einem Sonntag landeten zehn riesige Transall-Transporter auf dem Flugfeld von Wake. Natürlich wurden sie von dem sowjetischen Beobachtungsschiff Primorje registriert – aber was sie brachten, war nicht feststellbar. In der Nacht wurden sie entladen: Sie hatten zehn merkwürdige Stahlkugeln mit kleinen Fenstern an Bord, und Admiral Crown sagte:

»Jetzt beginnt die kritische Phase.«

Der Transport der 66 Delphine quer durch den Pazifik von San Diego zu der Wake-Insel war fast eine Vergnügungsfahrt.

Entgegen allen Bedenken von Admiral Linkerton und Rick Norton hatte Dr. Rawlings durchgesetzt, daß die sechs Kompanien den größten Teil der riesigen Strecke frei schwimmend im Ozean zurücklegen sollten. Selbst Admiral Bouwie hatte schließlich nachgegeben, nachdem Rawlings erklärt hatte: »Sir, ich übernehme die volle Verantwortung. Nicht einer wird ausbrechen und verschwinden. Dafür sorgen die Chefs. Das Gemeinschaftsgefühl der Delphine ist viel stärker ausgeprägt als das der Menschen. Ihre ›Familie‹ bedeutet ihnen alles. Wenn etwas schief geht, Sir, können Sie mir den Kopf abreißen.«

»Davon habe ich gar nichts, Steve«, antwortete Bouwie bissig wie immer. »Was soll ich mit Ihrem Kopf? So dekorativ ist er nicht.

Aber in jeden Delphin haben wir mittlerweile 100 000 Dollar an Ausbildungskosten gesteckt.«

Vor dem Ablegen des Delphinschiffes wurde noch ein Verwaltungsakt vollzogen, der einen Glanzpunkt der Bürokratie bildete: Nicht nur Rawlings und sein gesamter wissenschaftlicher Stab wurden von der Navy übernommen, sondern jeder Delphin bekam in den Akten eine Registriernummer und wurde in einer Verpflegungsliste, Ausrüstungsliste und sogar Gehaltsliste erfaßt. Erst danach gab man den Transport frei: Es handelte sich jetzt um eine militärische Einheit.

Rawlings sollte recht behalten: Die Delphine schwammen vor, neben oder hinter ihrem Mutterschiff her, tobten im Ozean herum, ließen sich treiben, um sich auszuruhen, und kamen dann pfeilschnell wieder angeschossen. Die Reisegeschwindigkeit von 22 Knoten, die das Spezialschiff erreichte, war für sie lächerlich – ohne Ermüdung blieben die sechs Kompanien in der Nähe des Schiffes, immer im Radarkontakt mit Finley, Clark, Rawlings, Helen und den anderen Wissenschaftlern. Aber auch Yenkins sprach mit ihnen, Ted Farrow und Rick Norton. Mit Beginn der Abenddämmerung zogen die sechs Kompanien in geordneter Formation in die Schleusenkammer und wurden über Nacht in das große Bassin gebracht. Es war eine Freude zu sehen, wie die Delphine auf die einzelnen Signale – die für sie Befehle waren – reagierten.

Merkwürdig unruhig war wieder nur John. Und das hatte einen handfesten Grund.

Was Clark schon in San Diego an Finley als Warnung weitergegeben hatte, verdichtete sich nun auf der langen Fahrt über den Pazifik: Rick Norton kam bei Helen Morero weiter.

Oft lagen sie jetzt nebeneinander auf Deck in den Liegestühlen, lachend, Cocktails schlürfend und sich sonnend. Oder sie schwammen zusammen im Pool, spielten Shuffle board oder Tischtennis. Am Abend sah man sie oft an der Reling stehen und auf das rotgoldene Meer blicken, verzaubert von den Sonnenuntergängen, wie sie nur der Pazifik zu bieten hat.

Clark hatte es aufgegeben, Finley auf diese Entwicklung anzusprechen. Norton war nun mal ein blendender Erzähler, steckte voller Witze, war fünf Jahre jünger als Finley und hatte eine jener Figuren, aus denen man in Hollywood Tarzans macht. Finley kam mit seiner Schüchternheit dagegen nicht an. Er sah Dr. Clark nur mit einem traurigen Dackelblick an, ging zu seinen Delphinen und fand hier seinen Trost.

Clark betrachtete es jedoch als seine Pflicht, mit Norton darüber zu sprechen. Nach sieben Tagen auf See, schon im Einzugsbereich der Hawaii-Inseln, ergab es sich, den Commander allein am Turm des Buggeschützes zu sprechen. Doch Norton ließ ihn abblitzen.

»Hören Sie mal zu, Abraham«, sagte er kalt zu Clark. »Das ist ganz allein meine Sache und die Sache von Helen. Halten Sie sich da raus. Wenn Finley Ansprüche hat, soll er sie bei mir erheben. Jedem anderen trete ich auf die Füße, ist das klar?«

»Wollen Sie Helen heiraten?«

»Das geht Sie einen Dreck an!«

»So einfach ist das nicht, Rick. Helen ist ein erwachsener Mensch, natürlich ... aber sie hat viele Väter. Uns alle von der Gruppe! Und wer Helen an die Hand nimmt, muß vor uns bestehen ...«

Norton kniff die Augen zusammen, und dann sagte er: »Jetzt hör mal gut zu, Nigger ... wenn du nicht sofort kehrtmachst und verschwindest, gehst du über Bord zu den Haien! Schwarze Ärsche mögen die besonders gern.«

Dr. Clark schwieg. Sekundenlang blickte er Norton in die unruhigen Augen, dann drehte er sich um und ging davon. Es war ein stolzer Abgang.

»Du schwarze Sau!« knurrte Norton ihm noch nach, aber es war unklar, ob Clark auch das hörte.

An diesem Abend schwamm Clark inmitten der Delphine im Bassin und unterhielt sich mit John. »Paß auf Helen auf«, sagte er ihm ins Ohr und kraulte ihn dabei. »Sie macht wieder eine Dummheit. Verstehst du mich, John? Finley behauptet, du verstehst jedes Wort. Wenn das wahr ist, dann kümmere dich um Helen ...«

Von diesem Abend an war John nervös und unruhig. Morgens zögerte er sogar, in den freien Ozean zu schwimmen, und natürlich zögerte seine Kompanie mit ihm. Nur widerwillig glitt er über die Rutsche ins Meer, und dann blieb er immer nahe bei dem Schiff, während die anderen ausschwärmten und übermütig ihre Spiele trieben.

»Was ist mit John los?« fragte Helen ein paarmal Finley, aber der zuckte nur mit den Schultern.

»Vielleicht ist er hysterisch? Manche Menschen sind es ja auch.«

Norton hütete sich, mit Clark nochmal allein zusammenzutreffen, doch war er Helen gegenüber besonders aufdringlich, wenn er Clark in der Nähe entdeckte. Einmal tätschelte er provozierend ihren Hintern und grinste dabei breit und siegessicher. Finley, der das ebenfalls sah, verdrückte sich still und voller Selbstmitleid zu den Delphinen.

Rawlings hielt sich aus allem heraus, aber er beobachtete genau die Entwicklung. Er hatte sich vorgenommen, erst dann einzugreifen, wenn Norton nachts zu Helens Kabine schlich – oder umgekehrt. Aber es gab noch keine Anzeichen dafür, daß dies in allernächster Zeit bereits geschehen würde.

Die Ankunft des Delphin-Spezialschiffs in Honolulu wurde scheinbar nur von den beteiligten Dienststellen wahrgenommen. Es lief im Hafen von Pearl Harbour ein und nahm einen Liegeplatz nahe der Naval Reservation ein, unerreichbar für jeden. Die Landverbindung war nur mit einer Barkasse möglich.

Admiral Ronald Atkins begrüßte Rawlings und seine Wissenschaftler, als seien sie zurückgekehrte verlorene Söhne, trat dann an das Becken und grüßte die Delphine mit militärischer Ehrenbezeigung. Norton fand das maßlos übertrieben, aber auch Admiräle können ja einen Stich haben. Im Offizierskasino gab es dann ein feudales Essen und ein gemäßigtes Besäufnis.

Der Aufenthalt in Honolulu war auf drei Tage festgelegt. Während das Schiff Öl und Verpflegung bunkerte und vom Bug bis zum Heck gereinigt wurde, führte Norton Helen von Bar zu Bar und kaufte ihr einen zauberhaften Moumou – das ist ein bodenlanges, weites, bunt gemustertes Kleid, wie es früher die Eingeborenen trugen, nachdem ihnen die Missionare erklärt hatten, Nacktheit sei eine Sünde.

Finley litt echt darunter, tat aber nichts dagegen, sondern atmete nur sichtbar auf, als man nach drei Tagen den Hafen von Pearl Harbour wieder verließ. Admiral Atkins ließ es sich nicht nehmen, die »Sea-Lords« mit militärischen Ehren zu verabschieden: Eine Kapelle der Navy spielte zum Abschied den Marsch »When the Saints Go Marchin' in . . .«

Auch wenn gerade Rawlings es nicht wahrhaben wollte – es griff an die Seele.

An diesem Tag saß ein Mr. Herald Rittman in seinem Zimmer mit Waikikiblick im Hotel Hawaiian Regent und nahm telefonisch die Meldung aus Pearl Harbour entgegen: Sie laufen aus. Mr. Rittman, der eigentlich Leonid Fedorowitsch Tulajew hieß und aus New York kam, war zufrieden. Er lebte seit vier Tagen auf Hawaii, am schönen Strand von Waikiki, und schien ein Urlauber wie tausend andere zu sein. Er trank mit Vorliebe den Rum-Cocktail Mai-Tai, hatte in Pearl Harbour das Ehrenmal der gesunkenen »Arizona« besichtigt, im Kinosaal der Gedenkstätte den Film über den Überfall der Japaner auf Pearl Harbour angesehen und dabei still über die damalige Naivität der Amerikaner gelächelt, sich auf diese Weise überrumpeln zu lassen. Heute wäre das ausgeschlossen, vor allem bei uns, dachte Tulajew. Wie konnte einer Weltmacht wie Amerika so etwas passieren?

Was aber auch Tulajew nicht begriff, war die Tatsache, daß mit dem Schiff nur Delphine transportiert wurden. Nichts anderes.

Es gibt eben Dinge, die nur in Amerika möglich sind.

Der Empfang auf Wake war weniger feierlich. Admiral Crown ließ keinen Marsch blasen. Immerhin schickte er aber ein Schnellboot an die Grenze des Sperrgebietes und gab dem »Delphin-Hotel« das Geleit bis in die Lagune zur Anlegestelle in der Bucht von Heel Point.

Crown war zum Empfang an dem hölzernen Landungssteg erschienen, begleitet von Colonel Hall und drei anderen Offizieren seines Stabes. Rick Norton hatte sein Spezialschiff parademäßig bis über die Toppen geflaggt, die Mannschaft stand am Oberdeck angetreten, das Sternenbanner flatterte im Wind. Ein Hornist blies das Signal.

»Wenn man das hier alles so sieht«, sagte Crown, »könnte man denken, es kommen Elitekerle zu Besuch. Und was bringt man uns wirklich? Dressierte Fische!« Er lächelte böse. »Ha! Wenn das Dr. Rawlings hört, wird er wild. Merken Sie sich, Tom: Wenn Sie Rawlings auf die Palme bringen wollen, brauchen Sie seine Delphine nur Fische zu nennen – das wirkt prompt wie Rhizinus.«

»Willkommen in der neuen Heimat!« sagte Crown später, als er an Bord gekommen war und jedem die Hand gab. »Ich wette, Sie haben ausgerufen, als Sie Wake sahen und durch die Lagune fuhren: Das ist das Paradies! Ich hab's beim erstenmal auch getan, aber mich dann schnell daran gewöhnt, daß der Mensch Paradiese nicht vertragen kann. Er muß sie schnellstens umfunktionieren zu strategischen Fixpunkten. – Sie sind auf eine zauberhafte Insel gekommen, die dabei ist, in aller Stille Militärgeschichte zu machen. Und Sie sollen dabei mithelfen...« Er blickte schnell zu Dr. Rawlings. »...mit Ihren dressierten Fischen!«

Rawlings zeigte keine Wirkung. Er winkte nur nach rückwärts, und zwei Matrosen trugen aus der Tür des Geschützturmes einen Kleiderständer heraus. Über einem Bügel hing eine neue Admiralsuniform – mit Delphinflossen am Ärmel statt der üblichen goldenen Streifen. Und die Mütze, die oben am Ständer baumelte, hatte als Schild das typische Schnabelmaul der Delphine.

»Admiral Linkerton und wir alle, Sir, gratulieren Ihnen nachträglich zum Geburtstag!« sagte Rawlings mit hörbarer Wonne in der Stimme. »Mit herzlichen Grüßen sollen wir Ihnen dieses Geschenk des Admirals überreichen. Wir tun es mit dem Ausdruck auch unserer größten Freude. Admiral Linkerton glaubt, es entspricht ganz Ihren Anregungen, die Sie ihm gegenüber für die neue Uniform gemacht haben.«

Man muß es Crown lassen: Er verstand es als alter Soldat, Haltung zu bewahren. Er kam auf Rawlings zu, gab ihm die Hand und knurrte: »Ich wußte, auf meinen Freund Linkerton ist Verlaß!« Dann ließ er den Kleiderständer mit der Uniform unter Deck bringen und wandte sich dem verhalten grinsenden Norton zu:

»Commander«, sagte er knapp, »sorgen Sie dafür, daß diese Uniform auf eine dazu passende Puppe kommt und im Innenhof der Sea-Lords-Station aufgestellt wird. Zu grüßen wie Geßlers Hut bei Wilhelm Tell braucht man sie nicht.«

An Linkerton schickte Crown noch an diesem Tag ein Telegramm: »Uniform paßt vorzüglich. Habe nur das Namensschild ausgewechselt und Linkerton angenäht. Gruß William.«

Wie in San Diego fand man auch auf Wake alles bestens vorbereitet. Bungalows aus Holz für die Wissenschaftler standen bereit. Ein Delphinbassin war gebaut. Eine Art Bunker, halb in die Erde versenkt, war noch leer und wartete auf den Einbau der Elektronik, die man von San Diego mitgebracht hatte. Captain Yenkins, Ted Farrow und die kleine Truppe der Abhörspezialisten wohnten ebenfalls an Land, während Rick Norton und seine Mannschaft an Bord des Delphin-Spezialschiffes blieben. Das hinderte Norton aber nicht daran, mehr auf der Insel als auf seinem Schiff zu sein und Helens Schatten zu spielen.

»Wird das ein Leben!« sagte er schon am dritten Tag, nachdem man sich in den Bungalows eingerichtet und auf der Insel umgesehen hatte. »Zwei Bars, ein Saloon, ein Kino, ein Freilichttheater – uns werden vom Gähnen die Kaumuskeln knacken! Wir müssen uns viel mehr miteinander beschäftigen, Helen.«

In den ersten Tagen hatte man wieder genug damit zu tun, die Delphine an die neue Umgebung zu gewöhnen. Sie flitzten in der Lagune umher, verließen durch den Eingang bei Wilkes Island die Insel und durchfurchten den Pazifik, begleitet von ihrem Mutterschiff.

Hier geschah nun das, was in die Geschichte der Sea-Lords einging und was keiner jemals vergessen konnte, der es miterlebt hatte.

An einem sonnigen Vormittag kreuzte Norton im Ozean und hatte an einer Stelle einen kaum hörbaren Motor in einer Stahlkapsel versenkt. Er fuhr eine ganze Strecke davon weg, und dann bereiteten Finley und Helen die II. und VI. Kompanie zur Suche nach diesem Gegenstand vor.

Helen war unter den Delphinen im Bassin des Spezialschiffes, trug wieder ihren goldenen Badeanzug und wurde von John ständig langsam umrundet. Er beobachtete sie und wurde seltsam unruhig, als Rick Norton in einer knappen Badehose ins Becken sprang und übermütig rief: »Helen, Liebling – ich komme in deine Arme!«

Mit kräftigen Stößen schwamm Norton zu ihr, umfaßte sie, drückte sie an sich und gab ihr einen langen Kuß.

Im gleichen Augenblick schnellte sich John hoch aus dem Wasser, stieß einen gellenden Trompetenlaut aus und fiel klatschend zurück. Norton blickte sich erschrocken um, ließ Helen los und wollte mit starken Kraulschlägen zum Beckenrand und zur Treppe ausweichen, aber mit der Schnelligkeit eines Torpedos schoß John auf ihn zu, den Kopf waagerecht im Wasser, das Maul geschlossen, die Augen zusammengekniffen.

»John!« schrie Helen hell. »John! Hierher! Hierher!«

Aber John, der Verliebte, der Gekränkte, der Betrogene hörte nicht mehr auf ihren Befehl. Mit der Wucht eines Geschosses traf er auf Norton. Sein 200-Kilo-Leib schleuderte Rick halb aus dem Wasser. Norton schrie noch einmal auf, da traf ihn der zweite, ungeheure Rammstoß und drückte ihn gegen den Beckenrand. Finley hieb mit einer Stange nach John, aber der schien nichts zu spüren; mit seiner Schnauze hämmerte er auf Norton ein und zerquetschte ihn an der Bassinwand, als sei er unter eine Presse geraten. Aus Nortons aufgeplatztem Bauch quollen Blut und Därme – erst da ließ John von ihm ab, schwamm zurück, umkreiste noch einmal die schreiende Helen und setzte dann zu einer neuen, rasenden Fahrt an. Mit der größten Geschwindigkeit, zu der er fähig war, schoß sich John selbst gegen den Beckenrand, stieß noch einmal vor dem Zusammenprall seinen Liebeslaut aus und zerschmetterte seinen Leib. Sein Kopf explodierte förmlich unter der Wucht des Aufpralls.

Finley zog Helen aus dem blutigen Wasser, während drei Matrosen den aufgerissenen Körper Nortons aus dem Becken hoben. An John kamen sie nicht heran, denn seine Kompanie hatte ihn in die Mitte genommen und abgeschleppt. Dort lag er, auf einem Floß lebender Leiber, den silberglänzenden Bauch nach oben, im Tode noch der Sieger.

»Er war wahnsinnig«, stammelte Helen, als Finley sie wegführte in ihre Kabine. »Die ganze Zeit! Wir haben das nur nicht erkannt.«

»Er war nicht wahnsinnig«, sagte Finley gepreßt.

»Er hat Rick ermordet ...«

»Aus Eifersucht. Du weißt das genau!« Finley legte Helen auf ihr Bett und deckte sie zu. Sie zitterte am ganzen Leib. »Wer dich liebt, müßte ihn verstehen. *Ich* jedenfalls verstehe ihn.«

Dann drückte er Helens Kopf an seine Brust, weil sie wie ein kleines Kind weinte.

12

Rick Nortons Tod wurde als tragischer Unfall eingestuft. Drei Tage später landete sein Vater, ein weißhaariger Farmer aus Comstock in Nebraska, mit einem Navy-Transporter aus Honolulu, betrat das Schiff seines Sohnes und starrte minutenlang schweigend in das Delphinbassin. Admiral Crown, der neben ihm stand, wagte keinen Ton zu sagen und war ergriffen.

»Das ist so, Sir«, sagte der alte Norton endlich und wandte sich ab. »Ich hatte drei Söhne. Der Älteste wurde in Vietnam von einer Giftschlange gebissen und war nicht mehr zu retten. Der zweite geriet auf der Farm einem Bullen auf die Hörner und lebte noch zwei Tage. Und jetzt Rick, getötet von einem Delphin. Kann man von mir noch erwarten, daß ich Tiere liebe?«

»Bestimmt nicht, Mr. Norton«, antwortete Crown erschüttert.

»Aber es ist so – ich liebe sie. Trotzdem! Seit vier Generationen leben die Nortons nur mit Tieren, das ist nun vorbei. Die vierte Generation wurde von den Tieren ausgerottet. Vielleicht ist das die Rache der Tiere an den Menschen. Wir haben in Nebraska ja auch die Büffel ausgerottet ... Sir, wo kann ich hier beten?«

Eine halbe Stunde lang blieb der alte Norton unter Deck allein in der Offiziersmesse und betete kniend, die Stirn gegen die Wand gedrückt. Dann kam er wieder an Deck und sagte laut:

»So, jetzt kann Rick begraben werden!«

Helen lag im Militärhospital von Wake und wurde abgeschirmt.

Der Schock, den sie erlitten hatte, war so groß, daß Dr. Shade sagte: »Ich habe Angst, daß da ein dauernder nervlicher Schaden zurückbleibt. Man sollte sie in eine Spezialklinik ausfliegen. Den Anblick, wie unter den Stößen des Delphins Nortons Bauch aufplatzte, kann sie nicht vergessen. Ich halte sie jetzt vorläufig in einem Dauerschlaf...«

Einen gewaltigen Krach gab es auch noch mit Dr. Finley. Er weigerte sich, den toten John einfach über Bord ins Meer zu werfen, den Haien zum Fraß. Unterstützt wurde er darin von Dr. Clark.

»Wollen Sie den Delphin einbalsamieren?« schrie Captain Yenkins aufgebracht. »Soll er eingerahmt über Ihrem Bett hängen?«

»Er kommt nicht zu den Haien«, sagte Finley dumpf. »*Das* nicht!«

»Man könnte ihn ja auch an Land begraben«, schlug Clark vor.

»Etwa noch mit einer Ehrensalve und einem Hornsignal, was?« Yenkins faßte sich an den Kopf. »Einen Fisch! Mein Gott, ja – ein Säugetier! Ich habe es nie geglaubt, wenn man mir das früher sagte, aber jetzt weiß ich es: Jeder Wissenschaftler hat eine Macke. Also, was soll ich mit John tun?«

Man einigte sich darauf, John an der Spitze der kleinen Halbinsel zu begraben, die wie ein Dorn in die Lagune von Wake ragte und Flipper Point hieß. Hier hatten früher ganze Schwärme von Delphinen im Wasser gespielt, bis die Menschen – in diesem Falle das Militär – ihre kleine, schöne Welt zerstörten und die Tiere ausweichen mußten zu den Korallenbänken von Toki Point. Clark und Finley fuhren den schweren Körper, in ein Segel genäht, mit einem Jeep zum Flipper Point und begruben John in dem weißen Korallensand.

Admiral Crown konnte es sich nicht verkneifen, nach Finleys Rückkehr zur Basis hämisch zu sagen: »Nanu, Sie tragen ja kein Schwarz, James! Mindestens eine schwarze Krawatte habe ich erwartet.«

Finley ließ wortlos den Admiral stehen und entfernte sich.

Der »Unfall«, wie man das Eifersuchtsdrama zwischen Delphin und Mensch diskret umschrieb, brachte den Zeitplan durcheinander. Johns Kompanie mußte aufgelöst und auf die anderen

Kompanien aufgeteilt werden. Tagelang waren die Delphine unruhig, verrichteten zwar alle Dinge, die man ihnen befahl, absolvierten ihre Übungseinsätze fehlerfrei – aber es blieb, wie Rawlings unter dem schiefen Lächeln von Admiral Crown feststellte, eine »Distanz zwischen Mensch und Tier«, die nicht gut war.

»Maschinen sind eben doch besser, Steve«, sagte Crown. »Ein elektronischer Roboter hat keine Gefühle.«

»So ist es, Sir. Aber gerade ihre ungeheure Sensibilität macht die Delphine unschlagbar. Das schafft keine Technik.«

Nach fünf Tagen war klar, daß Helen auf Wake bleiben durfte. Sie hatte den Schock soweit überwunden, daß sie am Arm von Finley oder Clark am Strand unter den windschiefen Palmen spazieren gehen konnte. Sie schwamm auch in der Lagune, sonnte sich im Schatten der großen Palmenwedel oder fuhr mit einem kleinen Motorboot, das Clark steuerte, rund um die Lagune, beobachtete die großen Schwärme bunt schillernder Fische oder den schwerelosen Flug der Albatrosse.

Von Rick Norton und seinem Ende sprach niemand. Es war schließlich Helen selbst, die davon anfing.

»Ich möchte weg«, sagte sie. Ganz plötzlich kam das. Clark, der das Motorboot gerade in der Nähe von Kuku Point in der Lagune treiben ließ, starrte sie entgeistert an.

»Was heißt das denn?« fragte er.

»Ich möchte zurück aufs Festland. Irgendwohin. Arbeit gibt es genug. Ich bringe euch nur Unglück.«

»Du bist immer noch nicht ganz gesund, Helen.«

»Doch, Abraham. Ich fühle mich stark genug. Aber denk doch mal nach: Erst die Sache mit Fisher – er wurde erschossen. Dann Rick – auch er wurde ermordet. Beim dritten Versuch, mit einem Mann glücklich zu werden, möchte ich allein sein. Wer weiß denn, was dann passiert...«

»Du hast eben immer den Falschen erwischt, Helen.«

»Wo ist denn der Richtige, Abraham?«

Clark schwieg. Wie kann man Finley und Helen zusammenbringen, dachte er. Du lieber Himmel, man kann sie doch nicht mit

Stricken aufeinander fesseln. Wie können zwei so hochintelligente, ja geniale Menschen nur so dämlich sein!

»Bleib auf Wake«, sagte Clark endlich. »Hier hast du Ruhe. Hier sind deine Delphine.«

»Und hier ist Ricks Grab.«

»Auch daran kann man sich gewöhnen. John wollte dich nur beschützen.«

»Das weiß ich ja. Ich wollte Rick noch von mir drücken, als er mich küßte . . . aber wen er einmal umarmt hatte . . . er war ein so starker Mann . . .«

Sie brach ab, starrte über die Korallenriffe und die weiß schäumenden Wogen hinaus auf den Ozean, wo die patrouillierenden Schiffe von Admiral Crown – kleine Punkte nur gegen den blauen Himmel – das Sperrgebiet abfuhren.

Etwas weiter weg, von Wake aus nicht sichtbar, nur auf dem Fernradarschirm zu erkennen, lag das sowjetische Nachrichtenschiff Primorje. Wenn Hubschrauber der U. S. Navy es überflogen, erkannte man keinerlei Regung an Deck. Nicht einen einzigen sowjetischen Matrosen sah man. Nur wenn abends auf der Primorje die Lichter angingen, verlor sich der Eindruck eines Geisterschiffes.

»Wann kann ich wieder arbeiten?« fragte Helen.

»Das bestimmt Dr. Shade. Soll ich mit ihm sprechen?«

»Ja, bitte, Abraham.«

Eine Woche später stand Helen wieder am Bassin der Delphine, begrüßt von einem gellenden Pfeif- und Kreischkonzert ihrer Lieblinge, die sich vor Freude wie verrückt gebärdeten. Dr. Rawlings, der mit Admiral Crown am Fenster des Forschungslabors stand, hob die Schultern.

»Da sehen Sie es, Sir«, sagte er wie resignierend. »So wie Helen werden uns die Delphine nie lieben – es sind eben alles Männer!«

In der Nacht wurden die Frühwarnkugeln rund um Wake versenkt. Der Großversuch hatte begonnen. Gleichzeitig wurde der erste fertige Unterwasserbunker für U-Boote abgeschleppt und sollte im Gebiet der Emperor Bank, einer riesigen Untiefe in Pazifik gegenüber den sowjetischen Kurilen, versenkt und verankert werden.

Auch hier würden drei Abhörkugeln im weiten Umkreis das Anschleichen fremder U-Boote wahrnehmen und die unterseeische Werkstatt warnen. Es mußte allerdings schon ein unwahrscheinlicher Zufall sein, wenn in diesem Riesenmeer ein so winziger Gegenstand wie der Unterwasserbunker entdeckt wurde.

Die Aktion war vorzüglich vorbereitet. Von der anderen großen Pazifikbasis aus, der Midway-Insel, lief ein kleiner Flottenverband in Richtung der Marshall-Inseln aus, während drei Schiffe von Wake den gleichen Kurs nach Süden nahmen. Natürlich waren sie im Radarschirm der sowjetischen Primorje deutlich zu sehen, und dort nahm man auch die scheinbar unbefangenen Gespräche zwischen Kommandant und Admiral Crown auf. Sie deuteten darauf hin, daß die Amerikaner nun im Gebiet der Marshalls etwas Geheimnisvolles planten.

Admiral Prassolow, der sofort diese Nachricht bekam, wandte sich umgehend an Wladiwostok. Dort war man erstaunt. »Etwas völlig Neues, Mikola Semjonowitsch«, sagte der Oberkommandierende der sowjetischen Pazifikflotte. »Was wollen sie da? Neue Atomversuche sind ausgeschlossen. Das hätten wir längst erfahren. Beobachten Sie die Bewegungen der Amerikaner weiter!«

Jakowlew, der mit seinen drei U-Booten und seinen »Hechten« unsichtbar unter Wasser lag und wartete, sah keinen Anlaß, abzuschwenken und der Flotte zu folgen. Prassolow hatte ihm nichts zu befehlen, sondern ihn nur zu verwalten – so blieb er also auf der Lauer und übte die große Kunst der Russen: Geduld zu haben.

Die Taktik der Amerikaner hatte Erfolg. Die Primorje konzentrierte sich auf die von Wake abschwimmenden Schiffe und versäumte so das Versenken der Abhörkugeln. Auch die beiden alten Zerstörer, die zur Miluoki-Bank vorstießen – anscheinend, um dem Verband entgegenzufahren, der von Midway herunterkam –, interessierten nicht. Wer konnte denn auch ahnen, daß sie hinter sich an dicken Stahltrossen den U-Boot-Bunker abschleppten. Selbst Jakowlew ließ sich täuschen; er schickte sein schnelles Victor-Boot los, aber es kam zurück mit der Nachricht, die beiden alten Kästen würden gemütlich durch den Ozean tuckern und sollten offenbar irgendwo auf den Midway-Konvoi warten.

Mit dem Versenken der Stahlkugeln begann der Einsatz der Delphin-Kompanien.

Tag und Nacht durchfurchten sie das Sperrgebiet, ausgerüstet mit ihren Impulsmeldern, versorgten die Besatzungen mit frischen Lebensmitteln und Sauerstofflaschen und brachten problemlos und schnell alles in die Tiefe, was von den einsamen Männern da unten angefordert wurde. Als sich – probeweise – ein amerikanisches U-Boot einer der Kugeln näherte, signalisierten sie weit früher, als die Kugel es selbst mit ihren Horchinstrumenten konnte, das Anschleichen des Feindes. Sie umkreisten das U-Boot, und auf der Wake-Insel, im Kontrollraum, konnte man über den Computer genau ablesen, in welcher Position sich der Angreifer befand, wie groß er war und um welchen Typ es sich handelte.

Admiral Crown hätte sich eher die Zunge abgebissen, als jetzt ein Lob auszusprechen. Er gab lediglich den Befehl: »Zurückkommen! Ihr seid tot!« und hinterließ auf dem U-Boot einen fluchenden Kommandanten.

Die Delphine wurden vorerst weiterhin von Helen, Finley, Clark und Rawlings betreut. So wie Soldaten nach dem Dienst oft übermütig ihre Freizeit verbringen, so tobten auch die Delphine nach jeder Rückkehr vom Einsatz im Bassin oder in der Lagune herum, spielten Wasserball, sprangen durch Reifen oder hüpften in weiten Bögen durch das Wasser. Am liebsten war es ihnen, wenn Helen bei ihnen in der Lagune war und sie kraulte. Dann standen sie richtig Schlange, legten sich vor ihr auf die Seite und ließen sich den glatten, weißsilbern glänzenden Bauch kratzen. Dabei pfiffen, grunzten und flöteten sie mit genußvoll zusammengekniffenen Augen, so daß Captain Yenkins einmal sagte:

»Das sind ja ausgesprochen geile Burschen! So benehmen wir uns nicht mal in den Massagesalons von Manila ...«

Nach drei Wochen Warten entschloß sich Jakowlew, mit seinen sowjetischen U-Booten näher an die Wake-Insel heranzuschleichen und eine günstige Position für den Einsatz seiner »Hechte« zu beziehen. Er wählte einen Standpunkt gegenüber Wilkes Island, wo sich auch die Einfahrt und der Kanal durch die Lagune befanden. Hier waren zwar die Sicherheitsvorkehrungen der Amerikaner am stärksten, aber hier konnte man auch am besten erfahren, was auf Wake wirklich stattfand. Alles, was zur Navy-Basis kam oder was sie verließ, mußte die Einfahrt passsieren. Es gab sonst keinen Weg, denn rundherum schirmten die breiten Korallenbänke und Riffe die Insel ab. Ein Kranz sich brechender, schäumender Wellen umgab den Strand des von hunderttausend Palmen begrünten Paradieses. Dagegen bestand der gesamte Südteil der Insel, der mit seinem Peacock Point wie ein Faustkeil im Ozean stak, nur aus dem großen Gebiet der Naval Air Station. Zwei Landebahnen gab es, von denen eine für jede Flugzeuggröße gebaut war. Hier herrschte seit Wochen ein reger Flugverkehr: Schwere Transportmaschinen flogen an. Hubschrauberstaffeln waren in dauerndem Einsatz. Die »Seeschwalben«, wie Crown sie nannte – blitzschnelle, wendige Jagdbomber, die auch als Raketenträger ausgebaut waren –, kontrollierten von hier aus weite Gebiete des Pazifiks.

Das alles war bekannt und kein Geheimnis mehr. Was Jakowlew und die sowjetische Marineleitung jetzt interessierte, war: Warum wurde plötzlich um Wake ein Sperrgebiet errichtet? Und was bedeuteten die vagen Informationen der Agenten, auf Wake beginne eine neue Epoche der amerikanischen Verteidigung?

Also näherte Jakowlew sich nun in langsamer Schleichfahrt dem Sperrgebiet, heimlich, fast lautlos.

Nebeneinander schwammen die drei U-Boote in fast 300 Meter, für jedes Beobachtungsflugzeug unsichtbar, wie Riesenfische dahin. In der Mitte Jakowlew mit seinem 130 Meter langen Delta II-Boot, getrieben von einem Nuklearantrieb mit 24000 PS. Backbord schlich sich Charlie an. Steuerbord glitt der blitzschnelle Victor durch die Schwärze der Tiefsee. Und in den gewaltigen Stahlkörpern von Delta II und Charlie warteten die winzigen Spionage-U-Boote mit ihren zwei Mann Besatzung – dunkelblau, fast schwarz gestrichen und aus einem Spezialstahl gefertigt, dessen Reflexionen die Sonarerkennung erschwerten. Umgeben von einem neuartigen Strahlenmantel, der Unterwasserraketen ablenken konnte. Diese »Hechte« waren kaum zu fassen!

Jakowlew fühlte sich ungemein sicher. Er blieb an der Grenze des Sperrgebietes liegen und gab den Befehl für die ersten vier

»Hechte«, sich bereit zu halten. Die acht Spezialisten, die mit ihnen fahren würden, überprüften noch einmal alle Apparaturen und Instrumente. Dann versammelten sie sich bei Jakowlew in der Offiziersmesse.

»Genossen!« sagte Iwan Victorowitsch weder feierlich noch erregt, sondern mit seiner eiskalten Stimme völlig unpersönlich. »Ihr seid euch bewußt, daß unser Vaterland stolz auf euch sein kann. Das heißt, daß bei einer Entdeckung durch die Amerikaner kein Boot in deren Hände fallen darf.«

Die acht »Hechte«, alles junge Leutnants, nickten stumm. Die Sprengsätze waren einwandfrei. Im Notfall zerrissen sie die »Hechte« in kleinste Teile, die keine Untersuchung mehr zuließen. Den Angehörigen würde dann gemeldet werden, ein Unfall habe ihren Sohn von ihnen genommen. Er habe ein ehrenvolles Seemannsgrab erhalten. Wer würde es in Rußland wagen, weiter zu fragen ...

Genau um Mitternacht öffneten sich die Klappen an Delta II, und die vier winzigen U-Boote glitten aus dem Stahlleib. Es sah aus, als wenn ein Riesenhai Junge gebiert.

Von nahezu unhörbaren Elektromotoren getrieben, glitten sie in das Sperrgebiet und auf die Insel Wake zu.

Die Sonargeräte der amerikanischen Wachschiffe schwiegen. Weder die Überwasserschiffe noch die U-Boote orteten die kleinen Sowjets. Das Meer war belebt, man registrierte Fischschwärme enormer Größe, einige Hairudel, fremde Delphinfamilien, eigene U-Boote, im Sperrgebiet kreuzende Schnellboote – aber die winzigen russischen »Hechte« nahm niemand wahr.

In dieser Nacht waren die Delphin-Kompanien von Harry, Henry und Robby unterwegs. Sie hatten fünf Warnkugeln versorgt, und es war, wie Crown später sagte, ein Tritt in den Hintern und gegen den Sack, daß auch diese mit den feinsten Instrumenten ausgerüsteten Frühwarnstationen das Anschwimmen der »Hechte« nicht registrierten.

Der erste, der eines der winzigen Unterwasserboote hörte, war ein Delphin aus der Kompanie von Henry. Mit seiner unsagbaren Sensibilität fing er die Schwingungen des Elektromotors auf. Sofort änderte er seine Richtung, schoß davon, tauchte tiefer in den Ozean und jagte dem fremden Schall entgegen. Nach wenigen Minuten hatte er den kleinen schlanken Stahlkörper erreicht, umkreiste ihn und gab seine Signale weiter.

Henry, der »Chef«, rief seine Kompanie zusammen. Gleichzeitig schickte er die Impulse aus, die auf Wake, in der Computerstation, den Alarm auslösten. Das kam so unerwartet, daß der Obermaat, der am Kontrollgerät saß, völlig verwirrt zunächst Dr. Rawlings anrief und aus dem Bett trieb.

»Sir . . .«, stotterte er, »Harry gibt Alarm. Was soll ich tun? Was ist denn da passiert?«

»Alarm ist Alarm!« schrie Rawlings. »Mein Gott . . . geben Sie ihn weiter an den Einsatz!« Er legte auf und rief sofort Admiral Crown an.

Crown meldete sich aus tiefstem Schlaf und murmelte: »Falsch verbunden, du Idiot . . .«

»Harry gibt Alarm!« rief Rawlings. »Er ist draußen im Sperrgebiet. Da dringt jemand ein.«

»Das gibt es nicht!« Crown hüpfte aus dem Bett, als habe ihn eine Schlange gebissen. Gleichzeitig gellte auch schon die Sirene auf, die Einsatzbereitschaft hetzte über das Flugfeld zu den Hubschraubern und Jagdbombern. Bei den Wachschiffen rund um Wake klingelten die Alarmglocken.

Crown warf den Hörer weg, schlüpfte in seine Uniform und erschien zehn Minuten später im Kontrollraum. Dort saßen bereits Helen, Dr. Finley, Clark und alle anderen »Delphindompteure«, wie Crown sie nannte, vor den Geräten und beobachteten die Signale der Delphinkompanie. Draußen war die Insel gefechtsbereit, aus den Bunkern waren die Geschützrohre und Raketenwerfer ausgefahren.

»Eins ist klar!« schrie Crown sofort, als er den Kontrollraum betrat. »Wenn das ein Fehlalarm ist, wenn diese Delphine verrückt spielen, werde ich zum erstenmal in meinem Leben bei der Navy einen Befehl verweigern.«

»Sie sollten sich das ansehen, Sir«, sagte Rawlings völlig ruhig. »Nun sind auch Robby und seine Burschen eingetroffen und geben

Alarm. Henry ist zu weit weg, aber er wird mit Höchstgeschwindigkeit zu den anderen stoßen. Da ... ganz klar: Unter Wasser kommt etwas auf uns zu.«

Crown starrte auf die Computer, die mit der Befehlsleitstelle der Basis verbunden waren, und setzte sich an ein Telefon. Vom Befehlsstand meldete sich ein Captain Hiller.

»Das unbekannte Objekt befindet sich im Quadrat 4, Sir«, sagte er hastig. »Die Schnellboote P 23 und P 65 sind unterwegs. U 159 läuft gerade aus. Jetzt kommt das Objekt in Quadrat 5, Sir ...«

»Das sehe ich auch!« knurrte Crown und starrte auf den Computer, der die Signale der Delphine auswertete. »Liegen keine Ortungen der anderen Schiffe vor?«

»Keine, Sir.« Captain Hiller wußte, was er jetzt sagte, und zögerte deshalb einen Augenblick: »Das fremde Objekt ist unhörbar durch unseren Radargürtel getaucht.«

»Eine Sauerei!« brüllte Crown. »Wie ist das möglich?«

»Das muß man untersuchen, Sir.«

»Ha, das werde ich auch! Die beste Elektronik haben sie an Bord und hören nichts.« Crown wandte sich zu Helen um: »Wie kann man die Delphine aus dem Zielgebiet wegnehmen, Helen? Gleich knallt's von Wasserbomben und Unterwasserraketen.«

»Wir werden den Befehl zur Rückkehr geben.« Dr. Finley drückte auf ein paar Knöpfe. Bei den Delphinen kamen jetzt elektrische Impulse an, die ihnen befahlen: Umkehren!

Auf den vielen Anzeigetafeln und Kontrolluhren pendelten die Zeiger. Crown kaute an der Unterlippe und verstand von all dem nichts. »Was ist nun?« fragte er endlich.

»Die Kompanien haben sich von dem Objekt gelöst und schwimmen schnell ab«, sagte Finley. »Nur Harry ist noch dran ... jetzt gibt er Nachricht ... das Objekt 78 Meter tief ... Jetzt verläßt auch Harry das Gebiet ... Objekt nähert sich Quadrat 7 ...« Finley blickte hoch. »Damit ist die Arbeit der Sea-Lords getan, Sir. Das Übrige ist Sache der Marine ...«

Die Schnellboote jagten mit voller Kraft dem Zielgebiet entgegen. Ihr Motorengeräusch war natürlich unter Wasser für die überfeinen sowjetischen Horchgeräte wie ein Brüllen. Die jungen sowjetischen

Offiziere in den »Hechten« erkannten, welcher tödlichen Gefahr sie entgegenliefen. Sie tauchten tiefer, drehten sofort um und flüchteten zurück an die Grenze des Sperrgebietes.

Plötzlich war die Nacht erfüllt von den Detonationen der Wasserbomben. In Quadrat 6, 7 und 8 plumpsten sie ins Meer und ließen die Explosionsfontänen hochsteigen. Die Unterwasserraketen mit ihren automatisch suchenden Magnetköpfen zischten in die Tiefe, aber sie liefen leer im weiten Pazifik. Die »Hechte« waren längst aus der akuten Gefahrenzone heraus und jagten in einem Bogen, um alle Spuren zu verwischen, der in fast 300 Meter Tiefe wartenden Delta II entgegen.

In dem Riesen-U-Boot saß Jakowlew im Kommandoraum und war mit dem Sonarraum verbunden. Die Detonationen wurden aufgezeichnet. Mit verschlossener Miene hörte er die schnell aufeinanderfolgenden Meldungen.

»Wie ist es möglich, daß die Hechte entdeckt wurden?« sagte Jakowlew und lehnte sich zurück. »Alle uns bekannten amerikanischen Geräte hätten sie nie orten können! Sie müssen da eine Neukonstruktion eingesetzt haben. Aber von wo aus arbeiten sie? Von Land aus? Da ist die Entfernung zu groß. Von den Wachschiffen aus? Die haben keinen Alarm gegeben, also sind die Geräte nicht an Bord. Aber wo sind sie dann?«

Es dauerte über drei Stunden, bis die »Hechte« lautlos an die Delta II anschwammen und über die Schleuse an Bord genommen wurden. Mit abgestellten Motoren hatten sie eine Zeitlang bewegungslos gelegen, um die suchenden Schiffe ins Leere laufen zu lassen. Nach einer Stunde hatten die Amerikaner mit den Wasserbomben aufgehört und beobachteten nun das Seegebiet, tasteten es mit ihren Horchgeräten ab und warteten auf irgendwelche Reaktionen.

Die Delphin-Kompanien waren vollzählig nach Wake zurückgekehrt und an Bord des »Mutterschiffes« genommen worden. Dort trafen zwei Stunden später Admiral Crown, Rawlings, Helen, Finley und Clark ein. Helen und Finley beschäftigten sich sofort mit Harry, Henry und Robby. Die Delphine gaben aufgeregt eine Vielzahl von Lauten von sich, variierend in Höhe und Klangfarbe, vom Pfeifen bis zum Grunzen. Finley und Helen nahmen das alles auf ihre hochempfindlichen Magnetbänder auf, um die Informationen später im Labor mit Hilfe der Computer zu entziffern. Crown beobachtete mit gerunzelter Stirn diese »Unterhaltung«.

»Sagen Sie bloß, Steve, daß Finley versteht, was die da piepsen«, sagte er zu Rawlings.

»Eine ganze Menge, Sir.«

»Ich werde das nie begreifen.«

»Sind Sie Katholik?« fragte Rawlings leichthin. Admiral Crown sah ihn verblüfft an.

»Ja. Ist das wichtig? Sprechen die Delphine nicht mit Lutheranern?«

»Sir.« Rawling lächelte schwach. Crowns Ironie war manchmal sogar geistreich. »Als Katholik kennen Sie doch den heiligen Franz von Assisi. Von ihm sagt man, er habe die Gabe gehabt, sich mit den Tieren zu unterhalten.«

»Ich weigere mich, Dr. Finley als neuen Heiligen zu betrachten«, sagte Crown voll Spott.

Finley kam von den Delphinen zurück. »Es steht außer Zweifel«, sagte er ernst, »daß mindestens ein Unterwasserschiff in das Sperrgebiet eingedrungen war.«

»Das bedeutet doch nichts anderes, als daß die Sowjets hier vor Wake auf der Lauer liegen. Oder die Japaner.« Crown dachte an die beiden alten Zerstörer, die den Unterwasserbunker in Richtung Kurilen schleppten. Ihm wurde plötzlich warm trotz der Nachtkühle auf Deck. »Es ist ein verdammtes Gefühl, auf die Reaktion eines Tieres angewiesen zu sein«, sagte er hart. »Ein Mensch muß sich auf ein Tier verlassen in solchen Situationen – das muß man erst mal schlucken.«

»Denken Sie an Rom, Sir. An die Gänse des Kapitols.«

»Ich bin Soldat und kein Legendenerzähler«, knurrte Crown. »Ob Assisi oder Rom, waren nun sowjetische Boote bei uns oder nicht? Das will ich wissen!«

»Sie waren hier, und sie müssen auch noch hier sein – jetzt allerdings in internationalem Gewässer.«

»Das werden wir bald feststellen. Ich lasse meine Flotte ausschwärmen.«

»Es wäre einfacher, das den Sea-Lords zu überlassen, Sir«, sagte Rawlings. »Wenn sich da rund um Wake etwas unter Wasser verbirgt: Die Delphine finden es bestimmt.«

»Wir sollen also nichts unternehmen?«

»Ehrlich gesagt, Sir – Ihre Schiffe stören hier nur.«

»Das ist das Gemeinste, was ich bisher gehört habe«, schimpfte Admiral Crown. »Unsere Navy stört ... Wo ist meine Delphin-Admiral-Uniform? Ich ziehe sie doch noch an!«

Die »Hechte« der Sowjets waren zu Delta II zurückgekehrt. Die jungen russischen Offiziere saßen in der Offiziersmesse dem finster blickenden Jakowlew gegenüber. Ihre Berichte glichen sich alle aufs Haar: Zwar hatte man ohne Schwierigkeiten die elektronische Sperrkette der Amerikaner durchfahren und war bis auf wenige Meilen an die Wake-Insel herangekommen – doch unerwartet plötzlich brausten die Schnellboote herbei, und oben war die Hölle los. Wie konnte es passieren, daß man die »Hechte« doch noch geortet hatte?

»Es kann sich nur um noch unbekannte, auf dem Meeresboden verankerte Abhörgeräte handeln«, sagte Jakowlew im Anschluß an die Berichterstattung nachdenklich. »Geräte mit neuen mikroelektronischen Teilen, die wir noch nicht kennen. Da haben wir eine neue Aufgabe für die Genossen von der Informationsbeschaffung! Wenn unser erster Vorstoß auch mißlungen ist, Genossen, insofern war er doch ein Erfolg. Wir wissen: Die Amerikaner testen um Wake herum neue Elektronik.« Jakowlew verzog sein Gesicht zu einem faden Lächeln. »Wir bleiben selbstverständlich hier.«

Fast pausenlos ließ US-Admiral Crown jetzt das sowjetische Nachrichtenschiff Primorje umfliegen, aber die Sowjets straften die amerikanischen Hubschrauber und Jäger mit Mißachtung. Ruhig schwamm die Primorje weit außerhalb des Sperrgebietes im Pazifik und meldete über ihre Satellitenverbindung nach Moskau und Wladiwostok, daß die Amerikaner unruhig geworden seien. Der Funkverkehr von Wake nach Honolulu und der Midway-Insel sei stark, der Code sei geändert worden, die Dechiffrierexperten säßen noch über der neuen Geheimsprache.

Im Hotel Hawaiian Regent in Waikiki tauchte bei dem als fröhlicher Urlauber getarnten Sowjetspion Tulajew eines Mittags ein braungebrannter Besucher mit einem schrecklichen Hemd voller Palmen und Sonnenuntergängen auf und aß mit ihm gesottenen Seewolf in der Folie.

»Wir müssen uns mehr um die Mannschaft kümmern, Leonid Fedorowitsch«, sagte der buntbehemdete Besucher. »Alle sechs Wochen werden von Wake Urlauber nach Honolulu oder nach Lahaina auf Maui geflogen und bleiben dort eine Woche, um die Puffs zu bevölkern.« Der Besucher grinste breit. »Für uns ist der kleinste Hinweis wichtig. Aber wem sage ich das, Genosse? Wer kennt besser die Mosaikarbeit als Sie? Nächste Woche sollen vierundachtzig Männer von Wake aus in Urlaub fliegen. Sie landen natürlich in der Naval Reservation von Pearl Harbour. Kommen Sie da ran, Leonid Fedorowitsch?«

»Warum fragen Sie?« sagte Tulajew fast beleidigt. »Man will Erfolge, und ich besorge sie. Das genügt doch wohl.«

Der Besucher wechselte sofort das Thema. Es war nicht nützlich, wenn man Tulajew in Erregung versetze.

»Was ist mit den Delphinen?« fragte Tulajew und nahm einen Schluck von seinem geliebten Mai-Tai.

»Sie leben in einem großen Aquarium auf Wake und machen ihre Kunststückchen.«

»Und sonst?«

»Sonst nichts.«

»Man fährt doch nicht mit dreißig teuren Spezialwagen und unter Militärschutz fast hundert Delphine von Miami nach San Diego und von dort halb um die Welt auf eine Pazifikinsel, wenn man sie nur für die Unterhaltung der Soldaten braucht.«

»Es ist aber so, Leonid Fedorowitsch.«

»Ich glaube nicht daran.«

»Oberst Ischlinski auch nicht. Aber über den lacht man deswegen schon in Moskau. Passen Sie auf, daß Sie sich nicht ebenfalls lächerlich machen!«

Tulajew schwieg, hob resignierend die Schultern, aß seinen Fisch und trank seinen Mai-Tai leer. Dann erhob er sich, sagte: »Ich werde mich um die Urlauber bemühen« und ließ seinen Besucher mit dem Gemäldehemd sitzen.

Nun ist er doch böse, dachte der Kurier des KGB traurig. Was soll ich ihm denn anderes sagen als das, was man in Moskau denkt...

Jakowlew hatte bittere Tage. Nach neunundvierzig Stunden konzentrierten Einsatzes aller Delphine und einer intensiven Suche rund um Wake erfaßte die Kompanie von Ronny das U-Boot der Charlie-Klasse in 274 Metern Tiefe. Sie umschwammen das still liegende Boot, durch dessen Stahlhaut die Geräusche für ihre Ohren laut und deutlich klangen: das Laufen der Männer, das Summen der Batterien, das Klappern des Geschirrs in der Kombüse, sogar das Spiel der Balalaikas in der gut abgeschirmten Mannschaftsmesse oder das Husten des Matrosen Ilja Nikolajewitsch, der sich erkältet hatte und dreimal am Tag gurgelte.

Unbemerkt von der Mannschaft des sowjetischen U-Bootes, dessen Instrumente nur einen Fischschwarm registrierten, umschwammen die Delphine das Boot und gaben ihre Signale zum Mutterschiff weiter. Dort saß Admiral Crown mit roten Ohren neben Helen und Finley und kratzte sich nervös die Nase.

»Neunzig Meter lang«, sagte er mit belegter Simme, »zehn Meter breit, ein dicker spindelförmiger Bootskörper, der Kommandoturm gedrungen – das sieht ganz wie ein ›Charlie‹ aus. Du meine Güte!« Crown drehte den Kopf zu Rawlings. »Charlie ist das für uns rätselhafteste U-Boot der Sowjets. Wir haben keine Ahnung von der Bewaffnung. Die Feuerleit- und -lenkungssysteme von Charlie sind ebenfalls unbekannt. Charlie ist die stärkste Unterwasserwaffe der Russen. Wenn da wirklich ein Charlie liegt...«

»Überzeugen Sie sich, Sir.« Helen zeigte auf die ausgewerteten Daten: »Die Maße bleiben. Ein Irrtum ist ausgeschlossen. Es handelt sich auch keinesfalls um ein Wrack, denn die Delphine nehmen Innengeräusche wahr.«

Admiral Crown akzeptierte diesmal ohne Widerspruch, was Helen ihm erklärte. Beim Verlassen des Kontrollraums sagte er nur zu Rawlings: »Ich bekomme Komplexe, Steve. Ich komme mir als Mensch saudumm vor.«

»Daran gewöhnt man sich, Sir«, entgegnete Rawlings freundlich. »Ich habe mich in der ersten Zeit auch immer kritisch im Spiegel betrachtet.«

Drei Tage nach der Entdeckung der »Hechte« – noch wußte man allerdings bei den Amerikanern nicht, daß es sich um bemannte Miniboote handelte – überfuhr ein Zerstörer aus Crowns Flotte das Seestück, in dem der sowjetische Charlie liegen mußte. Da es internationales Gewässer war, konnte man nichts anderes tun, als den Genossen da unten zu zeigen, daß man sie erkannt hatte.

Mit voller Kraft schickten die Amerikaner einen Echostrahl in die Tiefe, der im Horchgerät des sowjetischen U-Bootes wie ein Knall wirken mußte. Gleichzeitig ließen sie Übungsmunition im Wasser explodieren, damit die Schallwellen die feinen Apparate da unten durcheinanderrüttelten.

Kapitänleutnant Igor Stephanowitsch Denisenkow reagierte nicht. Bis zur nächsten Nacht wartete er. Dann aber schoß er unter Wasser mit vollen 33 Knoten davon. Oben an Deck des Zerstörers und zweier noch hinzugekommener Meßschiffe schwenkte man die Mützen und schrie hipp-hipp-hurra! Man feierte es wie einen Sieg: Ein sowjetisches U-Boot wurde in die Flucht getrieben. Admiral Crown, wieder aus dem Bett geholt, hatte einen Augenblick den wahnsinnigen Gedanken, die Sea-Lords auszuzeichnen. Erst dann widerstand er dem Drang, indem er sich sagte: Es sind ja nur Fische!

Jakowlew wurde bleich, als Denisenkow ihm die Flucht der Charlie meldete. Ohne jedes Anzeichen waren plötzlich die amerikanischen Schiffe erschienen und hatten fast punktgenau die U-Boot-Position erkannt. Der Warn-Krach war wie eine Verhöhnung, Jakowlew faßte ihn auch so auf.

»Da stimmt etwas nicht!« sagte er mit seiner kalten Stimme. Er hatte auch das Steuerbord liegende Boot der Victor-Klasse zurückgerufen. Beide Boote kamen längsseits der Delta II. »Wie kann man uns finden, wenn wir außerhalb jeder Reichweite sind? Wer kann mir das erklären?«

Es gab niemanden, der es erklären konnte.

Was der Besucher Tulajews in Waikiki vorausgesagt hatte, geschah: Von Wake flogen am nächsten Wochenende 84 Offiziere und Mannschaften nach Honolulu zum einwöchigen Urlaub. Die Soldaten nannten diese Woche grinsend »Rohrputzertage«.

Überraschend war auch Dr. Finley dabei. Er wollte zuerst nicht mitfliegen, aber Rawlings bestand darauf, daß er sich in Waikiki um etwas anderes kümmerte als um Delphine. Er hatte Surfen gemeint oder Wellenreiten in der Waimea Bay. Clark hingegen, der Finley zum Transport-Jumbo begleitete, gab ihm den Ratschlag:

»Die besten sind die Mischlingsmädchen. Und wenn noch ein bißchen China dazwischengekommen ist, hast du den Himmel auf Erden.«

»Ich werde am Strand sitzen und an euch denken«, entgegnete Finley mißmutig. »Ihr immer mit euren Weibern! Das wird 'ne lange Woche werden.«

Der Flug nach Honolulu verging schnell. Wenn 84 Männer auf Urlaub nach Hawaii unterwegs sind, herrscht immer eine Stimmung wie zu Karneval. Es wurde gesungen, Erlebnisse früherer Ausflüge in das Nachtleben von Honolulu wurden ausgetauscht, und ein Obermaat berichtete von dem Mädchen Tuhuamai, das so spitze Brüste besitze, daß jeder Liebhaber mit blauen Augen aus ihrem Zimmer komme. Unter Gegröhle gab er die Adresse bekannt und empfahl, wenigstens ein Auge durch eine Augenklappe zu schützen.

Nach der Landung in Pearl Harbour übernachtete Finley in der Naval Reservation. Am nächsten Tag mietete er sich einen Wagen und fuhr nach Waikiki. Im Holiday Inn war ein Zimmer für ihn reserviert.

In der riesigen, aus Glas und Marmor errichteten Halle des Holiday Inn saß bei der Ankunft Dr. Finleys eine faszinierend schöne Frau mit polynesischer Bronzehaut und asiatischen Augen. Sie trug ein enges, gelbes Seidenkleid, das an der Seite bis zum Oberschenkel geschlitzt war.

Wie eine erwachende Katze erhob sich Nuki-na-mu jetzt aus ihrem Sessel, strich mit der Hand das enge Kleid über ihrem flachen Leib gerade und lächelte verträumt, als Finleys bewundernder Blick sie traf. Sie kannte die Wirkung ihres Körpers und ihres Gesichtes und behielt ihr Lächeln auch noch bei, als sich Finley schnell zum Lift hin entfernte. Sie wußte, daß er im Zimmer 169 wohnte.

13

Der Sternenhimmel war das Dach in dem riesigen, halboffenen Innenhof des Hotels. Ein milder warmer Wind fiel vom greifbar nahen Pazifik herein. Der trotz aller amerikanischen Perfektion spürbare Zauber der Exotik blieb auch auf Finleys Gemüt nicht ohne Wirkung. Er setzte sich an die runde Bartheke, hinter der die garantiert schönsten Hawaii-Mädchen – wie der Hotel-Manager immer beteuerte – die bunten Cocktails mixten, studierte die Barkarte, las blumige Namen aus der Sprache der Polynesier, betrachtete einige Abbildungen (mit einem Cocktail wurde sogar ein langer, aus Holz geschnitzter Rückenkratzer serviert) und entschloß sich endlich, willkürlich eines der geheimnisvollen Getränke zu bestellen. Da hörte er hinter seinem Rücken eine helle Stimme:

»Wenn Sie weißen Rum und exotische Fruchtsäfte mögen, nehmen Sie einen Mai-Tai. Die meisten Fremden fangen damit an und lernen so zunächst mit der Zunge die Zauberkräfte unserer Welt kennen.«

Finley brauchte sich nicht umzudrehen, um zu wissen, wer hinter ihm stand. Er nickte in die Barkarte hinein, blickte dann hoch zu dem verführerisch lächelnden Barmädchen mit schwarzleuchtenden Augen und den roten Frangipani-Blüten im schulterlangen Haar und sagte:

»Zweimal Mai-Tai!« Erst dann drehte er sich um und fügte hinzu: »Ich darf Sie doch als Dank für diesen Tip zu einem Glas einladen?«

Nuki-na-mu neigte den schmalen Kopf, setzte sich neben Finley auf einen Barstuhl und ließ aus dem Schlitz des engen Kleides ihre langen, schlanken, braunen Beine sehen. Das Oberteil des Kleides verbarg jene spitz zulaufenden Rundungen, an denen ein männlicher Blick besonders intensiv verweilt. Bei aller Schüchternheit reagierte auch Finley nicht anders als andere Männer. Auch sein Blick glitt mit deutlicher Bewunderung über Nuki-na-mu.

»Sie sind zum erstenmal in Waikiki?« fragte sie. Ihre helle, etwas singende Stimme erinnerte ihn an einen Film, den er vor Jahren gesehen hatte und in dem der Hauptdarsteller die fremde Schönheit »Mein Vögelchen« genannt hatte.

»Ja und nein!« sagte Finley. »Ja – weil ich ein paarmal in Honolulu Station gemacht habe. Nein, weil es mein erster richtiger Urlaub ist.«

»Und Waikiki gefällt Ihnen?«

»Das weiß ich noch nicht. Ich bin eben erst angekommen.« Der Mai-Tai wurde serviert und war mit Frangipanis garniert. Ihr betörend süßlicher Duft war das erste, was er wahrnahm, als er das Glas hochhob und mit den Lippen nach dem Strohhalm angelte. »Wenn hier alles so zauberhaft ist wie diese Blüte...«

»Waikiki ist eine Industrie geworden.« Sie nippte an dem Cocktail und warf einen langen Blick über den Glasrand zu Finley. »Ich weiß nicht, wieviel Hunderttausende jedes Jahr in den Hotelburgen wohnen und sich in den durchaus nicht sauberen Sand legen. Aber Hawaii ist das nicht.«

»Wo ist das echte Hawaii?«

»Es gibt einsame Küsten, Buchten zwischen Felsen, Sandstrände wie vor Hunderten von Jahren – aber dahin fährt kein Touristenbus, kein Taxi, kein Jeep. Man muß die letzten Paradiese kennen.«

»Sie kennen die letzten Paradiese?«

»Einige. Die Nanakuli Beach. Ein Strandstück bei Kawailoa. Eine Felsenbucht bei Ohiki-Lolo...«

»Das klingt wie eine geheimnisvolle Musik«, sagte Finley. »Ohiki-Lolo... Kawailoa... Wer solche Namen hat, muß einfach schön sein...«

»Ich heißte Nuki-na-mu.«

»Das klingt wundervoll. Wie nüchtern wirkt dagegen James Finley.«

»Zwei Welten, James. Aber jede für sich ist interessant.«

»Ihre bestimmt. Wie redet man Sie an?«

»Sie können einfach Nuki sagen.« Sie schenkte ihm ein Lächeln, das rätselhaft in ihm zu brennen begann. Nuki-na-mu, dachte er. Wie könnte sie anders heißen? Das ist ein Zauberwort, so unwirklich schön wie sie selbst. Nuki – man kann es singen oder mit angehaltenem Atem flüstern. Nuki ... das ist der süße Duft von Frangipani.

»Wie lange haben Sie Urlaub, James?«

»Eine Woche.«

»Unmöglich.«

»Was ist daran unmöglich?«

»Wie kann man Sie eine Woche lang nach Hawaii schicken, wo ein ganzes Leben nicht ausreicht, um auch nur einen Teil der Schönheit zu erfassen. Eine Woche ... das ist ja fast eine Folter. Ehe Sie etwas davon ahnen können, müssen Sie schon wieder weg. Was wollen Sie in einer Woche auf Oahu tun?«

»Ich dachte an Schwimmen, Faulenzen, Essen, Trinken und Nachdenken.«

»Worüber nachdenken, James?«

»Ach Gott, Nuki ...« Finley sog wieder an seinem Strohhalm und genoß den Mai-Tai. »In einem Menschenleben gibt es eine ganze Menge, über die man nachdenken kann und nachdenken sollte.«

»Sie sind Philosoph, James?« Ihr Vogelstimmchen hatte einen jubelnden Klang.

»Alles – nur das nicht, Nuki!« Finley lachte trocken. »Aber man kommt ins Grübeln, wenn man allein ist.«

»Sie sind doch nicht allein.«

»Völlig allein.«

»Sie übersehen mich einfach?«

Finley atmete tief. Plötzlich spürte er, wie sein Herz das Blut durch die Adern pumpte. »Wenn Sie es so betrachten, Nuki ...« Er sah sie groß an. »Sagen Sie jetzt nicht, Sie seien auch allein.«

»Warum nicht?«

»Weil es unglaubwürdig wäre. Eher stürzt der Niagara den Felsen hinauf. Eine Frau wie Sie kann nicht allein sein.«

»Das stimmt.« Sie warf wieder ein Lächeln über ihn. »Ich bin in Begleitung eines James Finley. Beruf Philosoph ...«

»Irrtum! Beruf: Zoologe, Meeresbiologe und Tierpsychologe.«

»Nein!« Ihre leicht geschlitzten schwarzen Augen starrten ihn an. »Sie dressieren Löwen und Tiger?«

»Etwas weniger bissig. Ich arbeite mit Delphinen.«

»Das habe ich gesehen!« rief Nuki-na-mu begeistert und klatschte in die Hände. »Im Fernsehen und hier im Aquarium. Es war so lustig.« Sie wurde wieder ernster und betrachtete Finley mit forschenden Blicken. »Sie trainieren solche Delphine, James?«

»So ähnlich.«

»Was heißt das?«

»Das kann man nicht so bei einem Mai-Tai erklären, Nuki«, wich Finley aus. »Trinken wir noch einen?«

»Hier an der Bar?«

»Wissen Sie einen schöneren Platz?«

»Haben Sie einen Wagen?«

»Einen Leihwagen ...«

»Es gibt da ein kleines, wunderschönes Lokal an den Korallenriffen von Kupikipikio Point ...«

»Welch ein Wort! Wie heißt das Lokal?«

»Kupikipikio ...« Ihr helles Lachen schnitt tief in sein Herz. Um sich vor der Verführung zu retten, bemühte sich Finley, intensiv an Helen zu denken. Aber es gelang ihm nicht recht. Nuki-na-mus Gegenwart war stärker. »Sprechen Sie es nach, James.«

»Das wird mir nie gelingen. Aber, zum Teufel – wir fahren hin. Jetzt gleich!«

»Warum zum Teufel?!«

»Ich wollte eine Woche lang grübeln, Nuki. Jetzt wird es anders. Jetzt will ich eine Woche lang Schönheit tanken. Helfen Sie mir dabei?!«

»Nur, weil Sie so traurige Augen haben, James.«

»In Kupikikinupi – verdammt mit diesem Wort! – werden meine Augen lachen.« Finley schwang sich vom Barhocker, unterschrieb die Rechnung mit seinem Namen und seiner Zimmernummer und sah genießerisch zu, wie sich Nuki schlangengleich von ihrem Sitz gleiten ließ. »Können wir?«

»Wir können!«

Als sei es selbstverständlich, hakte sich Nuki-na-mu bei Finley unter und schwebte an seiner Seite durch den großen Innenhof hinüber zu der von einem künstlichen Bach umspülten Freitreppe, die als Seitenausgang diente und zu den Parkplätzen führte. Ein dicker Portier in weißer Uniform grüßte ehrerbietig, als sie an ihm vorbeigingen und den Hotelkomplex verließen.

An einem Tisch im Innenhof, zwischen blühenden Büschen, erhob sich der Sowjetspion Tulajew, nachdem Finley mit Nuki-na-mu die Bar verlassen hatte. Er reckte sich ein wenig, strich sich mit beiden Händen über das Gesicht und war zufrieden. Nur noch eine Frage der Zeit konnte es sein, bis man erfuhr, was die dreißig Spezialwagen mit Delphinen auf der Insel Wake machten, welche Aufgabe sie hatten. Auf Nuki-na-mu war Verlaß; sie hatte im Bett auch die Zeichnung neuer amerikanischer Sprengköpfe für Boden-Luft-Raketen beschafft.

In einem kleinen Zimmer des Gasthauses bei den Korallenriffen von Kupikipikio, umrauscht von der Brandung des Pazifiks und willenlos geworden durch Nukis Körper und ihr singendes Flüstern, durchlebte Finley einen erotischen Rausch, der ihn völlig von seiner bisherigen Welt entfernte. Vor allem begriff er nicht, daß ausgerechnet ihm so etwas widerfuhr . . . diese Leidenschaft, diese Ekstase. Und damit sie sich nicht so schnell wieder in den Alltag verlor, umklammerte er diese schönste Frau der Welt mit Armen und Beinen und wünschte sich, sie für immer in sich aufzunehmen.

In dieser Nacht sprach man nicht von Delphinen . . .

Sergeant Ted Farrow, der einsame Mann in der Stahlkugel, noch vor kurzem 250 Meter tief im Meer nur von den Delphinen versorgt, in seiner »Überwasserzeit« Betreuer von zwei Sea-Lords-Kompanien, war trotz Urlaubsstimmung in einer vernünftigeren Verfassung als Dr. Finley. Für Farrow war dies schon der zweite Honolulu-Urlaub seit seiner Ankunft auf Wake. Wer tagelang unter Wasser auf

Horchposten hängt, hat ein Recht darauf, beim Urlaub bevorzugt zu werden.

Ted hatte bereits beim ersten Ausflug nach Waimea Bay, wo die höchsten Wellen von Hawaii sein sollten, auf denen man haushoch reiten kann, unverschämtes Glück: Im Pupukea Beach Park lernte er Yumahana kennen.

Yumahana, zwanzig Jahre alt, war die Tochter eines armen Fischers von Mahuka und verkaufte im Beach Park aus einem von ihr selbst gezogenen Kühlhandwagen vier verschiedene Sorten Eis. Sie trug eine weiße Uniform, hatte das lange schwarze Haar hochgesteckt, die vollen Lippen rot geschminkt und hinter ihr linkes Ohr eine Orchidee gesteckt. Wenn sie mit großen, braunschwarzen Kulleraugen die Mitmenschen anschaute, war noch soviel Kindhaftes an ihr, daß Ted Farrow sofort den Drang verspürte, sie gegenüber einigen herzlosen Kameraden von der Marine und von der Army zu beschützen.

Während Yumahana den schweren Eiskarren mühsam durch den Sand- und Kiesboden zog und die Gruppen der herumliegenden Badegäste abging, beobachtete Ted, wie die Kerle das Mädchen mit eindeutigen Angeboten bedrängten, ihr unflätige Bemerkungen nachriefen oder sie sogar unzüchtig befummeln wollten. Da erhob er sich von seinem Badelaken und ging hinüber zu dem Eiskarren. Gerade hatte ein Bursche von der Marine dem Mädchen den Weg verstellt und wedelte mit einem Einhundertdollarschein vor ihrer Nase herum.

»Ich kauf' dir den ganzen Rotz ab«, sagte der Kerl frech und grinste breit. »Alles! Wenn du mit mir hinter die Büsche gehst ...«

Ted Farrow trat näher, nahm dem Mariner die Hundertdollarnote ab, spuckte drauf und klebte ihm den Schein mit einem patschenden Handschlag auf die Augen. Sofort schlug der Kerl zurück – aber wer Farrow kannte, der wußte, daß er unter anderem auch in Kung Fu ausgebildet war und sich gegen jeden Angriff zu wehren wußte. Der Schlag fuhr deshalb auch ins Leere. Der Tritt indessen, den der Mariner gegen die Brust erhielt, schleuderte ihn meterweit durch die Gegend und nahm ihm völlig die Luft weg.

»Bleib liegen, Boy«, sagte Farrow ruhig, als der Mariner Anstalten machte, sich aufzurichten. »Beim zweiten Knock hast du's Gesicht nach hinten, beim dritten beißt du dich selbst in den Arsch. Überleg es dir!«

Der Mariner verzichtete auf solche Experimente, kroch davon und rannte dann zu einer Gruppe anderer Mariner.

»Das hätten Sie nicht tun dürfen, Sir«, sagte das Eismädchen stockend. »Das wird Sie Ihre Gesundheit kosten. Verschwinden Sie so schnell wie möglich.«

»Erstens bin ich kein Sir, sondern Ted, zweitens habe ich keine Angst, und drittens finde ich es toll, daß du so Angst um mich hast. Wie heißt du?«

»Yumahana... Sir... Ted... du mußt flüchten! Sie kommen!«

Farrow wandte sich um. Vom Strand her marschierten fünf stämmige Burschen heran, in der Mitte der Mariner, der die Hundertdollarnote gezückt hatte. Die hochgezogenen Schultern und die eingezogenen, kurzgeschorenen Köpfe verkündeten ohne Worte, was da passieren sollte.

»Nur die Ruhe bewahren, Yumahana«, sagte Farrow freundlich. »Schlimmstenfalls brauchen wir dein Eis nachher nicht zum Lutschen, sondern zum Kühlen.« Er lächelte sie an. »Hast du schon mal gesehen, wie man aus fünf Männern einen dicken Seemannsknoten macht? Man flicht sie einfach ineinander.«

Die fünf schwärmten aus, bildeten einen Halbkreis und rückten weiter auf Ted Farrow vor. »Jetzt machen wir deine große Fresse ganz klein«, sagte der Mariner von vorhin. »Weißt du, wie ein Regenwurm in der Wüste aussieht? Genauso, wie du in ein paar Minuten!«

Ted Farrow nickte, sprang plötzlich hoch, schwebte waagerecht durch die Luft und traf mit aller Wucht den ersten Angreifer. Es war so gut gezielt, daß von dem Aufprall auch der zweite umfiel, und ehe sich die anderen von der Schrecksekunde erholt hatten, krachten zwei Handkanten gegen zwei Schädel und löschten für eine Weile das Bewußtsein aus. Übrig blieb der Wortführer, dem jetzt die Augen aus den Höhlen quollen.

»O Gott, was siehst du dämlich aus!« sagte Farrow genußvoll. »Du brauchst ein anderes Gesicht.«

Mit den flachen Händen, aber mit unvorstellbarer Kraft schlug er dem Mariner auf die Backen und trieb ihn so ein paar Meter weiter. Nach fünf Doppelohrfeigen setzte Farrow einen Punch genau auf das Kinn des Gegners und hatte Ruhe.

»Komm, Yumahana«, sagte er ruhig. »Wir wechseln den Standplatz. Hier ist die Kundschaft nicht mehr zahlungsfähig.«

Er spannte sich in die Lederriemen der Eiskarre und zog sie weiter die Beach hinauf. Yumahana folgte ihm, sich immer wieder umblikkend, aber keiner der Mariner kam ihnen nach. Erst mehr als hundert Meter weiter hielt Farrow bei einem Lager von Wellenreitern die Karre an.

»Jetzt ein dickes Eis für zwei Dollar«, sagte er lachend. »Für mich! Schokolade, Pistazien und Maracuja. – Mädchen, ist das ein schöner Tag!«

So lernte Ted Yumahana kennen. Am Abend saß er bei ihren Eltern in der alten, mit Palmstroh gedeckten Fischerhütte, aß gegrillten Fisch und trank Bier. Nach dem Essen zogen sich die Alten zurück. Farrow sah, daß sie hinüber zu den Nachbarn gingen. Sie überließen die Hütte ihrer Tochter und dem, was nach ihrer Ansicht folgen mußte.

Zum erstenmal seit langer Zeit wurde Ted verlegen. Er sah Yumahanas weite, ängstliche Augen und schüttelte den Kopf.

»Nein, mein Mädchen, so nicht!« sagte er mit belegter Stimme. »So brauchst du bei mir nicht zu bezahlen. Verdammt, ich will dich haben, aber nicht als lebenden Scheck. Hör mal zu: Wenn du mich nicht magst, mach die Tür auf. Ich gehe sofort!«

Yumahana nickte stumm. Sie erhob sich von dem niedrigen Stuhl, ging zur Tür und verriegelte sie. Dann kam sie zu Farrow zurück, kniete sich vor ihm nieder und legte ihren Kopf in seinen Schoß.

Von dieser Stunde an hatte sich das Leben des Sergeanten Ted Farrow verändert.

Er wußte jetzt ganz genau, wie sein ferneres Dasein verlaufen würde: Nach Abschluß der Experimente auf der Wake-Insel, wenn wieder ein normaler Dienst begann, würde er zu Yumahanas Eltern sagen: »Hört mal, ich möchte Yuma heiraten. Nein, das ist kein Witz. Ich liebe sie! Sie soll nicht ihr ganzes Leben lang Eis verkaufen oder sich von den geilen Kerlen antatschen lassen. Daß ihr arme Fischer seid, dafür könnt ihr nicht – aber ihr habt einen Engel geboren, und dafür bin ich euch ewig dankbar. Ich weiß noch nicht, wohin ich komme – ob zurück nach San Diego oder auf eine andere Insel in diesem gottverdammten Pazifik. Vielleicht schickt man mich sogar nach Old Europe ... Was soll's, liebe Leute? Ich nehme Yumahana überall mit hin – als meine Frau!«

Das war das Ziel, von dem Ted träumte, und er träumte davon in den zärtlichen Armen von Yumahana. Die Eltern brachten ihm frische Fische und Krebse, kochten köstliche Fischsuppen, buken abenteuerliche Kuchen, garten auf heißen Steinen Schweinebraten und freuten sich über das Glück ihrer schönen Tochter.

Einen Navy-Sergeanten hatte sie! Welch ein Geschenk des Himmels! Wenn er sie wirklich heiratete, war man alle Sorgen los.

So kam es, daß Ted Farrow nicht auf der Liste von Leonid Fedorowitsch Tulajew stand, er bezog ja nicht, wie die anderen, ein Zimmer in Waikiki, sondern lebte in der Fischerhütte bei Mahuka und fuhr mit dem knochigen Alten frühmorgens hinaus zum Fischfang oder holte nachts, im Licht eines stark strahlenden Scheinwerfers, die Hummer aus den Klippen.

Weil Ted seiner Yumahana einmal einen Tanzabend in Waikiki gönnen wollte und mit ihr zum Sheraton Waikiki fuhr, sah er zufällig auch Dr. Finley. Finley war in Begleitung einer atemberaubenden Frau, wie Farrow sachkundig feststellte. Einer Halbasiatin mit geradezu göttlichen Maßen. Was Farrow dagegen nicht gefiel, war die merkwürdige Verwandlung Finleys.

Der sonst so besonnene, zurückhaltende, ziemlich verklemmte Wissenschaftler bestellte den teuersten französischen Champagner, versuchte beim Tanzen Fred Astair nachzueifern und wirkte wie ein leidenschaftlicher Liebesnarr, den der Körper dieser Frau völlig um den Verstand gebracht hatte.

Farrow, der mit Yumahana in einer Ecke des Saales saß, war plötzlich nachdenklich. »Was hast du?« fragte Yumahana.

»Ich wundere mich«, brummte Farrow.

»Über mich?«

»Nein. Siehst du den langen Burschen da, den mit der schönen Frau in dem geschlitzten Kleid?«

»Ja, Ted.«

»Den kenne ich. Der hat sonst nichts im Kopf als die Schwingungen und Tonfärbungen der Delphinsprache.«

»Was hat er, Ted?«

Farrow winkte ab. »Das verstehst du nicht, Schatz. Jedenfalls hüpft er jetzt auf einmal rum wie ein geimpfter Frosch. Sieh dir das an!«

»Er ist verliebt. Sie ist eine wunderschöne Frau.« Yumahana beobachtete Nuki-na-mu und lehnte sich an Farrow. »Viel schöner als ich.«

»Blödsinn! Du bist die Schönste. Wenn ich dir in die Augen sehe, weiß ich, was du denkst. Bis ins Herz kann ich dir sehen. Bei der da ginge das nicht. Verdammt, für Finley ist sie gefährlich...«

»Wer ist Finley?«

»Der Mann da. Ein Genie, Yuma. Aber wenn er einer Frau begegnet, wird er weich wie Knetgummi.« Farrow kratzte sich den kurzgeschorenen Kopf und trank einen Schluck von seinem Wein. »Wenn der an dieser asiatischen Katze kleben bleibt – du lieber Himmel!«

»Es sind ja nur noch zwei Tage. Wie bei dir, Ted.«

»Ich komme wieder. Bin ich nicht wiedergekommen?«

»Ja, Ted.«

»Und du bist immer da. Aber wenn Finley das nächstemal kommt, ist seine Flamme weg oder sie macht ihn so verrückt, daß er zu nichts mehr taugt.«

»Geht dich das etwas an?«

Farrow sah seiner Yumahana verblüfft in die Augen, mußte ihr recht geben und schüttelte den Kopf.

»Eigentlich nicht. Das stimmt.«

»Dann laß ihn machen, was er will, wenn er glücklich dabei wird...«

Gegen Morgen fuhren sie zurück zu Yumahanas Eltern in die

Fischerhütte am Strand und vergaßen Finley und seine wunderschöne Frau.

Drei Tage später flog die Urlaubsmannschaft zurück nach Wake. Man traf sich am Rollfeld der in der weiten Bucht von Pearl Harbour liegenden Ford-Insel, eines absoluten Sperrgebietes der Navy, und begrüßte sich grinsend. Die meisten hingen blaß und schwach in ihren Uniformen, hatten kaum geschlafen und waren erholungsbedürftiger als vorher. Eine Woche Honolulu, das zehrt aus bis auf die Knochen. Verflucht, haben sie da hübsche Weiber ...

Farrow beobachtete Dr. Finley von weitem. Er wirkte nicht so ausgelaugt wie die anderen, aber sein in die Ferne schweifender Blick, als suche er seine schöne Asiatin in jeder Wolke, stempelte auch ihn zum Opfer der Waikikinächte.

»Na, wie war's, Ted?« fragte Finley später, als er neben Farrow in der Maschine saß. Farrow hatte es so arrangiert.

»Schön wie immer, Sir.« Ted grinste. »Beim nächsten Urlaub werde ich mich verloben.«

»Gratuliere, Ted.«

»Und wie war's bei Ihnen, Sir?«

»Durchwachsen.« Finley lächelte verinnerlicht. »Ich habe mich viel ausgeruht und viel mit unseren Problemen beschäftigt. Wann bekommen Sie wieder Urlaub, Ted?«

»Nach acht Wochen, Sir. Gibt 'ne Sonderregelung bei uns Unterwassermenschen.«

»Ich hoffe, daß wir dann wieder zusammen fliegen. Ich würde mich freuen, Ihre Braut kennenzulernen.«

»Natürlich, Sir!«

Du raffinierter Hund, dachte Farrow zufrieden. Was interessiert dich Yumahana? Zu deinem Kätzchen willst du nur. Bist ja jetzt schon ganz krank, daß du weg mußt von ihr! Hat sie dir's gezeigt, was Leidenschaft ist, was? Das hast du noch nicht gekannt, stimmt's? Ja, diese schlitzäugigen Mischlinge! Die sind auf Vulkanböden aufgewachsen, das merkt man. Da kommst du nicht gegen an, auch wenn du jeden Morgen sechs Eier mit Traubenzucker schluckst.

Beim Rückflug nach Wake tauschten die Männer sehr bildhaft

und mit schweren Augenlidern ihre Erlebnisse aus. Finley war froh, als man endlich landete und er allein in seinem Bungalow seine Reisetasche auspacken konnte. Helen war nicht da, sie war mit drei Delphinkompanien auf dem Mutterschiff draußen im Pazifik am Rande des Sperrgebietes.

Finley legte sich auf sein Bett und starrte gegen die blau getünchte Decke. In seinem ledernen Brustbeutel lag ein Zettel, den ihm Nuki-na-mu zum Abschied gegeben hatte:

»Komm zurück. Ich warte immer auf dich. Ich liebe dich.«

Es war ihm, als brenne ihre Schrift durch das Leder, durch die Haut und durch alle Muskeln bis tief in sein Herz.

Über die Funkverbindung zu dem weit vor Wake im Ozean kreuzenden sowjetischen Nachrichtenschiff erfuhr Korvettenkapitän Jakowlew die neueste Entwicklung an Land. Er hatte sich mit seinen drei U-Booten und seinen »Hechten« über zwei Wochen lang still verhalten, lag unerkannt in durchschnittlich 200 Meter Tiefe und wartete ab.

Wie vorhergesehen, beruhigten sich die Amerikaner nach einer Woche und suchten nicht mehr außerhalb des Sperrbezirkes das Meer mit Radar und Sonar ab. Nur gelegentlich flogen sie mit Hubschraubern und Jagdbombern Kontrollen und umkreisten die Primorje.

Jakowlew erfuhr auch, daß es dem KGB gelungen sei, einen der maßgeblichen Forscher auf Wake einzufangen. Man erwarte in den nächsten Wochen genauere Berichte, nach denen sich vielleicht ein neuer Einsatzplan für den Genossen Jakowlew ergeben könnte. Auch Admiral Prassolow meldete sich mit der hämischen Frage, ob sich Iwan Victorowitsch wohl fühle. Jakowlew sah es unter seiner Würde an, darauf zu antworten. Er meldete lediglich zurück: An Bord gute Stimmung. Wir grüßen unsere Heimat!

Im Hawaiian Regent Hotel von Waikiki hatte Tulajew unterdessen eine Aussprache mit Nuki-na-mu. Sie saßen in der Cafeteria des riesigen Innenhofes und tranken Kaffee mit Rum und Schlagsahne. Tulajew, von jeher ein Feinschmecker, genehmigte sich dazu auch noch ein Stück Schokoladentorte, die hier besonders delikat war.

»Einen Mann wie Finley ins Bett zu bekommen, ist keine Kunst«, sagte Leonid Fedorowitsch und spielte mit einer Mokkabohne, die als Dekoration für die Torte gedient hatte. »Nuki, was ist los? Du hast doch bisher immer erfahren, was du wolltest.«

»Auch jetzt!« sagte sie, und ihre Augen verengten sich noch mehr. »Er trainiert Delphine.«

»Das wußte ich schon ohne dich...«

»Er erforscht die Sprache der Delphine.«

»Auf Wake! In einem militärischen Sperrgebiet! Und man schafft die Delphine unter schärfsten Sicherheitsbestimmungen auf die Insel! Alles nur, damit eine Gruppe Wissenschaftler sich daran erfreuen kann, daß piep-piep-hui ›Gib mir einen Hering‹ heißt... Nuki, soviel Phantasie hatten nicht mal eure Märchenerzähler.«

»Es sind wirklich nur Delphine dort, Leonid...«

»Und die Betonklötze, die man an der Lagune montiert? Warum baggert man die Lagune aus? Warum hat man ein Sperrgebiet um Wake geschaffen? Was passiert in dem Sperrgebiet?«

»Es steht alles in meinem Bericht.«

»Da steht gar nichts!« Tulajew kaute ein Stück Torte und sah dabei Nuki-na-mu böse an.

»Finley hat damit nichts zu tun.«

»Natürlich nicht! Aber er weiß, was da experimentiert wird.«

»Er sagt nein.«

»Er lügt!« Tulajew leckte seine Kuchengabel ab. Köstliche Schokolade klebte an ihr. »Finley ist ein härterer Bursche, als ich gedacht habe. Er hat sich eine Woche lang mit dir herrlich vergnügt, aber nicht die Schnauze aufgemacht. Nuki, das war keine Meisterleistung. Wann kommt er wieder?«

»Vielleicht in acht Wochen.«

»Das ist eine lange Zeit.« Tulajew blickte hinaus in den weiten, mit Bäumen und Büschen verzierten Innenhof und hinüber zu der etwas erhöhten Barinsel mit der runden Theke und den lauschigen, blumenumstandenen Tischchen und Stühlen. »Am Sonntag kommt ein neuer Urlaubertransport von Wake herüber. Ein Dr. David Abraham Clark ist dabei, einer aus dem Forscherteam der verdammten Delphine. Er könnte gesprächiger sein.«

»Warum?«

»Er ist ein Neger. Und wenn eine Frau wie du mit einem Schwarzen zusammenprallt – du lieber Himmel, das muß doch zischen wie ein Geysir.«

»Gut, ich übernehme ihn«, sagte Nuki-na-mu kühl. »Wo wohnt er?«

»Es ist für ihn ein Zimmer im Surfrider-Hotel gebucht. Du hast das Zimmer Nummer 376. Er hat 392. Am besten lernt ihr euch beim Surfen kennen. Wenn du mit deinem Brett umkippst, wird er dich aus dem Wasser fischen und dir helfen, wieder hoch zu kommen. Zieh deinen roten Bikini mit den Goldfäden an und verlier das Oberteil, sobald er dich rettet.« Tulajew schluckte wieder ein Stückchen Torte. »Muß man auch das noch alles vorsagen?«

»Nein! Außerdem kommt es aus der Kiste mit den uralten Tricks. Man merkt, Sie sind von mir noch nicht verführt worden, Leonid, das ist es!«

Tulajew hob die Schultern, leckte wieder seine Kuchengabel ab und trank einen Schluck Rum-Kaffee. Sein Verhältnis zu Nuki-na-mu war wirklich nur rein geschäftlich. Er hatte sie von dem Kollegen Tutmarow übernommen, der nach Odessa in Pension gegangen war, nachdem er neunzehn Jahre in Honolulu gelebt hatte. »Sie ist das Beste, was wir im ganzen pazifischen Raum haben«, hatte Tutmarow zu Tulajew gesagt, als dieser den Bezirk übernahm. »Satans Tochter, sage ich dir. Sternenschön, aber auch so unerreichbar, fremd und kalt wie ein Stern. Warum sie für uns gegen die Amerikaner arbeitet? Das alte Schicksal, Leonid Fedorowitsch: Ein Kerl hat sie mit einem Kind sitzen lassen, ein Offizier der Navy, und dann starb das Kind auch noch, als sie in einem Shop einkaufte. Ein Amerikaner, total besoffen, überfuhr den Kleinen. Und wenn Sie wissen, wie solche Frauen hassen können ... Also, Genosse, Nuki-na-mu wird Sie nie enttäuschen! Sie erfährt einfach alles ...«

»Gehen wir noch einmal alle Fragen durch«, sagte Tulajew. »Auch scheinbar unwichtige Kleinigkeiten sind vielleicht bedeutsame Steinchen im Mosaik der Erkenntnis ...«

Mit Helen hatte es Finley in den ersten Tagen nach seiner Rückkehr aus Honolulu sehr schwer. Das heißt: Sie blieb eine Woche draußen auf dem Pazifik, und diese Woche benutzte Finley, um sich über seine Gefühle klar zu werden. Er hatte Helen über alles geliebt – aber nun war Nuki-na-mu in sein Leben getreten, und ihr Zauber eröffnete ihm völlig neue Dimensionen des Gefühls. Ihre Hingabe brannte noch tagelang in ihm, und da nutzte es auch nichts, daß er mit den Delphinen Ronny und Barry und ihren Kompanien in der Lagune schwamm, mit ihnen außerhalb der Riffe immer wieder das Anbringen von Magnetladungen übte oder bei ihnen hockte und ihre Sprache auf Tonbänder aufnahm. Was er auch tat – er spürte leibhaftig die Gegenwart von Nuki-na-mu. Und wenn ein Windstoß über seinen Nacken strich, dehnte er sich wohlig, als hätten ihre Lippen über seinen Rücken getastet.

Mit regelrechter Angst wartete Finley auf Helens Rückkehr. Als sie dann kam mit ihren im Wind flatternden blonden Haaren, in engen Shorts und fast durchsichtiger Bluse, die deutlich erkennen ließ, daß sie keinen BH trug – da hatte er, als sie ihm entgegenlief und ihn wie einen Bruder auf die Wange küßte, keinen Mut mehr, ihr zu sagen: Ich liebe eine Frau auf Honolulu.

Später, dachte er. Später . . . da wird sich bestimmt eine Gelegenheit ergeben. Sie freut sich jetzt so, da kann ich ihr doch nicht eine Ohrfeige versetzen . . .

Dr. Clark, der ebenfalls mit dem Delphinschiff zurückkam, setzte sich am Abend zu Finley auf die Terrasse des Clubhauses der Navy-Offiziere und spendierte einen Drink, eine Blue Lady. Helen war noch bei den Delphinen am Bassin; sie beschäftigte sich mit Jimmy und Harry. Die beiden »Chefs« hatten Hervorragendes geleistet: Sie waren zwei Tage und Nächte allein im Pazifik gewesen und hatten ein weites Umfeld abgesucht. Captain Hugh Yenkins hatte am zweiten Tag gesagt: »Die sehen wir nie wieder, Helen. Die sind weg. Wenn die ein Delphinweib erwischt haben . . .«

»Genau das ist der Unterschied zwischen Mensch und Delphin, Hugh«, hatte Helen geantwortet. »Ihr Menschenmänner dreht bei einer Frau durch – aber Harry und Jimmy werden wiederkommen!«

Und sie kamen wieder. Als Helen und Clark an die Auswertung

ihrer umgeschnallten elektronischen Aufzeichnungsgeräte gingen, war ein sofortiges Funkgespräch mit Admiral Crown nötig. Wegen der sowjetischen Primorje wurde es durch einen Zerhacker gejagt und bei Crown wieder zusammengesetzt.

»Etwa hundert Seemeilen vom Sperrgürtel entfernt liegen sowjetische U-Boote«, sagte Clark mit vor Erregung vibrierender Stimme. »Jimmy und Harry haben ihre Geräusche aufgenommen. Es ist eindeutig. Sir, damit ist bewiesen, daß eine Delphinüberwachung ungleich sicherer und präziser ist als jede elektronische Messung.«

»Wenn's stimmt, Dr. Clark«, brummte Crown.

»Sie werden es morgen selbst hören, Sir.«

»Und wo sind die U-Boote?«

»Wir wissen nur: hundert Seemeilen außerhalb der Sperre. Den genauen Standpunkt kennen wir noch nicht.«

»Aha!« rief Crown, froh, einen Fehler zu finden.

»Was heißt aha? Unsere Sicherung und Aufklärung hat nicht mal das vorzuweisen. Wir wissen jetzt, daß ungebetene Gäste in der Nähe sind.«

»Aber wo?«

»In südöstlicher Richtung.«

»So grandios dumm kann nur ein Nichtseemann antworten. Südost auf dem Pazifik, das ist ein Sechstel der Erdkugel!«

»Wir schicken Harry und Jimmy noch einmal hinaus mit einem Positionsmelder«, hatte Clark da kurz gesagt; er wollte mit dem streitbaren Crown nicht diskutieren. »Das wird nächste Woche geschehen, Sir. Bis dahin kann ja die Navy ihre Kunst zeigen.«

Nun saß Clark also mit Finley auf der Terrasse des Offiziers-Clubs und schlürfte seine Blue Lady.

»Am Sonntag bin ich dran mit Waikiki-Urlaub«, sagte er. »Ich werde surfen, daß sich die Masten biegen! Wie war's bei dir, James?«

»Still«, antwortete Finley verschlossen.

»Kein Hula-Mädchen mit rotierendem Unterteil?«

»Das sind eure einzigen Gedanken, was?«

»Ich war in meinem Leben zweimal privat in Honolulu. Einmal

bin ich rund um die Insel gefahren und kreuz und quer durchs Land, von den Waimea-Fällen bis zu den unendlichen Ananasfeldern von Dole. Beim zweitenmal kam ich nur bis zur Bar des Imperial Hawaii und ins Bett von Zimmer 645. Da wohnte Leslie Austin, eine Rothaarige mit 102 Oberweite.« Clark schnalzte mit der Zunge. »Das feuerrote Haar auf meiner schwarzen Haut, das war vielleicht ein Anblick...«

»Bist du endlich fertig?« fragte Finley säuerlich. »Flieg nach Waikiki und mime dort den schwarzen Bullen. Eure Weibergeschichten sind zum Kotzen!«

Er wollte aufstehen, aber Clark hielt ihn am Arm fest.

»Vorbei, James! Was Dienstliches: Jimmy und Harry haben draußen sowjetische U-Boote entdeckt. Versteckt auf 200 Meter Tiefe. Nur die genaue Position haben wir noch nicht. Das wird deine Aufgabe sein. Ihr fahrt am Montag wieder hinaus. Ich werde an euch denken, selbst wenn ich in weichen Armen liege.«

»Und Helen? Fliegt sie mit? Sie hat doch längst Urlaub zu beanspruchen.«

»Sie will nicht. Außerdem ist Rawlings der Ansicht, daß sie nicht präsentiert werden sollte.«

»Noch immer Spionenangst?« Finley lächelte breit, als er Clarks ernstes Gesicht sah. »Das ist für euch zu einem Trauma geworden, nicht wahr?«

»Diese Wake-Insel liegt voll im Visier der Sowjets. Die U-Boote da draußen, das Nachrichtenschiff – ich wette jede Summe, daß man auf der anderen Seite alle unsere Namen kennt und auf einen Schwachpunkt bei uns lauert. Denk an den Überfall auf meinen Transporter. Die Delphine geben ihnen Rätsel auf...« Clark musterte Dr. Finley verstohlen. »James, was hast du die ganze Woche über in Waikiki getrieben?«

»Gefaulenzt und gesoffen. Und von Helen geträumt. Ist das nicht genug?«

»Du hast nicht irgendwelche Zufallsbekanntschaften gemacht?«

»Zufallsbekanntschaften? Nein!« Finley blickte an Clark vorbei über die im Abendrot unsagbar schöne Lagune. Nuki-na-mu ist keine Zufallsbekanntschaft, dachte er. Sie ist ein Schicksal. Mein

Schicksal . . . Aber was geht das dich an, David Abraham? Laut sagte er: »Du weißt doch – ich bin wie ein Einsiedlerkrebs.«

Die Auswertung im Computerraum ergab tatsächlich, daß Harry und Jimmy einwandfrei U-Boote geortet hatten. Die von der Elektronik gespeicherten Geräusche waren deutlich – man hörte sogar das Hämmern, als irgendwo im Boot etwas repariert wurde. Dann klirrte es scheppernd – das war, als dem Koch von »Charlie« ein Tablett mit Geschirr aus der Hand rutschte und alles zerschellte. Jakowlew hatte getobt; im Ernstfall war das der Tod des U-Bootes. Trotz vieler Eingaben begriff er nicht, warum man in Moskau nicht einsehen wollte, daß alle U-Boote mit lautlosem Plastikgeschirr ausgerüstet werden mußten. Auch die Offiziersmesse!

Admiral Crown war wie elektrisiert. »Die greifen wir uns, Jungs!« rief er und schlug die Fäuste gegeneinander. »Sie sind zwar im internationalen Gewässer, aber wir zeigen ihnen mal, daß wir keine blinden Arschlöcher sind. Wir lassen sie etwas schaukeln . . .«

»Warten Sie ab, Sir, bis sie vor der Insel sind!« sagte Clark laut, und alle starrten ihn an. »Sie liegen nicht da draußen, um zu schlafen. Sie werden kommen. Sie ahnen ja nicht, daß wir sie haben. Und sobald sie dann hier sind, ist das Recht, sie zu vernichten, auf unserer Seite.« Er sah Crown groß an. »Sir, es wäre falsch, ihnen jetzt schon zu zeigen, daß wir sie kennen! Machen wir es einmal den Russen nach: Zeit haben. Warten können. Und dann plötzlich zur Stelle sein.«

Man beschloß, so zu handeln und am Montag die neuen Delphinkompanien zur genauen Positionsbestimmung der U-Boote hinauszuschicken. Helen, Dr. Finley und Rawlings begleiteten als Wissenschaftler den Einsatz.

Am Sonntag flog Dr. Clark mit 81 anderen Urlaubern in einem Jumbo hinüber nach Oahu. Nach Pearl Harbour, Honolulu und Waikiki.

Im Surfrider-Hotel, direkt am Strand, hatte Nuki-na-mu ihr Zimmer 376 schon bezogen. Tulajew saß wieder als harmloser Tourist in der Hotelhalle, mit breit gestreifter Hose und buntem Hemd ganz Amerikaner, und las in den »Honolulu News«.

Als Clark das Hotel betrat und dem Portier den Schlüssel seines

Leihwagens zuwarf, erhob sich Tulajew lässig und ging zu einer Telefonkabine.

»Er ist da!« sagte er zu Nuki-na-mu. »Lang wie ein Basketball-Spieler. Er bewegt sich wie du – wie ein Tier!«

Ehe Nuki-na-mu eine Antwort darauf fand, hängte Tulajew ein.

In seinem Zimmer warf Clark die Reisetasche aufs Bett und ging sofort zum Telefon. Er wählte eine lange Nummer, zog während des Wartens sein Hemd über den Kopf und massierte sich den glänzenden schwarzen Körper. Endlich meldete sich der Teilnehmer.

»Hat aber lange gedauert«, sagte Clark tadelnd. »Hier ist Urväterchen.«

»Hast du mal auf die Uhr geguckt, du Stammeshäuptling?« sagte die andere Stimme. »Bei uns ist jetzt ...«

»Deck die Uhr ab! Bei mir ist etwas ganz anderes. Hier im Hotel sitzt, ganz Amerikaner, Kaugummi zwischen den Zähnen, der liebe Leonid Fedorowitsch Tulajew.«

»Nein!«

»Jetzt guck wieder auf die Uhr: Würde ich dich sonst um diese Zeit anrufen?«

»Tulajew in Waikiki! Moskau muß gut bezahlen, wenn er sich solchen Urlaub leisten kann. Was willst du tun, Urväterchen?«

»Ich werde eine Woche lang richtig fröhlich sein!« sagte David Abraham und legte auf.

14

Es geschah alles wie geplant: Auf ihrem Surfbrett kippte Nuki-na-mu um, als Clark gerade in zügiger Fahrt vor dem Wind an ihr vorbeisegelte. Sie stieß einen spitzen Schrei aus, klatschte ins Wasser und schlug um sich. Clark hechtete sofort von seinem Brett aus zu Hilfe, und als er Nuki-na-mu gepackt hatte, verlor sie ihren Bikini-BH, und Clark griff notgedrungen in die Vollen.

Es dauerte eine Zeit, bis sie ihr Brett wieder aufgerichtet hatten und Nuki-na-mu sicher am Mast stand. Das Bikini-Oberteil trieb irgendwo in den Wellen, aber Clark bedauerte das angesichts der geradezu künstlerischen Schönheit dieses Körpers keineswegs. Er brachte sein Brett wieder in Fahrt, manövrierte es geschickt an die Seite der bewundernswerten Frau und rief zu ihr hinüber:

»Heute abend um neun Uhr an der Bar! Ich verzichte nicht auf meinen Lebensretter-Lohn!«

Nuki-na-mu lachte hell, winkte zurück und ließ sich wegtreiben. Clark wußte nicht, ob das Ja oder Nein bedeuten sollte – er war sich nur darüber klar, daß er selten eine so faszinierende Frau gesehen hatte. Die Mischung aus Polynesien und China hatte ein Zaubergewächs hervorgebracht. In seinen Handflächen spürte Clark noch die festen Wölbungen ihrer Brust.

Um neun Uhr abends kam sie wirklich an die Bar. In einem atemberaubenden engen Seidenkleid, das wie ein Blütenregen über sie fiel. Wenn das Finley sähe, dachte Clark für einen kurzen Augenblick, würde auch er nicht mehr von seinen Delphinen sprechen.

Er küßte Nuki-na-mu die Hand, bestellte zur Begrüßung Champagner und war vor allem selig, daß sie keine Vorurteile wegen seiner schwarzen Haut hatte. Auch sie war ja eine »Farbige«, um mit dem Hochmut der Weißen zu sprechen.

Bis dahin lief alles, wie Tulajew es sich ausgedacht hatte. Doch dann erzählte Clark, er sei ein Tiefbau-Ingenieur aus Memphis und deshalb nach Honolulu gekommen, weil seine Firma eine neue Straße hinauf zum Berg Puu Kapu baue. Eine schluchtenreiche Sache, wie er erklärte, mit vielen Brückchen; da gäbe es eine Masse zu berechnen. Er habe, wenn man das richtig einschätze, noch über ein Jahr auf Oahu zu tun. Es könnte allerdings auch sein, daß es länger dauere, denn da sei noch ein Projekt in Pearl Harbour, für die US-Army, im Fort-Kamehameha-Distrikt, in der Nähe des Army-Golfplatzes, im Gespräch – der Auftrag sei jedoch noch nicht endgültig erteilt.

Angesichts dieser Erklärung saß Nuki-na-mu zunächst auf dem Trockenen. Sie hatte vieles erwartet, nur das nicht, daß Clark seine Umgebung mit Lügen pflasterte. Dabei durfte sie nicht einmal zeigen, daß sie ihn durchschaute; vielmehr mußte sie die Erzählungen Clarks vorläufig schlucken und so tun, als seien sie helle Wahrheit.

»Sie sehen«, sagte Clark forsch, »zumindest eine Zeitlang bin ich Honolulu treu. Dagegen wird Ihr Urlaub bald herum sein, Miß ...«

»Ich heiße Nona Kaloa«, sagte sie; es war einer ihrer vielen erfundenen Namen. »Mein Vater – er war Chinese – nannte mich aber auch Li Yaou.«

»Was ist Ihnen lieber als Anrede?«

»Was Ihnen gefällt, Mister ...«

»Clark! Und jetzt kommt es knüppeldick: David Abraham!« Clark grinste breit. »Bis zu meinem fünfundzwanzigsten Lebensjahr habe ich meinem Vater das sehr übelgenommen. Er war Küster in unserer Kirche in Memphis, sang außerdem im Kirchenchor mit – zweiter Baß –, sammelte für ein Gemeindekinderheim und träumte sein ganzes Leben davon, in den Himmel zu kommen. Mein Name David Abraham sollte ihm dabei helfen ...«

»Und ist er in den Himmel gekommen?«

»Sicherlich. Er kann ja von dort keine Nachricht geben, aber wir alle glauben es. Als er starb, war ich fünfundzwanzig, und da erkannte ich, daß ich ihm nicht mehr grollen durfte.«

»Ich finde Abraham wundervoll«, sagte Nuki-na-mu und schoß einen Blick ab, den Clark stehend nur deshalb überlebte, weil er an der Bartheke lehnte. »Wie nennen wir uns also?«

»Ich sage Nona zu Ihnen.«

»Und ich Abi, einverstanden?«

»Ich nehme von Ihnen jeden Namen an, Nona. Was machen wir jetzt?«

»Etwas ganz Verrücktes, Abi!«

»Dafür ist Clark immer gut. Fahren wir hinaus nach Chinatown und essen im ›Haus der tausend Düfte‹.«

»Jetzt noch?«

»Die Nacht fängt ja erst an, Nona!«

»In Chinatown müssen Sie mich Li Yaou nennen.«

»Abgemacht. Aber es kann sein, daß mir bis Chinatown noch ein anderer Name einfällt, der mit Darling beginnt ...«

Es war klar, daß Clark die Morgensonne nicht in seinem Zimmer

392, sondern im Zimmer 376 erlebte. Es war ein Erwachen, wie es schöner nicht sein konnte: Nona Kaloa lag wie im Paradies neben ihm, und wie im Paradies fühlte sich auch Clark. Was ihm nicht gefiel, war der bleischwere Kopf, den er hatte, und das Gefühl, in seinen Hirnadern flösse Sirup.

Er erinnerte sich, daß er in Nonas Arme gestürzt war wie in einen Vulkan – aber dann setzte seine Erinnerung aus. Ich muß das verdammte Saufen lassen, dachte er. Dieser chinesische Schnaps, die Hölle ist er. Da hat man die schönste Frau der Welt neben sich und schläft, bis zur Zunge besoffen. Ist das eine Schande!

Nuki-na-mus Niederlage war vollkommen. Auch als der Betäubungstrank wirkte und Clark in ihren Armen einschlief, konnte sie im Sinne ihres Auftrags keinen Erfolg verbuchen. Seine Anzugtaschen gaben keine Geheimnisse her, in seiner Reisetasche war nur Urlaubsgepäck. Sie kontrollierte alles gründlich, aber es gab nichts, was man Tulajew hätte melden können.

Noch sechs Tage und Nächte, dachte Nuki-na-mu und betrachtete Clarks schwarzen, glänzenden Körper. Er war sehniger als Finley, größer, knochiger. Finley war muskulöser, stärker. Noch sechs Tage . . . es mußte doch möglich sein, Clark mürbe zu machen.

Sie duschte sich heiß und dann kalt und legte sich wieder an Clarks Seite auf das Bett. Welch ein Mistleben, dachte sie. Nur immer das eine . . . Man sollte jedem Mann hinterher die Kehle durchschneiden.

Die Tage und Nächte vergingen – und Clark blieb nach wie vor dabei, Tiefbau-Ingenieur aus Memphis zu sein und auf Oahu eine Straße in die Berge zu bauen. Es gab trotz vieler Kreuz- und Quergespräche keine Möglichkeit, ihm etwas anderes zu entlocken. Eine totale Niederlage!

Aber Dr. Clark war, als er am Sonntag wieder zurück nach Wake flog, voller Erinnerungen an Nona Kaloa. Er hinterließ ihr einen Brief, in dem er schrieb, daß dringende Geschäfte – man habe ihn heute nacht angerufen – seine Anwesenheit in San Francisco erforderten. Er komme aber bestimmt zurück. »Gib dem Portier einen Brief«, schrieb Clark, »und teile mir mit, wo ich dich immer erreichen kann. Ich liebe dich. Unsere Trennung ist nur eine kleine zeitliche

Unterbrechung, mehr nicht. Ich würde sehr traurig sein, wenn bei meiner Rückkehr nichts mehr von dir vorhanden wäre, keine Adresse, kein Bild, kein Gruß...«

Mit diesem Brief ging Nuki-na-mu alias Nona Kaloa zu Tulajew ins Hawaiian Regent. Er erwartete sie auf einer Bank in dem blühenden Innenhof des Hotels und verzichtete darauf, ein Gentleman zu sein, als sie vor ihm stand. Er erhob sich nicht von der Bank und gab ihr auch nicht die Hand.

»Bitte!« sagte sie knapp und hielt ihm den Brief hin. Tulajew nahm ihn und steckte ihn ungelesen in seine Rocktasche.

»Ich habe dich überschätzt«, sagte er böse. Nuki-na-mu warf den herrlichen Kopf zurück.

»Auch im Bett gibt es Grenzen.« Ihr schöner Mund verzog sich bitter. »Im übrigen ekelt mich das alles an.«

»Auf einmal?«

»Schon immer!« fauchte sie wie eine gereizte Katze.

»Unser Geschäft kennt kein Gewissen, keinen Ekel, keine Skrupel, keine Gefühle«, sagte Tulajew ruhig. »Du hattest nichts anderes in das Geschäft einzubringen als deinen Körper. Wir haben diese Zusammenarbeit akzeptiert. Was also soll das Gerede?«

»Ich will raus aus diesem Geschäft.«

»Nur ein toter Agent hat seinen Vertrag gelöst.«

Sie starrte Tulajew an und trat einen Schritt zurück. »Ist das eine Drohung?«

»Aber nein.« Tulajew lächelte mild. »Nur eine Lebenshilfe.«

»Ich mache nicht mehr mit.«

»Angenommen, man nimmt das hin – wovon willst du leben?«

»Es gibt tausend Möglichkeiten, satt zu werden!«

»Du könntest eine Luxushure werden...«

»Zum Beispiel!«

»Was wäre dann anders, als es jetzt schon ist? Ob du pauschal über mich kassierst oder ob du jeden Abend von den einzelnen Kunden Geld bekommst – ist da ein Unterschied?« Tulajew lehnte sich auf der Bank zurück und blickte hinauf in den Sternenhimmel. Von anderen Mädchen, die sich mit den Urlaubern von Wake beschäftigt hatten, wußte er inzwischen, daß die großen Betonkästen, die man auf den Satellitenfotos gesehen hatte, moderne U-Boot-Bunker waren, die man im Meer versenken konnte. Damit war es den Amerikanern möglich, überall heimlich Stationen zu errichten und U-Boote über weite Räume hinweg ohne Nachschubsorgen oder Reparaturprobleme operieren zu lassen. Es waren unterseeische Inseln . . . Diese Information war ein Erfolg Tulajews, den man in Moskau gebührend würdigte. Aus der KGB-Zentrale kam die Nachricht, daß man erwäge, Tulajew zum Oberstleutnant zu ernennen.

Aber vieles andere war noch zu klären.

»In ein paar Wochen wird Dr. Finley wiederkommen, nehme ich an«, sagte Tulajew zu Nuki-na-mu.

»Vielleicht in acht Wochen«, antwortete sie widerwillig.

»Beim zweitenmal wird er weicher sein. Jeder Mann, den du umarmt hast, ist vergiftet. Auch Finley wird in diesen acht Wochen von dem Gift zerfressen werden und dann alles beantworten, was wir wissen wollen. Warten wir so lange, Nuki. Du brauchst noch einen großen Erfolg, um aussteigen zu können . . .«

Nach sechs Wochen geduldigen Wartens hielt Jakowlew die Zeit für reif, um einen neuen Einsatz seiner sowjetischen »Hechte« zu wagen.

Von Admiral Prassolow hatte er die Nachricht bekommen, daß die Amerikaner auf der Wake-Insel neuentwickelte Unterwasserbunker für Unterseeboote montiert hätten und daß der Verdacht bestünde, man wolle diese Unterseestationen im Sperrgebiet um Wake ausprobieren.

»Wenn sie gekoppelt sind mit elektronischen Horchgeräten«, sagte Prassolow über Funk, »könnten uns diese Bunker sehr zu schaffen machen. Wir wissen auch nicht, wie sie versorgt werden sollen, man will das offenbar jetzt erproben. Sie sollten an diesen Übungen teilnehmen, Iwan Victorowitsch.«

»Ich werde mich darum kümmern, Genosse Admiral«, antwortete Jakowlew.

In der Nacht nach diesem Gespräch tauchten die drei sowjetischen Boote zum erstenmal wieder auf, luden die Batterien nach, lüfteten die Bootskörper. Die Mannschaften sogen ein paar Stunden die herbe frische Seeluft in die Lungen, und Jakowlew hielt mit den Offizieren eine Einsatzbesprechung auf seinem Riesenboot Delta II.

»Es hat wenig Sinn«, sagte er, »von weitem zu beobachten. Wir müssen einen Stützpunkt an Land haben. Es kommt Ihre Stunde, Konstantin Petrowitsch Loginow.«

Leutnant Loginow, in Leningrad für diesen Einsatz ausgebildet, straffte sich im Sitzen. Er hatte blonde Haare, ein Jungengesicht und sprach ein amerikanisches Englisch. Man glaubte ihm sofort, daß er aus Hutchinson im Staate Minnesota stammte. Er war auch im Besitz eines Kampfschwimmeranzuges der US Navy und ausgestattet mit amerikanischen Militärpapieren.

»Wir werden Sie so weit wie möglich mit einem ›Hecht‹ in Landnähe bringen und dann absetzen. Studieren Sie genau die Karte, Konstantin Petrowitsch.« Jakowlew reichte ihm eine Spezialkarte der Insel Wake, die von der zentralen Luftaufklärung in Moskau angefertigt worden war. »Sie sehen, so klein ist die Insel gar nicht. Sie besteht aus vier Teilen, eingebettet in einen Korallenriff-Ring. Es gibt nur einen Eingang: zwischen der Hauptinsel und Wilkes Island. Nur hier kommt man in die große Lagune. Auf der anderen Seite der Lagune liegt Peal Island, geschützt durch ein breites Riff. Völlig einsam ist der Toki Point: Palmenwald, Strand, verfilzte Büsche. Hier wäre die beste Stelle für Sie, Leutnant Loginow.« Jakowlew blickte von der Karte hoch. »Sie müssen über das breite Riff.«

»Es wird möglich sein, Genosse Kommandant«, sagte Loginow ohne Zögern.

»Sie fühlen sich sehr sicher auf ihrer Insel, die Amerikaner.« Jakowlew deutete ein spöttisches Lächeln an. »Da alles, was auf Wake landet, mit dem Schiff oder dem Flugzeug kommt, also genau geprüft wird, entfallen innerhalb der Insel die Kontrollen. Wer also einmal auf Wake ist, wird als okay betrachtet. Deshalb, Konstantin Petrowitsch, werden Sie es leicht haben, unterzutauchen. Jeder kann dort nicht jeden kennen. Da ist die Navy, die Air Force, da sind die ›Ledernacken‹ und die Techniker, die Ingenieure und Wissenschaftler – unter all diesen Menschen fallen Sie nicht auf.« Jakowlew blickte auf seine dicke Armbanduhr. »In vier Stunden laufen wir auf Wake zu. Auf die Posten, Genossen!«

Mit dem Anbruch des Morgens tauchten die drei sowjetischen U-Boote wieder weg und gingen auf Tiefe. Dort trennten sie sich. Jakowlew mit seiner riesigen Delta II blieb in der Mitte, während Leutnant Loginow und neun andere junge Offiziere ihre »Hechte« im Leib von »Charlie« klarmachten. Nicht weit daneben schlich sich, nur zum Schutz eingesetzt, »Victor« durch die Tiefe, die Torpedorohre gefechtsklar und geladen mit den sich selbst lenkenden neuen, dem Westen noch unbekannten Torpedos.

Nach zwei Stunden Schleichfahrt erreichten sie die Sperrgrenze um Wake. Die Sonare in den Stahlröhren registrierten die amerikanischen Wachschiffe: Zwei Zerstörer, zwei Fregatten und drei Schnellboote kreuzten an dieser Stelle im Pazifik.

Aber auch Captain Yenkins war da, und mit ihm Dr. Finley, Ted Farrow und zwei andere Zoologen. Im Meer schwammen drei Delphinkompanien, weit auseinandergezogen, unter dem Kommando von Harry, Ronny und Bobby. Das »Mutterschiff« dümpelte mit abgeschalteten Motoren auf der Stelle, etwas gebremst durch einen schweren Treibanker.

Im Computerraum wurden die elektronischen Zeichen der Delphine aufgenommen und entschlüsselt. Sie meldeten Ruhe im Meer. Die elektronischen Impulskurven waren gleichförmig wie ein gesunder Herzschlag.

Das änderte sich gegen Morgen. Delphine aus der Kompanie von Harry erkannten einen großen Gegenstand. Dann war es Harry selbst, der genaue Daten durchgab. Wie er es gelernt hatte, umschwamm er, eng an dem Stahl vorbeischwimmend, den Gegenstand und maß ihn damit aus. Im Computer erschien flimmernd der gedrungene Grundriß eines U-Bootes.

»Verdammt! Ein ›Charlie‹!« sagte der Elektronikoffizier und starrte auf das Bild. »Wenn wir den an die Luft bekämen, erhalten wir alle den höchsten Orden!«

Zu den Wachbooten und zu Admiral Crown, der um diese Zeit noch im Bett lag, ging der Ruf: »Sie kommen!«

Im Computerraum versammelte sich alles, was abkömmlich war.

Es war eine Freude zu sehen, wie exakt die Delphine arbeiteten. In über 200 Meter Tiefe umschwammen sie das ahnungslose U-Boot, das sich fast lautlos anschlich. Fast lautlos, denn jedes Vibrieren des Stahlkörpers, das Rauschen an den offenen Flutöffnungen unter der getrennten Decksverkleidung, das Summen des Motors – all das war für einen Delphin wie ein Donnern. Auch die hochsensiblen Geräte um ihren Hals nahmen die Geräusche auf und gaben sie weiter zum Mutterschiff.

»Wir lassen sie kommen!« befahl Admiral Crown über Funk. »Wir tun so, als wüßten wir von nichts.«

An die Wachflotte ging die Order, sich nicht zu rühren, sondern nur den Rückweg abzusperren. Vor der Einfahrt zur Lagune lagen drei US-Unterseeboote bereit, sofort loszupreschen und die Sowjets abzufangen. Auf der Rollbahn der Air-Basis standen gefechtsklar zehn Kampfhubschrauber mit Luft-Wasser-Raketen.

»Mut hat der Bursche«, sagte Admiral Crown zu seinen Offizieren im Befehlsraum. »Im Sperrgebiet hilft ihm keiner mehr – auch wenn da draußen die gesamte russische Ostasienflotte läge. Nur herein, mein Lieber, nur herein!«

Ahnungslos, sich völlig sicher fühlend, im eigenen Radar und Sonar nur Fischschwärme ertastend – es waren die Delphinkompanien von Harry und Ronny –, glitt die »Charlie« näher an Wake heran, schlug einen Bogen und fuhr zum großen Korallenriff und zum Toki Point. Die amerikanischen Offiziere an den Bildschirmen sahen sich verblüfft an.

»Was will er denn da?« fragte auch Admiral Crown ärgerlich. Man hatte damit gerechnet, daß er sich an Wilkes Island heranschleichen würde, um die Fahrtrinne zu erforschen. »Wollen sie Korallen sammeln? Da ist doch nichts!«

Die Kompanie von Ronny setzte sich jetzt ab und schwamm zurück. Nur Harry umkreiste mit seinen sieben Delphinen das sowjetische U-Boot; sie zeichneten damit den Weg auf.

Plötzlich stand das Boot, die Elektronikzeichner bekamen wilde Zacken. Es waren die Minuten, in denen drei »Hechte« ausstoßbereit gemacht wurden. Im dritten »Hecht« saß Leutnant Loginow in seinem amerikanischen Kampfschwimmeranzug.

»Was ist denn jetzt los?« fragte Crown verunsichert. »Sie liegen da und tun irgend etwas. Jetzt müßte man mit den Delphinen einen Sprechfunk haben...«

»Finley hat ihn mit Harry. Warten Sie nur ab, Sir.« Dr. Rawlings, der auf der Insel neben Crown im Befehlsbunker saß, wartete auf die Durchgabe von Finley. Wenig später flimmerten neue Zeichen über den Computerschirm. »Da haben wir's!« Rawlings zeigte auf ein paar wegschießende fadendünne Gebilde. »Der große Hai spukt Junge aus... Bravo, Harry! Es sind jetzt drei Mini-Boote unterwegs, sie nehmen Kurs auf das Korallenriff.«

»Die Russen haben einen Stich!« rief Crown fassungslos. »Von dieser Seite ist Wake so sicher, als läge es auf dem Mond.«

Der nächste Befehl ging zu Colonel Thomas Hall. Mit seiner Spezialtruppe S II-A, einer Elite der Marine-Infanterie, stand er abfahrbereit neben den Jeeps und den kleinen wendigen Raketenwagen.

»Verrückt!« sagte auch er, als er im Sprechgerät Crowns Befehl hörte. »Beim Toki Point? Von der Seeseite aus? Da geht doch gar nichts...«

Die kleine Sondertruppe raste los.

Auf den Monitoren der Computer sah man, daß sich die Delphine wieder geteilt hatten. Vier umschwammen das still liegende U-Boot, drei mischten sich unter die Mini-Boote – und plötzlich war es nur noch Harry, der weiterschwamm und Alarmsignale gab.

Es war der Augenblick, in dem Leutnant Loginow aus dem Mini-Boot glitt und mit kräftigen Stößen seiner Schwimmflossen der schäumenden Brandung an dem Korallenriff entgegenschwamm.

Im Computerbild sah das so aus: Harry schwamm hinter irgendetwas her, das extrem klein sein mußte.

»Man sollte es nicht für möglich halten!« sagte Rawlings im Kontrollraum mit belegter Stimme. »Es sieht fast so aus, als versuche da einer zur Insel zu schwimmen.«

Im gleichen Augenblick tönte aus dem Lautsprecher Finleys

aufgeregte Stimme. »Harry meldet und verfolgt einen Schwimmer! Achtung – werde ich gehört? Ein Schwimmer will durch das Korallenriff an Land kommen!«

»Alles, was recht ist.« Admiral Crown holte tief Luft. »Der Junge hat Mut.« Er griff zum Funkgerät und rief Colonel Hall: »Tom, es kommt einer an Land. Tatsächlich beim Toki Point. Laß ihn durch, laß ihn landen. Den Burschen möchte ich sprechen!«

»Verstanden, Sir.« Colonel Hall schien auf seine Uhr zu blicken. »Schaffen wir es noch?«

»Wie lange braucht ihr von da zum Point?«

»Sicherlich zwanzig Minuten.«

»Tretet das Gas durch, Jungs!«

»Davon wird der Weg nicht besser, Sir.«

»So lange wird der Schwimmer bestimmt brauchen, bis er die Korallenbarriere überwunden hat«, sagte Dr. Rawlings. »Na ... was ist denn das?«

»Was denn?« rief Crown aufgeregt.

»Harry ... sehen Sie doch ... Harry ...«

»Zum Satan, was ist mit Harry? Ich sehe nur Geflimmer«, brüllte Crown.

»Das ist es ja! Mit Harry ist was los!«

Vom Schiff hallte wieder Finleys Stimme im Lautsprecher: »Kontakt mit Harry abgebrochen. Es scheint so, als habe Harry die Instrumente vom Hals verloren.«

»Scheiße!« Admiral Crown wischte sich den Schweiß aus dem Gesicht. »Wie beim Pferderennen: Kurz vor dem Ziel muß der erste Gaul plötzlich pinkeln! Was ist los mit Harry, Dr. Finley?«

»Keine Ahnung, Sir.« Finleys Stimme zitterte deutlich. »Noch nicht, Sir ...«

Harry hatte keineswegs die Instrumente verloren – es war viel schlimmer!

Gewissenhaft, wie er es gelernt hatte, umkreiste der Delphin den sowjetischen Leutnant Loginow, nachdem dieser den »Hecht« verlassen hatte. Und Harrys Erfahrung, seine Klugheit und seine Zuneigung zu den Menschen sagten ihm auch: Durch die Brandung an den Korallenriffen kommt er nicht durch. Dieser Mensch schwimmt in sein Verderben. Man muß ihn davon abhalten, man muß ihn retten! Für Harry war dieser Mensch kein Feind, sondern etwas, das er beobachten sollte und das jetzt einer großen Gefahr entgegenschwamm. Und sein Delphinhirn signalisierte: Das mußt du verhindern. Hier mußt du helfen!

Er schoß wie ein Torpedo an Loginow vorbei, schlug einen Haken und legte sich ihm in den Weg, quer zu der mächtigen Brandung. Dabei hob er den Kopf und stieß helle Warnlaute aus.

Loginow sah das völlig anders. Ihm gegenüber war ein Riesenfisch, und dieser Fisch warf sich in seine Bahn, drehte sich jetzt sogar und schoß wieder auf ihn zu. Die Schnabelschnauze zischte ihm entgegen wie ein langer Torpedozünder.

Es war Harrys letzte, verzweifelte Attacke. Bevor der Mensch gegen die Korallen geschleudert wurde, wollte er unter ihn schwimmen und ihn mit seinem Rücken hoch aus dem Wasser drücken und wegschleudern von der Gefahr.

Leutnant Loginow reagierte nun seinerseits so, wie er es in der Kampfschwimmerschule am Schwarzen Meer gelernt hatte. Er zog seine Druckluftharpune, die wie eine Maschinenpistole aussah, aus dem Gürtel, und als Harry unter ihm wegtauchen wollte, drückte er ab. Der stählerne Pfeil mit den Widerhaken traf genau in die Nackenwirbel und tötete Harry auf der Stelle. Viermal zuckte er noch wild, seine Muskeln schleuderten ihn das letztemal hoch aus dem Meer – dann klatschte er in die Wellen und wurde in der Brandung hin und her geworfen.

Loginow schwamm weiter. Die sowjetischen Spezialkarten des Riffs waren vorzüglich; es gab einen ganz schmalen Durchgang, passierbar für Fische oder für einen darauf trainierten Menschen. Trotzdem dauerte es über zwanzig Minuten, bis Loginow die Brandung durchschwommen hatte und in das seichtere, ruhige Wasser der Lagune glitt. Hier blieb er eine Weile bewegungslos liegen, holte tief Luft und sammelte neue Kräfte.

Die Sondertruppe mit Colonel Hall lag inzwischen versteckt im Palmenwald und beobachtete den einsamen Schwimmer. »Das hat jeder für unmöglich gehalten«, flüsterte Hall zu dem Master-Sergeant, der neben ihm flach auf dem Bauch lag. »Da sieht man's wieder: Man kann alles überwinden. Diesen Trick muß mir der Bursche erzählen.«

Loginow hatte sich nach wenigen Minuten gut erholt. Mit kräftigen Stößen schwamm er durch die Lagune und richtete sich dann auf, als das Wasser nur noch brusttief war. Mit jedem Schritt wuchs er mehr aus dem Meer.

»So eine Frechheit«, flüsterte Hall und knirschte mit den Zähnen. »Er trägt einen von unseren Schwimmanzügen. Na warte, Junge! Nur näher ... immer näher ... Gleich haben wir dich ...«

Leutnant Loginow betrat die Wake-Insel, schnallte die Schwimmflossen von den Füßen und zog die dichte Gummihaube vom Kopf. Sein blondes Haar leuchtete in der Morgensonne.

Colonell Hall stieß den Signalpfiff aus. Hinter den Palmen und aus den Büschen sprangen die Marine-Infanteristen hervor, und der Master-Sergeant, mit einer Donnerstimme gesegnet, brüllte: »Hands up!«

Loginow stand einen Augenblick wie erstarrt. Ihm war das alles unbegreiflich. Einfach unbegreiflich, daß man auf Wake wußte, wo er landen würde und daß er überhaupt kam. Völlig klar aber war ihm seine Lage: Es gab kein Zurück mehr durch Lagune und Korallenriff!

Colonell Hall kam langsam auf ihn zu. Neben ihm sicherten vier Mann mit Maschinenpistolen. Loginow lächelte still, griff in seinen Gürtel, holte die »Notverpflegung«, wie es Jakowlew nannte, hervor: eine kleine, gläserne Kapsel. Schnell steckte er sie in den Mund.

Hall machte drei riesige Sätze auf ihn zu, riß ihn um und drückte mit aller Kraft seiner Hände die Kiefer Loginows auseinander.

Es war schon zu spät. Der Bittermandelgeruch schlug Hall entgegen. Unter seinem Griff zuckte der Leutnant noch dreimal, aber die Augen waren schon verdreht, und die Zunge wurde blau.

»So eine Scheiße!« schrie Hall und richtete sich auf. »Wer denkt daran, daß sie Zyankali mitschleppen?! Hätten wir ihn doch bloß in die Arme geschossen! O Gott, wird Crown toben ...«

Er zuckte zusammen: Vom Meer her dröhnten Explosionen. Die Jagdhubschrauber flatterten vom Flugplatz hoch und schwirrten davon. Admiral Crown hatte die Jagd freigegeben, als die Computer meldeten: Die U-Boote ziehen sich zurück, die kleinen Miniboote schießen davon, das große Boot rauscht mit voller Fahrt zur Sperrgrenze...

»Jetzt drauf!« hatte Crown geschrien. »Wenn der Russe entkommt, ist das eine Blamage, die uns alle stinken läßt!«

Mit vollen 33 Knoten schoß die »Charlie«, das große Sowjetboot, aus der Gefahrenzone, ging auf fast 300 Meter Tiefe, ließ sich gewissermaßen in die Druckgrenze stürzen und entkam so dem ersten Wasserbombenteppich. Sternförmig rasten die Wachschiffe auf die Sowjets zu, aber noch bevor sie alle konzentriert eingreifen konnten, durchstieß das U-Boot die Grenze des Sperrgebiets. Jetzt – im internationalen Gewässer – hätte ein Angriff einen großen internationalen Konflikt provozieren können. Der Kommandant der kleinen Flotte meldete sich bei Crown.

»Sir, er ist durch. Was soll geschehen?«

»Drauf!« schrie Crown unbeherrscht, hochrot im Gesicht. »Drauf! Gibt eine Katze auf, wenn die Maus vom Wohnzimmer ins Schlafzimmer rennt?« Doch dann winkte er ab.

Die Hubschrauber, die Luft-Wasser-Raketen abfeuerbereit, kreisten außerhalb des Sperrgürtels und registrierten die Positionsangaben der Radargeräte. Aber es war zu spät, man konnte die Tatsache nicht wegwischen: Die Sowjets waren im freien Pazifik. Sie hätten jetzt sogar frech auftauchen können unter Hissung der sowjetischen Flagge – man hätte sie nur zähneknirschend fotografieren dürfen.

»Sir, wer verantwortet das?« fragte der Flottenkommandant ruhig.

Admiral Crown schwieg. Die Delphine, schneller als jedes U-Boot, umkreisten die »Charlie« und zeigten damit noch mehr die Ohnmacht der Amerikaner.

»Ich stinke!« sagte Crown heiser. »Wir alle stinken!«

»Im Ernstfall würde Ronny jetzt das Boot versenken.« Dr. Rawlings starrte auf die Computerbilder, die von den Delphinen gefunkt wurden. »Es wären von jeder Kompanie mindestens drei Delphine mit Magnetminen ausgerüstet, die man jetzt ankleben könnte. Wir haben diesen sowjetischen Angriff glänzend abgewehrt, Sir.«

»Das nennen Sie armseliger Zivilist glänzend?« stöhnte Crown.

»Wir haben zur Zeit keinen Krieg.«

»Keinen offiziellen!«

»Hoffentlich nie!« Dr. Rawlings drückte auf die Sprechtaste zum »Mutterschiff«. »Bravo, James! Das war hervorragende Arbeit. Unsere Burschen sind super. Gratuliere!«

»Danke, Steve.« Finleys Stimme klang wie zerstört: »Harry ist tot...«

Dr. Rawlings schluckte. Auch Crown hielt den Atem an. Das Flimmern auf dem Monitor – es war Harrys letztes Signal gewesen.

»Kommt zurück!« sagte Rawlings gepreßt.

»Ja, Steve. Aber erst holen wir Harry an Bord. Wir fahren hinüber zum Toki Point.«

Fünf Stunden später hatte man Harry unter großen Schwierigkeiten aus der Brandung des Korallenriffs geholt. Der Stahlpfeil stak noch tief in seinem Nacken.

Als er in einem Netz an Bord gezogen wurde, trat Finley in den Schatten der Brücke zurück und weinte. Niemand wagte ihn anzusehen, um nicht mitzuheulen. Der große Mann lehnte an der Wand, und die Tränen rollten ihm in den halboffenen Mund.

Auch Helen ging nicht zu ihm. Es waren Minuten, in denen ein Mann allein sein wollte, in denen alle Worte nichtig sind. Sie stand an der Reling, als der tote Harry von dem kleinen Motorboot an Bord gehievt wurde. Die gesamte Mannschaft, an der Spitze Captain Yenkins, entbot einen militärischen Gruß.

Und als das Mutterschiff in der großen Lagunenbucht von Wake anlegte, erlebte Finley etwas, was er nie für möglich gehalten hätte: Admiral Crown stand mit dem gesamten Stab und allen Offizieren an der Pier, eine Ehrenkompanie der Mariner stand stramm, die Fahne der USA flatterte über dem Fahnenträger, und die Militärkapelle von Wake spielte die Nationalhymne. Sechs Matrosen trugen Harry an Land, und Crown trat an ihn heran, starrte auf den Stahlpfeil in seinem Nacken und salutierte dann mit zusammengekniffenem Gesicht.

»Er hat doch ein Herz«, flüsterte Rawlings; er stand neben Dr. Clark. »Wer hätte das gedacht! Es geht ihm wirklich nahe...«

Am nächsten Morgen wurde Harry vom Zerstörer P 67 wieder

hinausgebracht in den Pazifik. Wie es einem alten Sea-Lord gebührt, war er in ein Segeltuch eingenäht und mit Gewichten beschwert worden. Genau an der Grenze des Sperrbezirkes stoppte der Zerstörer die Maschinen und lag still in der See.

An Deck standen die Matrosen wie zur Parade. Eine Ehrenformation machte sich bereit, den letzten Salut zu schießen. Admiral Crown trat an die kippbare Holztruhe heran und hatte alle Orden aus vierzig Jahren Navy-Dienst angelegt.

»Dies ist eine einmalige historische Stunde unserer Marine«, sagte er mit fester Stimme. »Wir nehmen Abschied von einem tapferen Kameraden, der sein Leben gab für unsere Sicherheit. Er sieht nicht aus wie wir, und viele werden sagen: Er war ein Tier. Wir wissen, daß er mehr war. Daß er so etwas wie ein Bruder war. Unser Bruder im Meer. Ein Teil unserer Welt. Unser Freund bis zur Selbstaufopferung. Wir nehmen Abschied von dir, Harry, und übergeben dich dem Element, das deine Heimat ist und das du so geliebt hast. Leb wohl, Sergeant Harry! Und da du ja auch ein Geschöpf Gottes bist, rufen wir dir nach: Gott mit dir, und hab Dank für deine Tat!«

Admiral Crown zog das Kinn an und trat einen Schritt zurück.

Die Ehrenformation hob die Gewehre und schoß Salut. Die Bordkapelle spielte den alten Marinemarsch. Und unter den Klängen der Musik und dem Knattern der Gewehre rutschte Harry, dekoriert mit der Verdienstmedaille der Navy, durch die Reling in den Pazifik und versank schnell in der Tiefe. Die Hand grüßend an der Admiralsmütze, blieb Crown stehen, bis er das Segeltuchpaket nicht mehr sah. Dann machte er eine stramme Kehrtwendung und ging. Er wollte unter Deck. Als er an Dr. Rawlings vorbeikam, blieb er kurz stehen.

»Jetzt halten Sie mich für verückt, was, Steve?« fragte er.

»Nein, Sir, ich möchte Sie umarmen.«

»Tun Sie das nicht, ich beiße!« knurrte Crown und ging weiter.

Noch von Bord des Zerstörers aus ließ sich Crown mit Admiral Bouwie verbinden.

»Was gibt es, William?« rief der alte Eisenkopf. »Wie steht dir die Spezialuniform?«

»Ich habe eine offizielle Meldung zu machen, Josuah«, sagte Crown heiser. Bouwie wartete gespannt. Wenn Crown auf solche Sticheleien nicht sofort einging, mußte etwas Besonderes vorliegen. »Ich habe zum erstenmal in der Geschichte der US-Navy einen Delphin zum Sergeanten befördert und ihm die Verdienstmedaille verliehen. Antrag und Begründung werden nachgereicht zur Genehmigung und Unterschrift. – So, und nun denk, was du willst!«

»Wer ist es?« fragte Bouwie.

»Harry!«

»Ein Prachtbursche.« Bouwie kannte ja jeden der Delphine. »Was hat er geleistet?«

»Er ist für uns im Kampf gefallen. Ein sowjetischer Kampfschwimmer, der in Wake an Land wollte, hat ihn harpuniert. Harry hatte sowohl das Mini-U-Boot, das ihn absetzte, als auch ihn selbst entdeckt und verfolgt.«

Bouwie schwieg einen Augenblick. Dann sagte er leiser: »William, ich stehe voll zu dir. Harry wird als Sergeant und Ordensträger in die Liste der Navy-Gefallenen eingetragen, das verspreche ich dir. Habt ihr ihn würdevoll begraben?«

»Der See übergeben, wie sich's gehört. Mit allen militärischen Ehren ...«

»Wie hat es Helen aufgenommen?«

»Erstaunlich gut. Das Mädchen ist ein harter Brocken. Dagegen ist Finley völlig am Boden zerstört. Ich habe noch nie einen Mann so weinen sehen.«

»Und was macht der Russe?« fragte Bouwie.

»Als Colonel Hall ihn gefangennahm, schluckte er Zyankali. Wir wissen nicht, wer er ist, woher er kommt, was sein Auftrag war. Außerdem sind die sowjetischen U-Boote so schnell gewesen, daß sie im internationalen Gebiet waren, ehe wir sie fassen konnten. Dieser erste Angriff der Sowjets hat uns aber eines gelehrt: Auf die Delphine ist Verlaß. Ihr Warnsystem ist aller Elektronik überlegen. Ihr Spürsinn ist einmalig. Ein voller Erfolg für Dr. Rawlings, Josuah.«

»Das wird man in Washington mit gemischten Gefühlen hören.«

Admiral Bouwie lachte meckernd. »Man wird sich dort nur ungern daran gewöhnen, daß es außer dem Menschen noch ein anderes intelligentes Wesen auf Erden gibt. Ich hab' mich ja selbst schwer damit getan, und erst recht hast du . . .«

»Man muß eben aufhören, sich zu wundern«, brummte Crown, »und Unbegreifliches hinnehmen.«

Im Offiziersraum von Delta II stand der sowjetische Korvettenkapitän Jakowlew vor seinen Offizieren und unter dem Bild Lenins.

»Unser Genosse Konstantin Petrowitsch Loginow wird nicht wiederkommen«, sagte er mit harter Stimme. »Er opferte sich für unser Vaterland. Er war ein Held und ein Beispiel für uns alle.« Jakowlew hob die Stimme: »Genossen! Wir haben Loginow verloren durch die Amerikaner. Ich bin nicht gewillt, dieses Opfer für sinnlos zu halten. Unser Kampf gegen den Imperialismus geht weiter, unser Ziel ist die Überlegenheit der Sowjetunion. Um das Geheimnis der Insel Wake zu lüften, darf uns keine Anstrengung zu groß sein. Wir sind die Wölfe des Meeres. Loginows Opfer verpflichtet uns zum gemeinsamen Handeln: Vorwärts!«

Die Offiziere knallten die Hacken zusammen. Jakowlews Rede riß mit, er kam ja auch aus der besten Schule der Sowjetunion, der ersten Hauptverwaltung des KGB. Dort hatte der Marineoffizier Jakowlew gelernt, daß nichts den Bolschewismus aufhalten kann.

An diesem Tag, 240 Meter unter Wasser, wurde das Foto des Leutnants Loginow in der Offiziersmesse der Delta II feierlich an die Wand geheftet und mit einer Miniaturflagge der Sowjetmarine geschmückt. Aber alle Heldenverehrung konnte nicht die Frage beantworten: Woher hatte man auf Wake gewußt, daß Loginow an Land kommen würde? Woher kannte man die Landestelle?

Finley war zwar noch nicht wieder an der Reihe für einen Urlaub, aber Crown genehmigte sofort eine zusätzliche Woche Pause, als Dr. Rawlings ihm eine entsprechende Bitte vortrug.

»Sie haben recht, Steve«, sagte Crown. »Wenn mich schon Harrys Tod so mitnimmt – wie muß es da in Finley aussehen! Beim nächsten Urlaubertrip ist er dabei.«

Das Verhältnis zwischen Helen und Finley war merkwürdig steril geworden. Ein paarmal hatte Finley dazu angesetzt, ihr von Nukina-mu zu erzählen, aber dann hatte er doch immer wieder Bedenken, ja Angst bekommen und hielt den Mund. Er quälte sich mit Vergleichen zwischen Helen und Nuki herum und kam zu der bedrückenden Erkenntnis, daß er beide liebte. Um es seemännisch auszudrücken: Helen war der friedliche, heimatliche Hafen, nach dem man sich sehnte – aber Nuki war das wilde Abenteuer, war der Sturm, waren haushohe Wellen, war das Elementare. Zwei grundverschiedene herrliche Welten; zwei Frauen, die zusammen alles umfaßten, was eines Menschen Schicksal sein kann. Aber das zu erklären, noch dazu Helen gegenüber – war es überhaupt möglich? Würde sie es verstehen und verzeihen und sogar akzeptieren können?

Helen und er schwammen zusammen und sonnten sich am Flipper Point, während die Delphine in der Lagune herumtobten und spielten. Sie tanzten in der Navy-Bar. Jeder auf Wake war der festen Überzeugung, daß die beiden zusammengehörten. Gehörten sie wirklich zusammen?

Als Rawlings bekanntgab, daß Finley mit den nächsten Urlaubern wieder nach Honolulu fliegen werde, kam Dr. Clark zu dem Freund.

»Wo wirst du wohnen, James?« fragte er.

»In Waikiki im Hawaiian Regent. Warum?«

»Ich möchte, daß du für mich etwas im Surfrider-Hotel erledigst.«

»Gern, Abraham.«

»Es handelt sich um eine Frau.«

»Fast hätte ich es erraten.« Finley grinste breit. »Du hast nie über deine Woche Honolulu gesprochen . . . das ist verdächtig, alter Junge. Wer ist's? Eine von der Bar? 'ne Surflehrerin?«

»Sie war als Gast dort. Ein Zaubergeschöpf.«

»Die ist doch sicher längst weg. Oder ist sie Dauermieter?«

»Sie wird einen Brief für mich hinterlassen haben. Ich hatte sie darum gebeten. Ich muß wissen, wo sie zu Hause ist.«

»Aha! Hat's dich jetzt erwischt, Abraham?«

»Möglich. Das weiß ich erst, wenn ich sie wiedersehe. Gehst du für mich hin, James? Das Surfrider-Hotel liegt direkt am Strand.«

»Natürlich helfe ich mit, deinen Darling zu suchen.« Finley lachte. »Wie heißt sie?«

»Nona Kaloa.«

»Namen haben sie«, sagte Finley verträumt, »wie Musik.«

»Grüß sie von mir, kümmere dich um sie – aber laß die Finger davon! Sag ihr, sie soll auf mich warten.«

Auch Sergeant Ted Farrow war beim Flug nach Hawaii wieder dabei. Er hatte zwei Wochen in seiner Kugel in 300 Meter Tiefe verbracht und freute sich auf Honolulu und auf Yumahana, seine große Liebe. Er hatte ihr ein Telegramm geschickt, nachdem er bei seinem Vorgesetzten, Captain Yenkins, um Erlaubnis gefragt hatte. Genau wie Finley galt auch Farrow als Geheimnisträger der Gruppe I. Alles, was er außerhalb von Wake tat, mußte genehmigt werden. Bei Yumahana hatte Yenkins keine Bedenken; man hatte sie und ihre Familie kontrolliert, nachdem Ted die Absicht geäußert hatte, sie einmal zu heiraten. Die Überprüfung durch MP und CIA war zufriedenstellend ausgefallen. Es handelte sich um ehrliche, gute Leute.

Während der Jumbo mit den fröhlichen Urlaubern auf dem Flug von Wake nach Honolulu war, rief Sowjetspion Leonid Fedorowitsch Tulajew bei der schönen Nuki-na-mu an.

»Von unserem Freund in Pearl Harbor habe ich gerade die Liste der neuen Urlauber erhalten«, sagte er. »Bade dich gut, Nuki, und besprüh dich mit Parfüm – dein Finley kommt wieder. Wohnt wie das letzte Mal im Hawaiian Regent. Freust du dich?«

»Ja!« antwortete sie knapp. »Er wird sich gleich melden, sobald er hier ist. Noch etwas, Sir?«

Tulajew schürzte die Lippen. Sir! Das Weib wird hysterisch, dachte er. »Wir hatten auf Wake den ersten Toten. Finley muß die näheren Umstände kennen. Paß genau auf, was er sagt. Auch die kleinste Bemerkung ist wichtig. Schnall dir eine Stahlplatte auf den Bauch und schieb sie erst weg, wenn er redet.«

»Du kotzt mich an!« entgegnete Nuki-na-mu und legte auf. Tulajew blähte die Nasenflügel und starrte zum Fenster hinaus auf die Kalakaua Avenue und auf den Strand von Waikiki. So etwas sagt man nicht zu einem Tulajew, ohne dafür zu bezahlen . . .

Noch von dem für alle Zivilisten verbotenen Gelände der Naval Air Basis aus rief Finley bei Nuki-na-mu an. Sie hatte ihm als Adresse eine kleine Pension in der Kalaimoku Street angegeben. Dort wohne eine Freundin von ihr, die wisse, wo man sie erreichen könnte. Sie sei ja viel unterwegs als Modeschöpferin. Es war das einzige Mal, daß Nuki diesen Beruf erwähnte. Er zweifelte nie an dem, was sie sagte; er glaubte ihr alles, wenn sie Haut an Haut die Zeit vergaßen.

»Oh, Sie haben Glück, Sir!« sagte jetzt am Telefon eine dunkle Stimme mit einem polynesischen Klang. »Nuki-na-mu ist in Honolulu. Vor zwei Tagen zurückgekommen aus Los Angeles. Sie wohnt wie immer im Hawaiian Regent. Es wird für sie bestimmt eine große Freude sein. Sehr oft hat sie von Ihnen gesprochen ...«

Finleys Herz schlug bis zum Hals, als er auflegte. Und in der Pension in der Kalaimoku Street nickte Nuki dem eingeborenen Hausmädchen zu:

»Gut gemacht, Ona. Das war zehn Dollar wert.«

»O danke, Misses ...«

Das Mädchen nahm den Schein und trippelte aus dem Zimmer.

Zwei Stunden später fuhr Finley, nachdem er beim Verlassen von Pearl Harbor die strengen Sicherheitskontrollen hinter sich gebracht und einen Mietwagen beschafft hatte, in die Auffahrt des Hawaiian Regent. Der dicke, immer breit lachende, dunkelbraune Portier in seiner weißen Uniform nahm die Schlüssel in Empfang und versprach, den Wagen gut zu parken.

Wie ein Junge, der einem Fußball nachrennt, hetzte Finley in den weiten Innenhof. Schon von weitem sah er Nuki-na-mu. Sie saß am ersten Tisch der Cafeteria.

»Nuki!« schrie Finley. Die Leute, die ihn betroffen anstarrten, kümmerten ihn nicht. »Nuki!«

Sie erkannte ihn, sprang auf und lief ihm entgegen, mit weit ausgebreiteten Armen ... ein Engel, der ihm entgegenflog. Sie war so wunderschön, daß Finley beim Laufen der Atem stockte und er nach Luft rang.

»James!«

Sie lachten und tanzten und küßten sich, und um sie herum

lächelten verständnisvoll die anderen Gäste, in der Mehrzahl Japaner mit ihren Frauen und ihren unentbehrlichen Kameras.

Tulajew, der an der Bar saß und seinen geliebten Mai-Tai schlürfte, war zufrieden. Wer kann einer solchen Frau widerstehen? Er wußte, daß Finley diesmal umfallen würde.

Ein Stunde später saß Ted Farrow in dem kleinen Fischerhaus an der Küste von Mahuka, aß das Begrüßungsessen von Yumahanas Eltern – einen herrlich gegrillten jungen Schwertfisch mit Ananassalat und Minzblättern –, während Yumahana sich glücklich an ihn lehnte und jeden seiner Bissen verfolgte, vom geschnitzten Holzteller bis in den Mund.

»Du bist jetzt unser Sohn«, sagte ihr Vater, der alte Fischer, und sah dabei liebevoll seine schöne Tochter an. »Du bist das Glück von Yumahana, der Himmel segne dich. Du sollst etwas wissen. Ich habe einen Vetter, der kennt wiederum einen Mann, der sein Geld verdient, indem er euch Amerikaner beobachtet. Und dieser Mann hat vor einiger Zeit gesagt: Auf der Wake-Insel ist ein Geheimnis. Und da leben Wissenschaftler, die uns interessieren. Die schönste Frau, die wir haben, wird sich um sie kümmern und ihr Geheimnis erfahren.« Der alte Fischer sah Farrow fragend an: »Du kommst doch von Wake, mein Sohn? Stimmt das?«

»Ja.« Farrows Stimme war plötzlich rostig und spröde. Finley, dachte er sofort. Diese Traumfrau an seiner Seite. Ein völlig anderer Finley, als wir ihn von Wake her kennen! Du lieber Himmel, wenn das wahr ist ...

»Sei vorsichtig«, sagte der Fischer. »Es sind böse Männer hier ...«

In dieser Nacht schlief Ted nicht in Yumahanas weichen, warmen Armen – vielmehr war er zurückgefahren zur Navy-Basis und hing am Telefon. Nach eingehender Überlegung hatte er sich entschlossen, zunächst Dr. Rawlings anzurufen und erst dann eine militärische Meldung zu machen.

Rawlings war entsetzt, als er von Farrows Beobachtungen erfuhr. »Es ist hervorragend, Ted, daß Sie so denken und sofort anrufen«, sagte er. »Auch wenn sich alles als harmlos herausstellen sollte – in Waikiki gibt es eine Menge schöner Mädchen –, so kann man doch nicht vorsichtig genug sein. Ted, bleiben Sie in der Nähe von Finley. Ich veranlasse von hier aus alles Weitere.«

»Danke, Sir!« Farrow atmete auf. Der große innere Druck war weg. »Ich soll nicht hier zum CIA gehen?«

»Nein. Wenn etwas dran ist, muß man das anders regeln.«

Dr. Clark war während des Telefonats bei Rawlings hereingekommen.

»Kummer mit James?« fragte er jetzt.

»Wieso?«

»Du hast gesagt: Bleiben Sie in der Nähe von Finley. Da wird man doch als Zuhörer munter. Was ist los, Steve?«

»Finley scheint in die Fänge des KGB geraten zu sein.«

»Du lieber Gott! In Honolulu?«

»Genauer: in Waikiki. Farrow meint, man habe eine Agentin auf ihn angesetzt, und Finley sei dabei, im Bett seinen Verstand zu verlieren.«

»Ich fliege rüber nach Honolulu. Ich sehe mir das an!«

»Wenn das so einfach wäre ... Es fliegt kein Transport nach Hawaii.«

»Ich höre mich mal um.«

Es gehörte zu den merkwürdigen Überraschungen, denen Rawlings auch im Dienst immer wieder begegnete, daß Dr. Clark sofort eine Militärmaschine zur Verfügung gestellt bekam und schon nach einer halben Stunde abflog nach Pearl Harbor. Der Kommandant der Air-Basis sagte nur, als Rawlings anfragte: »Auf persönlichen Befehl des Alten!«

Der Alte war Admiral Crown, und der sagte knurrig: »Fragen Sie mich nicht. Ich selbst komme mir vor wie in einem kopfstehenden Land ...«

Ted Farrow war auf der Piste, als Dr. Clark landete. »Wo ist er?« fragte Abraham ohne lange Einleitung.

»Sie sind jetzt in einem kleinen Hotel an der Hanauma Bay.« Farrow schwitzte vor Aufregung. »Das richtige Liebesnest. Finley ist durch diese Frau völlig verblödet, Sir.«

15

Der Dienststellenleiter des CIA für den Staat Hawaii begrüßte Dr. Clark zunächst sehr zurückhaltend und kühl. Er hatte ihn eigentlich überhaupt nicht empfangen wollen – aber dann hatte Clark einem CIA-Mitarbeiter gegenüber behauptet, sein Anliegen sei wichtiger als jede andere Aufgabe.

»Ich nehme an«, sagte nun der General, »Sie haben Kenntnis davon, daß das Weiße Haus am nächsten Montag gegen 13 Uhr 56 in die Luft gesprengt werden soll. Ist das allerdings nicht der Fall, dann machen Sie am besten sofort wieder kehrt und hauen ab.«

Clark nickte freundlich, zog sich einen Stuhl heran und setzte sich dem CIA-Chef von Hawaii gegenüber. Nur der Schreibtisch trennte sie.

»Sehen wir davon ab, Sir«, sagte er ruhig, »daß der CIA hier auf Honolulu offenbar seine Hauptaufgabe darin sieht zu verhindern, daß sich die GIs in der Sonne den Hintern verbrennen und in Waikiki einen Tripper holen ...«

»Sofort raus!« zischte der General. »Noch ein Wort ...«

»Noch viele Worte, Sir.« Dr. Clark beugte sich etwas vor. »Das sowjetische KGB ist hier ziemlich aktiv.«

»Ich brauche nicht gerade Sie, um das zu wissen!« Der General hob die buschigen Augenbrauen. KGB war ein Wort, das man nicht einfach wegwischen konnte.

»Und was tun Sie dagegen?«

»Was geht Sie das an?«

»Mein Vorschlag wäre, sofort Admiral Atkins zu rufen. Sie kennen Atkins, den neuen Befehlshaber der Sondergruppe?«

»Natürlich kenne ich ihn. Zunächst aber: Was wollen Sie? Wer sind Sie?«

Dr. Clark griff in die Brusttasche, holte ein Papier heraus, entfaltete es und reichte es dem General. Nachdem dieser ein paar Zeilen gelesen hatte, änderte sich schlagartig sein Benehmen.

»Warum sagen Sie das nicht gleich?« knurrte er. »So was kann man ja nicht riechen! Ich wußte ja nicht ...«

»Das ist das Gute an der Sache, Sir. Können wir Admiral Atkins hierher bitten?«

»Wenn ich ihn erreiche ... natürlich ...«

Ein halbe Stunde später traf Atkins im Bürotrakt des CIA ein. Man sah, daß er mit größter Eile gekommen war, in einem offenen Jeep. Staub lag auf seiner Uniform.

»Clark!« rief er und drückte ihm beide Hände. »Was sagt mir da General Layfield am Telefon? Sie sitzen hier, um Amerika zu retten?«

»Der General übertreibt.« Clark lächelte zu Layfield hin. »Es genügt, wenn ich Wake und unser Projekt retten kann.«

»Was ist passiert, Doktor?«

»Das KGB ist massiv tätig! In Miami war es Helen Morero, auf dem Transport nach San Diego war ich es selbst, nun hat man Dr. Finley im Schraubstock. In einem wundervollen Schraubstock: lange schwarze Haare, schwarze Glutaugen, ein Venus-Körper.«

»Immer die gleiche Scheiße«, sagte Atkins grob. »Und Finley ist in diesen Armen versunken und hat gesprochen?«

»Das eben wissen wir noch nicht.« General Layfield blickte auf die Uhr an der Wand. »Es ist ein Kommando unterwegs zur Hanauma Bay, um Finley und das Weibsstück abzuholen. Ein kleines Hotel ist ihr Liebesnest. Kann sein, daß sie noch voll miteinander beschäftigt sind. Wenn nicht, erwarten wir sie im Hawaiian Regent. Da sie völlig ahnungslos sind, können wir sie einsammeln wie junge blinde Hunde.«

»Finley! Das ist ja fast unglaublich!« Atkins setzte sich schwer. »Sind Sie sich auch sicher, Doktor?«

»Die Informationen sind gut, Sir. Das schließt natürlich nicht aus, daß Finleys Darling wirklich unschuldig ist – im Sinne unseres Verdachtes, meine ich ...« Clark grinste breit. »Wir werden sehen.«

»Und wenn Finley schon gequatscht hat?«

»Dann können wir nur hoffen, daß wir schnell genug waren und zugegriffen haben, bevor das Zaubermädchen mit seinem Auftraggeber gesprochen hat.«

»Aber falls wir zu spät kommen?« fragte General Layfield heiser.

»Dann haben wir eine Runde an die Sowjets verloren. Doch jeder Boxkampf geht über mehrere Runden. Entscheidend ist, wie's nach dem letzten Gong aussieht.«

Finley und Nuki-na-mu lagen in der kleinen Badebucht unterhalb des Hotels und ruhten sich im Schatten großer Oleanderbüsche vom Erlebnis der vergangenen Nacht aus. So bemerkten sie nicht, daß ein Jeep und ein geschlossener Wagen in den Vorhof des Hotels einfuhren. Vier baumlange Militärpolizisten und ein Offizier sprangen heraus und rannten in das Haus.

Finley war in einem Glücksrausch, der alles um ihn herum aufsaugte. Er sah nichts mehr als nur noch Nuki-na-mu, und das Meer vor ihm, die Palmen um ihn herum, die Felsen hinter ihm, der Sand, in dem er lag – all das war nur eine Beifügung, eine Ergänzung, ein Schmuck der Natur für die Geliebte, war ein unnachahmlich schönes Kleid, das Nuki-na-mu umgab. Er hätte nie geglaubt, daß Liebe etwas so Erdenfernes sein könnte, etwas so Unerklärliches, das Leben völlig Verwandelndes. Auch seine Entscheidung war jetzt gefallen: Er würde zu Helen gehen und ihr sagen, daß er die Frau gefunden hatte, von der er niemals hätte zu träumen gewagt. Wenn irgend jemand auf der Welt ihn verstand, dann war es Helen, das wußte er.

»Was machen wir heute, mein Schatz?« fragte Nuki-na-mu und dehnte sich. Sie trug nur einen Tanga, so ein winziges Dreieckhöschen, und sonst nichts.

»Träumen ...« Finley tastete nach ihr und legte seine Hand auf ihren flachen Leib. »Nur träumen ... dich sehen ... dich fühlen ...« Er schloß die Augen und seufzte. »Wo sind wir? Noch auf dieser Welt? Leben wir überhaupt noch? Es ist alles so unwirklich ...«

Die Wirklichkeit kam jetzt die Treppen herunter zum Strand, mit knarrenden Stiefeln, weißen MP-Helmen und umgehängten Maschinenpistolen. Nuki-na-mu sah es zuerst. Sie blieb liegen, beugte sich über Finley und küßte seine geschlossenen Lider.

»Ich liebe dich«, sagte sie leise. »Vergiß es nie ... Was auch wird ... glaube mir wenigstens das eine: Ich liebe dich ...«

»Willst du mich heiraten, Nuki?«

»Nein.«

»Nicht?« Finley zuckte hoch und starrte sie entsetzt an. »Ich denke . . . du hast gerade gesagt . . .«

»Wir können es nicht mehr, Liebling.« Sie umfaßte seinen Kopf mit beiden Händen, ihre schräggestellten, schwarzen Augen waren voller Traurigkeit. Dann küßte sie ihn und begann gleichzeitig zu schluchzen. »Es ist zu spät. Wir sind uns viel zu spät begegnet.«

Jetzt hörte auch Finley die harten Schritte im Ufersand und warf sich im Sitzen herum. Nuki-na-mu fiel bei dieser heftigen Bewegung zur Seite und blieb auf dem Badetuch liegen. Die vier Militärpolizisten umringten Finley und Nuki und starrten sie mit kantigen Gesichtern an. Der Offizier trat an Finley heran.

»Sind Sie Dr. James Finley?« fragte er.

»Ja!« Finley sprang auf. »Darf ich fragen, was das soll?«

»Oberleutnant Halsey.« Der Offizier grüßte. »Sir, ich muß Sie und die Dame an Ihrer Seite verhaften. Bitte, leisten Sie keinen Widerstand.«

»Wie käme ich dazu?« Finley reckte sich. »Ich gehöre nicht zum Militär. Ich bin ein freier Bürger in einem freien Land. Ich habe, hier auf der Stelle, ein Recht zu wissen, warum ich so ungeheuerlich behandelt werde.«

»CIA . . . Sir«, sagte Oberleutnant Halsey und zeigte seinen Sonderausweis. »Ich bedaure. Im Hauptquartier wird man es Ihnen erklären. Darf ich Sie und Madam bitten?«

CIA! Finley zog das Kinn an. Er dachte an Wake, an Helen, an die ganze Forschungsarbeit, und plötzlich wurde ihm kalt, als wehe ein Eiswind vom Meer zu ihm hin.

»Was ist passiert?« fragte er stockend.

»Das wissen wir nicht. Wir haben nur den Befehl, Sie und Madam zum Hauptquartier zu bringen.«

»Die Dame hat damit gar nichts zu tun.«

»Das entscheidet das Hauptquartier.«

»Laß uns nicht fragen, sondern fahren«, sagte Nuki-na-mu mit einer Ruhe, die Finley bewunderte. »Wenn ich mitkommen soll, warum nicht?« Sie bückte sich, zog das Tanga-Oberteil über und wandte sich dann zu Halsey um. »Darf ich noch ein Kleid anziehen, Oberleutnant?«

»Nur in Begleitung.«

»Unerhört!« schrie Finley. »Genügt es, wenn ich dabei Wache halte?«

»Selbstverständlich, Sir.«

Nuki-na-mu brauchte keine lange Zeit. Sie nahm das erstbeste Kleid aus dem Schrank, streifte es über und fiel dann Finley um den Hals.

»Vergiß es nie – ich liebe dich wirklich!« rief sie mit einer plötzlichen wilden Verzweiflung. »Man wird viel sagen, sehr viel, aber für dich soll nur eines wichtig sein: Ich liebe dich! Über alles hinaus, was kommt ...«

Noch ehe Finley antworten konnte, riß sie sich los, rannte hinunter in die Halle und verließ mit zwei Militärpolizisten das Hotel.

Sie fuhren getrennt: Finley im Jeep neben Oberleutnant Halsey, Nuki-na-mu im geschlossenen Wagen hinterher. Finley redete unentwegt auf Halsey ein, aber der blieb einsilbig.

»Sie werden alles noch erfahren«, sagte er nur. »Ich weiß gar nichts. Ich soll Sie nur sicher hinbringen. Und wenn Sie mich überall anbohren, Sir – es kommt nichts dabei heraus.«

Finley versank in peinigende Gedanken. Was war auf Wake geschehen? Warum griff das CIA ein? Hatten die sowjetischen U-Boote das Delphinschiff angegriffen? War Wake zum neuen Krisenherd der Weltgeschichte geworden?

Er war froh, als sie im Reservat von Pearl Harbor vor dem Hauptquartier des CIA hielten. Ein Major nahm Finley in Empfang und sagte: »Bitte, Sie allein, Sir ... Die Dame wird auf Sie warten.«

Ohne Nuki-na-mu noch einmal zu sehen oder zu sprechen, wurde Finley in das Haus geführt.

Es dauerte sechs Stunden, bis General Layfield sichtlich erschöpft in sein Zimmer zurückkam. Admiral Atkins und Dr. Clark saßen in der Sesselecke und tranken stark verwässerten Whiskey mit Eis. Eine Ordonnanz hatte ihnen etwas zu essen gebracht: einen großen Teller voll Schinken-Sandwiches.

»Sie haben es gut«, sagte Layfield mit Bitterkeit. Er griff nach einem Sandwich, biß hinein und kaute wie ein Barbar. »Ist das ein harter Brocken!«

»Die Brötchen sind bestimmt von gestern«, meinte Clark.

»Das Weibsstück!« schrie Layfield. »Sitzt da und lächelt. Und keinen Ton! Wir kommen nicht weiter.«

»Darf ich anregen, daß ich die Gespräche weiterführe?« fragte Clark ruhig.

»Abraham ...« Admiral Atkins wiegte den Kopf. »Ich bin gegen bestimmte Methoden. Wir Amerikaner sagen immer, daß wir die Menschenrechte verteidigen ...«

»Mehr will ich auch nicht, Sir.« Clark erhob sich aus seinem Sessel. Atkins und Layfield sahen sich kurz an.

»Wenn Sie jetzt hinausgehen, tun Sie es gegen meinen Willen und nur aufgrund Ihrer Sondervollmacht«, sagte General Layfield. »Das möchte ich laut genug betonen. Mit den Methoden Ihrer Gruppe will ich nichts zu tun haben!«

»Natürlich nicht, Sir.« Clark ging zur Tür. »In welchem Zimmer ist sie?«

»Raum 19.«

»Ist er schalldicht?«

»Ja«, sagte Layfield widerwillig. »Clark, vergessen Sie nicht: Es ist eine Frau! Eine zauberhafte Frau ... Bleiben Sie ein Gentleman ...«

Clark nickte kurz und verließ das Zimmer. Admiral Atkins griff nach der Whiskeyflasche.

»Bei diesen Burschen wird mir immer kalt«, sagte er gepreßt. »Aber sie haben Erfolg, und das allein zählt. Scheußlich.«

Im Raum 19 saß Nuki-na-mu auf einem Korbstuhl, von zwei starken Scheinwerfern angestrahlt. Seit sechs Stunden saß sie dort, in glühender Hitze, ohne zu trinken, schweißüberströmt – aber stumm. Die beiden verhörenden CIA-Offiziere waren nervlich überreizt, genau wie General Layfield. Sie litten unter ihren eigenen, immer wiederkehrenden Fragen.

Bevor Clark den Raum betrat, ließ er durch die davor stehende Wache die beiden Offiziere herausrufen. Sie kamen aus dem dunklen Zimmer wie aus dem Wasser gezogen. »Sie würde sich zerhakken lassen, ohne etwas zu sagen«, erklärte der eine erschöpft. »Ein ungeheures Weib!«

»Ich gebe ein Zeichen, wenn ich jemanden brauche.« Clark zog den Schlipsknoten herunter und öffnete den oberen Kragenknopf. »Vorläufig komme ich ohne Hilfe aus.«

Er riß die Tür auf, trat in den dunklen Raum und warf sie hinter sich wieder zu.

Im Scheinwerferlicht, etwas zurückgelehnt, aber wie versteinert, saß Nuki-na-mu.

Dr. Clark war es, als hiebe ihm jemand mit einem Buschmesser quer durch Leib und Brust. Vielleicht zum erstenmal in seinem Leben ging ihm die Luft aus, ohne unter Wasser zu sein. Er lehnte sich haltsuchend gegen die Wand neben der Tür, in diesem tiefen Schatten für die vom Licht geblendete Nuki unsichtbar, und spürte, wie der Brand in ihm wütete, ihn versengte und dann nur Leere hinterließ. Sein Mund trocknete aus. Er hatte das Gefühl, daß seine Lippen aufplatzten.

Nuki-na-mu hatte das Zuklappen der Tür gehört und wußte, daß jemand in das Zimmer gekommen war. Warum er nicht an dem Tisch auftauchte, sich zum Tonband setzte und wieder mit den Fragen begann, machte sie unsicher. Sie spürte eine unbestimmte Gefahr. Ihr Instinkt signalisierte, daß jetzt eine andere Phase des Verhörs beginnen würde. Worte von Tulajew fielen ihr ein: »Das KGB ist nie zimperlich gewesen. Es hat Methoden entwickelt, bei denen sogar ein von Geburt Stummer plötzlich die Sprache entdeckt. Aber auch die Kerle vom CIA sind keine Weihwasserschwenker. Sie haben da ein Sonderbüro, eine Spezialtruppe für Sondereinsätze, die normale Gesetze als Märchenbücher für Kinder betrachtet. Gib alles auf, wenn du so einem in die Finger gerätst.«

War »so einer« gekommen?

Sie hob den Kopf, streckte ihn etwas vor und versuchte, durch den Lichtvorhang etwas zu sehen. Clark kam ihr entgegen. Stumm drehte er die Scheinwerfer aus und ließ nur die abgeschirmte Schreibtischlampe brennen. Einen Augenblick war Nuki-na-mu blind, die plötzliche Dunkelheit war undurchdringlich. Aber dann gewöhnte sich ihr Auge an das neue, trübe Licht.

Vor dem Schreibtisch, drei Schritte von ihr entfernt, stand Clark.

Genau wie zuvor bei ihm erschütterte der Schock sie völlig. Ihre Augen wurden so weit, wie er es sich bei diesen Schlitzen nie hätte vorstellen können. Ihr Mund riß auf wie eine platzende Wunde, und dann kam ein Laut aus ihrer Kehle, der wie ein leises Heulen klang.

»Abraham . . .«

»Nona Kaloa . . . oder Li Yaou . . . oder Nuki-na-mu . . . Die ganze Menschheit möchte ich jetzt zusammenschlagen.«

»Wer bist du, Abi?«

»Zoologe, Tierpsychologe und Delphinforscher – aber das weißt du ja.«

»Und weiter?«

»Mitarbeiter des Sonderbüros K im CIA.«

»Einer der Männer mit dem stählernen Herzen?«

»Ja.« Clark lehnte sich gegen die Schreibtischkante. Der Brand in seinem Inneren war erloschen. Was geblieben war, nannte er Traurigkeit und Wehmut, erschütternde Erinnerung und Ausweglosigkeit. »Wie heißt du wirklich?«

»Nuki-na-mu.«

»Wenigstens bei dem armen James warst du ehrlich. Was hat er dir erzählt?«

»Nichts.«

»Mit mir solltest du nicht so sprechen«, sagte Clark fast milde. »Auch wenn deine Liebe vom KGB bezahlt wurde – ich werde sie nie vergessen. Sie war phantastisch. Du bist eine Frau gewesen, die erreicht hat, was keiner anderen je wieder gelingen wird.«

Sie begriff sofort, daß er in Zusammenhang mit ihr nur in der Vergangenheit sprach, als sei sie bereits tot. Kälte überflutete sie und plötzlich auch Angst vor diesem unausweichlichen Ende.

»Abi.« Ihre Stimme vibrierte. »Gibt . . . gibt es eine Möglichkeit zurück?«

»Nein.«

»Ich liebe James wirklich. Wenn ich alles erzähle . . . alles, was ich weiß . . . gibt es dann einen Weg?«

»Vielleicht einen durch Höhlen und unterirdische Gänge – durch die Sonne nicht mehr. Das KGB wird dich überall suchen, und es wird dich finden. Aber James könntest du helfen, wenn du erzählst. Sehr helfen! Er sitzt tief im Dreck.«

»Er hat nur gesagt, daß sie auf Wake an neuen elektronischen Dingen arbeiten, an unterseeischen Frühwarnsystemen.«

»Das war schon zuviel.« Clark hob die Schultern. »Noch weiß ich nicht, wie James da herauskommt.«

»Es wissen nur zwei, Abi – du und ich.«

»Und dein Auftraggeber?« Clark lächelte wieder wie verträumt. »Er ist sonst immer sehr ungeduldig, der liebe Genosse Leonid Fedorowitsch Tulajew.«

»Du kennst ihn? Du weißt schon alles?« Sie sprang auf. »Abi, hilf mir ... hilf mir und James ...«

»Ich habe Tulajew im Hotel gesehen. Und wenn er noch so bunte Hemden und Sonnenbrillen trägt, ihn erkenne ich immer. Nur habe ich da auch versagt. Ich habe nie das Zauberweib Nona Kaloa mit ihm in Zusammenhang gebracht.«

»Du bist eben auch nur ein Mensch.«

»Und ich war glücklich, es bei dir sechs Tage sein zu können.« Er drückte den Knopf des Tonbandes herunter. Das leise Summen zeigte grausam nüchtern an: Die privaten Worte waren zu Ende. »Rede!« befahl Clark sachlich und kühl.

Nuki-na-mu nickte. Und dann sprach sie, ohne Stocken, ohne Zögern. Sie berichtete von Tulajew, ihrer Aufgabe, ihren früheren Einsätzen, ihren Erfolgen. Nur die Woche mit Clark verschwieg sie. Er wartete darauf, aber sie winkte ihm zu und sagte: »Das war es, Sir!«

»Danke.« Clark stellte das Tonband ab. »Du bist fair, ich bin es auch. In Miami mußte ich einen Agenten, der sich Fisher nannte, töten; im Klosett, am Pinkelbecken – ich hatte keine andere Wahl. Er erkannte mich, er gehörte zur Mannschaft von Oberst Ischlinski und blieb damals unauffindbar, als die ganze Gruppe hochging, weil ich mich in den Ring von Ischlinski hatte einschleusen lassen – aber es gibt ja immer irgendwo einen schwachen Punkt ... Nuki oder Nona oder Li, warum hast du da mitgemacht? Eine Frau wie du!

Welch ein Leben hättest du führen können! Warum hast du dein Kapital, deine Schönheit, so billig verkauft?!«

»O Abi, das ist eine lange Geschichte.« Sie setzte sich wieder auf den Korbstuhl. »Du weißt nicht, wie ich hassen kann. Und ich haßte euch Männer alle. Vor allem euch Amerikaner. Ich habe es in Vietnam gelernt. Damals war ich 15 Jahre alt. Mit fünf Mann sind sie über mich hergefallen ... So fing es an!«

»Und so ist nun das Ende«, sagte Clark dumpf.

»Das Ende, Abi?«

»Du hast James geliebt, und ich weiß, daß du ihn total verzaubert hast. Ich habe dich geliebt, obwohl ich jetzt weiß, daß jede Umarmung von dir eine kalkulierte Zärtlichkeit war. Was soll's? James war glücklich, du warst glücklich, ich war glücklich – aber was wir hinterlassen, ist ein Scherbenhaufen. Du warst so stolz auf dich ... sei es auch jetzt!«

Er kam zu ihr, beugte sich über sie. Sie hob den Kopf. Clark küßte sie lange und streichelte dabei ihr Haar. Mit einem Ruck richtete er sich dann auf, griff in die Tasche, holte eine kleine Pistole heraus und ließ sie in Nuki-na-mus Schoß fallen. Sie rührte sich nicht, wie versteinert saß sie wieder da.

Clark ging zu dem Tonbandgerät, nahm das Band heraus und verließ wortlos den Raum. Er spürte ihren Blick in seinem Rücken und dachte für einen Augenblick: Jetzt könnte sie mich von hinten erschießen. Es gibt kein Ausweichen. Und er atmete auf, als er draußen im Gang stand und den Wachtposten sah.

»Alles okay, Sir?« fragte der stramm.

»Noch nicht ...« Clark senkte den Kopf. Aus dem Innern des Zimmers klang dumpf ein einzelner Schuß. Clark schluckte mehrmals. »Jetzt ist alles okay. Rufen Sie die Herren Offiziere!«

Als er das Zimmer von General Layfield betrat und das Tonband auf den Tisch legte, sah er aus wie ein alter, müder Mann.

»Mein Gott, was haben Sie gemacht?« stammelte Atkins entsetzt.

»Nichts, Sir.« Clark setzte sich in einen Sessel und vergrub das Gesicht in den Händen. »Ich bin dabei, mich selbst zu hassen.«

Finley begriff zunächst gar nichts.

Er saß mit starren Augen vor Clark, der vergeblich versuchte, ihm zu erklären, was geschehen war. In Finley blieb nur ein Wort haften, und das zerriß ihn.

»Sie ist tot?« fragte er.

»Ja, James.«

»Ihr verfluchten Schweine habt sie auf dem Gewissen!«

»Nein. Sie hat sich selbst gerichtet.«

»Gerichtet! Was hat sie denn getan? Ihr elenden Hunde habt ihr was untergeschoben, ihr habt sie fertiggemacht ...«

»James – sie hat gestanden. Und sie hat nichts über dich gesagt. Nur, daß du nichts gesagt hast. Und das war eine Lüge. Du hast gequatscht. Ja, dich hat sie wirklich geliebt, aber das ändert nichts daran, daß sie das beste Stück des KGB auf Hawaii war. Eine Glanznummer.«

»Ihr Saukerle! Wir wollten heiraten.«

»Das wäre nie möglich gewesen. Sie stak zu tief drin. Sie konnte nicht mehr zurück ins sogenannte bürgerliche Leben. James, es ist furchtbar, ich weiß es ... ich, ich kann es dir sogar nachempfinden ...«

»Das kannst du nicht!« schrie Finley. »Du hast sie nie in den Armen gehalten!«

»Nein, das habe ich nicht.« Clark trat ans Fenster und blickte hinaus auf die weiten Buchten von Pearl Harbour. Soll ich ihm die Wahrheit sagen? dachte er. Könnte ihn das heilen? Wohl kaum ... er würde völlig durchdrehen. Er muß auch so zur Besinnung kommen. »Ich habe mit Atkins und Bouwie gesprochen. Du kannst so lange Urlaub machen, wie du willst.«

»Wo soll ich denn hin?« Finleys Augenlider zitterten. »Ich hatte doch nichts als die Delphine – bis Nuki kam.«

»Du könntest mit Helen in die Rockies fliegen.«

»Jetzt von Helen zu sprechen, das ist eine Biesterei!« Finley sah Clark mit verzerrtem Gesicht an. »Warum gibt man mir keine Pistole?«

»Weil das Ding losgeht, wenn du am Drücker spielst. Und weil das sinnlos wäre. Wir alle brauchen dich, James: die Delphine, die

Forschung, Rawlings und – verdammt nochmal! – auch Helen. Die Welt der Liebe besteht nicht nur aus einer einzigen Frau.«

»Doch! Meine Welt war auf Nuki zusammengeschrumpft.«

»Dann leg deine kleine Welt ins Wasser und laß sie wieder aufquellen ... James, du bist erst 36 Jahre alt!«

»Ich zähle 360 Jahre, Abraham. Ich bin gar nicht mehr da.« Er ließ den Kopf sinken. »Und ich will auch gar nicht mehr ...«

Es blieb keine andere Wahl: Um Finley mußten sich zwei Militärärzte kümmern, einer von ihnen ein Psychiater. Finley lächelte böse, als er das erfuhr. »Jedem Amerikaner seinen eigenen Psychiater!« sagte er. »Darüber habe ich mal gelacht. Jetzt gehöre ich wohl selbst zu den Ausgeklinkten?«

Zwei Tage später flog man ihn zurück nach Wake. Clark begleitete ihn, aber Finley sprach kein Wort mehr mit ihm.

Auch Tulajew packte seine Sachen, bezahlte seine Hotelrechnung mit einer Kreditkarte und reiste ab, nachdem er einen Nachfolger angefordert und eingewiesen hatte. Zum Schluß hatte er gesagt: »Wer mir irgendwann und irgendwo nochmal etwas von Delphinen erzählt, den bringe ich auf der Stelle um!«

Er verließ Hawaii mit der Angst eines gescheiterten Spions und erwartete, daß in New York sehr schnell der Befehl eintreffen würde, nach Moskau zurückzukommen.

Die Informationen über die fehlgeschlagene Aktion von Honolulu drangen auch sehr schnell zu Admiral Prassolow auf Kamtschatka und zu Admiral Makarenkow auf den Kurilen. Über das Nachrichtenschiff Primorje erfuhr davon auch Korvettenkapitän Jakowlew in seinem riesigen Stahlfisch Delta II.

»Delphin ist geplatzt!« sagte Prassolow zu ihm über den Funk der Primorje. »Ich weiß nicht, ob es noch Sinn hat, daß Sie da auf der Lauer liegen, Iwan Victorowitsch.«

»Es ist noch kein Gegenbefehl aus Wladiwostok gekommen, Genosse Admiral«, antwortete Jakowlew. »Ich operiere noch immer mit Sonderorder. Wir sind aber jetzt so gut wie sicher, daß die Amerikaner kugelförmige Warnstationen unter Wasser ausprobieren.«

»Was sagen Sie da?« schrie Prassolow. »Davon weiß ich nichts!«

»Es ist auch dem Genossen Leutnant Darenskij erst gestern gelungen, Fotos einer solchen Kugel zu machen. Unklare Fotos, Genosse General. Er kam mit dem ›Hecht‹ nicht nahe genug heran, aber es sieht wirklich aus wie eine Kugel. Wir werden in den nächsten Tagen bessere Fotos haben.«

»Jakowlew, seien Sie vorsichtig!« sagte Prassolow. »Überlegen Sie, wieviel Millionen Rubel die Delta II kostet!«

»Die Überlegenheit der Amerikaner kann uns unser Vaterland kosten, Genosse Admiral. Wir werden auf jeden Fall versuchen, solch eine Kugel in die internationale Zone abzuschleppen. Was Leutnant Darenskij gesehen hat, schwimmt nahe an der Grenze des Sperrgebietes.«

»Die Amerikaner sind keine Idioten, Iwan Victorowitsch!« rief Prassolow warnend.

»Wir werden sie ablenken, Genosse Admiral. Ich denke mir, daß ich ein Boot mit fünf ›Hechten‹ von den Amerikanern orten lasse und die Flotte auf sie ziehe. Das macht das Gebiet frei, aus dem wir die Kugel holen.« Jakowlew stockte einen Augenblick lang, aber dann sagte er völlig kalt: »Kann sein, daß wir dabei einige Opfer bringen müssen. Wir sind bereit dazu.«

Die Auswertung aller amerikanischen elektronischen Messungen und Daten, die Crown auf dem Tisch liegen hatte, war deutlich genug. Hinzu kamen die Bänder, die alles, was die Delphine sendeten, aufnahmen. Ferner die Computerbilder, die ebenfalls von den Delphinen durch Impulsfrequenzen aufgezeichnet wurden.

Admiral Crown hatte sämtliche auf Wake stationierten Offiziere um sich versammelt. Mit Atkins in Pearl Harbour hatte er bereits telefoniert; der war sofort mit Washington verbunden worden, mit dem Pentagon, mit Bouwie und dem Sicherheitsbeauftragten des Präsidenten. Der Kommandeur der 11. Pazifikflotte in San Diego, Admiral Linkerton, war ebenfalls benachrichtigt. Die Wake-Insel wurde ein Krisenherd. Von Pearl Harbour und der Midway-Insel liefen schnelle Marineeinheiten in Richtung Wake aus, vor allem U-Boote und schnelle Zerstörer.

»Meine Herren!« sagte Crown. Hinter ihm auf einer Bildwand erschien das erste Foto. »Ich muß Ihnen leider gestehen, daß es den Sowjets offenbar gelungen ist, eine unserer Elektronikkugeln zu entdecken. Während in der Kugel selbst die Instrumente nichts aufzeichneten – warum, das wird noch untersucht werden –, haben die Versorgungs-Delphine Paddy, Jimmy und Conny einwandfrei eines der Mini-U-Boote der Russen entdeckt, und zwar in bedrohlicher Nähe der Kugel. Ehe wir Gegenmaßnahmen ergreifen konnten, war das wieselschnelle Boot schon wieder weg. Die Abschwimmgeräusche wurden in der Kugel allerdings verzeichnet.« Hinter Crown wechselten schnell die Bilder. »Es steht zu befürchten, daß die Sowjets von jetzt an mit massiven Aktionen tätig werden. Vor einer Stunde habe ich vom Oberkommando Handlungsfreiheit im Rahmen der Notwendigkeiten erhalten. Um es ganz klar zu sagen: Ab sofort befinden wir uns im Ernstfall! Nur: Die Welt wird es nie erfahren, und niemand wird darüber reden. Ich möchte mit Ihnen unsere taktischen Überlegungen durchsprechen . . .«

Während im Kommandobunker die Lage diskutiert wurde, saß Finley unter den Palmen am Flipper Point und stierte in die Lagune. Zwei Kompanien Delphine – die von Ronny und Henry – tobten im grünblau schimmernden Wasser.

Der Schock über Niku-na-mus Tod war überwunden. Zurückgebliebena war ein Gefühl der Fassungslosigkeit, mit dem Finley nun allein fertig werden mußte. Clark hatte ihm das Tonband mit Nukis Aussagen vorgespielt, kommentarlos, bis Finley von selbst sagte: »Es ist unfaßlich! Aber mich hat sie geliebt.«

»Das stimmt. Und es stimmt auch, daß sie dich zu spät kennengelernt hat. Ein Jahr früher – und vielleicht wäre dann alles anders gekommen. Aber ihr hättet euch ohne den KGB nie kennengelernt, und das ist eben der Irrsinn!«

Wie viele Männer, denen eine unerfüllte Liebe zum Schicksal geworden war, hatte auch Finley eine Zeitlang daran gedacht, es Nuki nachzumachen und sein Leben zu beenden. Clark erriet seine Gedanken und holte die 9 mm Smith & Wesson aus Finleys Nachttischschublade.

Aber statt die Waffe wegzunehmen, legte er sie vor den Freund hin und sagte: »Hier! Sieh nach, ob sie funktioniert. Es ist unheimlich frustrierend, wenn man abdrückt und es macht nur leise plopp...«

»Es würde dir also nichts ausmachen, wenn ich es tue?« fragte Finley dumpf.

»Nein. Ein Idiot weniger – so was merkt die Welt nicht. Sich einer Frau wegen das Leben zu nehmen ist das Schwachsinnigste, was ich mir denken kann!«

»Das kann nur einer sagen, der noch nie richtig geliebt hat.«

»O James, wenn du wüßtest!« Clark hatte an Finley vorbei über das Meer geblickt und an Nona Kaloa gedacht; so eine Frau würde es nie wieder geben. Laut sagte er: »Überleg es dir, ob überhaupt jemals irgendein Grund stark genug sein kann, um das Leben einfach wegzuwerfen. Und wenn dir kein Mensch eine Antwort geben kann, dann frag deine Delphine...«

Die Delphine waren es schließlich auch, die Finley trösteten. Sie tobten mit ihm in der Lagune, stupsten ihn mit ihren Nasen vor sich her, trugen ihn auf den Rücken über das Wasser und umtanzten ihn wie ein Ballett.

Finley hob den Kopf, als jetzt Helen aus dem Palmenwald kam. Sie trug wieder ihren goldenen Badeanzug und sah aus, als sei sie ein Tropfen der Sonne. Das große Badetuch wie eine wehende Fahne hinter sich haltend, lief sie auf Finley zu und rutschte neben ihm in den weißen Korallensand.

»Seit drei Stunden suche ich dich, James!« sagte sie atemlos. »Keiner wußte, wo du bist. Bis Clark mir den Tip gab: Sieh mal am Flipper Point nach. Die Kompanien von Ronny und Henry sind auch weg. – Und wirklich, da bist du!«

»Ja...« Finley starrte über die Lagune. Dann fügte er hinzu: »Hier ist die Welt noch ein bißchen in Ordnung.«

»Irrtum! Bei Crown ist sogenannte ›Große Lage‹. Man erwartet massive sowjetische Aktionen. Genau das, was man seit Monaten befürchtet hat.«

»Sollst du mich holen?« fragte Finley.

»Nein.« Helen legte sich neben ihm auf das Badetuch und verschränkte die Arme hinter dem Kopf. Sein Blick glitt über sie, und er fand sie, wie immer, sehr schön. Nicht so tierisch wild wie Nuki-namu, sondern mehr von einer stillen Zärtlichkeit, die ein wunderbares Gefühl der Geborgenheit vermittelte. »Ich wollte mich nur zu dir legen und übers Meer blicken.«

»Ein einsames Vergnügen, Helen.«

»Wir zwei sollten uns verstehen, James. Unser beider Leben ist durch die Delphine verändert worden. Du hast Nuki verloren, mir hat John meinen Rick getötet. Damals hast du fünf Tage lang an meinem Bett gesessen und mir erzählt, wie unvergleichlich kostbar das Dasein trotzdem noch sein kann. Ich wollte es nicht glauben, weißt du das noch? Aber dann ging das Leben weiter, und es ist tatsächlich noch wunderschön. Genauso wie du es geschildert hast. Ich müßte jetzt dir die gleichen Worte sagen.«

»Ich bin schon drüber weg, Helen. Aber es ist lieb von dir. Danke! Du bist ein prima Kumpel.«

»Das ist *mein* Schicksal.« Sie drehte den Kopf weg und sah den spielenden Delphinen in der Lagune zu. »Sich damit abzufinden, ist auch verdammt schwer ...«

Später schwammen sie zwischen den Delphinen herum, bespritzten sich mit Wasser, neckten und jagten sich, tauchten, spielten toter Mensch und ließen sich von den Delphinen retten, und einmal stießen sie dabei im Wasser zusammen und umklammerten sich. Ihre Körper klebten geradezu aneinander.

»Küß mich«, sagte Helen leise. »Verdammt, küß mich! Aber nicht wie ein Bruder ...«

Es war ein Kuß, nach dem Finley sich seit zwei Jahren gesehnt hatte. Und doch fragte er sich, ob Helen es vielleicht nur aus Mitleid tat.

Im Befehlsbunker hatte Crown seinen Vortrag beendet. Jeder begriff den Ernst der Lage, diese verrückte Situation, sich kriegsmäßig zu wehren unter Ausschluß der Öffentlichkeit.

Dr. Rawlings betrat nun das Podium, auf dem Crown gestanden hatte. Hinter ihm auf der Leinwand erschienen Fotos von Ronny, Henry, Robby und Bobby. Man erkannte darauf, wie die Delphine unter Wasser schwammen und am Hals einen Metallkasten mitschleppten.

Rawlings räusperte sich. Dann sagte er: »Die Entwicklung der Dinge erfordert es, daß wir von sofort an neben den Versorgungs-Delphinen und den Beobachtungs-Delphinen auch unsere Kampf-Delphine einsetzen. Die Mehrzahl der hier anwesenden Herren weiß noch nicht, was dies bedeutet. Ich möchte Sie nicht mit wissenschaftlichen Details langweilen, wie so etwas möglich ist, wie Intelligenz und Sprache der Delphine ausgewertet wurden und was von Delphinen geleistet werden kann. Viele werden nachher sagen: Das ist eine Pervertierung der Wissenschaft und der Freundschaft zwischen Tier und Mensch. – Sie haben recht, meine Herren. Aber ist es nicht auch eine Pervertierung der Wissenschaft, Atomsprengköpfe zu erfinden, die mit ihrer Sprengkraft auf einen Schlag ganze Länder und Millionen von Menschen auslöschen können? Wir leben in einer unglückseligen Welt, die vom Frieden nur redet und im gleichen Moment geradezu ekstatisch für die Vernichtung rüstet. Perverser geht es nicht mehr. Da wirkt ein Delphin, der darauf trainiert ist, Magnetminen zu transportieren und an Schiffsleiber zu heften, fast nur noch wie eine Walt-Disney-Figur.« Rawlings machte eine kurze Atempause, ehe er fortfuhr: »Damit habe ich schon angedeutet, um was es geht: Uns ist es nach monatelangem Training gelungen, Kampf-Delphine auszubilden, die – von uns über Impulse von Land oder vom Schiff aus gelenkt – an gegnerischen Unterwasserschiffen Magnetminen anbringen. Diese Minen werden nach einer Zündverzögerung, welche den Delphinen die Flucht ermöglicht, zur Detonation gebracht und vernichten den Feind mit absoluter Sicherheit. Sie wissen ja bereits aufgrund der bisherigen Einsätze unserer ›Sea-Lords‹: Ein Delphin ist schneller als das schnellste U-Boot und kann es abfangen, bevor es uns gefährlich wird. Unsere Delphine melden uns den Feind, lange bevor er in unseren Sicherheitsbereich kommt. Was wir hier auf Wake praktizieren, ist mehr als ein Versuch. Wir erbringen den Beweis, daß der Einsatz von Delphinen in bestimmten Bereichen und Situationen dem menschlichen Handeln weit überlegen ist.« Rawlings blickte hinüber zu Admiral Crown, der unter seinen

Offizieren in der ersten Reihe saß. »Beten wir zu Gott«, sagte er fast feierlich, »daß wir nicht gezwungen sein werden, unsere Kampf-Delphine einzusetzen. Dennoch – wir sind bereit!«

Rawlings' Worten folgte ein kurzer Film über den Einsatz von Ronny und Henry, aufgenommen vor der Küste San Diegos, in der Nähe der San-Clemente-Insel. Als die Zielschiffe in einer riesigen Explosionsfontäne zerplatzten, klatschten alle Offiziere. Nur Crown sagte in die dann folgende Stille hinein:

»Im Ernstfall wären das 467 Tote. Meine Herren, da applaudiert man nicht . . .«

Am nächsten Morgen schon kreuzte die Flottille von Wake unter Kriegsbedingungen an der Grenze des Sperrgebietes. Das »Delphin-Mutterschiff« unter Captain Yenkins, äußerlich von einem normalen Kriegsschiff nicht zu unterscheiden, schwamm träge in der Dünung vor dem internationalen Seegebiet, in dem man die sowjetischen U-Boote vermutete.

Sämtliche Delphin-Kompanien waren unterwegs. Im Bassin an Deck blieben nur Ronny, Henry, Robby und Bobby zurück. Bei ihnen saß Finley am Beckenrand; er hatte mit ihnen immer wieder das Ankleben von Minen und das Scharfdrücken des Zünders geübt. Dies ging so vor sich, daß eine Stahlplatte im Wasser hing. Die vier Kampf-Delphine schossen aus der Tiefe heraus, hefteten die Magnetmine an den Stahl, tippten mit der spitzen Schnauze an den Zündknopf und tauchten sofort wieder blitzschnell weg. Es hatte bei sämtlichen »Manövern« nicht einen einzigen Versager gegeben.

Fünf Meilen außerhalb des Sperringes hing Ted Farrow mit seiner Elektronikkugel 300 Meter tief im Pazifik. Seine feinen Instrumente zeigten nichts Außergewöhnliches an: Fischschwärme; die drei Delphine, die ihn versorgen sollten und ihn im weiten Umkreis auch absicherten; zweimal ein großer Hai, der aber sehr schnell verschwand, als die Delphine geschlossen gegen ihn anrückten. Ted hatte Zeit, an seine schöne Yumahana zu denken und an das tolle Ding mit Nuki-na-mu, das er ja ins Rollen gebracht hatte. Vom Oberkommando war deshalb eine Belobigung gekommen und ein Hinweis zur Master-Sergeant-Beförderung.

Farrow kam das gerade recht – ein paar Dollar mehr gaben seiner geplanten Ehe mit Yumahana eine sicherere Grundlage.

Vielleicht in einem halben Jahr, dachte Ted. In einem halben Jahr sollten alle Experimente auf Wake abgeschlossen sein. Dann waren die »Kugeln« verankert, vier Unterwasserbunker montiert. Drei Kompanien Delphine würden auf der Wake-Station bleiben. Die neuen Einsatzgebiete waren noch top secret. Man wollte erst einmal Erfahrungen sammeln darüber, wie sich die neuen Warnkugeln bewährten. Nur eines wußte man schon: In San Diego, in Biscayne Bay und an noch vier anderen Stellen würden neue Delphin-Kompanien trainiert werden. Nach den gelungenen Experimenten der Forschungsgruppe Rawlings würde das jetzt einfacher sein und schneller gehen.

Noch ein halbes Jahr. Auch das kriegen wir rum, Yumahana! Und dann heiraten wir – du im weißen langen Kleid und ich in der Galauniform des Master Sergeant. Und am Delphinbassin bauen wir die Tischreihen auf und feiern, und sie sollen alle mitmachen, meine Kameraden von den »Sea-Lords«.

Es war schön, solchen Gedanken nachzuhängen, tief unten, 300 Meter tief im Pazifik.

Bis plötzlich die Instrumente ausschlugen, der Empfänger für die Delphinimpulse die Signale aufnahm und oben, auf dem Mutterschiff, Admiral Crown mit ernster Stimme sagte:

»Sie kommen!«

Alle Uhren zeigten genau 2 Uhr 15 nachts.

Was war auf sowjetischer Seite passiert? Jakowlew hatte die letzte Einsatzbesprechung mit den Worten beendet: »Die Amerikaner haben uns lächerlich gemacht – jetzt machen wir sie zu Clowns!«

Delta II und Charlie erhielten Befehl, mit deutlichen Motorengeräuschen die Strecke hinaufzufahren, die damals der arme Loginow genommen hatte bei seinem Versuch, auf die Insel zu gelangen. Daß dabei alle amerikanischen Sonargeräte die sowjetischen U-Boote erfaßten, war Absicht – denn dann würden die US-Wachschiffe mit voller Kraft dorthin auslaufen. Unterdessen hatte das schnellste sowjetische U-Boot, die kleine »Victor«, mit drei »Hechten« im Leib Gelegenheit, unbemerkt an die geheimnisvolle amerikanische

»Kugel« heranzuschleichen und sie in Schlepp zu nehmen. Ehe die Amerikaner davon Wind bekamen und umkehrten, war es längst zu spät; sie konnten die »Victor« nicht mehr einholen. Hundert Seemeilen vom Sperrgürtel entfernt würde »Victor« dann auftauchen – gefechtsklar mit seinen gefährlichen neuen Torpedos – und über Funk die herbeieilenden Amerikaner warnen: Wer uns im internationalen Gewässer angreift, wird vernichtet!

Die Ohnmacht der Amerikaner würde vollkommen sein. Niemals konnten sie die Herausgabe der Kugel verlangen, denn diese Kugel gab es ja nicht! Auch angreifen konnten sie nicht, denn Delta II und Charlie wären mit ihrer ungeheuren Raketenfeuerkraft in der Lage, die gesamte Wake-Flotte in die Tiefe zu schießen. Das wußte auch Admiral Crown.

Wie lächerlich schwammen die Amerikaner dann herum! So hofften es die Russen.

Jakowlew durchströmte schon im Gedanken an den »Sieg« ein Glücksgefühl.

Die »Victor« wartete entsprechend dem taktischen Plan lautlos im Meer, als Charlie und Delta II in voller Fahrt und nur auf Sehrohrtiefe nach Nordwesten rauschten, voll erfaßt von den amerikanischen Warnsystemen.

Admiral Crown reagierte auf die eingehenden Meldungen mit größter Verwunderung. Die einsatzbereite Flotte, die U-Boote vor der Einfahrt von Wake, die Kampfhubschrauber und Jäger auf dem Flugplatz warteten. Vize-Admiral Creek, der die Flotte unmittelbar befahl, und Kapitän zur See Dustin, der Kommandant der Unterseeboot-Einheiten, zeichneten auf der Seekarte den Kurs der Sowjets ein.

»Völlig verrückt!« sagte Crown. »Dort befindet sich gar keine Kugel. Was wollen sie denn da?«

»Die Ortungen sind klar, Sir!« meldete sich der Fachmann für Sonar aus dem Kontrollraum. »Es sind zwei U-Boote, eins vom Typ Charlie, eins von Delta II.«

»Prost Betty!« sagte Crown fett. »Die Russen lassen sich das was kosten! Ich möchte nur wissen, was sie in diesem Seegebiet suchen wollen.«

»Sollen wir sie fragen, Sir?« Vize Creek griff zum Funkgerät.

»Schicken Sie eine Fregatte und zwei Schnellboote hin, das reicht für den Blödsinn. Die anderen bleiben auf jetziger Position. – Dustin?«

»Sir?«

»Lassen Sie zwei Boote zu B III schwimmen.«

B III war die Kugel, in der Farrow saß und mit großem Staunen wahrnahm, daß sich das Geschehen von ihm entfernte. Auf dem Delphinschiff dagegen zuckte es auf allen Monitoren. Zwei Kompanien der Sea-Lords begleiteten die beiden sowjetischen U-Boote.

Ronny, Henry, Robby und Bobby schwammen ruhig in dem Vorbecken herum, von dem aus eine Wasserrutsche hinaus ins freie Meer führte. Um den Hals trug jeder von ihnen den Tragriemen, an den später die Magnetmine gehakt wurde. Die Minen lagen am Beckenrand – vier Stahlkästen, so harmlos aussehend wie Werkzeugkästen. Aber in ihnen war ein Unterwassersprengstoff, der ein Schiff rettungslos aufreißen konnte.

Um 3 Uhr 10, als Admiral Crown verkündete, die Sowjets müßten einen Wurm im Hirn haben, um solchen Unsinn vorzuführen, erfaßte der Delphin Jimmy vom Begleitkommando B III das nunmehr sich anschleichende sowjetische U-Boot »Victor«. Auf seine Signale hin schlossen sich sofort noch drei Delphine an und umkreisten nun, von niemandem daran zu hindern, das Schiff. Da ihre Impulse außerhalb aller Instrumente lagen, die Schwingungszahl nicht meßbar war, fuhr der sowjetische Kommandant der »Victor«, Kapitänleutnant Kossalapanan, ahnungslos weiter. Für ihn war die Unterwasserwelt in Ordnung.

»Na ja, wer sagt's denn!« rief Crown, als die erste Meldung von Jimmy eintraf. »So blöd sind wir nicht, mein lieber Iwan! Es fehlte ja Nummer drei, und du weißt nicht, daß wir das wissen.« Er sah zu Creek und Dustin und nickte. »Alarm! Aber völlige Ruhe! Ich will erst wissen, was der Bursche da unten vorhat.«

Auf dem Delphin-Mutterschiff wurden Ronny, Henry, Robby und Bobby die Magnetminen umgeschnallt. Finley, Helen und Dr. Clark standen dabei, als die Marinesoldaten im Becken die tödlichen Lasten einhakten. Dann wurde die Rutsche freigegeben, und die vier

Kampf-Delphine glitten in die See – aber sie blieben in Schiffsnähe und schwammen ruhig im Kreise.

»Kommando zu Wasser!« meldete Dr. Rawlings an Admiral Crown.

Die »Victor« verringerte ihre Fahrt und blieb dann bewegungslos liegen. Aus drei Klappen rutschen die »Hechte« heraus und schossen fast lautlos davon. Fast lautlos – die Delphine »klebten« sich sofort an sie. Nur Jimmy blieb bei »Victor« zurück.

»Da gebären sie wieder Fischlein«, sagte Crown gemütlich. »Wer sitzt heute in B III?«

»Sergeant Ted Farrow, Sir.«

»Geben Sie ihm durch, er soll sich Watte in die Ohren stopfen und seine Hose festhalten. Gleich schaukelt es stark.«

»Sir, Sie wollen...« Vize Creek zog die Brauen hoch. »Das ist freies Wasser...«

»Am Rande des Sperrgebietes.«

»Aber frei.«

»Wenn die Sowjets an unsere Kugel gehen, rappelt es!« sagte Crown hart.

»*Wenn*...«

»Abwarten, Creek!«

In der nächsten halben Stunde überschlugen sich die Ereignisse.

Im Nordwesten von Wake verfolgten die Fregatte und zwei Schnellboote die Schiffe von Jakowlew und Denisenkow. Dustins U-Boote schwärmten im Sperrgebiet fächerförmig aus. Der Hauptteil der Flottille lag sturmbereit. Auf dem Flugplatz rotierten die Propeller der Hubschrauber. Die Piloten saßen in den Jägern, die Glaskanzeln noch offen. Die vier Kampf-Delphine schwammen nach wie vor um das Mutterschiff herum.

In seiner Kugel, hinter dem dicken Fenster, hatte Ted Farrow ein einmaliges Erlebnis. Als seine Instrumente voll ausschlugen, ließ er alle Scheinwerfer aufleuchten. Erschrocken sah er, wie ein Miniboot an ihm vorbeischoß, verfolgt von einem Delphin. Gleichzeitig knirschte es, die Kugel bebte, und dann hatte Farrow das Gefühl, abgetrieben zu werden. Die Instrumente spielten verrückt. Im Kontrollraum mußten jetzt die Computer platzen.

»Ist das eine Frechheit!« sagte Crown und hieb mit der Faust auf den Tisch. »Die wollen uns eine Kugel klauen! Sie schleppen Farrow ab! Das also war es! O ihr lieben ehemaligen Verbündeten: Hier steht William Crown, das habt ihr übersehen.«

Auf dem Delphin-Mutterschiff traf der Einsatzalarm ein und wirkte wie eine Vorausexplosion. Captain Yenkins nickte mit hochrotem Kopf Dr. Rawlings zu. Ihm stockte dabei der Atem.

Finley gab das Signal. Jeder Delphin hatte eine andere Frequenz. Zuerst jagte Ronny los, ihm folgte Bobby, dann Henry und zum Schluß Robby. Pfeilschnell schossen sie in die Tiefe und dann den Schwingungen entgegen, die Jimmy aussendete. Er lag seitlich vom Turm des sowjetischen Victor-U-Bootes über dem Deck und wartete.

»Kommando unterwegs«, meldete Rawlings.

Zwei »Hechte« schleppten unterdessen die Kugel B III ab, immer weiter hinein in das internationale Gewässer. Kossalapanan war stolz; er gab das, was seine »Hechte« meldeten, sofort an Jakowlew weiter. Das Einfangen der Kugel war gelungen; noch vier Seemeilen trennten sie von der »Victor«.

Jakowlew sah den Augenblick für gekommen, umzukehren und das Ablenkungsmanöver abzubrechen. Delta II und Charlie drehten und schwammen mit voller Kraft zurück.

»Mit mir nicht!« sagte Crown im Kontrollraum und blinzelte dem etwas bleichen Creek zu. »Creek, ich bin verpflichtet, einen amerikanischen Staatsbürger zu retten. Sehen Sie das auch so?«

»Genau so, Sir.« Creek starrte auf die Computerbilder. »Werden wir ihn jetzt nicht gefährden?«

»Die Explosion wird ihn durchschütteln, das ist alles. Beulen und blaue Flecken, das ist das Vaterland wert! – Rawlings?«

»Sir?«

»Wann kann es soweit sein?«

»In etwa zehn Minuten erreichen die Delphine das U-Boot.«

»Wie weit ist die Kugel dann schon dran?«

»Nach unseren Berechnungen wird die Kugel etwa eine halbe Seemeile entfernt sein, wenn die Delphine Kontakt haben.«

»Das reicht!« Crown blickte an die Decke, als wolle er von oben

Hilfe holen. »Es kann Farrow nicht gefährlich werden. Wer wird eingesetzt?«

»Ronny.«

»Ihr Musterknabe...«

»Er ist am sichersten.«

Die Minuten schlichen dahin. Bis zu dieser Nacht hatte Crown nicht gewußt, wie lang zehn Minuten sein können. Er erinnerte sich an ein altes Boxerwort: Der einsamste Mann der Welt ist der Boxer im Ring. Drei Minuten je Runde, das sind drei Ewigkeiten... Hier waren es zehn Minuten. Ewigkeiten bis zu den Sternen.

»Sie sind da!« sagte Rawlings plötzlich mit bebender Stimme. »Sir, das ist jetzt ganz allein Ihre Minute...«

Crown schloß die Augen. Der kleine Mann lehnte an der Wand und hatte die Hände gefaltet. Tatsächlich, er betet, dachte Rawlings betroffen. Verdammt, er betet – wer hätte das gedacht?

»Die Lage?« sagte Crown fast tonlos.

»U-Charlie und U-Delta II mit voller Fahrt zu U-Victor. Entfernung noch sieben Seemeilen. B III weiter im Schlepp auf U-Victor zu. Flottengruppe II verfolgt die U-Boote, Flottengruppe I verharrt auf Position, eigene U-Boote liegen bereit. Air-Basis meldet Einsatzbereitschaft... Entfernung von U-Victor vier Seemeilen vom Sperrgürtel...«

»Sir...«, sagte Vize Creek heiser. »Das sind vier Meilen zuviel...«

»Es geht um Farrow, Creek, und um die Rettung eines Geheimnisses, das unser Land vor plötzlichen Angriffen schützen soll. Es geht um die Sicherheit der Vereinigten Staaten, um die Sicherheit der freien westlichen Welt. Was würden die Sowjets tun, wenn wir ihre Geheimnisse unter ihren Augen stehlen?«

»Das weiß jeder, Sir.«

»Wir leben in einer verfluchten Zeit! – Rawlings, tun Sie's!«

Vom Mutterschiff aus gab Rawlings den Befehl an Ronny. Finley, Clark, Helen und die gesamte Mannschaft standen an Deck des Delphinschiffes und starrten in die Nacht. Es war eine herrliche, sternenklare, milde Pazifiknacht, fast windstill und mit einem fast schlafenden Meer. Finley hatte den Arm um Helens Schulter gelegt, und sie lehnte den Kopf an ihn, und er spürte, wie sie zitterte.

Rawlings verfolgte am Monitor das Geschehen. Hinter ihm stand Crown und atmete schwer.

»Ronny ist am Schiff«, sagte Rawlings leise. »Jetzt hat er die Mine angeklebt. Gleich löst sie sich aus der Verankerung ... gleich ...« Rawlings brach ab, seine Schultern fielen nach vorn.

»Was ist los, Steve?« stotterte Crown. »Mein Gott, was ist denn los?«

»Ronny kommt von der Mine nicht weg ... irgendwie klemmt der Mechanismus ... die Mine klebt am Boot, aber Ronny kommt nicht frei ... Ronny hängt an der Mine ...«

»Abbrechen!« schrie Crown. »Steve, rufen Sie Ronny zurück!«

»Das geht nicht.«

»Warum denn nicht?«

»Der Magnet ist so stark, daß Ronny ihn nicht abziehen kann. Er kann sich nur durch den Haken befreien, und da klemmt etwas.«

»Was nun?« stotterte Crown. »Was nun?«

»Ja, was nun ...?« Rawlings sank halb über den Tisch. »Der Zeitzünder läuft.«

»Wo sind die anderen Delphine?« brüllte Crown.

»Es bleibt keine Zeit mehr, Ronny wegzuholen. Jeder Versuch wäre sinnlos. Noch vierzehn Sekunden, Sir ...«

»Ronny! – Verdammt, warum benehmen wir uns wie die Verrückten? Es ist doch nur ein Fisch ...!« Dann brach seine Stimme ab. Crown drehte sich zur Wand und schrumpfte zusammen.

Die Detonation draußen auf See zerriß die Nachtstille und zerfloß in alle Winde. Das U-Boot Victor wurde zerfetzt und mit ihm Kossalapanan und seine junge Mannschaft. Die Druckwelle erfaßte auch die drei »Hechte«, warf sie weg wie Blätter im Wind, die Strahltrosse um B III rutschte ab, und Ted Farrow krachte mit dem Kopf gegen seine stählerne Wand.

»O Yumahana ...«, sagte er noch, dann war er besinnungslos.

Jakowlew, noch fünf Seemeilen von »Victor« entfernt, wußte sofort, was diese Erschütterung bedeutete. Sein Kopf sank nach vorn, er schloß einen Augenblick die Augen und verharrte völlig bewegungslos. Seine Offiziere starrten ihn mit verzerrten Mienen an.

»Abblasen...«, sagte Jakowlew dumpf. »Sofort...«

»Sie wollen auftauchen, Genosse?« Der 1. Offizier sprang auf.

»Ja!«

»Vor den Amerikanern?«

»Das sind wir dem Helden Manuil Dmitrjewitsch Kossalapanan schuldig!« Jakowlew sprang auf und riß seine Mütze vom Haken. »Auftauchen und volles Licht! Befehl auch an Denisenkow.«

Er rannte aus dem Kommandoraum, lief hinüber zum Turm und machte sich zum Ausstieg auf die Brücke bereit. Zischend fuhr die Preßluft in die Tanks und preßte das Wasser heraus. Die Delta II, das größte und stärkste U-Boot der Sowjetmarine, tauchte aus dem Meer und erhellte seine Umgebung sofort mit flutendem Licht. Wenig später schoß Denisenkow mit seinem Charlie an die Oberfläche, auch er hell erleuchtet.

Die amerikanischen Kriegsschiffe antworteten. Die amerikanischen U-Boote tauchten ebenfalls auf, die Überwasserschiffe strahlten mit allen Lichtern und Scheinwerfern. Von Wake kamen jetzt auch die Hubschrauberstaffeln heran, kreisten über den beiden sowjetischen U-Booten und tauchten sie von oben in volles Licht.

Jakowlew stand auf der Brücke und fuhr langsam auf die Stelle zu, wo jetzt die Trümmer der »Victor« in einer großen Öllache schwammen. Denisenkow folgte ihm, und dann glitt die Charlie auf Jakowlews Befehl neben die Delta II, alle Matrosen und Offiziere nahmen an den Decks Paradeaufstellung, der Hornist der Delta II blies den Abschied, und alle Hände flogen hoch, zur Faust geballt, und grüßten die Toten der »Victor«.

Crown, an Deck des Delphinschiffes, hob die Hand zum militärischen Gruß. »Man kann sagen, was man will«, knurrte er. »Von Helden verstehen die Russen etwas – auch wenn die, die jetzt da unten liegen, keine Helden sein wollten. – Welch ein Mist, die verdammte Politik!«

Als die Scheinwerfer erloschen und alle wieder unter Deck waren, blieb Jakowlew allein auf der Brücke zurück. Er starrte auf den großen Ölfleck und biß sich verzweifelt in die Fäuste. Sein Haß war grenzenlos, und seine Wut wurde nur gemildert von der Hoffnung, daß einmal die Zeit kommen würde, wo mit einem Schlag die ganze westliche Welt zugrunde ging.

Aber Jakowlew und die Männer von »Victor« waren nicht die einzigen Opfer dieser Nacht. Als an Bord des Delphin-Mutterschiffes bekannt wurde, daß Ronny bei der Explosion der Mine umgekommen war, ließ Finley mit einem Seufzer Helen los und fiel in sich zusammen. Clark fing ihn auf und schleppte ihn weg, der Bordarzt gab ihm eine Injektion, aber sie nutzte wenig: Finley begann zu toben, schlug die Möbel der Kabine zusammen und rannte mit dem Kopf gegen die Wand. Clark mußte ihn mit vier Hieben k. o. schlagen, ehe man wieder an ihn heran konnte.

»Das gibt sich wieder«, sagte Clark zu Helen und hielt sie fest, weil sie zu Finley wollte. »Wir haben immer gewußt, daß der große Junge so zarte Nerven hat.«

Aber es gab sich nicht wieder. Eine Woche später mußte man Finley, in eine Zwangsjacke geschnürt, nach San Francisco fliegen. Er erkannte Helen nicht wieder, und als sie ihn zum Abschied küßte, grunzte er wie ein Tier.

Ein halbes Jahr später fand in der Marine-Basis von San Diego eine große Parade statt. Bouwie war gekommen, Atkins war da, Hammersmith und natürlich Linkerton, und Crown flog von Wake ein mit seinem gesamten Stab.

Ein Bataillon Marines und Ledernacken stand stramm. Eine große Kapelle spielte die Nationalhymne. Rund um einen mit Granit gepflasterten Platz in der Nähe des Delphinbeckens flatterten Fahnen. Vor der Küste kreuzten U-Boote und Zerstörer. Und so nahe wie möglich an Land dümpelte das alte »Mutterschiff« in der See. In der Mitte des Platzes stand ein Denkmal, noch durch ein Tuch verhüllt. Die Reißleinen zur Enthüllung führten hinüber zum Delphinbecken.

Die Forschungsgruppe Rawlings hatte ihre Aufgabe erfüllt. Ihre Erkenntnisse wurden zur Grundlage einer künftigen umfassenden Delphinausbildung für den Militäreinsatz. An sieben Plätzen sollten die Ausbildungen beginnen mit zunächst fünfhundert ausgesuchten Delphinen.

Das Team von Wake war nach San Diego zurückgekehrt. Auch Ted Farrow war dabei; er hatte zwar in Honolulu seine Yumahana geheiratet, ganz in Weiß, wie erträumt – aber als es hieß, die Delphine und die Kameraden kämen zurück nach San Diego, meldete er sich freiwillig für diesen Posten. Im Winter würde Yumahana nach San Diego nachkommen, sie war dann bereits im siebten Monat. »Wenn's ein Junge wird«, hatte Farrow zum Abschied gesagt, »heißt er Ronny! Denn ein Ronny hat mir das Leben gerettet.«

Unter den Klängen der Nationalhymne fiel das Tuch. Vier Delphine unter dem Kommando von Robby zogen an den Leinen und enthüllten das Denkmal. Farrow, der mit ihnen im Wasser war, legte den Arm um Robby und begann zu weinen.

Auf einem weißen Marmorsockel, der wie eine große Welle aussah, stand das Abbild des Delphins Ronny. Aus schwarzsilbernem Granit, das Schnabelmaul leicht geöffnet – so, wie er immer seine Pfiffe ausstieß, wenn er besonders zärtlich sein wollte.

In den Sockel waren mit Goldbuchstaben die Worte eingehauen: *Sergeant Ronny von den 1. Sea-Lords auf Wake. Gefallen für sein Vaterland.*

Unter dumpfem Trommelwirbel legten Admiral Linkerton, Bouwie, Hammersmith und Atkins ihre Kränze nieder. Und es war das erste Mal in der Geschichte der USA, daß ein Delphin einen Kranz des Präsidenten der Vereinigten Staaten von Amerika erhielt.

Als letzter trat Admiral Crown an das Denkmal. Er legte keinen Kranz nieder, sondern brachte in einem Topf eine kleine Palme von Wake mit. Eine Palme aus der Bucht von Flipper Point, die Ronny so geliebt hatte. Dann stand er stramm und grüßte.

»Nur ein Fisch . . .«, sagte Rawlings leise, und seine Mundwinkel zuckten verräterisch.

»Crown war immer eine harte Nuß.« Dr. Clark nagte an der Unterlippe. Auch ihn überfiel Erschütterung. »Aber innen ist er weich wie Pudding.«

Captain Yenkins' Stimme hallte über das Becken. Die Delphine formierten sich zu ihren Kompanien. Sie nahmen Aufstellung, an der Spitze der jetzige Kommandeur, der dicke Robby. Unter den Klängen des Marinemarsches schwammen sie ihre Parade – zu Ehren von Ronny, dem ersten Delphin, der ein Denkmal bekommen hatte.

Etwas abseits vom Becken stand Helen und blickte mit starrem Gesicht auf diese einmalige Parade. Man hatte sie von aller Arbeit befreien wollen, aber sie hatte darum gebeten, dabeibleiben zu dürfen.

»Ich weiß, woran Sie jetzt denken, Helen«, sagte Admiral Crown. Er war zu ihr gekommen und stand nun hinter ihr. »Ein väterlicher Rat: Sie sollten so schnell wie möglich heiraten.«

»Wen denn? Einen Delphin, Sir?« fragte sie bitter.

»Einen Mann, der stark genug ist, Sie die Delphine vergessen zu lassen. Ich weiß, das halten Sie für unmöglich. Man sollte es dennoch versuchen. Gegen Ihren Willen hat Rawlings erreicht, daß man Sie aus der Delphinforschung herausnimmt. Sie kommen in die Abteilung Meeresschildkröten. Was Sie da sollen, weiß ich nicht; ich bin ja ein dämlicher Laie. Ich nehme nicht an, daß Meeresschildkröten die neuen Panzer auf See sein sollen.« Crown legte die Hand auf Helens schmale Schulter. »Du lieber Himmel – Sie müssen Delphine jetzt doch wie nichts anderes auf der Welt hassen ...«

»John hat mich ehrlich geliebt und seinen Widersacher getötet. Töten nicht auch Tausende von Menschen aus Eifersucht?«

»Helen! Wie können Sie ein Tier vergleichen mit ...«

»Sir! John ist tot, und Finley wird nie mehr die Nervenanstalt verlassen.« Sie blickte über das Delphinbecken hinaus in den sonnenglitzernden Pazifik und auf die Ehrenformation der 11. Flotte von San Diego. Eine Ehrung für einen Delphin. »Ich sehe da eine andere Aufgabe, Admiral Crown. Was John, Harry, Robby, Finley und wir alle erlebt haben in diesen zwei verrückten Jahren, das sollte man nicht einfach unterschlagen, nur weil Delphine die Helden waren. Oder, wie unwissende Menschen sagen würden: nur Fische! Ich werde ein Buch darüber schreiben ...«

Hier ist es.